高处有世界

Above
the Clouds

北大山鹰30年

北京大学山鹰社 编

江苏凤凰文艺出版社
JIANGSU PHOENIX LITERATURE AND
ARTS PUBLISHING LTD

山鹰社一直是我心里的精神高峰。我和我先生高三的时候就到北大校园，看到山鹰社招新，心中充满梦想。后来我先生如愿以偿加入山鹰社，并攀登了西藏的雪山，在四年的训练生活中，他的心性、思维、意志品质都得到很大的锻炼提升，也交往到了一生信赖的挚友，这让我对山鹰社更是好感倍增。我相信山鹰的精神也是北大的精神，自由翱翔，视线高远，永远向最高的天空发起冲击。祝贺北大山鹰社成立30周年！

作家、雨果文学奖获奖者（《北京折叠》作者）　郝景芳

1958年5月至1959年10月，我随中国第一支珠穆朗玛峰登山队，先赴甘肃的祁连山攀登，后到西藏的念青唐古拉山，再后来在珠穆朗玛峰北坡登山和进行科学考察……在冰山雪野中，我真正地感受到生命要生存下来的艰难，但同时却也坚定了我人生的志向，从此，我走上了研究自然的艰辛历程。

回首我的一生，我总觉得自己就像杰克·伦敦笔下的巴克，因一个偶然的原因落入北极荒原，从此就心甘情愿终生在漫漫的雪野上追赶猎物。如果没有参加珠穆朗玛峰的登山科考活动，也就不会有我的科学生涯；如果没有北大山鹰社朱小健帮助我完成秦岭的研究工作，也就不会有后面随之而来的热带丛林的探险和在北部湾建立研究白海豚的基地；若没有北大母校的教育、关怀和支撑，我也就不会有今生的成绩。

我已经81岁了，精神和体力均在衰退之中，但母校北京大学及她的山鹰精神无时不在鼓舞着我，继续在当今地球上最后的荒野上飞翔，直到那一天，我已成仙，不为别的，只为万物苍生的喜乐平安。

生物学家、北京大学生命科学学院教授　潘文石

山鹰社诞生于一个诗和远方的年代，当初谁也没有料到它竟然会薪火相传至今，并且承载了一代代北大学子的梦想与激情。若干年后，山鹰精神还激励我踏上攀登珠峰的艰难旅程。这是若干个体的偶然，却是大时代的必然。回望山鹰社30年，山鹰们登上了多少座险峻的高峰并不是最重要的，重要的是大家在这个过程中镌刻了不可磨灭的青春日志，收获了刻骨铭心的友谊与信任，领悟了对大自然的敬畏与感恩。愿北大山鹰精神永存！

万科企业股份有限公司董事长　郁亮

北大是一个文化兼容并包的地方。山鹰社的出现，又让北大人与大自然的和解大大迈进了一步。启蒙运动以来，人类中心主义泛滥。人对自然和山的态度是"征服"，其后果是对自然和山的掠夺。但，山鹰社成立至今，提倡的是"走向山野，亲近自然"。这是一种面向未来的人类精神。对山表现敬畏，对自然积极亲近，这会让我们这一代人的生命富有意义。我更倾向于肯定山鹰社的积极示范作用，而不是注重于这只鹰到底飞过多高。对于世人来说，哪里的山峰、哪里的自然出现了山鹰社的声音，那里就是北大人在行动。

山鹰社，大地的孩子，北大骄子。

北京中坤投资集团董事长　黄怒波

我和北大山鹰社的渊源，要从20多年前说起，第一次知道这个社团是在《山野》杂志上，那时攀登运动在中国还鲜为人知，看到北大学府有这么一个为攀登而生的社团，很是羡慕。后来我在广州创立了KAILAS（凯乐石）。北大山鹰社与凯乐石，一南一北，相隔千万里，因为都热爱攀登，同在中国这960万平方公里的土地上，在"只为攀登"的征程上，一路各自成长。

中国登山界，早过了需要用攀登高度刷新纪录的阶段，我们现在合力攀登，更想向全社会传递迎难而上的攀登精神和勇于开拓的探险精神，因为这种精神，也是正处于加快转型发展的关键时期的中国所需要的。

北大精神引领国民之重任当仁不让，知难不畏，迎难而上，凯乐石与北大山鹰社，攀登与中国的故事，才刚刚开始。

凯乐石有限公司总经理　钟承湛

每次走进北大，我都能感受到校园能量满满，这里不仅是莘莘学子的梦想之地，更是培养敢于不畏险阻不断探索追求卓越的"山鹰们"的大本营。这座大本营培养历练的，正是北大"独立之人格，自由之思想"的精髓。我曾在珠峰上"享受"日出日落，也曾在高海拔遭遇雪崩、12级风，为什么我还愿意去挑战和探索？一如山鹰社30年不断前行！人生如登山，一步一境界，每一次攀登都是自我走向独立与超越的过程，更是追求身心自由的朝圣。登山不但需要体能和技能，更需要勇气和智慧。山鹰社敢为人先，甘当前锋，这正是攀登精神的体现，祝山鹰学子顺利登上世界之巅。

探路者集团联合创始人、董事长&CEO　王静和北大山鹰社结缘，是在2003年攀登哈巴雪山的时候，我认识了不少山鹰社的朋友——那也是我登山生涯的开始。算起来，也有15年了。

　　在这15年里，我经常有幸参加山鹰社的活动，许多一起登山的朋友也出自山鹰社，其中不乏生死之交，通过他们，我充分地感受到"山鹰人"的风采和精神，并由此对山鹰社有一种发自内心的亲切之感和敬重之情。

　　一个人在年轻的时候，以攀登的方式与山相遇，那么，无论在以后的人生中，是继续攀登，还是走上别的人生道路，生命一定会有一重不一样的底色和光彩。我由衷地觉得，这就是北大山鹰社的意义与价值之所在，同时也是山鹰社的魅力和精神之所在。

　　祝北大山鹰社30岁生日快乐！虽然已到"而立之年"，仍然"恰同学少年，风华正茂"！

今典集团联席董事长　王秋杨

　　Congratulations on 30 years of history and amazing progress. Well done to everyone on good effort .

　　祝贺山鹰社成立三十周年和取得的惊人进步。每个人都很努力，太棒了！

新西兰登山探险家　Russell Brice

　　志在高远的北大山鹰社已30周岁了。回忆北京大学登山史，北大成立第一支登山队大约是在1958年，至今已是60周年了。北大最早参加登山活动的应是地质地理系的崔之久教授等人，他们参与了中国第一支登山队（总工会登山队）攀登四川境内的贡嘎山，该次登顶六人，其中三人登顶后因天气突变造成结组滑下悬崖而牺牲，另三人登顶最终安全返回，这三人是队长史占春（后为国家体委登山处处长）和队友刘连满、刘大义（均为消防队员）。1958年北大成立的第一支登山队队员大多为学生，训练后部分队员经选拔成为国家登山队队员，拟于1959年与苏联登山队联合从北坡攀登珠穆朗玛峰，后因故取消。时隔六十年，在北大成立120周年和山鹰社成立30周年之际传来北大山鹰社登山队攀登珠穆朗玛峰之消息，我十分高兴与激动。我预祝各位登顶成功并安全返校，我将静候佳音。

北京大学生物系教授　马莱龄

目录 | CONTENTS |

序一

高处有世界
——我、山及山鹰社

王诗宬

山鹰社里我年纪最大，经历自然多一些。

1968年8月8日，我15岁插队。两年后知青组里只剩下我一个，少了聊天的人，便读书，且读上了瘾。那时白天或扬鞭催牛打谷场上，或竹篙一撑于凤阳河中，更多的则在水利工地挥舞明晃晃的铁锹。晚上总在墨水瓶做的小油灯下读书，读毛泽东、三曹、李杜、恩格斯、牛顿、康德、赫胥黎，还有很多数学、物理、文史方面的书。没有老师，没有考试，不求甚解，其乐融融。书籍改变了我的精神面貌，使得一年才挣100多元的我却心怀高远。记得1974年春天我身着破棉袄，手执雨伞走在上海福州路上，指着过往行人，对我小哥说："给我一个机会，我比他们都行。"虽说后来认识到我才能很有限并在一些方面很笨，我还是为在生命鲜花盛开的年华中有过这样的"自负"而感到满意。

农村近10年，特殊的环境在造成我许多缺陷的同时，也使我成为一个富有基层平民意识和不轻易随波逐流的人。

1977年夏天我在北大20楼见到数学家姜伯驹，他在四年后成为院士并始终保持了一些可敬的品质。在他的怂恿下，一年后我进入北大，成为"文革"后首批研究生。毕业后我留校，并在1983年夏去了加利福尼亚的洛杉矶。加州人才济济，在压力中我得到了更好的锻炼。1987年做了一点引起同行注意的数学工作后，很轻松地走在书店里，一个画面吸引了我——金黄色的油菜花延伸到雪山脚下，雪山上是蓝天，蓝天下有雄鹰翱翔——安第斯山啊！

《水浒传》片头歌唱到"该出手时就出手"，几个月后，我只身踏上了印加之路，并试图登上萨尔坎太峰。美好的愿望遭到迎头痛击，在中途的墨西哥城我被枪顶住了腰，在库斯科被抢走了机票和护照。尽管如此，我还是进山一周得窥萨尔坎太的仙姿。这次悲惨的失败是又一个里程碑，注定了今后生活中要有更多的内容，第二年初夏我在麦金利经历了另一次轻松的失败。回到伯克利做博士后，很快到了1988年8月8日，距插队已整20年，到美国也有五年，忽忆《红楼梦》中咏元春的曲子，得诗一首：

> 二十年来辨是非，
> 十载耕读欲何为？
> 五岁识得西洋景，
> 明日环球把家归。①

一年后，我完成第一次环球旅行回到北京大学工作，途中随向导登上了非洲之巅乞力马扎罗。1990年在北大听说山鹰社并匆匆见过曹峻一面，那时我当然不知道曹峻是个日后在北大登山事业中不断产生积极作用的人。1990年我登过富士山，1992年登过勃朗峰。1993年我40岁，若没有契机的话，5 896米的乞力马扎罗便是我的最高峰了。然而老天不让事情就此打住，从登协那儿听说北大登山队要去慕士塔格，我赶忙找到李锐，便是那个学完物理准备去放羊，后来去方正当了经理的人；接着见到天鸽——曾说过名言"王老师有文化"；还有小叶子——你若要颂扬他的德行，天鸽说的"文化"便不够了。随后便来到34楼的山鹰社。

就这样，我作为登山队的十三壮士之一引吭高歌直奔慕士塔格。一到大本营，我就有高山反应；第一次去C1建营，最后20米是古拉把我接上去的；第一次到C2，我不吃晚饭便钻进睡袋；不过第一次到C3，我也能一边煮方便面，一边和小春子、小叶子、海土、李锐满怀深情地谈起猪肘子。顶峰上，天风疾驶，云儿尚未成形便又散得无影无踪，强光和白雪把天空映照成深蓝，我突然明白了人们

---

① 原诗为：

二十年来辨是非，榴花开处照宫闱。

三春争及初春景，虎兕相逢大梦归。

为何称她为苍穹。

慕士塔格从此融入我的生命。下山后有一段时间，早上醒来首先映入脑海的就是高山营地的景象。慕士塔格的锤炼使我能在1996年登上阿空加瓜（南美）和麦金利（北美），慕士塔格也使我有了一批年轻的朋友：在圆明园跑步，在login聊天，在冬训时呼啦呼啦地抢面条。山鹰社不仅给了我在更高的地方观察世界的机会，还在我已不年轻的生命中注入了新的活力。

为了不误导年轻人，我得再说几句，在生活中遇到麻烦或对自己能力失望时，我也会烦恼和情绪低落，只是我不会总陷在里面。和绝大多数人一样，我希望一天一天过去的日子充实而安宁。

【作者简介】王诗宬，1953年生于江苏盐城，北大数学系教授、博士生导师，2005年当选为中国科学院数学物理学部院士。现为中国数学会理事长，北京大学数学科学学院教授，长江学者特聘教授，*Algebraic and Geometric Topology* 等五个数学杂志的编委。曾获中国青年科学家奖、求是杰出青年奖、国家杰出青年基金、陈省身数学奖、国家自然科学奖二等奖。1993年加入山鹰社，当年作为北大登山队队员登上慕士塔格，还登过非洲、西欧、北美、南美和澳洲的最高峰等。

序二

北大山鹰精神永存

王石

2002年8月，我正在德国进行城市建筑考察，惊悉北大山鹰社登山队在希夏邦马西峰遭遇雪崩，五名学子遇难。北大师生、各界山友、社会传媒，在震惊悲恸的同时，也展开讨论和反思。争论焦点集中在遇难队员的身份——北大学生，他们都是各省市高考中名列前茅的精英，是未来的栋梁之材，还没有完成学业就因登山活动而付出生命，对得起国家的培养吗？为了表现自我，不顾危险去登山而最终遇难，空留悲痛给自己的亲人，对得起父母吗？青年人不应该冒无谓的危险，不应该选择专业性很强的高山攀登——网上几乎一边倒的反对声，甚至演变成声讨。社会负面舆论给北大和山鹰社带来巨大压力。身在德国的我夜不能寐，凌晨在论坛上发出帖子《北大山鹰精神永存》：北大学子组织攀登雪山的活动，是个人行为，但作为一个团体，又不可避免地代表一种精神。问题是，代表了北大的什么精神？

1953年，新西兰养蜂人希拉里和他的夏尔巴同伴丹增·诺尔盖从南坡登上珠峰，即刻引起世界性欢腾和英联邦一系列的盛大庆祝活动。这次攀登终于实现了人类登顶世界最高峰的夙愿，体现了人类挑战极限的决心，体现了一种不满现状、超越自我的崇高精神！人类是由不同民族构成的，珠峰由哪个民族首登，还有民族自尊、民族精神的意义。当时的报道说希拉里是英国人，现在则公认他是新西兰人。有意思的是，同希拉里一起登顶的夏尔巴人丹增·诺尔盖的身份也引起争议，尼泊尔、印度同时宣称他是本国公民。民族精神、国家荣誉是和极限运动密不可分的。七年之后，中国登山队的勇士从北坡首登珠峰成功，全国欢腾。

到2002年，从北坡、南坡登顶珠峰的已经达1 100人次，对于一些国家和民族，登山只是一项极限运动而已，但对许多国家和民族却不仅如此。中国是个多民族的国家，居住在雪域的藏族运动员，代表着中华民族登山运动的最高水平，有三名藏族登山家已经登上了14座8 000米以上高峰中的10座。相比之下，占中华民族人口总数95%的汉族登山水平却同其庞大的人口数量极不相称。在2002年之前，仅有10人登顶珠峰的记录，其中大陆5人，台湾5人。攀登雪山活动需要一定资金支持，所以在亚洲，攀登雪山最活跃的国家和地区是日本、韩国以及中国台湾。随着中国大陆经济飞速发展，开展民间登雪山运动已经是时候了。

我们所熟知的北大精神，是"兼容并蓄，思想自由"。北大山鹰社则更多体现了挑战自我、不畏艰难、强壮体魄、勇攀高峰的精神，这恰是传统北大精神所缺少的，更是中华民族所缺少的。登雪山终归是一种危险的行为，而且毫无疑问，这种危险将永远存在。为什么要冒着生命危险去登山？这在登山运动不普及的中国社会难以被人理解，缺乏社会的共识——正是如此，才更体现出山鹰精神的现实意义。山鹰社因为此次山难受到重创，对于个体和家庭而言，这无疑是悲剧，但他们引领的登山活动不会因此停滞，更不会戛然而止；相反，我相信会越发有活力！

中华民族有着几千年的文明，无论是过去还是未来，我们不缺少知识、不缺少文化修炼，但我们缺乏探索未来的一种冒险精神。中国的登山运动在上世纪90年代前是以国家任务为主开展的登山和科学考察，而北大山鹰社的诞生推动了民间登山运动的蓬勃发展。从我接触登山开始，就深受北大山鹰社的影响，我去攀登七大洲最高峰，也是北大山鹰精神的延续。北大是常为新的，改革运动的先锋，北大山鹰社探索自然、挑战自我的精神在当今社会尤为珍贵。

经过30年的发展，今天的山鹰社更加理性而成熟，听到北大登山队将于今年春季去攀登珠峰，我心里感到无比的高兴，这体现了青年学子们对不确定性未来的探险精神，对于民族振兴的伟大时代，有着重要而深远的意义，这也是对北大山鹰精神的诠释。

2018年4月

告别八十年代

并不是为了到一个孤独的世界去寻找寂寞

所有我们志于的事业

不免从艰难的跋涉开始……

这群爱登山的傻孩子

李欣

1989年春北大登山协会创立

北京大学登山协会正式成立于1989年4月1日，愚人节。或许是巧合，或许是天意。从此，一群爱山的傻孩子便隆重地开始了对山的向往和追求。有谁会想到，这山竟有种神奇的魔力。这帮傻孩子被那魔力牢牢地吸引了，沉浸其间，愈醉愈欢。

其实，登山协会的招募工作在4月1日之前就开始了。招募广告由李荣玉起草、王连全誊写。那时没有复印机，两份广告都是笔墨伺候出来的。李荣玉颇有文采，王连全写得一笔好字。"无限风光在险峰"的招募广告才出，一下就有130多人前来报名。

北大号称精英荟萃，才子云集。原来傻孩子还是不少的。

1990年春北大登山协会易名

1990年4月，北大登山协会正式更名为北大山鹰社。为什么要改名呢？

因为这群傻孩子有一个特殊的想法。他们想要标榜他们汲取了北大人最引以为傲的一种精神——自由之精神。

这帮傻孩子真真正正是执着于北大自由之精神的爱山的年轻人。一有机会来到山里，他们便如脱了缰绳的野马，任性不羁，恣意狂奔。他们热爱那苍茫的山野、广阔的天空，他们迷恋那清爽的山风、自由的空气。

在山冈上，在陡壁旁，他们领悟了真正的北大精神——自由之精神。他们渴望能继承这种精神，身体力行，传及后人。

而雄踞在悬崖峭壁上的山鹰正是这种精神的化身——临风万里，自由翱翔。

于是，便有了"北大山鹰社"这个沿用至今的名字。

1990年4月，一张由王连全狂草的更名启事，书写如下，第一次昭示了"山鹰之歌"：

存		之心于高远
取		之志而凌云
习	鹰	之性以涉险
融		之神在山巅

那个豪迈奔放、特大突兀的"鹰"字，尤显了这群傻孩子的凌云壮志。

86级成员对北大登山协会的贡献

北大登山协会中的86级成员是协会中年龄最长的。他们经过风，见过雨；经验多，胆子大。从无到有，从小到大，他们亲手打造了一支敢想敢干、坚韧不拔、纪律严明、技术过硬的队伍。谈到理想，他们可以天马行空；说到行动，他们能够脚踏实地。仅仅一年的时间，他们就带出了一支出类拔萃、所向披靡的北大登山队，走壁临峰，笑傲江湖。

对于初建的北大登山协会，86级成员既是灵魂，又是脊柱：他们的出奇想象为协会的成长划出了巨大的空间，他们的艰辛劳作为协会的发展打下了坚实的基础。

衷心感谢为北大登山协会的成长做出贡献的86级成员：

陈卫华：86级地质系

张　静：86级力学系

刘劲松：86级力学系

王宇清：86级力学系

一并感谢为北大登山协会的发展献策献力的其他86级同学：

杨志远：86级地质系

李荣玉：86级地质系

王连全：86级地质系

【作者简介】李欣，1986年进入北京大学地质系古生物专业，创办北大山鹰社（前身为"北大登山协会"）并担任第一任社长。曾供职于天津自然博物馆。后赴美，就读于University of Denver, computer science。现旅居加拿大多伦多，就职于Royal Bank of Canada。

并不是为了到一个孤独的世界去寻找寂寞

谢如祥

牛气的起点

北大登山协会是受地理系崔之久教授的南极报告启发而成立的，发起人是以李欣为首的地质、地理系86、87级的一些活跃分子。1989年的4月1日是一个星期六，招收会员的海报就张贴在举世闻名的三角地，说是入会费5元，报名就在边上的28楼211室——李欣的宿舍，我的印象是地质系报名可以不交钱，不知其他系的同学是否交了钱。星期天一早就在南校门集合，校车载上我们近50人直接开到了怀柔水库边的国家登山队基地，这里此前是国家跳水队的训练基地。随车同行的还有崔之久老师、生物系马莱龄老师，他们都在20世纪50年代末参加了国家登山队。

可能是二位老师的面子吧，怀柔基地盛情接待了我们，国家登山协会领导史占春、王凤桐、曾曙生、刘大义等都出面欢迎和讲话，然后看登山的照片和幻灯，登山健将李致新、王勇峰、罗申等还教大家在人工壁上攀岩。那时岩壁的支点就是些长条形的坑。岩壁上攀岩时，爬得高快到顶的人被李欣叫到一起，就成了第一批登山队员——北大登山协会的骨干成员。

第一次见到这么多牛气的人物，第一次玩了这么刺激的运动，真是让我激动不已，特别是居然还有免费的午餐——西红柿鸡蛋面，蛋多汤稠，味道比学一食堂的小炒还爽，一盆又一盆的管够！

于是我决定在这个组织里坚决地干下去。

攀岩队

怀柔回来后的一个下午，李欣把第一批登山队员带到五四体育场给大家做了一个体能测试，挑选出大谢、曹峻、陈卫华、刘劲松、蒋拥军、张静、何丹华、马莉、刘俊梅等就成立了攀岩队，说是要参加6月10日的第三届全国攀岩邀请赛。训练项目主要是跑步、引体、爬铁丝网。

李欣常带我们徒步或去香山攀岩训练，那时队里绳索、安全带、铁锁、保护器等攀岩器材什么都没有，一个地质锤和一捆军训时的背包带装在地质包里就出发了。背包带连接起来捆扎在我们的腰上，李欣在上方把背包带系在腰上再绕过一棵小树就算保护了。

5月13日早上，李欣又带领大家进行一次远足野营，西直门火车站出发，好像走了很远很远，14日傍晚的火车只能回到北京站。

21日上午，李欣找到我，要我第二天和曹峻、大谢去怀柔基地训练，准备参加全国攀岩赛，并且必须要拿到名次。我们比其他队员早到怀柔基地，住的是李教头、王教头的宿舍，接受他们的培训和指导，还能吃上基地的可口饭菜，直到6月4日，通知攀岩赛推迟，于是集训结束，各回各家各找各妈。也幸亏赛事推迟，才让我和大谢有机会在10月河南焦作的攀岩赛上获得男子双人结组第二名。

9月返校，功课很紧，一个月要补完上学期耽误的所有课程。登山队队员的活跃度明显降低，李欣也更加深沉了，他梦想着要登一次雪山，这需要校方的支持，而要获得校方的支持，必须先做出点成绩来，这个成绩只能来自攀岩。于是他每天晚上带我和大谢、曹峻、张静、马莉等几个人的体能训练，周末就跟一个叫戴运的北京人去野外攀岩。从严格意义上讲，戴运才是我们登山队户外攀岩的启蒙老师。他是北京地铁公司的一名职员，接触攀岩比我们早，有绳索、安全带、岩石钉、铁锁、保护器等全套装备，也懂户外知识和打各种绳结，是李致新介绍给李欣认识的。戴运人很好，带我们非常用心，唯一的要求就是要李欣请他吃饭，还要喝几瓶啤酒，喝了酒之后还喜欢把所有人都骂一遍。既然李欣请客，像我这种不懂事的也就要跟着一起吃，还特别能吃，何况每次训练回来学校食堂早就关门了。戴运带我们差不多有半年之久，我们在攀岩上的成绩，他功不可没。

训练经费

李欣在校的时候，我从来没想过经费的问题，大谢倒是跟我提过，"李欣怎么那么有钱啊。"直到李欣毕业离校后，我跟曹峻、何丹华当家的时候，才知道李欣有多么不容易，现在想来，如果没有李欣的付出和千方百计，山鹰社也许跟当时成立的其他诸多社团一样默默无闻或早就烟消云散了。

1990年及以前，在校学生多数还是满足温饱的水平，户外活动仅交通费这一项就是很大的负担。我们87级进校时，学生可以贷款300元/年，而副食补贴伴随着物价涨幅，从每月9元到17元再到最后的21元，这500元左右基本要维持我这样的农村学生一年的在校生活。李欣老家新疆是八类地区，且父母都是高知，据说给他200元/月，估计有一半是贴到日常活动了，其他条件好点的队友也是或多或少在补贴。

据我所知，山鹰社1989年4月到1990年6月，一年多的时间里，外来经费只有两笔，共计2 400元，第一次的怀柔之行租校车大巴和给登协的纪念品就用了400元。余下的原计划6月10日用于攀岩赛参赛费用。河南焦作比赛的报名费和4名队员（大谢、我、张静、马莉）的交通费由郝光安老师支付了，只需承担李欣、戴运、曹峻三人在焦作的食宿交通费。这些钱是非常顶用的：支付了1989年、1990年攀岩赛赛前在怀柔训练的食宿费用、社会调查费用及其他大型活动的公共费用。没有这笔钱，李欣个人也是贴补不了的，我们肯定不能出这样的成绩，团队也不可能有那么好的凝聚力。

我常想，山鹰社能熬下来，的确有很大的偶然性。

更名山鹰社

1989年冬，登山队组织了一次十渡冬训，李欣说是为下一年登雪山做准备，帐篷、睡袋都是地质系野外作业用的，人多装备不够，冷、饿是主旋律。

1990年开学比较晚，很快就是登山协会一周年了，李欣决定把登山协会更名为山鹰社，并确定了《山鹰之歌》，这样开展活动的外延会宽泛很多，包括：登山部（含攀岩）、科考部（含社调）、旅游部等，我跟大谢负责登山部，曹峻社长兼旅游部，高新东、蒋拥军负责科考与社调。我想，他这样构架和分工的第一个目的是为了组织的延续，老社长带低一个年级的队长，老社长毕业后老队长可以再带低一个年级新社长，如此循环。因此，1990年秋天曹峻不做社长时，其他队友让我做，我坚决不干，才让何丹华接替曹峻做社长。这是后话，回头再叙。

第二个目的是登雪山的目标实现不了时，还可以开展科考社调旅游等低费用的活动。因为颇具理想和烂漫情怀的李欣觉得大学生必须要在自然和社会两个方面有所作为：探索自然、探索社会。

不久就开始筹划登雪山了。

筹备玉珠峰

我们先把想法跟崔之久老师讲了，崔老师给的意见是：要有高度，要没难度，然后说就选择东昆仑的玉珠峰吧，我在北坡的西大滩考察过冰川，从南坡上的话应该问题不大。把想法给国家登山协会讲，协会领导也说是好事。于是我们就开始做计划。

钱从哪里来？

当时真是一头雾水，理想化地想到三个方向：

1.北大肯定支持我们，我们攀岩已经出成绩了，再来个登山，多给北大长脸啊，田径球类那些项目学校都投入那么大，也没在全运会上拿什么名次。何况玉珠峰还没有报道有哪个队登顶了，我们或许是第一个呢。就算不给钱，北大名气这么大，出个函一路上也有单位接待。

2.国家登协是实体，不是一般的协会，有钱，年年带外国队登山，创汇大户，也真心想扶持我们，校友王凤桐是国家登协副主席（体委登山处处长），实权人物，并且有言在先，北大的事义无反顾地支持，就算不给钱，起码装备是白给的。

3.企业赞助。实在没有拉到钱，有前两条也花不了几个钱。

于是做了个简单的计划书，还把费用做得比较宽松，然后就给学校打报告，把重大意义写得比较充分，还特别扯上了为1990年的北京亚运会献礼的大旗。初步确定的队员名单是：李欣、曹峻、大谢、我、何丹华、朱小健、拉加才仁。小健还特意在北大红十字会学了个急救课程。

找新来的校长吴树青，吴校长说这事归张学书副校长管。再找张校长，说先让团委和系里打报告上来。

校团委社会实践部的张强部长说这事应该归各个系或者体教中心，于是大家分头行动找领导盖章。曹峻负责团委和地理系，我负责体教中心和地质系，大谢是无线电系，何丹华是地球物理系，朱小健和拉加是生物系。盖章是个不容易的活儿，以至于我们认为只要把章盖上了就万事大吉。印象中第一个章是最难盖的，不记得是小健找马莱龄教授去办的，最早盖上生物系的章；还是郝老师游说林主任（大林）先盖上体教中心的章。总之，报告上最后盖上了八个红印：团委社会实践部、体教中心、地质系、地理系、地球系、生物系、无线电系、校学生会，然后兴高采烈地去找张校长。

张校长又给我们布置了第二个任务：每个队员要附一封从老家寄来的父母签字同意的保证书。不到半个月，保证书也准备齐了，是不是父母亲笔签字就不好说了，信封都是老家的邮戳，我的是让高中同学写过来的。接着张校长又给我们布置了第三个更难完成的任务：让中国登山协会盖章、发函。于是我们就傻傻地去找国家登协，登协的老曾（曾曙生副主席）告诉我们，这事只能找老校友王凤桐处长。于是又从怀柔折回到体育馆西路8号的国家体委办公大楼的8楼登山处处长室，软磨硬泡好多次，也在体委的机关食堂吃了几次，终于在王处长的帮助下，搞明白了，玉珠峰活动，如果北大不以校方名义出面，国家登协别说出钱，就是借装备都是有困难的，除非伍绍祖（当时的体委负责人）说是国家任务。

于是我们又回过头来专门围攻张副校长。同时，拿着登山计划书和几张攀岩的奖状满大街跑赞助，自谋出路。

张校长最后被逼无奈讲了实话，大意是：（1）学校出面主持这次登山活动是不可能的，风险大，自己在善后一名野外实习同学的意外坠亡时被同学父母撕烂了衣裤，很难办、很难过。（2）北大的经费维持日常的科研、教学和国家布置的任务都困难，除非是国家任务。（3）以为你们是一时冲动，会知难而退，既然这么执着，你们自己想办法吧，不需要通过学校。

虽然诸多失落，但无论如何，我们一定要踏上雪山，这一点坚定不移。

转机

国家登协被我们感动了，老曾告诉我们，登协开会讨论了，既然北大校方不出面，登协肯定不能以组织的名义支持北大登山队，登协的运动员教练员的个人装备还是可以以个人名义借给北大登山队的个人的，并且在会上号召个人出借装备。不久，宋志义和金俊喜两位教练就从怀柔坐两个多小时的公交车来到北大，给我们送来了他们两人还有孙维奇、童露的部分个人装备、睡袋和防潮垫等，并透露，如果个人装备不够，还可以向登协装备部再借一些。我们在学一食堂请他们俩吃午饭，可惜连小炒都没有抢到，很是过意不去，说他们下次来的话一定要请他们吃学一的小炒。这个承诺一直没有实现，因为宋志义、孙维奇两位教练长眠在1991年初的梅里雪山了。

也是到了后来才明白，登协王凤桐校友和老曾的用心良苦，个人装备只是引子和说法，玉珠峰的绝大部分装备还是从登协装备部里拿出来的1975年登珠峰的老装备，虽然不甚美观，但很结实、很管用，山鹰社后面的几次登山都用的这批装备。

有了登山装备，拉赞助成为主要工作。欧阳旭介绍的北京蜂王浆厂是正式接触的第一家企业，答应给点蜂王浆。其他企业基本是留下资料就打发走人了。

事情的转机在6月，清华大学土木系研究生张为不知怎么找上了曹峻，说要跟我们一起去登山，还可以帮忙拉赞助。最后还的确是他从清华骑车130公里到天津塘沽开发区，感动了他的一位学姐——台资天津加利加鞋业有限公司总经理助理，于是这家台资老板答应给7 500元现金外加10双休闲鞋。

曹峻在五四操场跑步的时候认识了大胡——北大出版社的胡东岳，也想跟我们去。我跟李欣不太乐意，曹峻给出了两个理由：一是我们登山回来要出书，他可以帮忙。二是大胡身高1.87米，搞过铁人三项，身体超级棒，跟我们去背东西，顶头骆驼。第二个理由让我动心了，于是大胡也加入了。

后来在玉珠峰的第一个晚上，大胡和李欣高山反应严重，第二天我跟李蓉护送他们下山，主要是我拖着大胡下撤，到纳赤台兵站吸氧气的时候，李欣还笑话我，把自己变骆驼了。

临出发前十来天，我们又去怀柔跟登协请教登山注意事项，老曾建议我们找一位教练，并且说贵阳建筑设计院的熊继平是最佳人选，登过几次雪山，还当过1988年珠峰双跨活动的协作队员，到达过8 000米高度。于是李欣让我给他电报。第二天就收到回电，两个字：愿往。出发前两天，人就到北大了，同时告诉我们，他的同学李蓉是贵阳医学院毕业的，要自费跟我们去，还可以当队医，直飞西宁，我们多带一套装备即可。

熊继平过来了，出发前的准备就步入正轨了，去登协拉装备也知道怎么挑，其他物资也有条不紊了。

拉加先回西宁老家打前站。

我找当时北大学生会主席、地质系87级的陈伟同学要到了20张盖学生会公章的空白介绍信。这是我们一路西行的唯一官方凭证，依靠它我们还真的获得了很多便利，包括格尔木市政府的400元租车资助，格尔木兵站、纳赤台兵站的吃住行，以及给煤油炉买油等。

张为说可以部分逃票，借了几个学生证买了6张半票一张卧铺，6月30日晚上我们其他9人就出发去西宁了。

玉珠峰活动圆满结束了，皆大欢喜。只有熊教练带有遗憾，说没有把大胡带上山顶。

李欣回天津自然博物馆去标本室上班了。

北大张学书副校长代表学校为我们庆功，在食堂摆了两大桌，登协领导还送了些装备。

高新东喝了一瓶二锅头，写下了《昆仑行吟》：

> 并不是为了到一个孤独的世界去寻找寂寞
> 所有我们志于的事业
> 不免从艰难的跋涉开始……

【作者简介】谢如祥，1987年进入北京大学地质系。曾任北大山鹰社登山队队长。

昆仑山风雪夜

拉加才仁

那年玉珠峰风雪夜迷路的经历至今还让我觉得很庆幸，也很有成就感。之所以我认为是成就，是因为我们安全地回来了，对于登山，安全就是最大的成就。

事情发生在1990年的昆仑山玉珠峰大本营附近，那是北大山鹰社成立以来第一次组队去登雪山，大家都没经验，组织也比较混乱，所以也就发生了以下的事情。

我们第一组登顶后的第二天，大家都在大本营休息，我记得那天天气特好，队友们不是打扑克，就是在外面晒太阳，下午可能四五点左右，在我晒得最惬意的时候，组织上要求我到昆仑山口附近淘金人住的地方去接我们上来的一名队友，他是北大出版社的大胡。大胡是队伍刚到营地的时候由于高山反应下撤到格尔木，恢复了几天又上来的。我走到营地河边碰上了女队员何丹华，她也要跟着去，我当然是求之不得。跟她聊着天，一个多小时的路程感觉一晃就到了淘金人住的地方，那时天色有点暗了，天空飘着雪花，淘金的人还没回来，给他们做饭的老大爷劝我们别走了，说快要下雪了，路不好走，晚上就住在他们这儿。大胡想尽快赶到大本营，没有留的意思，就这样，我们几个就离开了。

没走多远，狂风夹着大雪呼啸而来，天有点黑了，看不清楚来的路，也分辨不出远处的山形了，那个时候山鹰社好像没有什么通信设备，身上连个简单的指南针都没有。怎么才能保证我们走的方向是对的呢？能看清路的时候，那个风是吹在我的左脸上的，我想只要保持让风吹到我左脸的方向走，就应该八九不离十。走了一段，天彻底黑了，雪大得都感觉很难看到自己的脚了，大胡和何丹华对我选定的方向也怀疑了，另外我的脸已冻得感觉不到风的方向，别人一质疑，本没自信的我对自己的选择更没把握了，后来他们指哪儿我就走哪儿，以后的几个小时完全凭着感觉走的。

雪渐渐小了，能见度稍微好了一些，我已经意识到晚上只能在外面过夜了，大家又冷又累又饿，但累感超越了其他的感觉。想找个地儿休息一下，可四周平坦坦的白，唯独前面不远处的地方颜色比较深，像个沟壑。我就跟他俩商量走到那里，找个背风的地方挖个雪坑过夜。那个沟壑看着近在眼前，可走了大概一个多小时还不到，此时他俩已走不动了，大胡干脆躺在地上不起来，何丹华也说累了，坐在地上，这一坐下去也就不起来了。当时我有两个担心，一个是狼群，这地方有黄羊、野驴，就肯定有狼群。另一个担心是被冻死，在我们老家经常发生冻死人的事。我老家的海拔是2 000多米，我们可是在海拔5 000多米冰天雪地的地方，除大胡有个睡袋可以钻在里面保暖以外，我和何丹华穿得都比较单薄。当时我知道的冻死的都是人睡过去以后发生的，所以绝对不能让他俩睡过去。大胡躺着，何丹华坐着，刚开始每过一会儿（大概10分钟）我就拍醒他俩，让他俩自己动一动。刚开始他俩还主动地动一动，几次以后他俩就拒绝起来了。大胡躺着，我就把他放在睡袋里的两条腿抬起来，给他做伸展曲缩各种运动。何丹华轻，我从后面把她抱起来左右摇晃，后来她也跟大胡一样躺下了，我们的鞋已经湿透了，怕把她的脚冻伤，我让她把鞋脱了，脚塞到大胡的睡袋里，这样每过一会儿，除了给她做跟大胡一样的运动外，还隔着睡袋给她的脚按摩一下，总之能想到的运动都给他俩做了。我外面穿了个仿皮的夹克，里面是件毛衣，为了御寒，在给他俩做运动的间隙围住他俩跳舞，这之前我是个舞盲，但自那以后居然也会有人欣赏我的舞姿了，老实说我就是那天晚上悟出了跳舞的感觉。

忘了那天晚上把大胡的长腿抬了多少下，给何丹华的脚按摩了多少次，自己跳了几个小时的舞，居然一直坚持到天上的云慢慢散去，几颗星星悄悄溜出来了，虽然周围还是不怎么清楚，但看到星星，心里还是有了点安慰。又过了一段时间，慢慢地看出晚上看到的所谓的沟壑原来是远处的山脉（跟昆仑山南面平行的一排山脉，应该离我们有30多公里），可还是根本不知身在何处，周围还是白茫茫一片，有种彻底被丢弃的感觉。想找个高一点的地方，站在上面或许能看远一些，刚好前面五六十米处有个小土坡样的台子，我就朝那儿走去，走呀走，近在眼前，可总是到不了。那时大胡和何丹华也起来跟在不远的后面，走着走着，天慢慢地亮了，那土坡越来越清晰，在某一个时刻我突然惊醒过来，那根本就不是什么普通的土坡，那正是前一天我们刚刚登过顶的玉珠峰！看着像土一样的深色正是玉珠峰南坡上裸露的岩石地带……看到了玉珠峰，我心头的一块石头落地了，那感觉就跟丢失的孩子远远地看到了自己的家一样……这才意识到我们朝着与大本营相反的方向走了一夜。虽然体力已经彻底透支了，但接下来的事情就简单了。我大概下午1点左右到了营地，他俩也在后来的一两个小时内到了营地。

【作者简介】拉加才仁，1988年进入北京大学生物系，1995年研究生毕业；1991年攀登慕士塔格、1992年登顶念青唐古拉中央峰，曾任山鹰社1990年玉珠峰科考队队长、1992年念青唐古拉攀登队副队长。现在美国纽约州立大学工作。

那一天
——我和山鹰社的缘

朱小健

某年某月某日，我走过32楼旁，正赶上工人们在进行拆除32楼的作业，一扇白色的护窗被扔下来，掉在地上。我用手机记录下了它着地前的一瞬间。

32楼北侧有一条缝，20多年前，有一群年轻人，一到周末，都沿着它爬上去，荡下来，再爬上去，再荡下来，反反复复，很是奇葩。而我，正好是一个没有见过什么世面的、听话的"好学生"，当年的生活就是学习，学习即生活，只不过我成绩一般，但这也是没办法的事情。从来没有想到过有人会爬墙，一趟一趟，乐此不疲。他们在那里爬，我就站在旁边看，旁人的节奏是驻足、离开，来来走走，而我实在是太没见过世面了，就在那儿站了一个多小时。于是就被人发现了，就有人过来搭讪，问我愿不愿意参加山鹰社。就这样，我就进了山鹰社一个相对小的圈子。

"史料"记载，这是我入社之始，其实不太正确。之前，山鹰社曾经发布过招新广告，我和一个舍友决定参加，还认真讨论过，不知道入社标准是什么，如果做俯卧撑、仰卧起坐什么的，我们可能会被刷下来，但还是忍不住好奇，按照上面的指示，前去一个男生宿舍报名，还填写了登记卡片，一个是399号，一个是400号。现在想想，编号也许不是从1开始的吧？之后这件事情就告一段落了，直到我在32楼楼下傻呆呆地看了一个小时爬墙缝。

这个小圈子还是有不少人的，他们让我大长见识。在此之前，我从没见过有人吃饭像海土（吴海军）一样，会加一个松花蛋，因为在我家那边松花蛋是下酒菜；我第一次从老板（雷奕安）宿舍拿着锅去打菜，大师傅舀好几勺也盖不住锅底；在五台山，李锐的耳朵被冻出来的水泡有一个蚕豆那么大，他在我们的目瞪口呆中还能淡定地问"很严重吗"；三个人分吃当时以为就是山西刀削面的一碗面条，转氨酶的值与吃的面量成正比，后来的待遇也迥异：李锐被从实验课上抓到校医院住院，我是被大夫问"你是要住院还是在宿舍治疗"，而徐纲生龙活虎什么事情也没有；在拉练的路上，Lily（黎颖）带着一点点广东口音说起她们军训拉练在停下来时会晒脚，我则不解地问"为什么要赛脚？赛什么"；同年级的汤烨、何丹华和陈莉是攀岩女神，好像就没她们上不去的路线……

我们平时晚上在五四操场跑圈静拉，周末去309医院周边的山头、去怀柔登山基地啥的攀岩。我从没关心过一些决定是怎么做出来的。我一直在核心圈子之外，乐呵呵、傻乎乎地跟着大部队活动。所以在被通知参加玉珠峰的攀登活动时，我没过脑子就说好啊。无知者无畏，而且我信任他们。好在事实证明，他们是值得信任的人。我跟着他们到了西宁，到了格尔木，到了玉珠峰下，一步步走了上去，又一步步走了下来。"史料"里面一定没有记过，我上山穿的两只冰爪中，自己绑的那只由于捆绑不牢，留在了玉珠峰的雪里面；而跟着我走完全程的那只冰爪，是拉加绑的。

此前，我到过的最远的地方，就是离家直线距离不足200公里的北京。我跟着一群热血青年，逃着票，睡着行李架或者座位底，来到青海。因为我们的经费紧张，所以大家花钱很小心，在菜市场买菜时，李蓉看见地上有一棵看着还过得去的菜，就毫不迟疑地捡起来，成为大家的笑谈。熊继平是队里唯一有8 000米经验的人，好像在西宁、格尔木的时候就开始说自己有高原反应；等到了大本营大家都晕乎乎难受得无精打采的时候，他除了念叨"怎么办，怎么办"，就是绕着帐篷唱《驿动的心》，被某人称为"牲口"（此人后来形象太过高大，迷弟迷妹众多，我要保命，还是不提名字为妙）。

当时我被分配的任务是管钱记账。那时候西宁据说扒手不少，我的对策就是不用钱包，我有一件飞行员夹克，每个口袋都装有钱，这样就很难被偷光了。当时最大的纸币就是10元，所以说"每个口袋都能抓出一把钱"也不算太过分，我的任务应该还是完成得不错吧，大家还开玩笑地给我起了"算盘"的绰号。但是已经想不起来为什么管何丹华叫何大壮了，明明是苗苗条条一个女生，难道那个时候他们就懂超前于时代的反差美？①

后来我经常出野外，不能参加社里的活动，但是爬香山、吃晚饭之类的事情还是隔三差五地参加，而且持续了这么多年。感谢那一天的我，在32楼楼下看着他们上上下下，让我有机会认识这么一群有趣的人。虽然许多细节已经不能想起，但留"山鹰社"几个字，蕴含于一段独特的、暖暖的记忆中，借用天先生（张天鸽）的话，那段记忆，关于成长与爱，关于生命和自由。

【作者简介】朱小健，1988年9月进入北京大学生物学系。1999年获博士学位，之后在北京大学生命科学学院工作至今。

---

① 当时有个脍炙人口的关于除草剂"禾大壮"的广告。——编者注

我在北大山鹰社的日子

曾山（Jon Otto）

山鹰记忆

1990年，我来到北京留学。我们这个留学项目由一群美国学生（大约20人）组成，大家都居住在北京大学的勺园宿舍。除了每天上4小时的汉语课以外，我们这群美国人的食宿和活动也都在一起。我很快就意识到，我跨越半个地球，并不是为了来这里，每天只是在教室坐几个小时，和我的美国同胞一起做作业、一同玩耍的，而且我和他们中的大多数都处不来。再说，我也确实喜欢做些别的事情，那就是户外运动和攀岩。我知道，中国有很多山，但在20世纪90年代初，对某个对中国社会所知甚少的人来说，在中国旅行却是个巨大的挑战。不过我很积极乐观，我知道，不管怎样，我都应该走出北京大学的围墙。

一个朋友给我介绍了一个新组建的户外俱乐部，那是个小小的登山协会。我已经记不清第一次与北京大学登山队的朋友们相见时的情况了，应该是在他们练习攀岩的宿舍楼。这栋毫无特色的几层高红砖宿舍楼的中心有一条伸缩缝，一条对练习胀手（hand jam）和胀脚（foot jam）堪称完美的裂缝。一般来说裂缝攀岩难免痛苦，攀登这条裂缝真的让人异常痛苦。可这个学生小团队反复攀上裂缝，对其中的痛苦看起来无动于衷。他们穿着简单的平底薄帆布"解放鞋"，锋利的砖墙边缘给他们的脚侧面留下了伤口，手背同样伤痕累累。我当时想："这太给力了！"我也试着攀爬那条伸缩缝，我的技巧应该足够了，可我几乎无法忍受把手和脚塞入裂缝带来的疼痛。这就是我多次经历中国人所说的"吃苦"体验的第一次。

后来，我开始经常参加这个登山协会的活动，并和很多成员成了好朋友。那是一个充满热情、作风粗放的草根组织，正是我喜欢的类型，我们气味相投。技巧和知识的欠缺，他们会用创造力来补足。如果缺乏设备，他们就因陋就简。不过他们的吃苦能力真的是一门艺术，也是在这个群体里生发出来的一种骄傲。也可能因为我们都是没什么钱的学生，可登山又需要花钱，所以，需要把事情安排得花费尽可能少、把资源用足。这些吃苦的原则让我心悦诚服，而且与之热情相拥。我得说，它确实能塑造一个人的性格和意志力。

下面就是我在北大亲历的彰显这股精神的某些难忘时刻。很抱歉，在这里恐怕我只能挂一漏万了。

免责声明：以下经历只是我记忆中的样子，你的回忆可能与之大相径庭。即便这些记忆难免扭曲，应该也不影响你的赏析。

当时最受欢迎的攀岩场地是北大附近一个名叫309的小型采石场。山鹰社只有一条磨损严重的动力攀登绳。我记得有一天（我想应该是1991年的春天吧）在309攀岩，那天的经历强化了我对攀岩绳强度的信仰。那条绳子的外皮有两段已经被彻底磨掉，露出了好几米内芯。当绳降一位攀爬者时，需要两三个人通过8字环保护器"饲喂"绳索，否则，绳子就会在保护器上卡住。就是在那一天，我注意到，绳芯有三股也断了。我非常担心，所以，找了个借口不爬那条绳子，怕它会崩断。大约10个人用过那绳子并没出问题以后，我才松了一口气。那条绳子那天没断！不过我还是建议，该买条新绳子了。

山鹰社那时候的负责人之一是二谢（谢如祥）。这个在乡村长大的汉子身体强壮，而且还是个天才的攀岩者，我曾在密云见过他轻松自如地徒手攀上一面岩壁去设置顶绳。让我一直感到遗憾的是，二谢毕业以后没有机会从事全职攀岩工作。说到徒手攀，有一次，我们决定练习结组（rope team travel）攀登。我们一群人乘坐公交车来到北京西山，找到了一面低角度岩壁（可能有60度左右吧）。我们所有人都连在一条绳子上练习"行进间保护"（running belay）的一种攀登方式。我记不清到底有几个人串在那条绳子上了，可能是6人，也可能是8人。我不敢领攀，但曹峻一马当先。作为先锋攀登者，他不时在裂缝上设置保护点。其余的人全部跟随而上。任何人滑落都会让其他人也随之滑落，我怀疑保护点是否能撑得住，即便有一个保护点撑住了，我们也会滑落很长的距离，沿着岩壁滚落而下。那天，我们都很开心，没一个人跌落！

山鹰社这帮人对提高我的汉语也大有帮助。男性队员有个习惯，那就是见面时用"傻逼"当问候语。我以为这是另一种问候方式，所以，有一天，我跟老师打招呼说："傻逼，早上好。"不用说，那位老师对我的问候并不友好。那堂课剩下的时间里我过得怎么样，还是留给你们去想象吧。

我的宿舍在三层。一天深夜，探访时间过后，我被叫到了前大门。在那儿，有两个保安神情严厉地抓着我的朋友唐战军。他有很重要的事情告诉我，所以，就从宿舍楼的一侧爬上了我宿舍的窗口（不要忘了，那是个还没有手机的时代）。令人遗憾的是，他被抓住了，他们言之凿凿地告诉我，他是个窃贼。解释清楚我们确实是好朋友，而且他也不想偷窃任何人之后，他们放了他。我记不清消息的内容是什么，不过可能并没有多么重要，传递消息更多的是攀爬一栋建筑的借口。

1991年夏季，登山队决定攀登慕士塔格峰。为了训练自己，我们安排了冬季攀爬五台之行，这座山就在北京正西。那可能是我一辈子经历过的最冷的日子了。我们所有人都没有足够的衣物，而且服装颜色不一，是一支真正的"杂牌军"。不过我们都深谙吃苦之道。在去往五台山的火车上，因为车厢内过度拥挤，我们中有几个人只能站在车厢连接处，任由灌入的冷风不停地抽打。开始步行攀登顶峰的早晨，一个叼着烟袋的当地老人拦住了我们的去路。他禁止我们登山，因为他担心我们的安全问题。他说，山上住着一个魔鬼，我们恐怕有去无回，而保护我们则是他的责任。经过一些说服解释之后，他对我们放行了，可我不知道其他人是怎么说服他的。结果，"魔鬼"确实以冻伤的方式找上了我们。一个队员的耳朵被冻透了，暖过来之后，坏死的组织像黏液一样垂下了5厘米，样子非常怪异。还有其他一些无大碍的小冻伤发生，让我惊奇的是，没出什么大事。

我们需要为攀登慕士塔格峰筹集资金，像我这样的外国登山者还涉及额外花费。我记得中国登山协会好心地免除了我作为外国人的大部分费用，不过我们仍然需要为交通、食宿、装备和其他方面的开销筹集资金。一起起草了一份中英双语的建议书以后，唐战军和我花了两个月的时间在北京四处游走，敲开了所有大型国际公司的大门。我想，我们与68家公司——也许是86家公司——谈过。有一天，我们忘了携带电话号码名录，要不是小唐过目不忘的神奇记忆力，我们可就真的麻烦了。我会问他："某某公司的某某人的电话是？"小唐总能从记忆里准确调出信息。

我们不断被人从办公室赶出来，一位CEO甚至因为我们不够体面的乞求行为给我们上了一课。好在可口可乐公司最后决定赞助我们。他们给了我们4 000美元（也可能是4 500美元）。那时候这可是一大笔钱，足够我们12人去往喀什、攀登慕士塔格峰并返回北京了……当然，也只是刚刚够用而已。在返回的路上，我们坐了72小时的火车硬座，而且只有一半的人有座位。不过那不算什么，因为到了那时候，我已经是个吃苦专家了。

攀登慕士塔格峰是我最难忘的攀登记忆之一。首先，我们对将做的事情几乎没有任何设想。我们在一天之内就从喀什来到了大本营（海拔4 450米），所以，都出现了严重的急性高山病（AMS）。我的头疼了整整一星期。可口可乐公司给我们赞助的外套非常薄，透气性极强，衣裤都没有防水涂层。这种服装跑步很好，可穿着攀登7 546米的高山就太糟了。我们的脚上是几代人都很熟悉的老式俄式帆布登山靴。一个德国登山队特意来到我们营地拍摄我们过时的鞋靴和装备，那些都是他们从未见过的。我们背着沉重的玻璃罐装水果罐头去往2号营地。

有一天，我们沿着一个有裂缝和深深积雪的斜坡爬往2号营地，我们非但没有结组前行，而且每个人都自行选择线路，认为自己找到的才是最佳路径。（参考信息：当你攀登冰川山峰时，始终都应该结组前行，以防有人跌落冰缝。为了节省体力，只有一个人负责在前面的积雪中开辟路径，其他队员紧随其后。）我们没有让身体保留足够的水分，一个队友因为严重的高原反应滞留另一个登山队的帐篷一两天的时间。我和拉加才仁被困3号营地，在没有睡袋的情况下过了一夜。尽管我们把攀登高峰可能犯的错误都犯了，但那是一个美好的经历。

正如你看到的，我们攀登了什么高峰并不那么重要，重要的是要与这群哥们儿一起攀登。真正的友谊和牢固的纽带就是这样的经历打造的。这是一种来自于需求、来自于你110%地信赖伙伴的关系，是一种持续很久的关系。大山是妙趣横生的地方，尽管依靠自己是身在大山的一个重要品质，但高度依赖和信任你的伙伴（们）也是如此。

这也正是山鹰社始终如一（而并不仅限于登山的时候）的追求。在美国，我成长于一个不鼓励人们建立同志情谊的环境。但这个团体则恰恰相反。在山鹰社，人们就是希望彼此支持，这是一种"默认选项"，没人不这么认为。起初，这与我单打独斗的行为方式并不相容，我成长的过程中有60%的时间要依靠别人，但在山鹰社，有99%的时间在相互支持，而且不问原因。当然，每个成员都有自己的想法和关注点，也会有辩论、问题和争论，但归根结底，依然会相互支持。不管你是不是喜欢，这都是件好事。

雪华和我的婚礼

雪华和我犯的第一个错误就是在美国举办婚礼，这意味着我们山鹰社的很多朋友要万里迢迢地从中国赶来。旅行不是问题，问题是获得美国签证。我们确实考虑过举办两场婚礼——一场在美国，另一场在中国，但是，正如任何操办过自己婚礼的人都很清楚的，一场就已经够受的了。让我们的中国嘉宾获得美国签证的过程完全出乎我的意料。不过如果说山鹰社的伙计们有什么收获的话，那就是，这是个很好的挑战。

那时候，拒签率还很高。你必须向签证官证实，你会回到中国，可签证官的心态则变幻无常。他是才享受了一个浪漫的烛光晚餐，还是早晨和妻子吵了一架？你的命运似乎更多地取决于签证官当时的心情，而不是事实。不过某些条件可以大大提高你获得签证的机会，比如，有一份薪水很好的工作、拥有一套住房、已婚、有孩子、有投资而且银行里有很多存款，等等，任何能证明你与母国的联系而且会回到母国的理由都有这个作用。

雪华和我的工作很轻松，那就是给每个人写邀请函，并尽量往好处想。所以，当我和雪华为婚礼做准备的时候，我们的很多朋友则在发疯般地准备所有的文件，以证明自己在财务、财产和人际上与中国的关系。令人惊奇的是，除了我的伴郎曹峻，每个人都获得了签证；不过他妻子拿到了签证，这还不错。只是我没了伴郎，这就不怎么好了。

婚礼在新罕布什尔州我外祖父母的住宅里举行。那是个木结构的漂亮大房子，坐落在斯夸姆湖（Squam Lake）边的大片森林中，屋里总是弥漫着松木的气息。房子的正面是3米高的玻璃窗，俯瞰着湖面和周边的小山。那部著名的影片《金色池塘》（On Golden Pond）就是在离我们房子很近的地方拍摄的。大部分婚礼嘉宾住在附近小镇的宾馆，山鹰社的朋友们则住在这所房子的地下室。那是个非常棒的地下室。在我的青年时代，很多夏夜，我和表兄弟们都住在那个地下室。地下室有两间共用一个洗手间的卧室，足可以轻松容下20个人睡觉，可以举办一个大规模的"睡衣晚会"！

婚礼终于如期而至。婚礼开始，身着婚纱礼服的雪华坐在独木舟里漂过湖面

（啧啧，她居然没有落水）。之后，雪华和我手挽手穿过森林和野蓝莓树丛走进房子。婚礼的前半部分是西式的，我们在这个环节交换誓言和戒指。之后，山鹰社的朋友们"接管"了婚礼，很快，婚礼就变得热闹起来。你知道，与中国的婚礼相比，美国人的婚礼通常都较为正式和严肃。恶搞新郎和新娘的中式婚礼整蛊习俗并不是美式婚礼的组成部分。在雪华和我以及西方嘉宾都不知情的情况下，山鹰社的成员筹划了一套婚礼的节目。首先，他们利用我表兄和两位叔叔都参加婚礼的有利条件，想让雪华认错丈夫。当然，雪华是被蒙住双眼的。不过她并没有上当！还有其他一些恶搞和有趣的游戏，也让每个人捧腹大笑，婚礼的气氛非常轻松。

老储（储怀杰）展开画轴的一幕尤为令人感动。他们定制了一幅漂亮的中国风格风景画，每个人都在上面写上了祝福并签上了自己的名字。在画轴展开的时候，老储发表了令人动容的讲话，那个情景我们永生难忘。

还有一个我永远都不会忘记的是山鹰社成员的酒量。毫无疑问，我们买了足够这个场合消费的葡萄酒，雪华的老板还赠送了我们另外六箱。婚礼结束前，这些酒就都被喝光了，大部分都是在地下室那晚的豪饮中消耗掉的。此外，婚礼期间还有不少游泳和划船的活动。这座住宅有几条独木舟和一艘小帆船。独木舟是北美一种传统的细长船只，对没有经验的人来说，这种船很容易倾翻，有几个人不经意间跌落到了湖里，有些人穿戴得还很整齐。

那确实是一个中西习俗合璧的婚礼。我得承认，起初，我对文化冲突还有些担心，不过结果表明，每个人都很喜欢对方的传统，而且都能全身心地投入进去。因此，这对所有人来说都是一个很特别的场合，对新郎和新娘来说尤为如此。

婚礼结束后，山鹰社的很多朋友去美国东北部旅行，雪华和我则外出度过了一个只有一夜、不能称其为蜜月的"蜜月"。

有一天，白福利非要乘独木舟去钓鱼。考虑到没人有垂钓执照（没有执照被抓住会被课以巨额罚款），我们就待在房子附近的小峡湾里。白福利坚持用大鱼饵钓大鱼。我告诉他，这个小峡湾没有大鱼，要想钓到大鱼，你得冒险进入湖里的深水水域，不过他坚持己见（你知道他有多固执的）。我们在小峡湾划船游荡，白福利在独木舟后面大约10米的地方布下鱼线，鱼钩上放了一个10厘米长的假饵。我们在那儿转了不到20分钟，突然，他的鱼线紧绷起来，他的鱼竿险些被拖进湖里。一条大个头的鲈鱼跃出水面，试图摆脱嘴里的鱼钩。他可真是个幸运的"菜鸟"！不用说，那天晚上我们有鲜鱼吃了。（我想，这个故事实际上是几年后又一次光顾斯夸姆湖时发生的，不过管他呢，总归是个好故事。）

最后，我想说的是，每个人都认为签证的所有麻烦都是值得的。那的确是个超级棒的婚礼。

【作者简介】曾山（Jon Otto），美国登山家、教育家和演说家，1990年留学北京大学，同年加入北大山鹰社（登山队）开始高海拔攀登，出版了中国第一本攀岩指南《北京攀岩指南》。他是开创性的技术型登山者，勇于开辟新线路，首创慕士塔格（7 546米）东山脊线路、登顶四姑娘山最高峰（6 250米）、开辟四川省皇冠峰东面高难度技术线路等。现为"成都领攀登山培训学校"校长，兼任专业户外品牌凯乐石技术装备设计专家，是训练有素的野外紧急医疗救护技术员（WEMT）。曾山热衷环保，于2013年启动了"山峰卫士"环保项目，意在通过项目平台改善对山野的环保实践并普及"无痕山林"的环保理念。

一件件打包，送回1991

白福利

入社

大多数88级的同学对山鹰社的概念就是32楼后面那条缝，下午下课经常看到有人飞上飞下，虽然有绳子保护，但完全不妨碍想象中的潇洒。绳子底下放了几双军胶让普通同学尝试，我始终不敢。

后来对山鹰社就注意多了，看到几男几女扛大包戴安全帽从楼下经过，知道他们就是三角地海报上面登玉珠峰的人，那时候，远方和诗是主旋律，青海／雪山／要死要活才得到的成功对我刺激太大了。不过，我上大学后就有了些自卑症，看了几次招新广告都不敢去报名，第三次了，才到34楼曹峻的宿舍，他指了指一张纸，让我写名字，手里继续在打桥牌。

混熟

社团的重要性，不必看洪兴，山鹰社能兴旺到今天，大家一起使劲儿的确重要。

不过，那个时候的山鹰社也就是个速生也许速灭的学生小社团而已，三角地每天成立好几个学生社团，野草一样。

进社以后，我想我必须马上混熟，以便能进登山队，后来发现很多人都是这个目的，只是我有幸，其他人没机会上雪山，直接偃旗息鼓了。

混熟的第一步骤就是参加309攀岩、怀柔攀岩、大水峪，等等，总之每个周末都出去，周内还要在五四操场跑圈。我特别喜欢戴着安全帽在32楼下面打保护，潇洒和嘚瑟几公里外都能闻到，同宿舍的阿康连连警告我不要玩物丧志。

如同一切人际关系，摸熟了就发现这个社团被少数人控制，且互相不服。

那时候干活多的是小谢，我先巴结上，几次活动后才发现背后有大佬。老储、高豫功是大家最信服的，且拉加、李锐、笨钟、曹峻甚至连可爱天真的曾山也在向他们靠拢，以我中国人的察言观色能力，我决定投入他们的怀抱，而这群人，是山鹰社在最初风雨飘摇时期的中流砥柱。

说风雨飘摇是恰如其分的，山鹰社的元老在成立之初也没怎么想好，也就是一个玩字，所以清华的大耗子、已经毕业的老社长李欣都有很大的影响力，小谢和大谢是攀岩明星，曹峻则很有人气，高豫功老成持重，已经是地理系的老师了。几帮人混在一起，无对无错，但要拧成一股，那也不可能，后来只在社内资深人士中秘密流传的逸事也是那个时期九龙治水的反映，现在看来，大家都那么天真可爱。

成为骨干

我就想登雪山，所以很乖巧，到处表现，啥事都抢着干。

慢慢地，我、唐战军、曾山变成了拉赞助的主力。我已经感觉到：只要赞助拉到，铁定登山。

小军（唐战军）其实不是北大的，是小谢的表弟，只是每天住在小谢的宿舍，有白红梅烟抽，会弹吉他，我们三人或者两人出发，去朝阳区一个个办公楼扫街，我好像还找了一个电话号码本，把上面日本企业的电话全抄了下来，一个个打，说我们要去登山，希望你们赞助，那个时候登山最热的国家是日本，各种大学山岳会，日本企业在中国有很多办公室，我们一个个办公室敲门，我记得办公楼里面的消毒水味道特别好闻，厕所也特别干净，偶尔顺回来的卷纸也特别高级。

最终决定赞助的是可口可乐，赞助了23 000元和几十箱易拉罐可乐，所以我一直喝可口可乐。

1991年攀登慕士塔格峰，中间的插曲是小谢、熊继平等一起组织了一个海峡两岸登山队，先于我们登山，大多数人事先不知情，所以山上的后勤和气氛都很诡异。我的第一次登山也是潦草结束，最大的收获是在医院照顾生病的小军，生生死死的急救室让我幼小的心灵变得冷血。

慕士塔格的登山报告书好像是油印的，小军弄的。

图治

慕士塔格的攀登是失败的，只是运气好没有出事，也算是老天眷顾，给了眼看要破碎的社团一个自我黏合的机会。

回来后，曹峻成了核心，大家也意识到组织结构的重要性，于是乎，社长开始一年一任，且必须是新人，而决策机构是多人组成的理事会，像群山一样隐在背后，稳重持久。因为我是法律系的，所以当时装模作样起草了一个理事会章程，把这个组织结构给条约化了，回想一下还真是个大事。

这个权力和决策机构对山鹰社的成长很有必要，颇有决策和行政两权分立的味道，理事会始终有继承，特别是曹峻考研和古拉、叶子（叶峰）、小春子（陈庆春）等"九〇五杰"考研，更是把传承通过理事会传递到了山鹰社，立功不小。至此，小风小雨的波折很难撼动一个群体了。

【作者简介】白福利，1988年进入北京大学法律系，2009年登顶慕士塔格、玉珠峰、希夏邦马，2012年登顶珠穆朗玛峰，曾任职消费品公司销售。

关于登山的碎屑

张天鸽

写成的黑色字迹，已被水和"雨"滴消灭，

未曾写出的心迹，虽要拭去也无从。

这是上学的时候在北大图书馆偶尔翻到的一本赵元任记音的《仓央嘉措诗集》中的一句诗。我把它用在了毕业前给山鹰社写的文章中。离开学校这么多年，山鹰社对于我仍然是这样的一种存在，那些细碎而具体的往事一直在慢慢远去，而那种无法言表的情感却一直鲜活，历久也不会褪色。所有的记忆都如片屑或是流水，早已成为一种似乎是无形的存在。我现在所能做的也只是拉拉杂杂写出一些感受。是为记。

一

来燕园之前，就对北大的各色社团有所耳闻，对丰富多彩的社团生活满怀憧憬。到北大之后，除了选专业之外，第一等大事就是选择社团了。作为中文系学生，对我最有吸引力的当然是五四文学社、未名诗社、北大剧社这类，然而最终上述社团我一个都没有去报，不知道是错过了招新海报还是什么。总之，命运就是一种神奇的存在，它引领着我在某个阳光灿烂的日子里，跟同在文献班的小娟、海燕一起去了34楼，在山鹰社的招新注册本上写下了名字。接待我们的是坐在桌子后面的曹峻，因刚从慕士塔格下来，脸孔是黑黑的，非常沉稳成熟的样子，天生的大哥形象。

随后的一系列的野外活动就开展起来了，我和小娟是积极分子，差不多每周都跟着。爬山、攀岩、野营、颐和园转车去西北旺、金山，东直门转车去怀柔，路上其实是很耗时间的，但是因为一大群人闹嚷嚷的，一点都不觉得。通常早上很早就出门了，饭都来不及吃，于是每人都会拎着各个食堂买来的馒头、花卷、豆浆油饼，相互分享，一路吃过去。老队员会讲一讲以前拉练的各种逸事，还有雪山上的故事，新队员听得津津有味。老队员的脸孔也渐渐丰富起来，随着时间流逝，他们在慕士塔格晒黑的脸孔慢慢变白，我们也渐渐熟悉起来了。山鹰社是一个让人自在的地方，每个人在里面都很放松，舒舒服服地展现着真实的自我，这应该和野外生活相关吧，这样的环境让大家都不想费力气去隐藏什么。

二

一个学期过去，寒假冬训到来了。中文系期末考试结束得早，于是我们班四个同学跟着曹峻和另一位在读研的老队员提前出发，为大部队的冬训探路。冬训是为了日后登雪山而做的冰雪环境下的技术学习，扛着装备走到清华园火车站，坐上绿皮火车到黑龙潭。夜宿白河冰面上，打冰锥支帐篷，听着厚厚的冰面下传来咕隆咕隆的水响，竟然睡得很安稳。

早上起床，在冰面上点着气罐，煮了面煎了香肠吃，之后大家就扛着绳子出发了。曹峻和小严从山坡后面绕上去挂绳，我们几个新队员就站在已经结冰了的瀑布下面等。结了冰的瀑布仍然保持着奔涌的态势，我们在清冷冷的空气中仰望着那些曲折和回旋。这时候一缕阳光从山后渐渐照过来，挂绳的人已经到达山顶。远远地传来曹峻模仿着崔健沙哑的嗓音唱歌的声音："太阳爬上来，我两眼又睁开，我看看天，我看看地，咿——呀——"那样的时间，那样的环境，那样的温度，那样的声音，突然撞到一起，让人心境一下子豁然开朗起来。

此后对山鹰社的很多记忆都跟崔健和其他摇滚人的音乐相联系着，野外的环境和那时摇滚乐的精神似乎颇为契合。后来听说登山队的高豫功还曾经是北大崔健后援会的重要成员，在摇滚乐刚刚兴起，崔健们还在艰难寻觅知音的年代给了他们很大的支持。

之后就开始了攀冰学习。这是我第一次真正接触冰雪环境中所需要的装备。

虽然都是从登协那里继承来的半旧的东西，大家仍然非常珍惜。双手持的短冰镐，脚踩前面带两个尖的冰爪，一心扑在冰壁上，砸、踢，体力渐渐耗去，高度渐渐攀升，冰天雪地，心无旁骛。

三

1992年山鹰社登的山是念青唐古拉，第一次进藏，大家都很兴奋。不记得那年可口可乐究竟赞助了我们多少钱，竟然还是从成都飞去拉萨的。现在想起贡嘎机场，还是那种辽阔空旷的感觉，天高地远，让人想要飞翔。然而，坐飞机的代价就是有人一到拉萨就肺水肿倒下被送进医院了。当然这个代价还有想不到的美好后续，若不如此，徐纲同学还不知道要等多久才会遇到与他携手人生路的如花美眷。

在拉萨期间，主要是采购进山的物资和适应高度。采购之余在拉萨溜溜达达，逛庙访友。当时布达拉宫正在修缮，有一间屋里刚刚整好地面，正待夯实。不是非常大的屋子竟然有十几二十人在夯地面，每人手里都拿着一根夯地用的墩子，男女各据屋子的一头对面站着，正在对歌。女声这边唱两句，边唱边向前几步，伴着一句结尾处的节奏，整齐地把手里的墩子在地上墩几下，后撤回去。男声再边唱边上前，墩几下，再撤回去。歌声在整个庙宇中响彻，清亮动听，可是那干活的效率，可想而知。从那一刻起，我们对于所谓多样化的价值观立刻有了非常具象的认识。

1992年是我第一次登山，完全是懵懂的状态。记得大家都上去了，曹峻因为雪镜中途滑落丢失，造成短暂性雪盲在营地休养。我和老储大哥被委派去C1运输物资，然而两个既没什么登山经验也没什么方向感的人走了不到一半路就迷失了，完全找不到C1的方向。幸好还能够沿着原路下撤回来，从此整个念青攀登活动中，中文系的人就被禁止单独外出了。

1992年的大本营在很多巨石和流水之间，除了偶有牧羊人经过之外，几乎见不到什么人影，很多藏雪莲在大石头之间挺立着孤独的花朵，让人感觉这里离人间很远，离天界很近。加之拉加才仁同学时不时在傍晚时分跟我们讲他小时候听到的一些神话故事和传说，我们每天带着这些故事，枕着潺潺的水声入睡，总觉得这里可能随时都会发生一些神奇的事情。

然而，神奇的故事并没有发生，几个冲顶的队员却因为经验不足，横切雪坡造成了滑坡，好在基本都是轻伤。1992年的活动，就凭着我们原始的设备（借来的地图、国家队淘汰的装备、一过C1就会失联的步话机），几个老队员仅有的经验，在这藏北的雨季登顶成功了。

四

1993年留下来的记忆又是全然不同的。慕士塔格巨大的缺口，从1991年刚刚入社就非常熟悉了，所以在从塔什库尔干到红其拉甫的公路上第一次见到慕士塔格的影子时，似乎遇到了旧相识。虽然是重回旧地，但这一次开始得也并不顺利。

首先是赞助总是不能到位，一群人只好卖了很久的方便面，暑假还没到，人人都已经吃腻了方便面。再有火车行进的半途中，河西走廊罕见的暴雨把路基都冲垮了，从北京到乌鲁木齐的火车整整走了一个星期。还好我们人多，还有一半的卧铺席位，大家每天各种玩，也不觉得寂寞。王诗宬老师第一次参加山鹰社的活动，我们惊讶于一个数学系的教授对于古诗文却非常熟悉，于是整个队伍的谈吐也变得更高境界、更有思想起来。我们在火车上讲诗连句，在大本营探讨高深的数学和物理问题。理科生们也时不时谈一下《诗经》《楚辞》，我们几个文科生也开始满耳朵灌了麦克斯韦、薛定谔、低维拓扑、莫比乌斯以及红移和大爆炸。休息日大本营的卧谈总是让人感受到理性思考的愉悦。虽然李锐同学断然拒绝给我科普薛定谔方程是什么东西，但我还是落下了一个关注物理界和数学界大神的各种八卦的爱好，而且直到现在一说起1993年登山，就想起火车上的谈诗论词和大本营的数学、物理前沿卧谈。

慕士塔格不是很难攀登的山，只是路途比较远，耗时比较久。但有一个相互支持的集体，再加上天气不错，路远和严寒就不是什么大事了。这次攀登让山鹰社一下子多了十个一级运动员。而因为当时正是国际登山节，山脚下热热闹闹，大本营留守的同学也并不寂寞，与外国登山者、新疆登协的大厨师、向导翻译、当地的柯尔克孜族牧民的来往，都留下了很多快乐的记忆。后来，因这些回忆我给《山友》写了一篇文章《慕士塔格遗事》，详细记述了那一年的美好时光。这篇文章几年后被《文汇报》刊载，后来又收入了某年的全国优秀散文作品集中。与我曾经的偶像张承志等人的文章出现在同一本书中，对于那时候的我也是一种始料未及的收获。其实我大学之后就很少主动写文章了，这些都是山鹰社这个温暖和美好的社团对我的馈赠。

1993年的慕士塔格活动虽然近乎完美，但也留下了一些遗憾，比如体力最好、第一个冲顶的腾冲同学手指被冻伤，又比如由我任主编的《慕士塔格报告书》一直被各种拖延最后消散于无形，导致我被索债多年。不过，到现在，腾冲同学早已能够平和地面对自己的手指，我应该也大可厚脸皮地平和面对自己因拖欠债务的内疚造成的内伤了吧……

五

1994年暑假，我们文献专业去敦煌毕业实习，从此就再没有参加社里的攀登雪山的活动了。再后来毕业读研，甚至社里办公室去得也少了。

1995年，因为毕业放假早，我又跟春子和叶子一起去拉萨给宁金抗沙的队员打前站，在拉萨采购。这是第二次到拉萨，除了逛庙、购物就是探亲访友。那时候拉萨的亲友并不多，除了西藏登协的老师们，再就是去西藏大学看老康。老康全名叫康志勇，是从力学系援藏的。之后就一直在西藏大学当老师，年轻的他很享受在那里的生活，因为可以开好多门课，而且还活跃在自治区的桥牌队，经常代表西藏去参加全国的比赛。

那次见到老康，是在西藏大学的院子里，高原的阳光极亮。院子中间有一个很大的太阳能灶，老康的铝质水壶正在高高的聚热环上烧着水，准备招待我们。他的宿舍也是很简陋的，似乎是一排平房中的一间。我们坐在床沿上一起聊了好多，内容已经不记得了，但他随和、平静、温暖的样子，让大家都感觉很舒服。

很多年后，再次见到老康的名字竟然是在新闻上。我不很清楚他后来是怎样离开西藏去了加拿大，在加拿大又过着怎样的生活，又是怎样的厄运让他客死他乡。但从新闻报道的只言片语中能够感受到，老康还是曾经印象中那种随和与平静的样子。

人世无常，还好，记忆中的美好都不会消弭。

六

除了暑期登山、日常的越野拉练，还有攀岩活动。那时候还没有什么岩壁，想要攀岩都得去外面山上，或者怀柔水库边的国家登协攀岩基地。那些都太远或者太花时间，所以登山队的早期成员开发了攀登32楼裂缝的项目。至于一座宿舍楼为什么会有一条这么大的裂缝，竟然能够征得校方的允许给这条裂缝打上铁环挂绳攀登，就现在的学校管理来讲已经是不可思议的事情了。由此也可以想见20世纪80年代末大学曾经是一个多么自由、宽松和有创造力的地方。

每次搞攀爬32楼的活动，底下都有很多人热热闹闹地围观。老队员们在比拼速度，新队员们则被传授各种经验——最好用的鞋是解放胶鞋，手塞进缝里之后要使劲儿胀住，重心左右交替，即可轻松登顶。被传授经验之后，就心痒跃跃欲试，排队试攀。平时因为肢体力量不够、对身体的控制缺乏天赋等原因，我一贯都是攀岩落后分子，但32楼这种单一用力方式的路线却出乎意料地适合我，第一次就成功登顶，俯瞰楼前的核桃柿子树了，开心得不得了。唯一不好的地方就是这种攀登方式磨鞋又磨手。往往爬几趟下来，手背就会磨破皮了。不知道那时候为什么没有一个人想着要戴手套爬，是心疼破费手套呢，还是嫌它摩擦力不够。总之，我也从来没有想过要尝试戴手套。而且对于时不时地把手背磨破似乎也没太在意，年轻真是好，百无禁忌。

32楼的攀爬项目一直留存了好些年，每次都是热热闹闹的，如果有女生在爬，楼里面的男生还会时不时从窗户里面探出头来多看几眼。但后来，据说32楼被改成了女生楼，攀爬活动就自然被禁止了。再后来有了高大上的飘柔岩壁，32楼的裂缝也渐渐被人遗忘。再再后来，这座有裂缝的楼也被新的校园规划者夷为平地了。据说那几日还很有一些曾经爬过裂缝的老队员们前去拍照凭吊，自此我们对于燕园旧事的记忆就又少了一个凭托。

七

对于32楼的另一个记忆，定格于一个夏日的凌晨。

那是88级毕业马上要离开学校的时候，按理说学校每年都有人毕业，这并不算是什么特别的事。但88级毕业似乎有些不同，学校里的气氛感觉格外忧伤，甚至还有人在三角地的广告栏上贴了一张大海报，写着"痛失八八"几个大字。这几个字究竟有着怎样深刻的含义或者只是一个感慨，只有贴海报的人才知道了。

山鹰社当时也有一批88级的同学要毕业了。某天晚上，正在准备第二天的历史考试的时候，突然有人来叫我说某位山鹰的朋友在日坛准备了一个盛大的宴会，大家便呼朋引伴一起去。那时候北大还没通地铁，而且晚会开始得非常晚，如果去了就注定要凌晨才能回来了。第二天就要考试而且想做好学生的人其实是不应该去的，但我们最终还是一起去了。晚会级别很高，非常热闹。山鹰社的朋友请了很多他们的朋友来，很多新同学都是在那次头一回见到了崔健和窦唯。那时崔健已经出了两三张专辑，很有名了，所以他的歌都是通过唱片和音箱传满整个草地。窦唯还没有那么有名，是亲自在草地上弹唱，很是激情澎湃，某88级同学还冲上去用自己身上的北京大学T恤，换了窦唯身上的橘黄色T恤。大家玩得聊得都很开心，不记得是几点才曲终人散，大家顺着清冷的大街去坐夜班车，赶回西北郊区的北大（那时候还没有三环路）。坐车再转车，到北大的时候天已经亮起来了。

从南门往宿舍走的时候，路过32楼前，一下被眼前的景象震惊了。32楼前的那条路上铺满了各种东西的残骸，摔破的座椅板凳、塑料盆、各种碎玻璃，甚至还有吉他。看起来似乎是这座四层楼的每一个窗口都曾经有东西扔出来过。这时候天刚亮，整个校园都在沉睡着，像每个早晨一样宁静而平和。完全想象不出，在昨天那个抒发离情别绪的夜晚，这里究竟发生过怎样狂风暴雨般的情感宣泄。北大的四年他们经历了太多的东西，太多的感情都积攒在这个离去的前夜集中爆发了。作为大一的新生，很多的事情，当时并不能够理解，但很久以后，清静的校园中那满地的狼藉，一直作为一种悲哀的意象反复出现在记忆中。青春、往事、梦想、自由，个人的感伤与一个时代的厚重搅在一起，难以宣泄。

还清晰地记得我们踮起脚，提起裙子，小心地踏过那满地厚厚的碎屑，回到宿舍。然后没有来得及睡觉就赶去历史考试的考场了，在考试的中途勉强没有睡着……

八

从严格意义上来讲，我算不上是个真正的登山爱好者。山鹰社以及雪山对我来说更多的是一些精神上的含义。雪山上的纯净和寂寞、夏日京郊山路上的披荆斩棘、夜间五四操场上相约跑步以及跑步后与同伴互相放松肌肉，还有幕天席地在野外的歌唱和倾谈。与自然的相处和与山鹰社朋友的相处都已经伴随着青春的回忆与成长，成为生命的一部分。

很多的往事在年轻的感情世界里曾经是那样明晰、那样尖锐，让人尽情地欢笑，让人长久地哭泣，孤独或是热闹，热爱或是懊恼。那时还曾经笑言要把这一段一段的小故事全都记下来，以后可以写大部头的山鹰故事。然而并没有行动，然后那些故事就渐渐地随风飘逝了。而那些无法言表的感觉，仍然清晰。后来时不时吃饭聚会时，偶尔就忍不住要想：那时故事里的年轻人和现在的他们，究竟有着什么样的联系？

去年的某一天，突然有人问我："听一位小鹰说，你们鹰社有一句经典的话，都能背下来，叫做'成长与爱，生命与自由'。"这突然的一问，让多年没有回过社里已经不认识什么小鹰的我感觉恍如隔世。而由此，我知道哪怕过去了20多年，山鹰社对于年轻队员们的意义仍然是如此。当我在电脑上敲下这几个字的时候，便想起以前在图书馆被《山友》催稿写文章时乱成一团的稿子。关于山鹰社的所有故事，因为在一个人的生命里太过厚重，以至于几乎每次都无法轻松而有条理地表达。

生命中的自由，以及成长中的爱。年轻时的向往，现在是以何种形式存在？

九

山鹰书系准备动工的时候，我们也正在筹建自己的高中。于是我从一个编辑候选人变成了迟迟无法交稿的作者。

上大学的时候，我并没有非常清楚地想过二十几年后自己会做些什么，会过着什么样的生活。而现在自己所做的事情，却似乎是很久以前就已经注定了的，如此坚实、如此清晰。

偶尔和李锐吃饭的时候，会说起一些我们学校的事。他每次都要讥笑我所谓的共识性决策，他觉得我对人性过于乐观，我却觉得他过于悲观。不过有时候我们也会达成某些层面的共识，比如说基础教育或许是唯一可能的途径（如果一个人相信还有某种途径的话），又比如说基于人类破坏自然的速度，很多事情可能都来不及了。当然，对于这种"可能来不及"我们仍有不同的看法。如果现在开始都可能来不及了，那么现在不开始，岂不是更加来不及？——所以，万一来得及呢？这时候，他就会露出宽容的微笑，而我，则感觉似乎是达成了某种程度上的共识。

登山是一种勇于挑战未知的运动，是一种合作的艺术，也是一种踏踏实实一步步将想法落实的过程。这也是缘何登山对人有那么大的影响，登山的朋友之间的友情为何能够更加朴实而长久。

几年山鹰社的生活给我们留下很多，而这种对理想的探索和落实、对人的信任以及对未来的美好祝福，是支持我现在工作的重要基础，也是我从山鹰社的生活中得到的最大能量。愿这些也能伴随着我们所有的朋友们，得到生命中真正的自由。

【作者简介】张天鸽，1990年进入北京大学中文系古典文献专业，1997年研究生毕业；1992年、1993年登山队员，曾任山鹰社资料部长。现在北京南山华德福学校任教，从事新教育探索工作。

科学家的雪山世界

人生如山岳，登山者不必太在意一时的领先和落后，在允许的条件下尽力做好准备，约上志同道合的伙伴、奋力攀登去发现新的风景，享受攀登的乐趣，这就是理想的人生。

非典型山鹰人生

雷奕安

成为北大山鹰人

"文化大革命"期间出生在湘南一个小县城的我，如今已近知天命之年。有幸生在一个伟大的变革时代，在短短的几十年内，个人的生活轨迹经过多次大变动，从一个历史悠久的湘南古村，到一个历史也很悠久的县城，再到外地的省会，到北京，到世界上很多国家……住的地方搬了很多次，周围的人也一批一批地换。但是，有一小群人，一个松散的小集体，在我生命的大部分时间里，在纷繁变换的人间世事中，一直持续不断地影响和塑造着我，那就是北大山鹰社。

在过去的近五十年中，我的各种经历都很曲折。由于各种原因，大学没有考好，录取我的大学是合肥工业大学。在拿到录取通知书之前，我没有听说过这所大学。我应该是那届最高分入学的，大学的专业叫金属材料与热处理，可以算材料，也可以算机械。大学四年同样也很曲折。大学二年级的时候，物理课讲了一点相对论和量子力学，觉得非常神奇，在图书馆找了很多书看，三年级的时候觉得应该学物理，就在图书馆把综合大学物理专业的教材都看了，并准备考理论物理方向的研究生。由于信息不通，对国内的其他大学也不了解，只有图书馆是信息来源。查阅各大学的研究生招生简章，发现只有北京大学的考试科目名称是我能看懂的。量子力学应该是当时大学最神奇的课程了，我是通过北大物理系曾谨言老师的教材学会的，就自然报考了曾老师的量子力学方向。当时是胡乱报的，没跟任何人联系，也没跟任何人说，也没有指望第一次就考上。三门专业课中，有一门还复习错了。招生简章上写的是力学，我以为是普物力学，实际考的是理论力学。

大学最后一个学期，在洛阳拖拉机厂实习的时候，学校突然通知我上北大面试。我完全不知道该怎么办。我手上没有一本教科书，从来没有听过一节正规课程，从来没有参加过一次正式考试，从来没有被面试过，从来没到过北京……这一年是1989年，发生了非常多事情，学业、感情、父亲重病、学校、国家、世界……正常开学是9月，我到10月10号才收到录取通知书。

到北大后我住46楼，四人间，每人有一张桌子，觉得很幸福。因为我读本科的时候，八个人住在一间更小的宿舍里，每个人只有一个抽屉。研究生同学中有两位山鹰社社员，高山虎和陈孔军，一次活动拉我们去，我忘了是哪座山了，60多人，浩浩荡荡，背十几个帆布地质包。后来就经常参加活动。准确的报名注册时间我也忘了，应该是1990年。

1991年2月我参加了五台山冬训活动，我和历史系87级的高兴东同学打前站。那是我第一次到山西，第一次爬雪山，第一次认真地逛寺庙，第一次和僧人交流。这次活动留下了很多故事。有一件事让我第一次体会到不同人思维方式的巨大差别。五台山的冬天很冷，我和高兴东路上碰到一对夫妇来自邻县，他们抱着一个孩子，很艰难地赶路。攀谈中了解到孩子病了，他们要去山上的寺庙拜佛，以解除孩子的病痛。我当时觉得不可思议，耐心地劝他们带孩子去医院看病。高兴东很严肃地要我不要说，说要尊重人家的信仰。那对父母也相当不耐烦我。我很不安，但是没有坚持。这可能是第一次我觉得是非常清楚的情况下，我的"正确"观点成了不受欢迎的"反对派"，而且惨败。

这次活动的一个重大遗产是我的本社外号："老板"。其实我自己也长期对外号的来源不甚了了。我一直以为，因为当时山鹰社的研究生少，研究生说话言必称谁的老板（导师）怎么样，我自然也会说，本科生同学就干脆把我叫老板了。但据朱小健老师权威回忆，在这次五台山活动中，有一次几个人上街饿了，我请大家吃了一碗面，四个人总共两块钱。大家觉得我好有钱，从此称我"老板"。这是我有史以来投资效益最高的两块钱。

五台山活动是我第一次参加强度很大的拉练活动，从台怀镇住的农民家里出发，登顶北台顶，一天来回，垂直高差1 500米。山上风大，气温低。号称"冒着零下30度的严寒，顶着七八级狂风，登上华北最高峰，五台山北台顶海拔3 058米"。当时我们都没有现在的那些专业户外装备，都穿着家用衣物鞋袜。几十个人花花绿绿，五颜六色，像一群逃难的。

我和袁洪负责运送一台从电教借的老式超8摄像机，非常沉，有点跟不上，还坏了节奏。走到第一个拍摄点，发现不是太冷，就是没有电，反正没法拍。加上还有几个走不动的，摄影师大冉就拿着摄像机，和几个走不动的回去了。

虽然没有背摄像机了，但由于高差大、距离长，上下60多公里，没有装备，风大，寒冷，地上有雪，整个拉练过程仍然非常艰难。我的鞋在雪地里不防滑，摔了不知道多少跤。虽然雪地里不脏，也不会受伤，但是特别费体力。一路觉得特别口渴，不停从地上捡雪吃。由于时间紧迫，而且没有地方遮风，路上基本没有休息，还是花了大约十个小时才到山顶。大多数队员都是第一次在恶劣环境下长距离拉练。五台山高的地方没有什么树，都是长长的坡，一次次好不容易觉得山顶就在前面，上去之后却发现前面还是一个长坡。

我们天不亮出发，到了山顶已经是下午5点左右了。雪地里摸黑下山虽然可以看见路，但是摔跤就更多了。快到凌晨才回到住处。

这种长途极限拉练对人性格的形成影响还是很大的，以后我面对困难和挑战，要从容得多。我因此而形成的一个基本态度是，无论路有多长，有多艰难，只要不停走下去，总能到的。后来有了孩子，鼓励孩子面对困难，要有正面的态度。我跟孩子说，不要看到前面路还有多远、多么难，而应该想到，每走过一步，距离目的地就近了一步。

这次活动中，老高和李锐冻伤了耳朵。回到学校以后，朱小健、李锐因饮食问题患甲肝住院了。

这是我第一次参加山鹰社的外出大型活动。从此，我的一生和山鹰社再没有分开，成了铁杆北大山鹰人。

念青唐古拉活动

1992年的夏天，我研究生毕业，暑假的时间比较空闲，参加了本年度念青唐古拉登山活动。这是我第一次去西藏，第一次登高海拔雪山，甚至第一次坐飞机。西藏的地理和人文与内地差别很大，出发之前，我恶补了西藏和藏传佛教知识。

这次活动也很曲折。当时飞拉萨只有成都有航班，因为暑期机票紧张，也不像现在可以网上订票，我们在成都耽搁了8天。

我们基本都是第一次进藏。落地后有很多装备要照顾，自然没法到了就休息，犯了初上高原的忌讳，因此大家的高原反应都比较严重，嘴唇发黑，头疼，睡不着觉。看见很多新奇的东西也很兴奋，满街的狗，飞不动的苍蝇，强烈的阳光，所有从内地带上来的密封装食品打开的时候就像爆炸一样……

徐纲进山前感冒肺水肿，女队员张南云留下来照顾他，我们先进山了。徐纲当时的外号叫大慢，张南云叫小慢。每次出去，他们两个总是拖拖拉拉在最后，要么照相了，要么买东西了，让我这个急性子烦得不行。徐纲生了病也不老实，居然在张南云眼皮子底下，还能跟当时一起住院的一位美女病友勾勾搭搭，最后竟然私定了终身，现在人家在大洋彼岸过着和和美美的小日子。

后据叶子透露，跟徐纲同班的李锐同学，1995年登宁金抗沙的时候，遭遇落石，小腿骨折住在同一家医院。受徐纲同学事迹的激励，使出了各种撩妹招数，包括但不限于租浪漫言情小说给女病友和小护士们传看。还有叶子和老康两个大老爷们当托儿。在受伤更重、住院时间更长、更需要人照顾、投入资本更多的情况下，最终还是自己孑然一身地出院了。（此处引用叶子描述）

对于初上高原，没有多少经验的人来说，登雪山的确是很严酷的挑战。队友们除了拉加以外都有高山反应。前两天探路，走了很长的路，一路高山反应严重。西藏山地地貌和内地有很大的差别。西藏高原长期处在隆起过程中，地质破碎，地上完全没有路，经常要上下很大的石头。大大小小的石头都很不稳，随时可能动。走在山谷里，可以看到两边山坡上不停有大石头轰隆隆滚下来，好像前两天地震过。在重度缺氧的情况下，站着都很累，说话一次只能说三个字，歇一下才能再说三个字，走的每一步都很艰难。

探路完了往回走的时候，我一个人没有走原路，因为实在太疲乏了，不想往上走，而是走了一条看起来更好走的路，觉得这条路会会合到山谷的来路上去。这条路非常破碎，在悬崖的边缘，一块大石头一块大石头地往下跳或者爬，有时候大石头会动起来。走了很远之后，我发现没有平坦一点的山坡可以下到山谷到大本营。但是我实在没有力气往上走回去了，就顺着悬崖一点点往下爬。悬崖非常陡，视线有限，也不知道哪里能走哪里不能走，就是一点点下降。人已经非常累，也没有结组和装备，只拿着一把冰镐，在悬崖上帮不上忙，有时候还碍事。悬崖很长，大概有两三百米高，人极度疲乏，神志恍惚。有好几次我想象，如果我往下跳，会像鸟一样飞起来，安全到达谷底，但我最终没有跳。有几次爬到一个地方下不去了，需要横移，但是那地方完全垂直，又看不清楚下面的情况，感觉下面应该没有问题，生生横切滑到下一个落脚点，差点没站稳。这一段路是我一生中走过的最惊险艰难的路，其实根本不是路。高山反应严重，神志不清，当我想象往下跳的时候，完全没有危险的意识，但当时有一个声音跟自己说："还是不跳了吧，慢慢爬吧。"这样一步一步，在悬崖上一个人慢慢蹭了下来。李锐在下面等我。我到了谷底之后，实在太困了，靠在一块石头上就要睡觉，说什么也不肯往下走。当时真的就是困，像通宵过年后的第二天那样，就是想倒地睡觉，什么别的想法都没有。李锐在旁边可怜兮兮地看着我。我不知道睡了几分钟，醒来后才有力气往下走。

接下来往上面运物资，负重攀登。这时候高山反应已经没有那么严重了，但缺氧还是对体力影响很大。本来是海土、天鸽和我一组，但天鸽走了一段，体力不支下去了，背的东西分给海土和我。对我们来说，每一包方便面都是沉重的负担。走了不到一半，每走十步就要坐在冰镐上歇一下。上了雪线以后迈步更困难，每一步都需要强大的意志支撑，头又开始疼了，呼吸困难。

根据安排，冲顶队员上去以后，我和后来的徐纲在一号营地接应，别的人回大本营休整待命。这时天气变坏，天天下雪。如果不是天天清理，原来扎在地上的帐篷会有一半被埋在雪里。由于地形原因，步话机也不好用。冲顶队员已经上去了一个星期，一点消息都没有。这时候一号营地食品告急，由于徐纲吃得多，第八天的时候他回大本营了，我一个人继续在营地等候。

徐纲刚走，第二天下午2点左右，我就听到隐隐约约有人说话，出来一看，很高的雪坡顶上有四个小黑点，原来冲顶队员正在往下撤。雪山上没有阻碍，说话声很远就能听到。我大声跟他们打招呼，一边做些准备，化雪烧水，准备食物，一边时不时给他们拍张照片。

过了几个小时，他们越来越近了，说话的声音已经非常清楚。突然，他们周围的一大块雪开始整体往下滑落，大块的雪也向我呼啸而来，我大吃一惊，一边快速往后跑，一边注意他们的情况。一号营地在一个鞍部，没有多少雪冲到帐篷处。我因为向上迎了，很多雪块从我身边滚过，但没有砸到我。那四个人很快被冰雪包裹，滚下旁边的悬崖。震惊中，我拼命呼喊他们的名字，同时飞快地想下面应该怎么办。我趴在悬崖边上，看不见下面的情况。过了漫长的十来分钟，下面传来了古拉的声音，告诉我他们受伤了。简单交流了一下，决定通知下面。由于隔着一个山头，步话机联系不上，我决定爬上一号营地后面的山头，用步话机与大本营联络。到小山头的山脊很窄，走起来也相当惊险。爬上去后呼叫了几次没有响应，就想再往下一点，走到山坡悬崖前沿可以直视山下的位置。走了几步，我周围的大面积雪地突然往下一沉，我赶紧站住，不敢再往下走了。步话机的电池本来就没有多少电了，呼叫完全没有反应。我决定先回去看看他们的情况，跟他们商量一下。

这时候已经开始下雪。山区这个季节，天一黑就开始下雨下雪。我回到营地，清理了一下食品，把可以吃的全部带上，刚要下悬崖，却发现拉加爬了上来。拉加头部受了伤，简单包裹了一下，脸上有血。我赶紧安顿他在帐篷里住下，给他留了一些吃的，问了几句情况。下去找到李锐、古拉和海土临时搭的帐篷，李锐和古拉都有点恍惚，海土在帐篷里没有看见。我问了一下他们的伤势，告诉他们步话机联系不上，必须尽快下去通知大本营。

这时候已经差不多晚上7点，我把上面拿来的东西都交给他们，就匆匆往下走了。往下的路没有走过。我没有走原路，一个原因是经过前面上上下下的折腾，也有些累了，不想爬上刚才下来的悬崖，二是原路冰川的舌头比较陡，我怕我一个人下不去。

这种非常年轻、受冰雪侵蚀严重的山和我们通常爬的山有很大的差别。一是完全没有路，顺着一个方向走，走几步就没法走了，要绕；二是高低不平，很小范围就要爬来爬去；三是石头、土壤都很松软，看着很大的石头踩上去会动；四是走在上坡下沿，上面会不停有石头滚下来，这天滚石特别多，是因为刚地震过（后来看新闻才知道的）。

走了一段之后，上到一个冰川上面，与山坡比，冰川比较平整，且看得比较清楚。天已经逐渐黑了，冰川上面比较明亮，缺点是雪地里走会陷得比较深，走着累。在冰川上走了四五百米，突然脚下一空，身体往下坠，我大吃一惊，双手张开，背挂在了冰沿上。我前面的雪也不见了，下面黑洞洞的，不知道多深，能听到流水声。原来我差点掉进一条冰裂缝。我小心翼翼地爬了上来，也不知道冰裂缝有多宽，不敢往前走了，往回走了一段，发现我的脚印中居然有几个半截是黑的，原来我已经不知不觉中踩过了几条冰裂缝，因为靴子笨重，没有注意到。往回走也不敢走了，只能横切下冰川，冰川边缘的土特别松软，还有水。我完全顾不上了，强行深一脚浅一脚往下走，走了一段，冰爪磨石头的声音实在难受，就把冰爪卸了下来，提在手里，后来要爬石头，就掖在腰里，继续往下走。路很难走，又下着雨，一片漆黑，心里还惦记着上面的队友，想着我们能有什么办法把他们救下来。我是一个不信鬼神的人，但在这天晚上，我很郑重地祈求诸神，保佑他们安全下山。

走过冰川那一段以后有一段平路，坑坑洼洼很多水坑，这时应该是晚上10点左右了。因为下雨，没有手电，看不清前面的路，不过水面还是看起来亮一点，因此一般都能避过。但有一次，我看见前面有一段比较明亮，知道是水，再前面一段比较黑，应该是土，看起来这条水沟比较窄，应该能勉强跳过去，就猛蹲下来使劲往前跳。跳的时候，吃惊地发现，对面黑色的岸在往后退，我哗的一声跳到了一个水坑中间，原来我看见的对面黑色的岸，实际上是远处山的倒影。这个水坑很大，好在不太深，也就到我膝盖位置，反正也跳下来了，我就继续在水里往前走，过了这个水坑。

走过冰川下面的水坑地带，上了一个坝子，前面是一段长长的比较陡的下坡路，已经可以勉强看见大本营帐篷的光亮，大叫了几声，但是没有回应，只好一步步往下走。坡比较陡，又看不见，只能手足并用往下爬。山坡上长着一种不起眼的小草，有刺，刺上有一种保护性化学物质，有毒，扎在手上特别疼，每次被扎一下，我就会大声惨叫。就这么一路惨叫着、咒骂着，晚上12点多才拉开了大本营军用帐篷的大门。

大家本来已经睡了，连夜起来商量对策。第二天早上4点，曹峻和徐纲就出发了。我焦急地等待了一天，担心他们的伤势，怕他们自己走不下来。我想如果是这样的话怎么办？那么高的地方，牦牛也上不去，飞机更是没有可能。到下午6点钟，他们才陆续下来，虽然都很疲惫，但是身体没有大碍。

这次活动是我最接近死亡、最远离人类文明、最感到自己无力、渺小和自然的强大的一次经历。

下面是这次活动的一些点滴：

我们这伙人中，老储一直特别得意他的耳朵特别灵敏。他第二天告诉我说，那天晚上他们在帐篷里聊天的时候，隐隐约约听到远处有惨叫声，但有雨点打着帐篷的声音，听得不是很清楚，我闻之绝倒。

拉加是青海的，藏族，我们跟当地藏族同胞没法沟通的时候，把他叫过来，他却跟人说普通话。

海土最能吃，登一次山下来，我们都减重几斤到十几斤不等，海土居然长了一斤。

拉加最臭美，每天要洗脸刷牙。冰川融水冷得要死，我上山后就没有洗过脸，结果下山的时候，脸上皮肤保持得最完整，拉加被晒掉了几层皮。因此我得出结论，自然油腻最防晒，洗脸的脸都晒烂了。

我是那种眼尖，能发现各种稀奇物件的人，找到一堆羚羊角、岩羊头骨、雪莲花、很长的不知道什么鸟的毛之类的东西。

这是我唯一一次登雪山的经历，后来主要是因为忙，没有时间。实在没法抽出一个月时间专门用来登山。20周年社庆的时候，本来一切都准备好了，但是家中出现变故，没有去成。

机房的狂欢

我刚加入山鹰社的时候，研究生社员还很少。到北大的第一年，我便自学了大量计算机知识，成为大家眼中的计算机高手，从1991年开始，开始协助管理系里的计算机房，有上机的特权。那时候计算机还非常少，能够自由上机是一项非常大的特权，社里面要编辑文档资料、要打印，都要去我那里。很多新社员是第一次在我那里看到的计算机，第一次用计算机，第一次听我讲什么是计算机病毒。我记得我叫一个社员把鼠标往上动的时候，他居然把鼠标举了起来。

当然大家来机房，除了工作需要，并不是为了学习。机房上班时间都是要开门的，他们玩不了。但是有的周末和晚上10点半下机以后，就可以在黑灯瞎火中兴高采烈地打游戏。那时候，物理楼传达室的师傅每天晚上都要将全楼巡视一遍，夜里不准留人，看见房里灯亮着，就会敲门，赶人走。计算机屏幕发出的微弱亮光也不放过。为了能彻夜打游戏，必须从11点躲到12点，开门上厕所还要偷偷摸摸的。传达室的师傅一旦抓到一次，就会在一段时间内反复检查那几个房间。我为了不进入黑名单，每次活动都严申纪律，当然次数也不敢太多。一般是期末考试以后，这种活动会多一点。

大约是1993年，我在物理系的服务器上首先开通了电子邮件。这时候北京的很多大学都还没有开通电子邮件服务，很多需要与国外联系的人就会找到我，山鹰社也有许多毕业的人已经到了国外，于是我的机房又成了一个联络和信息交换中心。

但对于在校社员来说，机房的主要乐趣还是玩游戏。最早玩的是单机游戏，比如《俄罗斯方块》《坦克大战》《大富翁》《三国》，等等，后来是联网对战游戏，最热门的就是微软出的《帝国时代》。《帝国时代》出了好些版本，打了好几年。

说起机房，不得不提起一件事。徐纲总穿一双解放鞋，脚臭是很有名的。有一次他到机房找我，脱了鞋，上了一会儿机，很快大家都出去了。我出门上厕所，发现楼道很远的门里有头伸出来，狐疑地东张西望，交头接耳，互相打听臭味从哪来的。有人认真地说："是不是哪个实验室的硫化氢泄漏了？气味很纯。"我很严肃地回到机房，把徐纲赶走了，然后无辜地装什么也不知道。

登山以外

山鹰社的活动，大家待在一起，交流比较多，社员们的学科背景分布比较广，对同样的事情有各种各样的看法，当然也就有很多争论。早在读大学的时候，我就把图书馆普通阅览室的书从头到尾翻了个遍，说起什么来我都知道一点，不管什么事，也特别乐意提出自己的看法。

山鹰社的活动，一般可以分为几个阶段：吃苦受累阶段（训练、登山）；打情骂俏阶段（活动结束、集结、开玩笑、准备做饭等）；胡吃海塞阶段（吃饭、继续打情骂俏、可能喝酒）；五音不全阶段（喝不喝酒都要唱、歌词记不起来就哼哼）；哲学思辨阶段（夜深人静、卧谈、醉谈、辩论、天文地理、海阔天空）。最后一个阶段，我总是最辛苦，需要辩、需要讲的事情太多了。

我们的讨论很多时候都是关于文化，关于历史，关于中国的未来、人类的未来。简单归纳我的观点，我是一个发展派、技术派，对当时的大部分新东西持正面肯定态度，相信未来会发展得更好，同时也认为中国的文化体系、政治制度有存在的合理性和价值。

登山的艰苦

登山的确特别累，特别是登雪山，要负重，要全副武装，严重缺氧，体力不到平时的一半，一般还饿着，经常需要很早起来，一走就是一整天，神志恍惚，同时伴随各种外在困难。登山过程对身体和意志都是严峻的考验，而意志往往要超过身体的极限。攀登的每一秒，迈出的每一步，都能感到它给你带来的痛苦，狂跳的心脏、空虚的肺脏、冻红的鼻子、僵硬的肌肉，但是你没有办法，只能一步一步走下去，你不能停，停下来甚至可能失去生命。

我的身体本来适合爆发性运动。我的个子不高，但在大学的时候，全班立定跳第二名，还在校运会中跑短跑接力；但我耐力不行，长跑总是最后几名。经过长期的登山锻炼，我的耐力上来了。爬香山鬼见愁，走索道下面的台阶路线，最早我要用接近50分钟，后来不到30分钟就能上去。

这种意志的锻炼带来的影响是多方面的。首先是信心。以前看到一座很高的山，一条很长的路，会怀疑自己能不能走到，能不能爬上去。走过几次之后，就有了信心，知道不管当前有多困难，只要不停往下走，总能到的，哪怕比别人多背一点。这种坚忍让我在人生低潮时有更多的坚持、更多的信心。

从登山中还可以知道，最短的路线就是最陡那一条。人生没有捷径，想走快一点，只能多付出一点。

登山途中，还有许许多多的假顶峰。极度虚弱当中，你以为前面就是顶峰，上去以后才发现不是，前面还有更高的峰，还要走更远，反反复复，一次一次挑战体力和心理的极限。你唯一做的，就是不能崩溃，不能绝望，必须继续往上走，直到看不到更高的地方。即使下一个顶峰还是假的，也不能气馁，还要像刚开始那样充满激情、斗志和信心。我们做事情也一样，你认为一件事情应该很快能完成，但是实际上花费的时间和精力比预计的要多得多，每次以为做完了，又会出现新的情况，还要继续努力，反反复复。你只能继续做下去，一旦放弃，所有的努力都白费了。

为什么要登山

和大多数人不同，登顶之后我并不会欣喜若狂。我只会觉得轻松一些，因为我知道，待会儿还要往下走，路还没有走完。

登顶固然值得兴奋，但其实登顶的快乐并不值得攀登时的艰辛付出。那么为什么要登山？这是一个哲学问题。固然，我热爱自然，愿意接受挑战，也不讨厌到达顶峰后一览众山小的感觉，但对我来说，我并不追求登山，也不追求它给我带来的快乐，只是我已经在登山了，我要把这件事情做完，我要尽到我的责任。至于为什么要登山，可以说是机缘巧合吧，因为这些人，你愿意跟他们在一起做这件事情，登雪山也的确有更多的体验和经历，还可以挑战自我。

另一个问题是，为什么要冒那么大的风险？其实我们不想冒险，我们希望每一步都安全。但是，到了那一步已经没有选择，每一个选择都有危险，有的我们知道，更多的我们不知道，但是我们要尽力把事情做完，把任务完成，做对每一个选择，包括放弃。但是我们不能一来就放弃，只有在放弃是最佳选择的情况下才会选择放弃。

等一等，我再想想

跟这帮人混了那么久，吃那么多苦，受了那么多罪，是不是倒霉就倒霉在认识了这帮人啊？要不是这帮人，我怎么会不务正业地去写书？如果不是跟这帮人争论成瘾，怎么会一个学术圈一个学术圈地招惹人家？结果把自己弄得臭名远扬，老婆都找不到？

我要乖乖地在本行混，以我老人家的智商，说不定已经功成名就，骗得大把经费，职称、房子都解决了，带着一帮学生，天天灌水刷论文，自得其乐。

由此可见，山鹰社害人不浅，乃吾人生大劫。

【作者简介】雷奕安，1989年进入北大物理系读研。1990年加入山鹰社，曾任野外领队，多次组织野外活动，1992年参加念青唐古拉登山活动。先后在中科院理论物理所、美国内布拉斯加大学、洛斯阿拉莫国家实验室工作，著有《下一次革命》。现为北京大学物理学院副教授，北京大学高性能计算中心主任。

人生如山岳

陈学雷

人生中有些东西像流水，随着时间不知不觉就消逝了；有些东西像雪山，自从第一次进入你的视野，就印刻在脑海里再也不会忘记。1991年的秋天，我来到北大，成为一名物理系的研究生，山鹰社就此成为我人生中永远不会消失的一部分。

加入山鹰社

现在西藏、新疆、青海等地早已成为驴友们的热门路线，国外游甚至南北极游也都已不足为奇，但20世纪90年代初我上北大的时候，一般人概念中的游览无非是到标准的公园景点，西藏、新疆、青海显得极为遥远和神秘，几乎还没听说过登山、徒步等这些活动。那时登山对我来说，还只是书和电影中的传奇故事，似乎不可能与我自己的生活有任何关系。因此当我看到山鹰社的宣传材料，那些碧蓝的天空下洁白的雪山、那些身穿冲锋衣、背着巨大的登山包、用登山绳结组攀登雪峰的队员的照片，而且知道这些队员也和我一样只是北大的普通学生的时候，心中便激动不已，当即跑到海报上写着的地址去报了名。

那是学生宿舍楼尽头的一个房间。一进门，和那时的普通学生宿舍间一样，放着三架双层床，中间有一张木桌和两条木凳，不过屋角和床上堆着一些登山包、冰镐、安全带之类令人眼花缭乱的稀奇玩意儿。几个并不特别壮实的男孩在和一群嘻嘻哈哈的小姑娘聊天，感觉还挺亲切随便的。天黑了，告别出来，吃完饭，觉得意犹未尽，就再跑去瞧瞧，见亮着灯，一敲门，开门的人脸色黝黑，是登山队长曹峻，里面是一帮老队员在喝酒。正想退出，被叫住：既然来了就坐下一起喝吧。我在一个小伙子旁边坐下（很久之后我才知道他叫王鹏，又过了很多年才再次见到他）。那时他显然已经喝醉了，但还在继续喝，手里捏了张照片翻来覆去地看，把照片捏得脏兮兮的到处是指纹。照片上是一座雪峰，后来知道那就是新疆的慕士塔格，那年夏天登山队去爬了但未能登顶，峰前立的正是我身旁的这位哥们儿，穿了一身肥大的登山服，显得笨拙而可爱。我随口说了句"真像一只大狗熊"，他嗓音嘶哑地吼道："我是英雄，不是狗熊！"就伏在桌子上哭了，弄得我有点不知所措，但也立刻对这群纯朴、豪爽的人产生了好感。

不久我就和大伙混熟了。"混"这个字不太确切，因为其实大家都很认真。记得每天晚自习结束时大家都会到五四操场跑圈、做引体向上、练习平移等，之后互相抖臂放松肌肉。周末一起骑自行车或坐公共汽车去309医院后面的岩壁（现在叫百望山）、金山（现在叫阳台山）或者西山农场（现在叫凤凰岭）。先爬上山走到那里的岩壁，然后带队的老队员爬上面挂上保护绳，轮流练习攀岩和保护。那一时期常在一起比较熟的主要是90级本科的同学以及少数91级研究生的同学，还有比我们早一两年入社的谢如祥、曹峻、李锐、徐纲、白福利、雷奕安等。我从这群优秀的同龄人身上学到了很多东西。

冬天，我参加了冬训，到密云黑龙潭附近，白天到一个冰瀑练习攀冰，傍晚用高山炉煮方便面，晚上在冰湖上搭帐篷练习野外宿营，唱完所有记得词的歌后钻进睡袋。夜里大风吹过，身下的冰层格格作响，好像在脱筋换骨。坦白地说，我体能一般，攀岩技术恐怕算是比较烂的（主要是柔韧性太差），但我很享受参加这些活动。我从小就一直是个体育差、性格内向、有点社交恐惧症的书呆子，在山鹰社的这些活动中，大自然的壮美山水、纯朴开朗的伙伴们治愈了我。我一直觉得，那是我青年时代最快乐的一段时光，在山鹰社里，我也遇到了最兴味相投的朋友，结下了一生的友谊。

青海科考之行

每年暑假山鹰社会组织一次雪山攀登，那年登山队决定去爬西藏的念青唐古拉山，我未能入选。山鹰社从这年开始在登山队之外还另组织一支科考队，有十几个人。新成立的科考部长是藏族队员拉加才仁，科考地点就在他的家乡青海湟中，也兼支教助学。我们跑遍京城各出版社，大胆走进去化缘，征集了一千多册图书准备带去捐赠给当地小学。我去学校后勤借了辆三轮车，在学校里练了一会儿学会骑后就蹬着三轮车去城里把书拉回来打包，走时托运带到青海去。

青海真可说是世界上最美丽的地方，我们去了西宁、塔尔寺、日月山、龙羊峡、青海湖、湟中，我们看到了白云、草原、牦牛、玛尼堆，青海湖边黄灿灿的油菜花，还有头戴银饰的藏族妇女、和蔼的老喇嘛。我们爬上了湟中附近海拔四千米的拉脊山，经过一上午的攀登，到达了一个局部最高点，只觉每走一步都气喘吁吁，初次体验了空气稀薄的感觉。但到达峰顶后才发现，附近的另一个山峰更高，可能那里才是拉脊山真正的顶峰。这时雷声滚滚，眼看要下雨了，要再翻下此山爬过去恐怕是来不及了。下山沿路看到牦牛在山坡上吃草。我们也为村里的藏族小学生讲课，我讲的是哥白尼和伽利略，他们面带微笑地听着。待我们大家都讲完了，就用嘹亮的童声为我们唱歌。那段时间我们天天吃一种面片汤，后来宰了一只羊。我记得在十分钟之内，这只羊就被我们吃了个精光！我们去看黄河，这里黄河不过几十米宽，水流湍急，几个当地人放下简陋的皮筏渡河，没等我调好相机焦距，皮筏就已飞快地漂出了视野。我和队里的一个女孩在沙上画出心的形状然后在里面游戏。后来我们去了青海湖，鸟岛上的鸟都已经飞走，她忧郁地在一只死鸟前蹲下，我把这摄入镜头。我恋爱了，这是我的初恋。不过，我不是一个很懂女孩心思的人，那时尤其不懂，后来这次恋爱无果而终。20多年来，不知有多少北大的男孩女孩因为山鹰社而相逢，无论是否最终走到一起，那都是青春中一段美丽的缘分。

从青海回来之后，我开始准备硕士毕业后出国留学，参加社里活动就比较少了，但我还是参加晚上的锻炼，偶尔也参加去野外的活动，我带队去过东灵山、古北口等，也有几次新年元旦在阳台山的金仙庵度过。那时金仙庵还挂着北大生物系实习站的牌子，几间平房可以住宿。大家在庵门口的泉水处汲水，在周围的山上捡柴（地上的枯死树枝）生火煮面，晚上一起睡大通铺。现在的山鹰社还是经常去那里活动，但金仙庵已关闭了。我还记得有一次大家12月31日登上阳台山准备在那里过元旦，狗一直狂叫，大家都躲得远远的，计算机系的徐杨跑过去后狗却不叫了，他正得意地说狗认识他的时候，狗忽然咬了他一口，他只好跑下山去打狂犬疫苗。从北大毕业时我们又来到金仙庵，晚上轮流出节目，我把那首军训时学的歌《十八岁》改编了："十八岁、十八岁，我参加了登山队……生命里有了山鹰的历史，一辈子也不会后悔。"

攀登德纳里峰

1994年到美国后，我首次见识了互联网，于是想给山鹰社做一个网页，苦于没带任何资料来。第二年徐纲来美国到德州奥斯丁，与已在那里的高豫功联手做了一个，此后转给我来维护，这样山鹰社成了北大（可能也是全国）第一个有自己网页的学生社团。不过那时国内上网还很难，网页主要是给外国人看，因此是用英文写的，那时也有好些外国的登山爱好者来信联系询问。1995年夏，我们几人在德州奥斯丁一聚，到Rio Grande国家公园和墨西哥边境玩了一趟。

北大数学系的王诗宬老师那一年正好到德州大学访问。他此前曾登上非洲最高峰乞力马扎罗峰，后来又和山鹰社一起攀登了慕士塔格峰。他利用在美访问这段时间，先去攀登了南美最高峰阿空加瓜峰，然后打算去攀登北美最高峰——6 190米的麦金利峰，当地语言称为德纳里峰，我于是也又一次燃起了雪山梦。德纳里峰虽然只有六千多米，但攀登起点只有2 100米，中间还有一小段下降，因此垂直上升总高度差不多有四千米，还是有相当难度的，此前中国大陆只有国家登山队的王勇峰、李志新在1992年登顶过。不过，由于地处美国，交通、补给等比较方便，德纳里峰的攀登者也很多，容易获取信息，也容易得到帮助和救援。我们决定选取西壁（west buttress）路线，这是技术难度较小、攀登者最多的一条路线。德纳里峰的最佳攀登时间是5月初到6月初，这段时间天气比较好，再晚由于温度升高，冰雪融化，容易遇到冰裂缝，因此大部分登山者都是这段时间去攀登。而美国大学5月初就放假了，去登山也比较方便。

1996年5月，我和王老师分别从纽约和德州飞到阿拉斯加，在安克雷奇购齐了装备和食品后乘出租车前往德纳里国家公园的Talkeetna小镇。出租车司机对我们去登山不是很放心，他说去年台湾有一支很多人的登山队，登顶后迷路困在山上，最后出动直升机才把他们救了下来，费用高达几十万美元，但还是死了一个人，劝我们注意安全。后来我们才知道，这支台湾登山队来麦金利攀登是为登珠峰做准备，也就是在我们这次登山期间，这些台湾山友去了珠峰，那一年珠峰发生了规模空前的山难，也就是《进入空气稀薄地带》一书中所描写的那次山难。其实，对于当时户外运动刚刚起步的国家和地区的登山者来说，要一下子达到美国登山者的技术水平也确实是难以做到的，但尊重规则、注意安全的意识是必需的。

我们在Talkeetna租用了一架能装四人的赛斯纳小飞机，飞到Kahiltna冰川7 200英尺①营地的冰川跑道上降落，当晚就在这里扎了帐篷。由于德纳里峰路程远、要携带的装备多，我们采取双程方式攀登：每次带一半装备前行到下一个营地扎营，然后再回去拆除上一个营地并把剩余装备带上去。从降落点到11 000英尺营地，地形比较平缓，主要是松软的积雪。在Talkeetna负责登记登山者的公园管理员建议我们购买滑雪板或宽大的雪鞋，以便在这些软雪上行走，我们听从了这一建议，后来我们发现这是极好的建议。我们也在这里买了塑料小雪橇，在11 000英尺营地以下可以把装备放在这些小雪橇里拉着走。

因为地近北极有极昼效应，阿拉斯加的夏天即使晚上天也总是亮的，再加上高山反应，最初的几天里我感到很不适应，总是睡不着，而且饮水太少，状态很不好，非常疲惫，走路也很慢，跟不上王老师，后来才逐渐好了起来。第三天我们走到11 000英尺营地，这里降雪非常多，积雪深达几米。建营时，我们才发现犯了个错误：出发时带错了一个包，没有带上塑料防潮垫，这样躺在冰雪上太冷了，晚上无法休息。我们无奈之下去找同一营地的一队美国攀登者，想看看他们有没有多余的防潮垫可以借我们用一夜。我们找到的是一个带商业登山团的向导，他见我们是国际登山者，就拉着我们去了同一个营地的美国陆军登山队帐篷，要他们帮助我们。这支美军的登山队除了队员是军人身份外，其实和其他登山队没有区别，并没有穿军装、带武器，如果不是那位向导告诉我们，我们根本看不出他们与其他登山团有啥区别，他们也没有解释为什么军队要组织这次攀登。美国人还是挺热情的，邀请我们在他们的大帐篷里聊天、喝酒，为了表示友好还用录音机放了一首叫《中国女孩》（*China Girl*）的英文歌给我们听，不过我们以前当然并不知道这首歌。那时中国对于他们是很遥远、陌生的国家。与我们相比，他们登山带的东西真多呀，可谓豪华登山了。当晚我和王老师就分别和他们的两个人睡在一个帐篷里，其实还挺宽敞的。次日我们和他们道别并表示了感谢。在与他们交流后，我们感到自己携带的两桶燃料有些不足，又回到冰川机场，请带旅游者上来到冰川观光的飞机给我们带了一桶燃料。在等待飞机时，我们见识了远处一次壮观的雪崩。

11 000英尺以上道路变为硬冰和岩石，我们脱下雪鞋改穿冰爪，把雪鞋和雪橇留在这个营地。这段路上升较大，因此我们在中途建了一个储物点，第一次将部分东西放在储物点，然后返回11 000英尺营地，第二次携带建营所需的装备走

① 1 英尺 =0.3048 米。

到14 000英尺营地建营，最后再从14 000英尺营地返回储物点取回物资。然而，虽然我们把所有的食品都用塑料袋密封起来，但当我们回到储物点时，发现聪明的乌鸦已经把食品袋都啄破了，方便面基本被它们吃光了，我们只好收拾其余的物资向14 000英尺营地走。

在离营地几公里处突然起了大雾。西壁路线由于走的人多，平时路径很明显，而且沿途很多地方还有向导插的标志杆，但这时突然看不见路了。我们应该静待雾散去，但我有点性急，等了一会儿看到几十米外有个路标，之间看上去还比较平，我们就向那边走，想从那里回到路上，但看似平坦的雪中其实暗藏危机，王老师走着走着突然落入了一个雪洞。雪洞并不很深，只有大概三米左右，但王老师跌伤了，不敢用力，自己很难爬上来，而凭我一人之力，也很难将他拉上来。我们犹豫了一会儿是否把王老师留在这里，由我回14 000英尺营地去叫人。好在这条路攀登者很多，等了一会儿雾散了，就看到有一队攀登者正从下面走上来，我等他们走到了就请他们帮我将王老师拉了上来，一起走回了14 000英尺营地。

14 000英尺营地恰好处在山顶和山下云层之间，每天阳光普照，相当暖和，是个很不错的营地，许多人都把这里作为冲顶前适应海拔的地方，因此有几十顶帐篷，甚至还有一位国家公园派来值班的医生。他给王老师看了一下，因为没有X-光机，无法判断是否有骨折。王老师非常冷静也非常果断，我们在这个营地等了几天，鉴于这几天疼痛没有加重，他决定继续攀登。我们瞅准了一个好天气窗口冲上了17 000英尺营地。途中有两段陡峭的冰壁，好在上面有固定的绳索，套上上升器，靠冰斧和冰爪，爬上去并不难。也许因为在14 000英尺的几天等待使我们逐渐适应了海拔，攀上这两个冰壁时并未觉得特别费力。然而，随后就迎来了一个坏天气周期，天天有雪有雾，无法冲顶，只能等待。在等待期间，王老师给我讲了他丰富的人生经历，包括如何遇到姜伯驹老师而进入北大、如何在美国留学选定自己的研究方向，又如何没有任何对职称、待遇的要求返回北大（王老师回国时只是讲师），以及根据国内的学术条件，挑选比较冷门但前景广阔的低维拓扑学，终于开辟了自己的学术天地。记得王老师当时说，别人问他为什么回国，王老师的回答是，回国不需要问为什么，不回国才需要问为什么。

我们在这次攀登前也考虑过是否加入商业登山团。德纳里山上有很多团，大部分业余登山者都是参加这种团。加入登山团的好处是有专业登山向导领队，比较安全，而且向导会带上很多公共装备，参团者个人需要背的东西比较少，可以节省体力。到营地后，向导还会烧水、做饭，有时甚至预先搭好帐篷，比较轻松舒适。但一方面登山团收费不菲，对于当时收入不高的我们来说有点难以承受，另一方面登山团都是定期的，到了时间无论是否登顶都必须按时下撤。这次和我们一起到达17 000英尺营地的两个团，等了几天后天气没有好转就下撤了。对于王老师和我来说，这一次的登山机会非常难得，当然不愿轻易放弃，还是希望在保证安全的前提下尽可能争取登顶。因为没有跟团，我们比较自由，可以耐心等待好天气。不过，这个营地海拔高而且一直笼罩在云雾中，非常寒冷，每天从睡袋里出来都是件很痛苦的事，上厕所尤其不方便。等了几天后，我们自带的食品也所剩无几了（这时特别怀念被乌鸦吃掉的方便面），幸运的是那两个团下撤时都还剩余了大量食品，留了一些给我们，因此我们还可以坚持下去。一个星期后，我们终于等来了好天气，凌晨出发，一路向上，还算比较好走，印象中只有冲顶前的最后一小段陡一些，经过大半天的攀登，终于成功登顶！

登顶后我们往回走。这时人很疲劳又容易精神放松，许多滑坠发生在登顶之后，我们提醒自己注意这一点，走得小心翼翼。这一天走了将近20个小时，终于安全地回到营地。王老师在跌伤后仍能这样攀登，真令人钦佩。在营地里休息一夜后，我们睡了个懒觉，起来收起帐篷，小心翼翼地开始下撤。走到11 000英尺营地时已到了傍晚，我们取出放在这里的雪橇、雪鞋等装备并烧水、吃饭，休息了一段时间。我们感觉并不很累，而且由于极昼天也并不黑，再往下都是比较平缓的地形，于是我们决定一口气走下去。就这样，我们走了一夜，一路上看着明月在雪山之上升起，又看到黎明时的日照金山，这种景色真让人毕生难忘。次日上午，我们回到了冰川机场，当天中午从那里飞下了山。

我衷心感谢王老师，如果不是他的带领，我是不可能有这次一生难忘的登山经历的。以我们现在的眼光回顾当时，我们在登山前的技术准备也许不算特别充分，尤其是我的经验和技术不足，而且由于当时经济条件的限制，携带的装备和补给也偏少。但在当时情况下，也不大可能等具备所有条件后才去登山，总要有一个开始。不过，我们并没有盲目冒险，而是冷静地根据实际情况做出判断，认真地听取其他更有经验的攀登者的意见，避免没有把握的行动，尽可能地降低风险。

持续的友谊

此后的时光里，我和山鹰社的朋友们一直保持着联系。1996年已有不少山鹰来到美国，那年冬天我们在大雪中来到芝加哥郭岷家聚会。那时，我刚刚在一次会议上从几个外国人那里学会了杀人游戏（现在的狼人杀是由此发展出来的），于是把这个游戏介绍给大家。记得我们在芝加哥的轻轨上用中文玩得很投入，旁边的几个老外好奇地看着我们一拨人玩得热闹但不明所以。此后不久杀人游戏传入国内。国内有一种说法，说是杀人游戏起源于登山界，或许源于此次美国山鹰聚会？后来我在美国期间还有两次比较大的聚会，一次是曾山（Jon）和雪华结婚，还有一次是大家一起去黄石公园。此外我还去过曾山和雪华家、拉加家，等等。20世纪90年代末我也回过国，看到许多山鹰社好友们在北大附近建立了逻格因（Login）公司，走上了创业之路。那一段时间也出现了山鹰论坛，大家在网上插科打诨斗斗嘴，更增强了彼此的联系。

2005年我回国到中国科学院国家天文台工作。每个周六都和原来山鹰社的老朋友们一起去爬香山，也认识了一些比我晚一些进山鹰社的朋友。秋天香山太拥堵的时候，就到太舟坞或阳台山爬山。一起爬山的朋友，有王老师、老板、李锐、叶子、小健、天鸽、李炜、张勤和鸭子、自己人、小虾米等。大女儿猫猫一岁多的时候，我就带着她去爬山。虽然随着时间推移，特别是后来孩子大了上课外班等，渐渐地一起活动少了，但我一直和老朋友们保持联系至今。

反思

中国人的传统是不鼓励探险的，张骞这类人物在古代并未得到太高的评价。而在今天，对于因登山、探险而不幸去世者，普通中国人的态度也多是否定的，在生活中面临不同的抉择时，人们也多倾向于没有风险的选择。然而，正如歌德所说："生命如果不拿去冒点险，那就根本不值一钱！"如果人的一生完全可以预料，这样的生活又有什么意思呢？如果没有一些探险和尝试，人类社会的发展只会僵化。我希望在自己的一生中，能够尝试一些不同的东西。

记得王老师曾把登山与科研做过类比，说科研不像赛跑而更像登山。实际上，科研的最大乐趣正是去探索、挑战未知，而这也是我选择科学研究作为职业的重要原因。几年前，我开始了一次冒险的科研尝试：宇宙中分布着大量的氢原子，如果能测量它们产生的21cm谱线，就能为宇宙起源、宇宙大尺度结构、暗能量等提供很多宝贵的数据。但是，除了银河系以及一些距离较近的星系外，要真正对宇宙距离的21cm辐射进行探测十分困难，因为银河系产生的大量前景辐射比宇宙21cm信号强十万倍以上，需要非常细致的处理分析才能将这一信号提取出来。目前国际上许多实验都想要探测这一信号，但迄今为止还没有哪个实验真正取得成功。我领导的一个团队开展了暗能量射电探测关键技术实验，我们在人烟比较稀少的新疆巴里坤县建立了红柳峡观测站，研制名为"天籁"的实验阵列，这是国际上最早建立的一批暗能量射电探测实验之一。目前，阵列已建成，将在未来的几年里进行这方面的实验，但是否能突破21cm探测这一难关还未可知，也有很大的可能我们的尝试将失败。然而如果人们都因害怕失败而不去尝试，又如何能突破这一难关呢？2017年，三位科学家因引力波的探测而获得诺贝尔奖，此前四十多年引力波探测一直未能取得成功，一些引力波探测研究的先驱都已经去世了。我想，这些先驱者虽然没能取得成功，但他们的努力绝没有白费。现在，我所投入的21cm宇宙学实验同样需要顽强、持续地钻研和探索。

在我看来，人生如山岳，登山者不必太在意一时的领先和落后，在允许的条件下尽力做好准备，约上志同道合的伙伴、奋力攀登去发现新的风景，享受攀登的乐趣，这就是理想的人生。

【作者简介】陈学雷（雷子），1991年进入北京大学物理系，硕士，哥伦比亚大学物理系博士。曾任山鹰社科考部部长，参加了1992年青海科考活动。曾登顶麦金利峰。现为中国科学院国家天文台宇宙暗物质暗能量团组首席研究员、中国科学院大学天文与空间科学学院岗位特聘教授，暗能量射电探测关键技术实验（天籁阵列）、超长波天文观测阵列背景型号研究项目负责人。

种子
——在美国时写给另一山鹰友人的信

罗述金

阿发，你好：

　　很高兴收到你的来信。我6月搬过来开始实验室的工作，转眼已经半年了。给你写的一封信开了个头，一直没写完。忽然一天听说你辞了职南下深圳，也不知如何与你联络，那一封没写完的信，后来便不知道搁到哪里去了。不管怎样，祝你一切都好。

　　有很多人对"环保激进主义者"不以为然，不屑讨论。所以，很高兴你对我的坦诚。其实，即便是在山鹰社这样一个理想主义者聚集的地方，大部分人也还是现实的。这也是我感触最深的一点，亦即如何以现实的手段去实现看似"理想"的东西。怎么说呢？首先，我不是一个环保至上的乌托邦主义者，其实我也是那些抨击"环保激进主义者"的一员。世界上有许多重要的事情，而我们只能做很少的一些。选择一条路而放弃其他，并不代表在我们心里这件事就是最重要的，只不过因为这是我们喜欢去做而恰好现实也允许我们去做的。从一定程度上来说，你的看法是对的，"出于女性本能的爱猫爱狗发展到学术性的动物保护道义理论"，只是我还要加上一点，那就是童年的体验。而这一点往往在很大程度上影响了我们的人生取向。这也是为什么我始终相信青少年教育是提高全民环保意识的最终途径。再者，学术研究和动物保护道义还是有很大不同的，先不详谈。

人们对环境问题的关注，是伴随着高人口密度和高生活水平而形成的。原本人很少，地球也很宽容，人类对环境资源的影响的绝大部分被环境本身自我净化，纳入生态环境良性循环的轨道。然而人烟稀少的年代已不复存在，日渐增长的人口无可避免地威胁着自然，侵占着最后的野地。不过在欠发达地区，人们还在为桌上的三餐而挣扎，对环境质量的要求只能是一种奢侈。只有生活水平提高了，人们才会开始关注生活环境的空气质量、饮用水洁净度……然后是那些远足时能到达的自然胜景，再然后是那些也许永远也不会见一面却真实存在并且受到威胁的野生动物和植物。我想中国便是处于这种环境意识发展的早期状态吧。我有一个朋友去年在中国进行一项环境政策调查时便被许多人对"环保"与"环卫"混淆而弄得啼笑皆非。

关注环境和生活水平的另一层关系则是，人们对自然资源的浪费与消耗常常是随着生活水平的提高而增加的。美国是环保倡议大国，同时其对资源的挥霍也是没有任何国家能及的。扯远了，我只是想说，在越来越多的中国人不必去为基本生活担忧时，会有更多的人关注自然环境，对这点我毫不怀疑。

在很早以前的一次感恩节的聚会上，我遇到了一位在国家动物园工作的两栖爬行类专家，谈起全世界青蛙大规模减少的现状，他神情黯然。他说在中美洲的一片丛林里，一种他所熟悉的青蛙从十年前的日见千只到去年的不到20只，他很清楚地知道，这将是一场不可逆的物种灭绝的悲剧，即便倾尽保护学家们所有努力也无法改变其结果。可是他觉得他仍有责任去尽一份努力，包括呼吁更多的人关注青蛙，探讨这种急剧消失的原因以及保护最后的种群。

那时，我忽然间觉得，野生动物保护真是一项悲壮无比的事业。

那时，我还在想的是，也许只有非常乐观的人才能长期地从事野生动物保护工作。因为很多时候这是一件"知其不可而为之"的事情。后来我渐渐意识到，其实无所谓悲观或乐观，更多的是一种"客观"罢了。并非不知道以我之力如螳臂当车，既不能逆转潮流，也不能改变周遭，不过是如同漫长的马拉松训练，摒除所有杂念略有些呆板地往前跑。如果我乐观，希望破灭的那天便是我的毁灭；如果我悲观，未开始或已经被打垮。如果已经没有了希望既不乐观又不悲观地仍然往前跑，又有什么可以将其击毁呢？

也是那个感恩节的第二天，我们到弗吉尼亚州大西洋岸的滩涂地看鸟。那正是雪雁（snow goose）秋季南迁的时节，成千上万的大雁离开北方繁殖地，聚集到这片长途跋涉的中转地，稍事休息，准备数日后继续远行。

我们略微估计了一下，在那一天那一片干涸的湖床上至少停了5 000只大雁。5 000只！你能想象那一情景吗？5 000只雪白的大雁拥挤着，喧哗着，无视周围上百观鸟者的惊讶而嬉戏着……它们仿佛是来参加一场沙场大点兵，从各个角落赶到这里，呼唤着："我来了！我来了！"忽然间，一种我们听不懂的号令传遍了几个群体，于是，它们成百地整齐地起飞了。你抬头，看到无数的白影掠过眼帘，穿过蓝天；你忽然觉得有些眩晕，因为它们正飞越过早晨的太阳，在强烈的逆光中它们的翅膀闪烁着金色的光芒，它们人字形的队伍连绵不断，从南到北，远方传来的鸣声，在秋日干爽的空气里，清澈而嘹亮……

那是我见过的最动人的情景，虽然我的笔写不出那壮观。

如果你也在那里，我想我不用再解释，你也会明白为什么我是如此渴望可以时常生活在野外的工作了吧。即便不能改变什么，已是我心所安，更何况但凡去做了，便总有些希望。而所有对实现这一可能的希望的萌芽，都是在1996年我们在阿尼玛卿登山时开始的。

该收笔了，希望收到你的信和听到你的故事。

祝好。

罗述金

2000年12月

距2009年春天重回燕园转换角色为老师又恰逢山鹰社20周年社庆，又已过去9年，这期间从徒有白墙四面的实验室到跌跌撞撞地建起一个小小的研究团队，从踉踉跄跄地为人女到战战兢兢地为人母，一路走来，虽说生活和工作从表面上看也算风平浪静，但内心总难免经历惊涛骇浪的挣扎，不知不觉也到了四十不感。所幸尚能不忘初心，再回读将近20年前的文字，仍觉得有如今日，心中甚为欣慰。

更有幸2016年时值1996年阿尼玛卿登山科考20周年，当年的一些队友竭力从繁杂琐碎的生活和工作中脱身数日，拉扯着家里的大大小小重返雪山，又与山鹰社阿尼玛卿科考队的小同学们相逢于果洛。穿越时空20年的山鹰重聚，充满许多的巧合和感动。那个夜晚两队在下大武乡的晚餐聚会上，我看到小山鹰们眼中的沉着、纯净和热忱，和当年的我们并没有什么不同（甚至还都有一个外号叫作"阿花"的男生）。山鹰社便是这样，总是吸引着类似的人到其中，即便多年以后，那种山鹰人的气质也能迅速地从人群中感觉出来。现在在校园或岩壁遇到身穿山鹰社标志的小同学们，也时常有些恍惚，哎呀，那不就是柏子（张春柏）吗？那不就是皮皮吗？这是去学一吃饭，还是紫藤架下的聚会？一转身才回过神来，二十载光阴已白驹过隙。

1996年，北大山鹰社阿尼玛卿登山队成立，因为我学生物的背景，队医一职落在我身上似乎是理所当然的事。想来真是初生牛犊不怕虎，在那个年代"吸氧"只是影视场景中才有的事，最高防晒指数的防晒霜只见过SPF15，队里大部分（8/13）都是生平第一次上高原就直奔6 282米雪山的孩子，居然也就这么挥着旗子去了。20年前很多事情而今都很模糊了，只记得每天定时给大家分发维生素，最后肠胃药和草珊瑚含片（唱歌太多？）是消耗量最大的，阿发下坠救援回来当夜我不敢入睡，生怕除了看得见的外伤还有其他内伤，然而除了敷药换药唱唱歌也不知道能做什么……那样战战兢兢地当了一回13人的高原医药保障，所幸有队友的信任，大家身体素质也都极好，最后总是有惊无险。现在再看当年登山回来自己攒的医药清单和医药报告，颇像回看高中的物理和数学试卷，感慨原来自己也曾经懂那么多。

2016年，在小朱、阿发、老马等老队长秘书长们的倾力组织安排下，登山队科考队20周年纪念阿尼玛卿返乡团成行。毫无悬念地我又担当起队医一职。这次团员一共22人，5位登山队老队员，3位科考队老队员，其余14位家属中竟包括9位年龄6到12岁不等的儿童。网上查询，又找高原医学专家咨询，排除了哗众取宠、危言耸听的网络谣言，所有的信息仍指向8岁以下的儿童不建议上高海拔。直接引用军事医学科学院高原保障首席专家范明老师的话："果洛雪山乡海拔4000米，医疗条件也不好，慎重考虑。不建议带这么大的孩子去。不是每个孩子都会有反应。但是孩子的反应会比成人凶险。我见过好几例了，还有一个没能下山，心有余悸。孩子还小，等等吧。"

自己身为6岁孩子的母亲，终于体会什么叫作压力山大。

我赶紧将了解的情况和信息向所有孩子尤其是几位六七岁孩子的爹妈传达，结果呢，大家都很淡定，纷纷表示实际情况不会那么严重，预备好氧气，观察前行，原计划略做调整，取消在东给湖边4 000米以上过夜的日程，其他的都可正常进行。到底是老山鹰啊！好吧，既然大家决心已定，热情不减，那我就使出浑身解数，把医药后勤保障做好，再当一次队医吧。

下边的准备工作其实就是：（1）学习研究，整理信息；（2）整理编写药单；（3）按单采购配置。临近学校期末，自己又拖延症严重，前两步拖到6月下旬才完成，第三步有老马队长夫人菲菲大夫帮忙，从医院药房配置，为了节省空间，还全部逐一拆包，和说明书一起分类规整标注好，考虑极为周到。剩下的，我再添置其他的非处方药，血压计、体温计一类仪器鸭子带着，助睡眠药和高效防晒霜等由小官从美国带回来全队共用。最后整理出一个跟随了我们一路的小药箱，小巧、紧凑、实用，基本从大人到孩子常见的可能遇到的健康问题都有涵盖，对于高原旅行和工作还比较有参考价值。临行前借来指压式脉搏血氧计和抗急性高原病专用药"高原康"，到了西宁后购置便携式的微型氧气罐10瓶，借得4升装医用氧气瓶2罐。最后我把近两月研究学习的内容整理到一个文件，在脑海里预演了几遍可能遇到情况的应对处理方案，心里感觉比较踏实了，大家集齐到西宁乘坐大巴奔赴阿尼玛卿。

返乡之旅全程基本顺利，除了高反以外，大家身体状况良好，没有出现感冒发烧的情况。高原反应最主要的症状是头痛，这一路用量最大的是各种止痛片，尤其是布洛芬缓释片消耗最大。高反与否与个人体质（基因）关系很大，20年前什么反应，20年后大致还是什么反应。比如我就是3 500米以上会头痛一到两天，然后高反也就仅止于此。阿发20年前高反严重，20年后高反最严重的还是他。孩子们基本状况良好，多个孩子全程连头痛都没有，一路活蹦乱跳。12岁的小马因为处于青春期，发育快新陈代谢也快，需氧量较大，故而高原反应比较强烈。现在回想起来，如果能提前两天在察卡盐湖症状开始那天即启用大罐氧气瓶，即便指标正常后也继续吸氧半小时，或许能尽早缓解后几天的症状，这是我经验不足而致，很是遗憾。3 000米以下时大家的血氧含量基本在95—100ml/L，3 000米以上之后，普遍降至80多，均属正常，如果低于80属于中度高原反应，建议吸氧。高反最严重的阿发有一晚降至40左右，感觉不适，马上吸氧处理迅速回升至90，第二天状态正常，顺利上了冰川。

由此，我们1996年的队伍不知不觉间竟开启了山鹰社史上若干第一次：1996年登山队集训时开始山鹰社学一食堂的聚餐传统，1996年第一次登山队和科考队同行，2016年第一次组织老队员重返故地的纪念之旅，第一次两代（1996年和2016年）登山科考队在同一座山重遇。

20周年返乡团从阿尼玛卿出来，我告别队友和家人，和几位同事、学生会合，继续在果洛藏族州年保玉则地区停留了十天，对荒漠猫——一种青藏高原特有的猫科动物——进行前期调研考察，由此启动了我们课题组关于西北地区野生小型猫科动物遗传多样性和保护的项目。20年前，我以为自己已经登上了生命的最高点；20年之后才明白，那其实只是埋下一颗种子，在人生路上慢慢地沉淀和积累力量，有时要静待数十载才开始生根发芽。

【作者简介】罗述金，1994年进入北京大学生命科学学院生化本科，美国明尼苏达大学博士，从事野生动物尤其是猫科动物基因组多样性和演化研究。1996年曾攀登阿尼玛卿。现任职于北京大学生命科学学院。

八千米生命高度

这段独特的经历不会帮助他们避开人生的挫折，他们还是要面对就业升学出国的压力，还是会经历雪山上生活中的生离死别，婚姻的破裂、前途的迷茫……这些困顿丝毫不会因为登了雪山而减少……但是这段被风雪打磨过的岁月教山鹰们学会了什么是爱，最艰难的时候因为爱而不会放弃，最痛苦的时光中爱带来力量，在时光的隧道中这爱不断传承升华。

你是我生命的一首歌

李炜

一直以来，我对于自己的定位都是循规蹈矩，安于平凡，安于平淡。山鹰社是我大学时唯一加入的社团，那也是我平生最出格、最疯狂的一段美丽时光。

缘起

作为北大参加过一年军训的四届学生之一，1991级是唯一提前录取的。从封闭的军校回到燕园美丽的校园，丰富多彩的生活令人眼花缭乱。看过山鹰社攀登雪山的报道，只觉得是那么遥不可及，在三角地招新广告前，流连，又离开，但还是阴错阳差参加了金山的活动，于是与山鹰社结缘。

金山，是每一个社员不能忘却的地方，热闹的迎新，不舍的送别，月光下逶迤的石板路，有热气腾腾的羊肉汤，有柴门闻犬吠，还有金山烂漫的春花、繁茂的夏荫、绚烂的秋色和清冽的冬日。其实很自豪，我和好友吴尉与"九〇五杰"中的90级计算机系师兄陈庆春、叶峰同期入社，金山之行是我们共同的起点，只是他俩走得更快更远。而我发现自己体力还算不错，臂力也堪堪够上攀岩的要求，于是试试，再试试，坚持，再坚持，加油，再加油。晚上的训练，周末的野外，慢慢地我融入这个集体。

那时条件很艰苦，但我们自会苦中作乐。没有外卖大餐，食堂的馒头、清油花卷，能有点花生米就是美味，晚上训练后一小罐酸奶就爽到极致。没有私家车，坐公共汽车、长途汽车、自行车，一路欢声笑语。没有专业装备，解放鞋、作训服、军用水壶，就地取材我们依然不退缩。五四操场是日常训练的主战场，干涸的室外游泳池可以练攀岩平移，32楼的裂缝攀爬每每吸引往来路人的眼球与赞叹，而金山、香山、309、西山农场、怀柔国家登山队基地、黑龙潭、莲花山、百花山等是一点点开辟出来的活动基地。经历过创业与起步的苦与乐，心更野了，情更重了，正如社歌《橄榄树》唱的："为了梦中的橄榄树，流浪，流浪远方。"

花絮

苦中作乐的日子美好得不忍忆起，再落于笔端是云淡风轻的点点花絮。

黑龙潭冬训攀冰时，学生穷啊，总是费尽心思想着如何省钱，绿皮火车上与乘务员斗智斗勇逃票，有蒙混过关的，也有不幸被抓的，现在想来好笑，那时不过图个乐子。犹记得一对从南京来的金童玉女（89级物理系徐纲师兄的初中同学），在黑龙潭冰天雪地的晚上盛赞绿瓶二锅头喝着来劲，玩算命游戏、高歌《在那遥远的地方》（这首歌成就了我的笔名"牧羊女"），不小心崴脚依然坚持的后果是肿了几个月的不自在。

攀岩。我都不好意思说，我也在攀岩队混过。前辈不说大小谢，"九〇五杰"之90级城环唐元新（古拉）、哲学谢忠（笨笨）做我们的教练。93级赵凯、张清伉俪，更不必说后来的孙斌、王荣涛。我被古拉和笨笨选拔出来，32楼爬楼没有问题，309户外没有问题，但也仅此而已，有点小小的成功的喜悦和虚荣心，实在没有攀岩的天赋。

遇险。登山有危险，平时的野外训练也有危险。西山农场的迷路与悬崖之险，叶峰专门写过一篇文章。感受和角度不一样吧，我牢牢记得的是桑葚之旅，漫山红红、黄黄、紫紫、白白的桑葚，好吃到停不下来。大概是因此迷路的吧，不觉爬到一个断头的岩壁，把军用水壶的带子系在一起，跌跌撞撞地下来，不知畏惧，只觉惊喜有趣。那时的心得多粗啊。

骑行。91级技物云南团的李楷中（腾冲）和刘俊在慕士塔格一战成名。腾冲伤了，却依然乐观。我们相约一起骑车去昌平十三陵，一路你追我赶，笑语融融。回程时路途不熟悉，与腾冲不知失散在哪个岔路口，等我们回到暮色中的校门口时，腾冲如天兵神将般出现在我们面前，至今难忘他熠熠发光的双眸，单薄身躯也掩不住的满腔豪情。还能称得上壮举的便是和好友吴尉骑行天津。物理系博士雷奕安（老板）的弟弟小老板和同学高翔周末从天津大学骑车来北京玩，我和吴尉决定帮他们骑回去顺便到天津玩。两辆破旧的自行车，没有手机，没有导航，我们俩一腔热血地迎着朝霞上路了，如出笼的小鸟，在天地间恣意挥洒青春和热情，就这样也能顺利地在薄暮时分抵达目的地。最搞笑的是，高翔同学说那不是他的自行车。高翔同学后来又专门骑回了他的车。我们用钥匙随意开启了燕园不明人士的自行车，就大张旗鼓地运至天大。工作后，叶峰孤身骑着他的公路赛车从北京来石家庄，我找了弟弟的同学坐着火车头运回北京物归原主。想想，我们孤勇的青春，拈花一笑。

选拔。那时，每年暑期登山的名额有限，女队员只有2人。1993年社里组织登慕士塔格峰，自我感觉是我体力的巅峰，作为训练的积极分子也是备选队员之一，有了小小的祈盼，可优秀的前辈太多。犹记那一天，在紫藤花架下，笨笨和中文系90级的张天鸽告知我落选的消息，一并做安抚工作。虽说已有心理准备，但说不失落是不可能的，当时想，也许是生命中唯一的一座雪山，那么那么近，却失之交臂。正好晚上有训练，不记得在五四操场一气飞奔了十圈还是二十圈，只记得带训练的徐纲讶然地说："怎么这么快！"多年过去了，我一直记得那暗夜里的奔跑，那心痛的感觉。后来，我们这一级很多人离开了，我没舍得，于是投入轰轰烈烈卖赞助实物"营多"方便面之列，并于1993年暑假踏上新疆伊犁的科考之旅。

科考。高考之前对我影响最大的两本书，丛维熙的《北国草》和奚青的《天涯孤旅》，一个是北大荒拓荒，一个是地质队员沙漠探矿，很向往那样的生活。懵懂的新疆伊犁之行，我纯粹是一个跟随者，不知目的与方向，只当旅游去了很远很远的边疆，在冒险之旅中体验不同的风俗文化。买的北京到乌鲁木齐的火车硬座，柳园下来去敦煌莫高窟、鸣沙山和月牙泉。徒步翻越鸣沙山，没有沙漠中前行不知方向和危险的恐惧，只是孤勇地向前向前。吐鲁番下车，遭遇洪水断路，滞留吐鲁番火车站，乘警在一群人中挑了我去问话，因为我像《少林寺》中的牧羊女。千里迢迢，来到王洛宾《在那遥远的地方》诞生之地，我成了名副其实的牧羊女。我们在高昌古城的遗迹里缅怀，我们在乌鲁木齐到伊犁的长途夜车的颠簸中拥挤碰撞，凌晨时在赛里木湖边匆匆留下剪影。我们穿行于峭壁和深谷险路到了出产伊力特酒的新疆生产建设兵团，我们也在库尔勒车站临时抽检中损失了精心采购的刀具。多年后故地重游，只觉天山脚下就是我的故乡。

登山。1994年长江源格拉丹冬，我和生物系92级的冯燕飞，两个石家庄女孩，如愿成为登山队的唯二女队员。兴奋之余伴随的是深深的遗憾，因为明显感到体力的下滑，最终止步于6 000米的适应性训练。奇怪的是，除却照片、报告书，生命中唯一的一次膜拜雪山的机会，居然不是步步刻骨，日日铭心。记得88级两位大神——曹峻和白福利加入，神与人的差别，看如今的状态也一目了然。白爷组织山鹰社的老家伙和志同道合的新朋友活跃在登山、跑步、越野、滑雪等领域，从国内到国外，风骚夺目；曹山霸则从业余走向专业，挑战了珠峰、北极，专职深圳登协，致力于户外登山培训、山地救援。两位大师兄带来的是底气。沱沱河兵站是进山前最后一个补给点，官兵淳朴热情。校园里都没有进跳舞扫盲班的我，第一次跳的舞献给了这个兵站。我一个文科生，负责医药，真的不懂，部队领导除了让军医指点，甚至提供了小战士让我练习静脉注射。最最值得纪念的是户外适应时，遇到了牧民骑马而来，我们轮流试骑。我发现自己看似文静，原来是个有点天赋的傻大胆，没有骑过马，第一次就敢策马奔腾，吓得笨笨紧紧追随。进山的路很漫长，卡车曾陷于河中，我曾无征兆地失去意识，也曾在雪线上跌倒，冰镐刺穿衣服，在胸口留下永久的疤痕，这是给自己的勋章。寂静的山谷里只有我们这一群人，燃烧青春的火焰。天气不错，蓝天、阳光、雪山、星空。登顶的消息传来的那一刻，无比骄傲，那是长江源头的首登。没有想过，事后会和清华登山队因首登发生争议和舆论战，更没想到，作为法律系的在校生，我就此开始职业生涯。因为借用装备返还纠纷，奔波于图书馆写诉状、找校团委协商原告主体身份，往来海淀法院交起诉状、修改起诉状、交诉讼费、参加庭审。官司打得很艰难，直到毕业前，二审判决刚刚送达，后来是否执行就不得而知了。这件事一直影响了我一生的职业信仰和态度，即兢兢业业，公正负责。

　　收官。1995年云南丽江科考是我在山鹰社期间参与的最后一个大型活动。我也是山鹰社的前辈了。科考之路如何发展，我们在深思。从大西北转战大西南，我们有天时地利人和。三个地主——93级物理博士袁洪（洪哥）、装备部长大酷哥刘俊和数学系91级的江岑能干实干。精心策划准备下，我们决定以希望工程为主线，结合专业或兴趣各自选择课题，带着心愿和问题踏上南下的列车。北大附中和附小的孩子们为素未谋面的小伙伴捐赠了图书文具，丽江团委大力支持了这项活动。这一次我们奉上了山鹰社历史上首册科考报告书。尽管简单，但也凝结了我们探索的脚步和真诚的心血。科考结束我将进入毕业实习，难言的复杂心情让我决定在昆明科考结束后孤身奔赴重庆，任凭身心漂泊在长江三峡的青山绿水之间。

不了情。毕业后回石家庄按部就班地工作，每每想起燕园多姿多彩的生活仿佛都在梦中。我在石家庄火车站为暑期登山的队友送过西瓜和甜瓜，在裕彤体育场崔健演唱会时和笨笨、白福利等老队员捧过场。后来，小队员不熟悉了，不坚持锻炼了，我惆怅自己在慢慢淡出山鹰社的圈子。2005年我重返北京，物是人非，老队在各领域建功立业，长江后浪推前浪，山鹰社的小队员们已茁壮成长。我慢慢恢复了跑步爬山，老鹰会、社庆时不时相聚，又活动在燕园周边。充电再出发，原来我一直在这里，不曾远离。

友情与爱情。时常想山鹰社的友情与爱情、逸闻逸事，可以单独出一本书。山鹰社是个和谐温暖的大家庭，队员之间如同家人。我时常觉得自己不够优秀，而前辈后辈太过优秀，学长学姐们不遗余力地在学习、生活、训练上给予我们无私的帮助。洪哥的博士宿舍是聚会、看世界杯的据点，老板的办公室、机房、博士后宿舍我们想用就用，未名湖夜跑归来经常在叶峰和陈庆春的宿舍停留，诉说不安和烦恼，我和吴尉黄山之行多亏徐纲南京家人的收留，平生吃的第一个柚子是古拉不辞辛苦从广西背回来的，祝晶中英文曼妙的歌声绕梁三日……我拿什么奉献给你，我的亲人朋友，唯有一颗感恩的心。据说新惯例是社里的男生娶了登山队的女生，就要给山鹰社捐赠成对的冰镐，山鹰社成就了多少对恋人、伉俪无法统计。91级某男生很勇敢，勇敢地追求到师姐，成功牵手；某小师妹更是勇敢地追求师兄，被婉拒后喝得酩酊大醉，第二天依然是活力四射的女汉子。应该说几乎每一任社长、队长、主力队员的情史都可圈可点，最最强悍的还是新旧两任社长比翼双飞，大牛（刘炎林）的情书出了一本书。

结语

三年的登山科考，四年的校内外训练活动，山鹰社的精神"存鹰之心于高远，取鹰之志而凌云，习鹰之性以涉险，融鹰之神在山巅"融入骨血。在这里，我释放了天性，亲近了自然，发现文静外表的掩盖下骨子里的坚韧、孤勇和乐观。这是一个相亲相爱的大家庭，我们是相亲相爱的兄弟姐妹。

我们曾经是山鹰社的一员，我们永远是山鹰社的一员。我们曾经这样生活，我们永远无畏地生活。

【作者简介】李炜，1991年进入北京大学法律系，曾任山鹰社资料部部长。毕业后任职于河北省高级人民法院，现在北京市高级人民法院工作。

我的山鹰岁月

吴海军

为什么登山

一位著名登山家在回答记者问他为什么登山的提问时，回答说："因为山就在那里。"

北大登山队近30年的历史中，几乎每一个队员都用同样的话来回答家人、朋友和自己的提问。一个简单的回答，如此精练，如此有哲理，仿佛回答了问题，又仿佛什么也没有回答。

1991年，在石家庄陆军军官学校受训一年之后，我终于到了燕园，就读于政治学和行政管理系（后改名政府管理学院）。刚上大学的学生，尤其是进入北大这样的学校，都有一个心理的适应期。对我这样农村来的孩子来说，这个适应期的挑战尤其大。我之所以能够进入北大，完全是黄冈中学的功劳，换一句话来说，我是黄冈中学鼎盛时代的典型产品。一个没有太多天赋的孩子，靠着听话、勤奋、以苦为乐的精神，加上恩师的心血栽培，也能进入中国一流的大学。

虽然我高中的学习成绩不错，进了北大就发现自己的差距。周围的同学大部分都以跟我一样好甚至更好的成绩才进了北大，那些比我成绩差的北京同学，他们的见识、谈吐、在文艺和体育方面的才华又让我自愧不如。更为致命的是，我一米六的身高，在风华正茂的北大同学当中，颇有"鸡立鹤群"的感觉。学习比不上班里聪明又努力的才女们，内心的自卑让我都不敢向暗恋的对象表白，这是我在进入山鹰社之前的真实情况。

一个偶然的决定

一天，在校园里看到一群人系着一根绳子，在旁边的宿舍楼爬墙缝，原来这就是山鹰社经典的招新活动。那个时候北大的社团也不是特别多，琴棋书画之类的社团肯定是进不去的。一个爬山的社团，不知道为什么就触动了我的心。也许是那一群衣着朴素、谈吐简单的人更加适合我的风格；也许是老队员给我看雪山的照片，那种遥远又神圣的魅力吸引了我；又或许是在北大的失落感让我跃跃而试。

当时我并不知道，这样一个看似偶然的决定从此改变了我的人生。如果我有先见先明的能力，知道以后发生的事情，我还会加入吗？还是会把在北大宝贵的时间放在学习和准备托福考试上，加入出国的大军？老实说，我不知道。

进入山鹰社容易，能够被选拔参加暑假登山队，实在是比登山本身还要难。每年年初都有几百个像我这样一时冲动进入山鹰社的，到学年结束的时候能够留下又被选中参加登山队的学生却非常少。山鹰社从早期开始就建立了一个择优选拔的制度，大部分的学生能够参加一两次的周末和假期活动就不错了，也是一个很好的经历，大家能成为很好的朋友。而要进入登山队，几乎需要每天晚上在五四操场训练，周末出去拉练，寒假去攀冰。训练要点名，拉练和攀冰都有老队员带队，随时都在观察你。

我那个时候不爱学习，基本也不参加本系的活动，有很多时间。几乎所有的时间，我都和山鹰社那帮朋友泡在一起。至于能不能被选拔参加登山活动，倒没有想那么多。和山鹰社的朋友们在一起，让我活得很自然，很开心。那个时候还没有"反文化"这个说法。如果有的话，那么我们是一群"反文化"的不知天高地厚的学生。在大部分北大学生上自习、泡图书馆的时候，我们在操场上像毫无方向的驴一样一圈一圈地跑。在周末大家放松休息的时候，我们背上背包，倒一两个小时的班车，到北京郊外爬山，或者从北大跑到香山，然后比赛爬上香炉峰。山鹰社里没有人重视衣着打扮，反而以穿着简单粗糙而骄傲。军训留下来的绿色军装是很结实的爬山服装。土反而成了时髦。我们很多人都因此得了某某土的外号，我因为名字中有一个海字，就很荣耀地被命名"海土"，意思是"土人中的土人，最土的人"。

幸运的我

在搭上几乎所有的课余时间，已经变得不能再土的时候，我居然被选入了1992年西藏念青唐古拉登山队！说"居然"不是我谦虚。虽然参加训练很多，但是我的体力和速度都一般，至于登山技术，也只是一知半解而已。1992年的登山队总共有10个队员，其中5个是老队员；新队员中，有一个博士，再就是我们90级的两个男生、两个女生。这个搭配暗藏了山鹰社30年经久不衰的两个秘诀。一个叫"新老搭配，薪火相传"，每年的队伍中，都有一半以上的老队员，来做新队员的mentor[①]，而这些新队员在第二年就晋升为老队员，可以带其他的新队员。学生社团的难处在于季节性，很难保证连续性，而山鹰社的这个机制成功地保证了从经验到领导力的延续性。另外一个秘诀叫"男女搭配，干活不累"。因为高海拔的原因，登山并不是一个适合大部分女孩子的项目，但是山鹰社知道女生的重要性。那是一个很纯洁的年代，我们的两个女生天鸽和南云，是大家心目中的女神，她们调节团队的气氛、管理后勤和财务的作用不可替代。

1992年的登山让我明白了一个道理，就是成功靠自己的努力，但也靠幸运。从此我不敢把很多事情当成是自己应得的，对人对世界都有更多的感恩之心。

我们到达大本营之后，分成了A组、B组和后勤组。A组相当于美国高中里的varsity，是精英，是最强的阵容；B组相当于junior varsity，是替补阵容。我自然被分到了B组。我们的任务是保证A组中至少有一个人能够代表整个队伍登顶。至于如何分组，谁有机会登顶，大家仿佛都没有什么争议，一切都很自然。

一天在从一号营地到二号营地修路的过程中，曹峻的墨镜掉了，导致他得了雪盲，眼睛不断流泪，只能撤回大本营，这样我就作为替补进入了A组。如果曹峻没有掉墨镜，我就不能进入A组，就没有登顶的机会。

生死之间

曹峻虽然撤下去了，A组还有拉加和李土两个老队员，加上我和唐古拉。拉加是藏族人，爬个7 000多米的山，对他来说就像爬个香山一样容易。李土前一年登过慕士塔格峰，虽然没有登顶，已经很有经验。唐古拉是新队员，专业是地理，是队中的技术骨干。剩下我，几乎就是一个充数的。

从C2到顶峰，已经爬了五六个小时，离顶峰已经不远，脚下一块平地。拉加和李土在前面开路，我在后面慢慢爬，古拉在C2休息（因为他们三人的高山靴被

――――――――――
[①] 可以理解为导师。

冻坏了，最后拼凑出两双，古拉高风亮节地让给了拉加和李土；我则因为脚小鞋小，古拉没法穿我的鞋，所以他只能遗憾地放弃了近在咫尺的顶峰）。山顶上的雪很深，虽然踩在前面的脚印里，但每走一步还都是很大的挑战。呼吸困难，意识模糊，走几步我就想坐下来睡一会儿，但又突然惊醒，怕就此冻死在这里。迷迷糊糊之间，好像到了一个山坡上，原来这就是7 117米的中央峰峰顶了。在峰顶我们照了一些照片，然后回撤到C2营地。就是这次，我把黄冈中学校友签字的校旗带到了峰顶，后来这张登顶照片送给了母校作为纪念。

撤回到C2营地的途中，天气开始变坏。一连下了两天雪，我们四个人在帐篷里无所事事，高山反应让人迷糊，也记不起来当时说了什么、做了什么。在高山上，白雪茫茫，杳无人烟，和在大本营的队友们的通信基本断绝，只有我们和下雪的声音。偶尔要起来上厕所都要挣扎一番。我们带的食物不多，基本已经吃完了，只剩下一些水果糖。到第三天，雪终于停了，我们知道必须要下山。在山上多待一天，就多一分危险。

我们四个人靠一根登山绳保护，像一根绳上的蚂蚱，走之字形路线下山。下了两三天的新雪很松软，踩下去就是一个大坑，增加了我们行走的困难。七八个小时之后，我们已经可以看见C1营地的帐篷。在C1营地留守的雷老板已经出了帐篷，拿着相机开始给我们拍照。登山的人都知道，登顶不能算成功，登顶还能活着下山才叫成功。我们这支年轻的登山队伍从来没有成功地攀登过7 000米以上的高山，这一次却要创造高校学生登山，也是中国民间登山的纪录，如何不兴奋呢？

突然，我们四个人所在的雪块好像一块地毯一样，飞速往下滑落。这一切发生得如此之突然，我们本能地用上了平时训练过的自救措施，试图用雪镐来制止滑落。但是下滑的速度很快，这块载人地毯，从C1营地旁边滑过，直接掉下了悬崖。据说雷老板在相机的取相框里看见了我们的滑落，我想，他当时心中的恐惧可能都超过了我们四个人。

不知道过了多长时间，我们陆续醒了过来。李土和古拉没有外伤，但是哼哼着说自己的肋骨断了几根。拉加的头部破了一个口子，鲜血直流。强悍的藏族兄弟自己从保暖内衣上撕下来一块布，包扎了伤口。一向谨慎周到、体贴照顾小兄弟的他，摔下来之后头脑不清醒，不听劝告，自己爬上悬崖，去C1营地休息了。我的状况很惨。眼镜不知道摔到哪里去了。长长的高山靴和袜子居然都甩掉了。左边的嘴角破了一道口子，脸上到处都是鲜血，看起来一定很狰狞恐怖。

李土和古拉挣扎着找到了我们的背包，架起帐篷，把我拖进去。这一晚，我躺在他们的腿上睡了一夜，他们不时会检查，看我是不是还活着。雷老板从C1营地爬下来，看见我们几个人虽然受伤，性命无碍，给了我们一些吃的东西，自己深一脚浅一脚，一个人在漆黑的晚上走回大本营，向留守的队员报告我们的状况。

第二天，我们看了那个掉下来的悬崖，起码也有二三十米高。从这么高的地方摔下来而没有死，简直就是一个奇迹。雷老板一个人摸黑下山，中间多次碰到险情，居然顺利到达大本营，搬来营救队伍，这也是一个幸运了。生命之脆弱和奇妙，上帝为了某种原因而没有让我们死去，这些都不是我们可以用理性去思考的，只能带着敬畏的心去领受。

不同的山

从西藏回来，我们又开始了1993年攀登新疆慕士塔格峰的准备工作。而我在经历了生与死的考验之后，当选新一届山鹰社的社长。熟悉山鹰社的朋友都知道，社长其实不是最有能力和影响力的，前一届的社长才是山鹰社的灵魂。把一个新人推出来，让他能够独立担当一些常规的工作，对他是一个很好的锻炼；在重要的事情上有前一届的社长把关，又能防止新人犯错误。如何培养下一代，保证权力顺利转移和工作的连续性，在这一点上山鹰社实在是做得很成功。

作为社长，我最重要的工作之一是找到活动的赞助商。那个时候我们是穷登山，所有的设备都从中国登山协会免费或者以很低费用租过来。20世纪五六十年代中苏联合登山的设备当然不能说好，而且非常沉重，但是我们已经很知足了。交通方面，能坐火车就不坐飞机，能逃票就不买票，所以我们一次登山的费用并不高。那个时候的经济不发达，有赞助意识的企业不多，只有可口可乐公司给了我们一点钱，让我们完成了1991年和1992年的登山活动，但是1993年的费用需要我们另想办法。

1992年的时候，我就参加过拉赞助的活动。那时候白土是外联部部长，我经常跟着他，背着个破包，打印几十份登山计划，倒几次公共汽车，到朝阳区的商务区，挨个访问每个楼层的公司。有些公司不让进门，有些公司很客气地让我们把计划留下来。有人跟我们聊几句就让我们很高兴了。这种毫无头绪地拉赞助的方法当然成效不大，但却把我的厚脸皮培养出来了，后来我能在公司CEO面前作演讲，应该都是那个时候锻炼的结果。

1993年我们继续这样地毯式的拜访，也不知道应该期待什么。年轻的时候，为了梦想，可以克服一切困难，也不害怕打击。这个拉赞助的挑战，对我来讲，也是一个山，也需要用登山的精神。

营多方便面

在经历了无数次拒绝之后，突然之间，一个叫东福的外企对我们产生了兴趣。那个时候，东福主打的营多方便面刚刚进入北京市场，这个聪明的老板可能觉得我们能够帮助他打开销路。1993年登山预算是5万人民币。他答应赞助我们，但是不是现金，而是7万包方便面，如果把这些方便面都卖掉，我们就能攒够登山的经费（营多方便面的零售价是每包8角钱，按九折的价钱7角2分卖出去，7万包方便面正好是5万元）。

管自己叫"营多登山队"似乎很滑稽，但我答应了这个赞助方案。主管我们的北大体委也很支持，在未名湖旁边的体育馆给了我们一个仓库。就这样，几辆大卡车满载营多方便面，浩浩荡荡开进了北大南门。这样的场面，在北大大概是前无古人后无来者。我们发动了山鹰社的全体成员，在接下来几个月的时间里排班踩着自行车、三轮车，带着一箱箱方便面在北京各大高校售卖。就这样，几个月的时间，我们卖了两三万包方便面，虽然不够预算的金额，收紧腰包大概也能凑合。

为促进方便面的销售，登山队内部也掀起了买方便面、吃方便面的热潮，晚上宿舍熄灯之后，我们几个人点起电炉，煮上一包方便面，再打一个鸡蛋，加一瓶燕京啤酒，就是一顿美妙的夜宵，再买一个煎饼果子那简直就是天堂了。大家卖营多方便面，吃营多方便面，跟营多很有感情，所以给一个队员起外号叫营营，另一个叫多多。这些方便面在登山之前吃，登山时也是我们的主要食物。由于吃得太多，在登山之后很长一段时间，很多人闻到方便面防腐剂的味道就要呕吐。

新的纪录

1993年攀登慕士塔格峰，我们是志在必得。1991年虽然没有成功，但是积累了很多经验。1992年登山培养了更多的队员，又极大地鼓舞了我们的信心。在去乌鲁木齐的路上，因为发洪水，前面路基冲毁，我们在火车上待了几十个小时，没有水，也没有食物。但大家的士气还是很好。整个登山的过程因为准备充分，有惊无险，我们全队13个队员，除了在大本营留守的3个队员之外，A组和B组总共10个队员登上7 546米的慕士塔格峰。从7 000米到7 500米，北大登山队又刷新了自己创造的大学生和民间登山的纪录。我们10个队员也因此全部获得国家一级登山运动员的称号。

1994年，我作为副队长又参加了长江源头格拉丹东的登山活动，再次成功登顶，从此队友们笑称"海土登山，百发百中"。后来我毕业之后又参加了两次登山活动，都以失败告终。这个"海土登山，百发百中"的纪录就只保持到1994年了。

良师益友

北大山鹰社和登山队之所以吸引我，我相信也是这30年来吸引成百上千的北大学生加入这个团体的原因，是在这个团体里因为共同的理想和经历而积累下来的深厚的友情。即使大家毕业之后各奔东西，但时空距离都无法消磨这样的感情。我们很多人在离开北大、离开登山队之后仍然保持接触，即使很长时间没有见面，重逢时都会在一起举杯回忆当时的岁月，或者相约再爬一把香山。

我和我之前的队友们都有很深的感情。他们就像我的大哥哥大姐姐一样，用他们的生命来影响我。储哥是我们当中的作家，一群不知天高地厚的愣头青，需要一个他这样闯过江湖的老大来撑门面。1992年我们从成都到拉萨，为了节省一些行李托运费用，储哥要我去跟一个机场员工联络感情，这是我一生中第一次"社会公关活动"。雷老板，生理年龄比我们大，心理年龄却比我们小，是我们当中的老顽童，跟他在一起有没完没了的快乐。也是因为他当年管理物理系的机房，我们可以偷偷地跑进机房，在里面打印登山计划、玩打坦克的游戏，我唯一的玩游戏的经历就是在那个时候。高豫功和高嫂子，当年我们经常去他们家吃饭。嫂子的厨艺那是一流的。曹峻现在是国内鼎鼎大名的户外运动领军人物，当年是登山队的技术专家，教会我各种攀岩、攀冰和登山的技巧，他性格沉静，话不多，天生给人一种可以信赖的感觉。他和太太任姐后来跟我们在清华东门做邻居，我经常去他们家蹭湖南菜吃。白土活泼开朗，是天生的外交家和销售员，为人豪爽大方，是他教我如何去拉赞助、如何面对拒绝，又带领我进入宝洁公司销售部。李土虽然是物理系的，却经常陷入沉思之中，又善辩，倒像是哲学系的，他是我之前的队长，手把手教我如何担起队长的重任。徐纲是物理系的另一个牛人，感觉他聪明得不行，从不讲究穿着。1992年去西藏登山，到拉萨就病倒了，山没有登，却和一位病友妹妹结下姻缘，成为一段佳话。

跟我同一级的朋友中，除女生之外，最活跃的有唐古拉、叶子、春子和笨笨。我们五个人并称"九〇五杰"。唐古拉虽然第一次登山没有成功，却是队里的技术骨干，技术、经验和体力都是顶呱呱。后来他登过几座8 000米的山峰，是登山队绝对的传奇。叶子和春子都是计算机系的，两个人的体力和意志力都很强，是1993年登山的绝对主力。叶子是一个非常纯洁的人，跟女生关系很好，后来得脑瘤，影响了听力，仍然以极大的毅力和乐观的精神去工作、旅行和生活。春子很认真，责任心很强，后来成了登山队队长，再后来搬家去了加拿大。笨笨也是湖南人，能吃会干活，是一个管家式的人才，对朋友非常忠实，在队内队外都是我的好伙伴。

这些我提到的朋友，还有很多没有提到的，我们有一段共同的经历。很难想象，没有这样的友情陪伴，我的北大生活会是如何。他们是我的良师益友，我们是一生的朋友。他们帮助我成为今天的我。

结束语

1995年北大毕业，我的登山经历应该说就结束了。之后虽然有过登山的冲动，但是职业和家庭的牵绊让我无法像当年一样无所顾忌。当年的朋友，有的继续挑战自己，成功登上珠峰和其他8 000米以上的山峰；或者成为运动达人，参加马拉松、铁人三项、耐力竞走……这些都让我高山仰止，自愧不如。有的没有继续登山，专注于事业，在商业界、政府和教育界做出瞩目的业绩。不管我们在北大之后的经历如何，可以说在北大登山队的经历都改变了我们的一生。

前面讲过，我在自卑的时候进入山鹰社，在北大登山队的四年是我成长为一个成熟男人的四年。我不再自卑，面对自己的缺陷和不足的时候可以坦然处之，又明白如果足够努力，我可以成就很多人不能成就的事情，就像站立在7 000多米的高峰上。做队长，拉赞助的经历培养了我的领导力、服务精神、销售能力和处理人际关系的能力。

过去的经历再辉煌，也是过去式。回忆我的山鹰岁月，我没有什么可以自夸的，有的是庆幸和感恩。山鹰精神已经成了我生命不可分割的一部分，就像我嘴角的伤疤一样。我愿意把这种精神传递给我的下一代，传递给我的学生们。

【作者简介】吴海军，1990年进入北京大学政府管理学院，美国密西根大学MBA。曾任山鹰社社长、登山队队长，登顶念青唐古拉峰、慕士塔格峰、格拉丹东峰。曾在宝洁公司、IBM管理咨询部、戴尔公司市场部任职，后创办优品教育伙伴，专门服务低龄留学家庭。

紫笛依扬 / 摄

我与山鹰的缘

有一个地方，离开十年，依然会持续地给我力量；

有一群人，生死相交却不必日夜相伴，散落在天涯却仿佛骨肉相连；

有一个精神家园，它是一种信仰、一个方向，叫做山鹰社。

——赵碧若·永远的精神家园

回忆大学的四年，最美好的日子是在山鹰社里度过的。能加入山鹰社是我一生中最幸运的一件事，永远记得那个春天阳光灿烂的午后，偶然在 32 楼后面看到有一帮人在爬墙，从此便结下了我和山鹰社的不解之缘。

——储祥蔷·我的山鹰传说

如果有一天，我们不再为了登顶的消息而狂饮痛哭，不再有机会花大量的时间在太阳底下奢侈地攀岩，不再能经常在午夜过后醉意蒙眬地跳进小南门……是不是所有的生活就会变得黯淡无光了呢？

——张天鸽·离别的情绪

**友谊
万岁**

我非常确定的是：去登山、去科考，你能遇到一辈子的好朋友。不管是 2013 年作为高黎贡山科考队的小队员，还是 2015 年带队前往四川贡嘎，我都遇到了值得一辈子去珍惜的朋友。我们曾经一起走在路上，我们也将一起走完人生之路。

——贾晗琳·我的山鹰往事

这一路上，我也感受到了最温暖的友谊。在这么美的自然里，所有的人，都简单质朴；所有的心，都快乐纯净。虽然之前彼此都不认识，可走到一起，大家就像兄弟姐妹，你帮我背包，我拉你一把，我们一起煮方便面，我们分吃一根香肠，连谢字都多余，举手投足，都是情谊。

——肖丹华·十八岁的北大

李润庭 / 摄

李进学 / 摄

我爱山，所以攀登；可我更爱大家。十年一晃而过，可是和大家那种生死相托中培养的感情却一点不因时空距离的拉开而淡化。现在的我能体会到当年大叔说的：从山鹰出来后的登山没了感觉，山在那儿，可人变了。我想对于我来说也是一样的，现在问我为何而登山，我会说因为你们在那里！

——陈颖·我爱山，更爱大家

我领攀这全路线最陡的冰壁路段，最开始没想到冰壁这么硬，我还背了两条绳在背包里，爬了多一半就精疲力竭，结果发现绳子长度不够，只能采用分段下降的方式，在下降的时候又发现没有给绳尾末端打结，幸亏小黑同学制动端抓得紧反应也快，要不然可能我就留在山间陪师姐了。

——赵万荣·社长回顾

临走时，再去祭拜几个兄弟，我把登顶时的围脖留给他们了，也让他们沾上登顶时融化我们的天光和我的骄傲。我想告诉他们，兄弟，我们一起去登顶的。我虽然上得慢，下得慢，咱们好歹是一起上的。

——白福利·678 工程

登山
故事

柳正 / 摄

　　我揉一揉惺忪的眼，顺着窗缝里挤进的晨光拨开窗帘，以为会看到一片迷雾，却发现层峦的雪山！有那么一会儿，我甚至不愿意去想眼前的雪山，是西灵山，是桑丹康桑，还是达萨乡小学南侧的雪山，抑或是冰川国家公园里一个个不知名的山头。

——刘备·在那里，星星触手可及

　　"因为山就在那里"已成为新队员从老队员那里传承下来的理念。当老队员对山的情感无法言表时，他们就会自然而然地说：因为山就在那里。这种自然而然，犹如面对亲密的爱人，只消一颦一笑便可让人领略无尽的意味。

——陈劲松·逃兵看山

科考
之路

阿尼玛卿真的很美，满地的小花、小草，
映着远山和蓝天……虽然我们最终没能
达到预定的目标，但让更多人亲近雪山、
了解雪山，不也正是我们努力的目标吗？
　　　　　　——陈庆春·流过记忆之河

科考改变了我对远行的理解。这段经历
让我意识到访谈和深入体验少数民族生
活的魅力。怀念那样惬意的日子，每天有
绚丽的日出、日落和星空可以看，困了就
去山间松林里小憩，饿了就回到毡房吃
大叔准备好的包尔萨克、奶疙瘩和那仁，
就算坐在草甸上对着地平线上的巴里坤
湖发呆，也有偶尔路过的牛羊陪伴……
　　　　　　——陆正遥·轻轻地，对你说

最难忘的是下拉秀乡。真难以想象世上
还有这种世外桃源，躺在草地上、清溪边、
高山脚、蓝天底，是如此舒适，草湿漉漉
的，隔着衣服也会调皮地扎得人痒痒的。
勉强张开眼，那漫天的蓝就像要溢进眼
眶一样……
　　　　　　——潘映红·那方水土那方人

储怀杰 / 摄

铁丐／摄

岩壁上
的舞蹈

攀岩是遇到挫折最多的一项运动，它总是以失败开始，也只有失败的线路才是有意义的。当一条线路攀爬得非常熟练的时候，也意味着需要有新的难度更高的线路。

——曹姗·This is us

铁丐／摄

一些
思考

2002 年山难是山鹰社无法忘记的痛苦，山难的冲击不只在于外界给社团的压力。我们伤痛，我们迷茫，但我们更应该吸取山难的教训。兄弟们去了，我们留下的人除了坚持他们的梦想与信念，还应该理智地反思，防止悲剧再次发生。

——陈丰·树欲静而风不止

山鹰社 20 周年社庆的主题，是"爱、成长、责任"。我自己的理解，这既是对山鹰社成立 20 年以来社团自身发展历程的诠释，也是对过去、现在和未来加入山鹰社的社员们的希望和期许。

——薛秀丽·我与蒋菡

铁丐/摄

白福利／摄

何世闻／摄

山鹰给
我的

我的山鹰关键词是：归属；兄弟；
责任；青春。因为山鹰，每一个词
都被赋予了重量。

当我们与人相遇时，最能看清自己，
最能看到别人。我们反思我们乐
此不疲奉献于此的原因，我想就
如我们生命的终极奥义那般，我
们不过是想有所贡献，抑或者单
纯地想留下我们的故事，成为山
鹰历史微不足道的一部分。

——丁琳·关于兄弟、责任、青春
和归属的小故事

皮宇丹／摄

山鹰社最为宝贵的，并不是带领你登了一座雪山，教会你攀岩的技术或者户外技能，而是陪在你身边的一群人，锻炼完了帮你放松身体，在户外的时候一起分担装备……关于山鹰社所有的记忆，都是有关于你和他们的故事。
——苏杭·我的山鹰十年

从那时起，我才发现有些事情是不能走捷径也不能开外挂的。我生平第一次坐下来，仔细琢磨"坚持"这两个字的含义。它真是一个孤独又喧闹的词汇，一想起它仿佛能尝到疲倦之极时喉咙口泛起的血腥味儿。我一个人在没课时跑去抱石，笨拙地换手换脚……大家羡慕我劈叉可以劈成一字，却不知我为了地面上最后那一厘米和自己较劲到死。
——冯倩丽·我和雪山那段前缘

储怀杰／摄

无题

据说人们愈是形销骨立，愈是目光灼灼。蓝天黑水湖光云影都不会让我们的眼睛更清澈……我们都是着急的孩子，我们怒目圆睁想看清这世界，再后来我们嫉恶如仇想让所有人看清这世界，再后来我们的眼睛里终于放出了光芒。

能模糊这灼灼光芒的，只有热泪满眶。

——葛旭·目光灼灼的故事

最初，因为山就在那里。它的无言如同一种不可诉说的美。它默默不语，只有云去云来，任凭世人想象和猜度……此时如此艰难，又是如此舒畅，你在吉光片羽之间窥见了生命的真相。可是，这一切，你虽都已体验，却仍无法明了。

欲辨已忘言。

——许欢·
笑忘书——三生石上答故友

在雪山脚下给父母写明信片，大书特书沿途风景之美和我的心情之雀跃。最后一句别扭扭地写下：爸爸妈妈，女儿爱您们。

我总是希望凡事有一个郑重的开始，和认真的告别。否则便拖着不愿意去做，或停止去做。所以，长篇大论不过想说——开始一件事情的日子，最好莫过今天。

——乔菁·
不好听的话我不说了

山中莫道无供给，明月清风不用钱

叶峰

北大校庆120周年华诞之际，山鹰社也将迎来自己的第29个生日（1989—2018年）。我1990年弱冠离家，北上求学，也将近29年了。这期间，山鹰社从无到有、从小到大的过程，和我自己从一介弱冠少年，逐渐变为不惑中年的轨迹，在时间和地点上居然如此紧密地交织在一起（至少是2000年以前），不能不说是机缘巧合。

我不知道别人是因何加入山鹰社的。在我，完全是因为我是个对未知事物充满好奇的人。对所有未曾涉足的疆域，都有去探求的渴望。借用登山队王诗宬老师那句著名的话就是："每当看到地图上还有大片空白的时候，就不由得悲从中来。"（"大片空白"在此指代没去过的地方）而山鹰社（北大登山队）恰好能提供这种走向未知天地的机会，甚至还是免费的（可以用自己的汗水换取）。

因此，加入登山队、参与山鹰社的活动，在开始，完全靠的是渴望，是激情。等我成为老队员后，这种激情虽然依旧存在，但将老队员教授我的登山技能、社团目标和氛围以及自己的经验传承下去，也成为我不可推卸的责任。有付出就有收获。这份殷实的回报就是——我在北大山鹰社10年无比快乐的时光（本科5年+研究生3年+就职北大青鸟2年）。

何其荣幸，我亲身参与和见证了山鹰社"从默默无闻的学生社团，走向自己第一次辉煌"那段历史。直到现在，每当看到山鹰社挑选登山队员时对候选者的种种严格要求（社团活动参与度、身体状况、学习成绩等），我都庆幸："当年我真的是小宇宙爆发，在恰当的时候遇到并混入了登山队！"

山鹰社的精神和种种过往，在各种渠道被渲染、被传播（如被北大招生资料用于吸引年轻人）。但我在山鹰社的那些年里，从接触到的每个人、发生的每件事上，都感觉到山鹰社的任何一个人都只是组成山鹰社这座皑皑"雪峰"的一颗小石子，并没有谁专门去对山鹰精神进行塑造。现在看到的山鹰精神（我更希望把它称为学生社团氛围）则是小石子们共同的努力，是他们集体精神面貌合力的结果。

与其说我们是山鹰精神的贡献者，倒不如说是这种社团氛围最大的受益者

回首既往，我把这种学生社团氛围简单地比作"一种在你进入社会、面对人生真实困境前积极进取精神的实战模拟"。筹备攀登时屡败屡战的坚持、日常训练中的咬牙切齿、登山过程里千奇百怪的磨难和胜利归来后的自豪，都像是走入社会后生活中种种困境、顺境的提前展现和历练，潜移默化地影响着你。

正是这种积极向上的氛围在我人生态度、世界观形成的关键时刻，润物细无声地影响、磨炼和塑造了今天的我。

如前文所讲，传承这种积极向上的氛围，或称之为精神，是我的责任。我乐于以我过来人的身份，谈谈这让我受益终生的山鹰精神。这种精神是无处不在的，每个人感受的往往也只是自己触动最深的那一部分。限于篇幅，我只能说说这其中让我感受最深刻的一点就是："遇到困难，要乐观对待，从容处置！"

我认识的登山者，无不积极乐观。这种"藐视一切困难"的"乐观、从容"是登山活动逼出来的。众所周知，登山是个没有观众的小众运动，是小团体的自我依靠和自我抗争。这项运动具备与生俱来的孤独感。

雪山里，人迹罕至，数百平方公里内可能就你们几个人。四周极其安静，人则仿佛与世隔绝。以前登山也不装备什么手机、卫星电话，外界信息传不进来，山里的信息也传不出去（曾有登山前辈在出山后惊奇地发现"苏联没了"）。这从另一个侧面说明，这种孤独感并非虚幻，什么突发情况都要靠自己，靠这个小团体。

这种感觉在1993年，我第一次攀登雪山就遭遇到暴风雪时尤为明显。当时，我们攀登小组被突如其来的暴风雪困在了6 000多米海拔的C2营地。雪很大，遮天蔽日，而且持续不断，不知何时能终结。身处暴风雪中的高山营地，放眼望去，

天地白茫茫一片，数十米开外就已经模糊不清。

向上？日月无光，不分东西。根本找不到山顶，找不到路！

下撤？风雪弥漫，不辨南北。要是万一迷了路，找不到下一个营地，或误入本来就不明显的冰裂缝，那就什么都不用说了。

所以只能困守。然而长时间的困守也不是件容易的事。首先，氧气不足，为减少耗氧，大运动量的折腾是不明智的。但睡觉也睡不踏实，总要保持一份警惕，不时抖落帐篷上的新雪，防止帐篷被压垮或被大雪掩埋。其次，没人知道雪什么时候能停，食品、燃料的计划外消耗会影响之后的活动，而且雪要是下得再久些甚至可能危及生存。

一天过去了，两天过去了……

人躺在帐篷里，脑子里就开始胡思乱想：雪怎么还不停？食品没有了怎么办？燃料烧光了怎么办？可又不敢说出来，怕显得自己胆小。可以说，就是那种吃不敢饱腹、喝不敢尽兴、有话懒得说、想动不能动、想睡又睡不踏实的为天地所弃的无助感，而人也变得越来越烦躁（那年登山归来，北青报的记者采访了我，说起这事，我还嘴硬："怕是没有，只是感到刻骨的孤独。"——"叶孤独"名字的来历）。

这种情况下，我清楚地记得，同在一个帐篷里的老队员转述了中国登协前主席史占春前辈遇到类似攀登困境时曾说过的一句话："巴掌大的狗老天，我看你（暴风雪）能下到什么时候！"（大意如此）

前辈的话可能只是在怼天怼地，在发泄愤怒，但对当时的我却帮助很大。学着前辈的样子，我反复乐观而有气概地这么想着：

"巴掌大的天，我看你能下到什么时候！"

"巴掌大的天，我看你能下到什么时候！！"

"巴掌大的天，我看你能下到什么时候！！！"

就这么嘀咕着，我心态逐渐就平和下来，思想也不再钻死胡同了。而少了很多无谓的纠结之后，时间也变得不再那么难熬。

最终，我们等到了晴天，等到了救命的太阳！

可能是我自己的慧根不够，这种乐观态度并没有因听了史老一句话就如醍醐灌顶般一朝顿悟，而是在后来的登山中，经历了多次不同但相似的事件后才慢慢领悟的。

还是说1993年。身为头一次登山的菜鸟，我对山还是敬畏的。但因为不确定

"终点到底在哪儿，下一步又将会面对什么"，心里惴惴不安。当时攀登小组里的老队员和主心骨是李锐。事后想来，不知道李锐是真不清楚，还是在用"白色的谎言"来养护菜鸟的乐观和信心：

"看，绕过那个山包就是宿营地。"

"坚持，离顶峰不远啦！"

虽然，绕过那个山包还有另一个山包；而顶峰也永远都在不远处……但历经艰难，我们最终还是登上了海拔7546米的慕士塔格顶峰。在某种程度上可以说，我第一次登顶雪山就是这么被李锐骗上去的，但我对我的轻信从没后悔过。

再举个例子。某次登山，结束一天疲倦的攀登后，蜷缩在帐篷里不想动。这时总能听到王老师的絮叨，他时而在跟甲说："Anyway，咱们就按自己的节奏，慢慢熬，他们能登顶，我们也能！"时而又在对乙谈："Anyway，大家在一起，没什么好怕的，我们一定能登顶的！"

王老师主观上可能只是在给自己打气，但客观上他的絮叨带给我们全组成员很大的信心和慰藉：不怕，身边有队友呢。登顶难归难，但说白了就是熬，把时间熬到了，把困难熬过了，就登顶了！

困境中的乐观和从容是多么重要，没有这样的信念，我可能早就忍不住困难的煎熬中途而废，也就永远没有什么顶峰。

遭遇类似困境的经历对我观念的冲击是很大的。它让我得以清楚地反思走出困境时的心路历程，并逐渐形成自己对待困难的态度。

遇到困难，要乐观对待，从容处置

千万不要为困难的表面现象所困扰而只知抱怨，这时应该冷静地从困难中抽身，置身事外，从更积极的一面看待问题、处理问题。

"他强任他强，清风拂山冈；他横任他横，明月照大江。"金庸在武侠小说里写的这句话展现的就是这种"遇到抗阻，却仿佛置身事外，从容应对"的态度的真实写照。

抱怨不能解决问题，同样，乐观也丝毫不能降低困难的程度，但它能带给你更冷静和从容的氛围，以便你寻找可行的解决问题的途径；或带给你一个相对积极的心态，相信自己的能力，相信办法总比困难多。

事实也一而再再而三地证明了，绝大多数困难都没看起来那么凶恶，是能找到力所能及的解决办法的，是可以熬过去的。找到办法挺过去了就是成功，找不到办法挺不过去就是失败。保持乐观，保持从容的心态，让自己能更冷静地去解决问题，或更坦然地忍受时间、体力或其他困难的煎熬，就能坚持得更长久，努力更多一些，直到抵达成功的终点。

从登山中磨炼出的乐观被我用来面对生活中突如其来的困难。马齿徒长，我也成了老队员，我把所得通过自己的言行和对具体事件的处理方式传帮带给新队员，希望他们也能从中获益。

登山中如此，工作和生活中我也是这样。比如，在面对工作中尚未攻克的困难时，我就经常对项目成员讲："这个项目的负责人是我，虽然问题还没有解决，但天塌下来有个子高的人顶着。我都不怕，你们怕什么？"然后，困难如预期而来，最终又被我们成功地熬了过去……

越是从中受益，我便越是欣赏这种"乐观和从容"的心态。我将自己的网名改为"散淡从容"，除了心有戚戚焉，也是告诉和提醒自己，所有的事都要乐观、从容面对，不急，不躁，天塌不下来。

这样的坚持逐渐成为习惯，在我工作10年后，在我再度茫然的时候拯救了我自己。

那时，因健康方面的缘故，我逐渐失去了一些正常的身体机能，给工作和生活带来了不少麻烦。为图改善，我四处求医，就像溺水者希望抓住最后一根稻草那样，攥紧每一个号称能治愈或改善这种身体状况的机会。求医成了我生活的全部。然而，该失去的还是失去了。虽百般努力，但终究金石无效。叫天天不应，叫地地不语。无助感再次弥漫了整个生活。我也曾无用地抱怨，也曾经对家人无端地发火。

但好习惯很快通过潜意识再次挽救了我。从某一刻起，我冥冥中觉得，这种无助感似曾相识。对，就是那种身处暴风雪中的高山营地时的无助！进而记起史前辈的那句话，记起帮我走出困境的"乐观从容"，记起这种"乐观"虽然没有让暴风雪戛然而止，但的确让我在那种困顿中好过了许多，并得以最终"从容"地熬过那次长时间的暴风雪。

回想那时帮我走出这种困境的心路历程，我明白了，我需要的依然还是曾拯救我于水火的"乐观从容"。

想清楚了，漫天乌云也就散了。凭着这种藐视老天的心态，我又满血复活了。记得某部电影里有这么个场景，男主角在滂沱大雨中用歌声向女主角倾诉：

"今天是个好天气，因为有你和我在一起！"

心态不一样了，雨天也是好天气；看待世界的角度不一样了，周围的一切也就完全不同了。

就写到这里吧。结束此文之前，很想再说一次：遇事要"乐观从容"，因为如果你沮丧于弱点，纠缠于所失，就不免陷于自哀自怨；但如果你着眼于长处，欣赏于所得，必将获得百尺竿头更进一步的从容心态。

最后，借虽然多年囿于仕途沉浮，但终成集立德、立功、立言于一身而"真三不朽"的一代心学大师王阳明的一句诗，作为本文的结束吧：

　　山中莫道无供给，
　　明月清风不用钱。

【作者简介】叶峰，1990年进入北京大学计算机系，计算机系硕士。曾任山鹰社理事会理事、外联部部长，百年校庆卓奥友登山队队员。曾在北大青鸟、微软等企业任职企业战略咨询顾问。

万里之外

Hollyhuang

缘起

山鹰社即将迎来30周年社庆，掐指一算，我和山鹰社结缘也有20年了，虽然我是个对门街坊，但山鹰社一位位传说中的前辈都是我生活中实实在在的朋友，他们的故事占据了我这20年的光阴。虽然他们聚会时的平板比赛，或者拎着砖头爬香山的故事，于我也还是遥不可及的梦想，但这20年我们看着彼此一起长大。之前不相知，之后的跌宕起伏、喜怒哀乐，我们一起走过。

我总觉得我认识山鹰社跟"和亲"的效果差不多，如果让我自由发展，我恐怕走不出"文学社""国学社"的圈子，看到山鹰社这样的社团，远远地膜拜一下，就不近观了。认识山鹰社是在我和徐珉的婚礼上。在北京的婚礼上，我从小到大的朋友来了很多，特别是大学的铁杆，大部分都文武双全，当时这些朋友一首接一首地唱我们年轻时的歌，唱我们留在水木清华的流金岁月，然后就忽然发现大约20多人集体起立，有组织地排队，然后气势磅礴地大合唱《长江之歌》。说实话，除了我的几个铁杆和亲戚，我根本搞不清婚礼上来的都是谁，但那样一首大合唱非常霸气地宣布了从此北大山鹰社闯入我的生活。

初相识

　　刚出国的时候，认识徐珉，别人告诉我他是前北大登山队队长，和朋友一起听他讲他们爬山的故事，他1993年登顶慕士塔格，1994年登顶格拉丹东。听他讲爬雪山要先建一个大本营，大本营一般建在没有雪的地方，所有人员都可以到达大本营。在大本营处人员分三组，A组负责修路冲顶，B组运输支援，C组负责后勤，这后勤包括从买的整羊身上割肉做饭。A组、B组向上在大半天的路程处建一号营地，再向上大半天的路程处建二号营地，根据天气情况和人员情况，冲顶队员向上建好最后一个突击营地，就做冲顶准备，其实所谓突击营地就是苍茫雪山上一顶帐篷而已，很多时候连吃的都没有，有的时候五个人像沙丁鱼一样挤在一顶三人帐篷里。在几个营地之间来来回回地运补给都是靠人力，他们像牦牛一样背着物资在山上走，登一次山基本要在山里与世隔绝两个月。我听了觉得不理解，是什么样的力量让他们选择这样一种"操心受累费盘缠"的生活？

　　那时徐珉在准备申请1998年北大百年校庆回国登卓奥友，每天他去跑步。科罗拉多的昼夜温差很大，晚上很冷，他每次要跑一个多小时，还说自己训练的强度不够，怕给队里拉后腿。他还报名去攀冰，跑到山里去训练，然后就和学校请了两个月的假跑回国去登山了。看了徐珉登顶慕士塔格的照片的感受就是"傻小子睡凉炕，全凭火力壮"，装备的简陋破旧超出想象。他们登山的大部分装备都是借来的，因为登山靴不合适，爬慕士塔格的时候徐珉的脚趾冻伤，到现在都没好。这些年搬过很多次家，扔了很多东西，但他从格拉丹东雪山顶带来的石样一直珍藏着，虽然里面的雪样早已经融化蒸发了。一件早已穿不下的据说登顶格拉丹东的红外套和一件为北大百年校庆定制的山鹰社文化衫一直像文物一样保存着，怎么都舍不得穿。说实话，看了这么多年，他做的一切没有热爱是很难完成的，我看到了他对雪山的狂热，也觉得能为一件事如此痴狂也是一种幸福，虽然我不能明白雪山的魅力何在。徐珉是登顶格拉丹东时的队长，而格拉丹东正是长江的源头，所以登山队的朋友们才会在我们婚礼上唱《长江之歌》。

　　1999年元旦，郭岷在芝加哥组织了大规模的山鹰社聚会，在这次聚会上我认识了传说中的雷子、晓光、冯三、罗卜、俏姐，和他们一起玩了几天几夜的杀人游戏，当我们还在回味上一把谁是坏人的时候，郭岷把大家带到一个Mall里攀岩，看着山鹰社的社员们一个个身轻如燕，我觉得压力山大。

　　更震撼的是2000年在华盛顿聚会，唐元新直接把我们带到一个公园里的山上，拉绳子组织大家攀岩，轮到我了，我两腿灌铅，脑海中闪过一万种出问题的可能，徐珉帮我检查了四五遍绳子是不是结实，我才鼓足勇气开始爬，唐古拉从头到尾都耐心地告诉我下一步的点在哪里。那次回来我觉得北大山鹰社不是吃素的，这聚会方式真是够刺激。

北美山鹰

山鹰社在北美人数众多，而且经常聚会，这20年，我发现山鹰社的聚会占据了我将近三分之一的party时光。2015年8月我在麻省组织北美山鹰的露营聚会，考虑到山鹰社的同学们对野外生活的热爱，就选了露营、漂流、爬山和高空滑索等活动，果不其然，报名踊跃。原北大登山队长、现在阿里巴巴的高管张勤带着一家人从杭州赶来；登山队元老、登山界大牛曹峻也带着儿子来参加，就不要说来自麻省和纽约的众山鹰，加上我的朋友，一下子来了67个人，声势浩大。聚会中的叙旧、彻夜聊天自不必表，最让我惊讶的就是小叶子夫妇，自带装备，两个人互相保护攀岩去了，我们听了都为他们捏把汗。这是一个特殊材料做成的团体。

神人一瞥

纷繁的世界里人有很多活法，有人喜欢和天斗，有人喜欢和地斗，有人喜欢和人斗，只要是喜欢就会自得其乐。山鹰社的成员有个共性就是在每一个平常的日子里都惦记着世界屋脊的那几座高山。为了这几座山，他们牺牲了无数的休息娱乐时间，牺牲了家人团聚的假期，他们研究冰川的成因、冰裂缝的特征、地理气候的特点，他们在繁重的学业下坚持长跑，周末拎着砖头爬香山，对校园附近的高级饭店未必知道，对西藏某个小村子里哪家牧民的活羊比谁都门儿清。

北大山鹰社是个神人组织，这些神人有着独特的青春甚至人生的度过方式，据我观察，这里有一批对山痴狂的，最终以登山为职业，也有一批喜欢和自己过不去的爱好者。神人曹峻肯定要排第一位。这位北大山鹰社的创社元老就没停止过登山，登珠峰、去南极北极，26次登顶，让我怀疑曹峻是特殊材料制成的，他几乎把你所能想象的所有传奇都变为现实。曹老大的朋友圈是各种马拉松越野赛和几十年如一日的长跑信息，他平均每月要跑150—200公里。我一直觉得他是为雪山而生的，用30年的时光写下对雪山最长情的告白。2014年曹峻来美东，没说几句话就给我们看他南极之行的照片。2015年我组织山鹰社在麻省的露营活动，徐珉没能来，曹峻三下五除二就帮我搭好帐篷，然后开始生篝火、烤肉，话不多，但是不停止地干活。早上我还没起床，就闻到烤肉的香味，走出帐篷，发现曹峻已经准备好大家的早饭，而且说已经跑完步回来了。其实不仅是曹峻，山鹰社的同学几乎每一位都是这样话不多，默默地做事情。

晓光是典型的喜欢和自己过不去，这种人不会像曹峻一样成为职业登山运动员，但心里永远有个雪山，该学习学习，该出国出国，有点时间就跑步，时刻准备着听从雪山的召唤，没时间去雪山，就和马拉松过不去。晓光在美国读完生物博士，回国发展，然后创业，事业可谓顺风顺水，你想想8 000米的雪山都不是困难，这世界上还有什么艰难呢？2014年冬天，和晓光在杭州喝咖啡，听晓光讲这些年碰到的波折，我仿佛看到一个青葱少年一路上被时光涤荡掉了年少稚气，剩下的是脚踏实地和宠辱不惊的从容。

徐纲的故事给艰苦的登山队生活添加了浪漫色彩。徐纲是89级北大物理的学生，也是登山队的元老之一。徐珉还在河南信阳军训的时候读到徐纲化名为"夏江"（瞎讲的谐音）发表在北大物理系系报上的介绍登山队的文章，就决心报名，可见徐纲极强的公关能力。徐纲最传奇的是在1992年去西藏登山，患了肺水肿，在拉萨住院，在重症监护病房里生命垂危之际遇到了同在重症监护病房的病友，由病友到恋人，到夫妻。大学毕业徐纲双喜临门，飞越重洋留学美国，和雪山脚下碰到的真爱喜结连理。后来徐纲在美国博士毕业到华尔街打拼，他们的女儿成了芝加哥大学的学生。所以爬山未必都是辛苦，雪山之巅收获的爱情一定有特别传奇的浪漫。我想送玫瑰花都太俗，那一定是要送雪莲花的。

见到叶峰之前他的故事已经把我的耳朵磨出茧子，听到的是他一个个登顶的故事，但见到他时还是很惊讶，我看到的是一个斗士，一个外表幽默谦逊，但内心无比骄傲的强者。叶峰还是北大学子的时候五次攀登雪山，三次登顶，毕业后做管理咨询工作，然后命运给了他一个小小的难题，让他开始和脑瘤作斗争。他用超出常人的乐观和坚强开始了这段并不容易的旅途，个中辛苦别人只能懂之一二。2017年夏天叶峰用了34天走访波罗的海东部二战欧洲东线战场的北部战场，他不仅马不停蹄地去了8个国家，而且每天坚持发游记，历史、文化、民俗、风情面面俱到。读了叶峰的游记，我经常会想，其实漫长的一生中，挫折早晚要来，挫折的形式各不相同，但这些挫折最终帮我们找到自己，看到自己独一无二的成长节奏。北大山鹰社的青春是雪山打磨而成型的，山鹰们各形各色，决不轻言放弃。我们每个人找寻自己的过程不尽相同，山鹰社的同学们也许会春风得意，也许会经历起起伏伏，但人生的荣辱沉浮中，他们有坚强的内心面对来自任何方向的挑战。在所有登山爱好者中，叶峰让我看到了山鹰社独特的魅力——被风沙打磨后的坚强。

登山队男同胞喜欢冒险传奇，女孩子也不含糊。我带孩子去华盛顿动物园时，熊猫馆旁贴的照片就是登山队前辈朱小健在秦岭大熊猫栖息地工作的照片。动物园里的老虎大家都见过，但和老虎亲密接触过的估计不多，罗述金是全世界寥寥无几的老虎专家。这个看着瘦弱的小姑娘在1996年阿尼玛卿登山队担任医药财务摄影文字工作，是凤毛麟角的本科到过雪山的女队员。她北大生物系毕业，一去美国11年，从硕士、博士到博士后，然后回归北大，在美丽的燕园里组建实验室，开始了和老虎的一世情缘。她不是在实验室和老虎的DNA在一起，就是在博物馆或深山老林里找寻老虎的路上，她让老虎的研究登上基因研究的战车，利用分子遗传学方法首次发现虎的第九亚种并新命名为马来虎，一路走来几经磨难，那份执着、那份坚韧哪里是风花雪月可以成就？

时光穿越

知道爸爸在大名鼎鼎的山鹰社做过社长，两个小家伙就对户外运动特别是冰雪运动格外上心，扬扬三岁学会溜冰，六岁学会滑雪，11岁那年去冰岛玩，穿上冰爪，扛起冰镐，一行人中第一个去爬冰川，读了高中开始跑步，总是把山鹰社拎着砖头爬香山的故事作为激励。有一天小家伙特别开心地说："妈妈，我有六块腹肌了。"

萱萱听说我在写山鹰社的文章，特意找我发表她的感想："山鹰社的叔叔阿姨让我明白了什么是爱。爱是克服各种困难的坚持，是持之以恒的坚持，是无人喝彩的坚持。真正的爱无法被时间被空间隔断，爱是世界上最强大的力量。"

陈庆春是我们在北京婚礼上山鹰社的召集人。15年以后我们在多伦多相遇，和他夫妻一起讨论海外中文教育问题，他太太在多伦多开了小山鹰中文学校，那份执着不亚于当年爬山，他们的女儿已经是5千米赛场上的老将了。

万里之外，我有这个机会站在中年的坐标上，回望大学时代，体会这些山鹰社的孩子们独特的青春度过方式，回放着这20年我认识的一位位山鹰的故事，脑海里闪现出一张张鲜活的笑脸、一段段历历在目的往事。这段独特的经历不会帮助他们避开人生的挫折，不会加速他们的人生，该受的磨难一样都不会少，该面对的挫折一个也逃不过去，他们还是要面对就业升学出国的压力，还是会经历雪山上生活中的生离死别，婚姻的破裂、前途的迷茫……这些困顿丝毫不会因为登了雪山而减少，也许因为训练还会影响学习，少了享受的机会，但是这段被风雪打磨过的岁月教山鹰们学会了什么是爱，最艰难的时候因为爱而不会放弃，最痛苦的时光中爱带来力量，在时光的隧道中这爱不断传承升华。

因为有爱，永远会有美好的未来。这是我眼中山鹰社的魅力。

【作者简介】Hollyhuang，黄岳，1992年毕业于北京四中，考入清华大学热能系，美国杜克大学MBA和工程学硕士。现任职于加拿大道明银行纽约分行。徐珉的夫人。（徐珉，1996年毕业于北京大学物理系，曾任山鹰社社长，曾登顶格拉丹东、慕士塔格。）

宁峰编外人物杂忆

张勤

2014年是藏历木马年，也是神山冈仁波齐的本命年，远在杭州的我因一些工作上的事情而烦恼，突然动了转山的念头。得知李锐在组织转山活动，我急忙申请加入。队伍在拉萨集结后，越野车带着我们奔向远方，高速公路笔直宽阔，高原上日新月异的建设让人惊叹。在绕过一系列的盘山公路之后，巨大的蓝色湖泊呈现在我们眼前，这就是著名的羊卓雍措。在远远的湖边天际，连绵的白色雪山在蓝天映衬下格外耀眼，那最高的山峰就是1995年我和北大登山队曾经攀登过的宁金抗沙峰。

当年在山鹰社，每一年选择山峰都是个脑力活儿，其中一个选址因素是大本营的地理位置要便于交通运输。宁金抗沙在这方面优势明显，大本营离公路很近，人员自然往来频繁，除了正式登山队员，也包括若干编外人士，他们虽然没有全程参加登山活动，和宁金抗沙只有短暂的交集，但都有着各自的故事。

老登山家王老师

我这里要说的王老师，不是著名社员数学系王诗成老师，而是中国登山协会原副主席、老登山家王凤桐老师。王老师1958年毕业于北大生物系，是我们登山队的大师兄。像那个时代众多满腔热血的知识青年一样，王老师毕业不久，就响应国家号召作为优秀科研工作者被选拔到刚成立的中国登山队。在那个特殊年代，登山不仅仅是一项个人爱好，更是国家任务。1960年，首次从北坡攀登珠峰，历经种种困难，最终三人成功登顶，这也是人类历史上第一次从北坡登顶。王老师在这次活动中登至8 695米，但由于缺少专业装备和登山经验，他和很多队员都在登山过程中被严重冻伤。王老师作为第一代登山家，见证了中国现代登山运动的发展，在长达37年的登山生涯中他一共参加了十几次国家级登山活动。

1989年，北大山鹰社成立以后，登山在中国逐步恢复其体育本质，迅速走向民间。创社伊始，王老师就担任了山鹰社的顾问，热心提供专业指导和各种帮助。

1994年9月，格拉丹东登山活动结束后，山鹰社办公室搬到了28楼118房间，墙上挂有一面三角会旗，据张天鸽介绍是日本创价大学山岳会同学来北大交流后赠给社里的礼物。某天在办公室吃饭时，望着创价大学山岳会会旗，我的脑海里突然闪过一个念头：为什么不组织一次中日大学生联合登山活动？日本是世界登山的强国之一，日本登山家完成了青藏高原很多山峰的首登，他们倡导的金字塔团队登山模式相比欧洲阿尔卑斯登山模式更适合我们学习。另一方面，登山运动在日本普及时间长，影响面大，京都大学等很多高校都有专门的山岳会，组织在校师生和毕业校友的国内外登山活动。通过联合登山，可以帮助年轻的山鹰社学习登山技能和登山社团的管理经验。

我们把想和日本高校联合登山的思路和王老师沟通后，立刻得到他的支持。他告诉我们日本福冈大学山岳会为准备1996年珠峰攀登活动，计划在1995年到西藏攀登一座雪山先磨合队伍。于是，在王老师的牵线搭桥下，我们很快与福冈大学山岳会取得了联系，并顺利达成合作意向。对方对这次活动非常重视，福冈大学校长和山岳会会长还专门到北大来签署联合登山协议，王老师和当时北大校长吴树青教授参加了签字仪式。

7月26日，联合登山队离开拉萨，进山驻营。远在北京的王老师惦记我们，专程赶赴大本营慰问大家，并留下来坐镇指挥。这期间发生的一件小事让我对王老师印象深刻。8月14日夜晚，宁金抗沙地区下了一场大雪。第二天早上，我们还没有来得及赞叹雪景的壮观，就沮丧地发现平时用作厨房和食堂的炊事大帐篷和一顶当天无人居住的小帐篷都被积雪压塌。王老师当时很生气，他告诉我们，夜里下雪后福冈大学山岳会三名年轻队员定期钻出帐篷，帮助清理其他队员帐篷上的积雪，而我们却睡得太死，对下雪可能造成的不利影响缺乏警惕性，这在登山中很危险。

这次联合登山活动让我们看到了双方的差距，特别是日方在计划和纪律上的严谨。虽然这种严谨有时候让我们觉得迂腐，但它确保了整个登山过程的风险控制，是团队活动的安全保障。而我们作为一支年轻的大学生登山队，队员的纪律涣散还是相对明显的。山鹰社在成立之后一直很幸运，没有遇到特别大的挑战，使得我们缺乏专业性的登山运动体系知识沉淀和传承，同时在面对未知时少了一份敬畏之心。王老师希望我们能够知道登山的残酷性，防患于未然，因为他见过太多的痛苦。可惜，宁金抗沙登山结束后，我们沉浸在登顶的喜悦中，而没有对联合登山活动做深刻的总结和改进计划，这是我作为当年队长的失职。

李白双土

宁金抗沙大本营离公路很近，毕业的老队员们自然不会错过这次登山的机会。当年社里对大牛人物流行的称呼是"某土"，攀登中期，李土和白土就结伴而来。

李土本名李锐，北大物理系89级的，经常和他在一起活跃在社里的是徐纲，也是89级物理系的，他们俩还是湖南老乡。不过在西藏，他们的交集是都在拉萨的医院住过院。1991年，徐纲参加念青唐古拉中央峰攀登时，高反严重有肺水肿风险，由队友小曼护送到拉萨人民医院住院治疗，期间成功俘获一位武警姑娘病友的爱心，传为社里佳话。

那李锐住院是怎么回事呢？话说两人来到大本营后，第二天曹峻就带着他们一起去冰塔林拆路线绳（当时登山路线做了大调整，原来的路线绳需要回收备用）。结果那天温度较高，冰雪融化后引起岩石松动滑坠，曹峻在结组最上面一低头躲过，喊了一句"小心石头"，结组下方李锐连忙侧身躲闪，但不幸脚踝部被岩石砸到。白福利一直给两人在地面做保护，也幸运地躲过去。我们留守在大本营休整的队员从步话机里面得知情况后，立即从山下赶到冰川雪线交界处开展救援活动。整个下山过程困难重重。李锐此时已经无法走路，没有担架，我们只好把他装进厚厚的羽绒睡袋，用攀冰路线绳从外边固定住，然后一个陡坡一个陡坡地把睡袋小心翼翼地往山脚下挪动。为避免动作太大影响到伤口，中间经过冰川融溪时，大家都来不及脱鞋直接蹚在刺骨的冰水里面。就这样，我们整整花了八个小时才把李锐抬回到大本营帐篷。

可怜的李锐被这块石头伤得不轻，脚踝部已经瘀血肿得脱不下登山靴。曹峻用瑞士小刀割开登山靴，看到脚踝部已经肿得老高，但内部病情不明朗，需要拍片才能确定。这一夜，大家听到李锐痛苦呻吟不断，心急如焚。

第二天一早，我们拦住一辆江孜方向过来的顺风车，由白土护送李锐住进了徐纲当年待过的拉萨人民医院。住院期间，由老康和叶峰先后在医院照料李锐。后来听叶峰说，考虑到李锐是借口婚假来登山的，两人严防紧守，不让病人有机会接触到女护士、女医生、女病友等任何适龄女性，才确保23天后病人一无所获地出院了。若干年后，李锐又活跃在滑雪道上，已经完全看不到当初受伤的痕迹。

说完李土再来说说白土。白土大名白福利，是北大法律系88级学生，陕西人士。我入社后，白福利已经毕业加入宝洁公司，成为当时社里羡慕的有钱人。宁金抗沙活动中，白福利第一天和李锐来，第三天就护送李锐回拉萨，过程过于平淡。而我对他更深的印象是在1994年，我们一起参加格拉丹东峰攀登活动。白福利属于天生乐观喜感的那类人，在登山期间经常和笨笨一起欢歌热舞，还爱讲段子。不过在我单独外出事件发生后，我见识了一把他的严厉。那天晚上，白福利和曹峻主持了对我的批评大会，让我做了深刻的自我批评。

后来，我发现他不仅严于律人，也严于律己，这在后来著名的"24小时城市暴走"品牌活动中体现无疑。这些带有自虐性质的活动，每次选择一个城市，从早上9点走到第二天早上9点，中间不允许睡觉，只允许三餐和短暂休息补充能量。2009年，白福利把活动的城市选在了杭州，作为东道主，我自然欢欣鼓舞地参与了。早上9点多钟，我在杭州火车站前西湖大道接上从上海来的暴走团。在淅淅沥沥的雨中，我们走了万松书院、玉皇山、虎跑、九溪、五云山、十里琅珰、龙井、杨公堤、苏堤、柳浪闻莺等处。这期间，有若干次大家都想坐下偷懒休息，产生放弃回去睡觉的念头。而每一次，我们都被白队长残酷地叫起来继续前行。

在毕业的社员中，白福利属于继续热衷户外运动的少数人。虽然他的先天身体条件在社里不是最有优势的，但是他能够持续挑战自己，并最终成功登顶珠峰，还参加了环勃朗峰TMB越野跑等，完成一个又一个让人惊叹的目标。他发动和组织了上海的跑团，参加各种国内外的越野跑赛事，成为大家的精神领袖，影响了很多人，这不也是一种山鹰精神吗？

永远的老康

老康本名康智勇，北大力学系89级的，长沙人士，毕业后援藏到西藏大学教书。他不是山鹰社社员，但是1995年宁金抗沙活动期间，作为东道主和北大校友，我们没少麻烦他。在登山期间，他和力学系87级的胡冰专门坐车来大本营看望过大家。后来，李锐脚受伤住院后，也是老康一直在医院负责照料，直至登山结束后叶峰回到拉萨加入护理队列。

老康总戴着一副茶色眼镜，他最大的特点是脖子总是歪着，看上去有点怪。网上有一张老康的照片，是1994年5月4日作为北大毕业生的李威和康智勇向时任共青团西藏自治区委书记胡春华询问西藏情况的合影。那张照片上他也是歪着脖子。老康在北大读书期间就是89级的神人。据他同学老白回忆说，老康最知名的一个段子是去天津。有一次他跟同屋争，多长时间能从北京走到天津。他说用一天，别人都说不可能，结果他什么都没拿就出发了，让同学坐火车去天津等他。老康的同学第二天真的坐火车去了天津，但怎么也没等来。回到北大后，在大家的担心中，老康一瘸一拐地走了回来，说走到了通县，但是脚崴了，只好忍痛放弃。

老康在藏大教书，但他在拉萨待得并不如意。其实也不奇怪。老康这样的人，只有北大能容得下。再后来，他结婚、离婚、再结、再离，一直不顺。他在西藏待了7年后辞职，中间有段时间突然在北大校园冒出来。那时候叶峰读研究生，住在40楼334室，里面空着三张床位，因为晚上不熄灯还有电视看，立刻吸引了张永红、周涛、孙峰等入住。有一天，我在里面突然看到了老康，和大家面红耳赤地争论各种数学、物理和人类等问题。再往后，老康突然就消失了，谁也不知道去哪儿了，正如他悄悄地来。

老康经常说："如果我跑得不够快，是因为跑得不够远。"所以后来老康真的跑远了，他通过亲戚移民到了加拿大多伦多，在一个木材厂当了工人。2015年，我们最后一次得知老康的消息却是关于他的噩耗，他在夜里下班骑车回家时被一个酒驾女人开车撞倒身故。

再见，老康。你虽然没有登过山，但你是我们永远的朋友。

后记

聚是一团火，散是满天星。当年宁金抗沙活动的队友和朋友们如今分散在五湖四海：攀登队长陈庆春现在全家移居加拿大；大本营营长叶峰一直定居北京，偶尔悠游天下；曹峻大哥活跃在华南的深圳登山协会，一直是国内民间登山的传奇；我则在李锐的游说下有幸加入阿里巴巴，奔波京杭两地；其他队员虽联系不多，但听说也都过着平静安逸的生活，恕不赘述。谨以本文，祝福大家。

【作者简介】张勤，1992年进入北京大学计算机系，1993年加入山鹰社，曾任山鹰社社长，组织过与福冈大学山岳会的中日友好西藏宁金抗沙峰攀登活动，1994年登顶格拉丹东峰。曾就职于IBM、263和惠普，现任阿里巴巴集团副总裁。

因山为伴

李楷中

陡峭的山脊布满了砾石，我们艰难地攀行。忽然踏空了，从高高的山崖滑落。

"扑通……"落入冰冷的水中，我从梦中惊醒！

坠落之处似乎是慕士塔格峰顶被"咬"出的山崖，冰冷的湖面好像慕峰脚下的卡拉库里湖，湖边的草坡仿佛是玉珠峰营地旁的草甸，但山坡上又有树林，应该是老家松林坡的山脊险道。唯一可以确定的是和我一起登山的伙伴是刘俊。

每隔几年，我总会做同样的梦，提醒自己：该到山里走走了。

慕士塔格

刚入北大不久就听说了山鹰社的种种壮举，四处打听如何加入——至今张森和江岑两位同学还在争执究竟谁是我和刘俊的入社介绍人。只记得我们怯怯地在34楼2层山鹰社办公室登记入社，出门后张森指着一个背影说："这就是古拉，去年的登山队员，很牛！"

慕士塔格峰以线路长而闻名，挑选队员的重要因素就是体力和耐力。作为军训中全队最能跑的几个人之一，我在山鹰社的长跑训练中也总是跑在最前，日常拉练到香山、金山、妙峰山更是小事一桩。训练很辛苦，除了每晚五四操场的绕圈跑之外，周末还要从北大跑到香山——终于，我加入了一帮牛人的队伍。卖出几万袋赞助的营多方便面、筹足现金之后，我们进山了。

1993年慕士塔格登山队一共有13名队员。89级共有3人：李锐、徐纲和女队员祝祝。李锐又称李土，照相时总举着剪刀手，徐纲被称为"二麻"（据说山鹰社徐家老大比他还肉麻）。二人同为物理系，在登山队形影不离，可谓"八九双雄"。祝祝说话轻声细语，细致周到。李锐和徐纲暑假伊始就先到新疆打前站，其余11名队员随后从北京乘火车前往乌鲁木齐。

90级共有6名队员。其中的5名男队员此后号称"九〇五杰"，实有"酒林五杰"之意，此号不知是自封还是同级女队员天鸽所取。海土是登山队长、山鹰社社长，古拉乃攀岩高手、攀登队长，春子一丝不苟，多年后复出任社长，叶子风趣幽默，笨笨机智有谋（多次在我喝高后若无其事地把我杯中酒换为白水）。叶子和春子同在计算机系，本、硕期间相邻而居8年之久。某日我问叶子："你和春子毕业后又同事多年，感情可深？"答曰："腻歪！""九〇五杰"多年坚持，是山鹰社史上一股强大的存在。

91级队员共3名：徐珉、刘俊和我。徐珉时号"三麻"，颇以徐家的肉麻（对外称棉麻公司）自豪，后任社长，人称"公牛队长"。刘俊被王老师取号"大理"，可惜未曾流传，后以"大酷哥"闻名。我被王老师取号"腾冲"，当时的云南腾冲鲜为人知，此号广为流传。填写年龄的时候，天鸽给刘俊填写上"年龄：19"，把表炫出来——总算有个小弟，颇有师姐的自得。刘俊与我同乡，同为技物系，还曾同屋，多年出入相随，性情相投。同级同系的"二人转"是刘俊总在我的登山梦中出现的缘由吧！我们3人与1994年登山的91级队员郑晓光一起，被同级女队友李炜合称"九一四俊"，那是后话。

进山的旅程满载欢乐。途中天降暴雨，兰新铁路多段路基被冲坏，火车走走停停，运行超过5天5夜，平添不少乐趣。最经典的就是王老师和中文系的天鸽斗《诗经》了。王老师是刚从国外回来的北大数学系教授，时年40岁，是一名有经验的登山爱好者，他记忆超凡，知青时期的诗作仍能脱口而出。一番斗嘴之后王老师感叹："和你们如此胡闹，我回校之后如何为人师表？"后来某天在哲学楼下晚自习时，刘俊告诉我："王老师刚才在这个小教室给研究生上课！"我们走到板书尚存的讲台上，模仿着王老师讲课的样子，相顾莞尔。后来王老师获得青年科学家奖，全部奖金捐给希望工程后，想起答应过一帮小弟的饭局，于是请我们吃了一顿烤鸭——那是我第一次吃北京烤鸭。当了院士之后，在我们涮肉喝酒的饭铺里，王老师仍时常不期而至。

1993年登山过程按计划实施：大本营（BC）适应后，第一次上山建C1，随即下撤调整；第二次上山建C2，伺机建C3；第三次攀登直接经C1、C2，建C3、冲顶。计划中留有"根据天气情况"的条件。当天气变坏后，取消了"伺机建C3"的计划，及时下撤。随后赶上好天气周期，顺利登顶、下撤。同期登山的一支日本队伍严格执行日程计划：晴日里休整、下撤，好不快哉；风雪中往上运输物资，累得像头驴。好天气周期来临时，归期已至，全队垂头丧气的撤走。我们的行动也采用半军事化的形式，但会根据实际情况调整计划。除了运气之外，日本队伍或许就因缺乏了这种合理调整而功亏一篑。

登山是一项集体运动，需要团队的合作。我们没有请向导和协作，全部工作都自己完成，所有的人都分派了具体的任务。祝祝、天鸽和笨笨3人留守本营，但在二次上C1时一起运送物资到达雪线。其余10人分为A、B两组，承担梯次前行、建营、突击冲顶和撤营的任务。二年级的队长海土处事沉稳，颇有大将风度；李锐带队准备突前建立C3营地的时候，天气突变，果断决定立刻下撤，避免了无谓的风险和消耗；徐纲带A组冲顶时，平和稳定的情绪感染着我们。通过危险路段时，全队人用绳子串在一起结组前行。叶子掉进冰裂缝之后，如果没有结组绳拉住，那就真是"刻骨的孤独"了。将安全交与彼此的经历让一同登山的队友情同手足：曾经有那么一刻，我们生命相依。久违的队友，相见时如同从未分开；即便未曾一起登山的队友，初识便如一绳相连。

登顶队员除了依赖集体的力量外，还要有突出的技术和体能。C1到C2的途中，有一段路无法绕行，必须翻越高度超过3米的冰壁。技术过硬的古拉攀冰而上，固定好绳索，全队顺利通行。此后古拉成为登顶卓奥友峰的3名队员之一，绝非偶然。此次依靠严密的计划和适时的调整，北大登山队10人一举登顶，在慕士塔格登山史上罕有。

意外发生在登顶后。冲顶时，A组的照相机交给了体力尚好的我。到达顶峰时，由于相机操作不便，我将右手三层手套逐一脱除，迅速将30多张胶片拍完。低温加上顶峰接近7级的风力吹拂5分钟，手指越发麻木了。此前已有过多次手指被冻至麻木的经历，捂暖后痛上一阵就恢复了，因此我并未在意。下撤途中未停留休整、捂暖，手指一直麻木，没有痛感。当晚撤至本营后，3根手指已经水肿，只有拇指和食指因一直在过胶卷、摁快门侥幸躲过一劫。返回北京1个月后，在积水潭医院手术切除中、环、小指末节。古拉和徐珉的脚趾也被冻伤变黑，所幸褪了几层皮之后好了。否则得行皮瓣手术，将脚趾嫁接在另一条腿上21天，岂不难过？住院期间队友和同学轮流入院陪护。我与医生护士斗智斗勇，设法抽烟；与病友斗嘴取闹，笑声不断，精彩故事不逊登山途中。医生说起，隔壁病房曾住过两名国家登山队队员，刚出院不久——看来，登山难免冻伤。

反思此次意外，我对防冻措施的轻视是主要原因。登山装备不足，加上慕峰寒冷、攀登路长费时，也是发生冻伤的重要原因。此后，队里再没出现过冻伤意外，把教训转为经验，算是安慰。

伤愈之后，队友聚餐时我例不缺席——那时北京还不禁烟，毕业工作了的李锐时常有好烟分享。由于担心显露残指可能对新社员有影响，加上有轻微恐高，不能攀岩，还不会打绳结，不好意思献丑，我就很少在山鹰社的户外活动中出现了。此后山鹰社中"腾冲"此人，只闻其名。

玉珠峰

毕业离校之后，百年校庆在即，登顶8 000米雪山是山鹰社给母校最好的献礼，队里邀我参加卓奥友登山活动。那个悬崖坠落的梦总是出现，促我再返雪山。为了参加1997年的登山集训，我独自一人在岳麓山的坡道上坚持每天跑步训练。几个月后，体能几乎恢复到慕士塔格时期的水平。

玉珠峰是山鹰社成立后攀登的首座雪山（1990年，南坡）。此山虽然海拔不高（6178米），但北坡地形丰富，路线长度适中，乃攀登训练的绝佳之地。北大山鹰社经多年登山经验积累，队伍管理规范，纪律严明，进山后队长鲁纪章（皮皮鲁）令出即行。玉珠峰登山队员19人（含3名女队员），阵容齐整，全队分为甲、乙两组，分别由身手矫健的柏子和高永宏担任攀登队长（二人次年均登顶卓奥友），计划从北坡两条不同路线攀登。老队员春子和笨笨在甲组，叶子和我在乙组。大本营建在草甸平地上，晴日里鼠兔横行，帐篷里食物丰盛，休整时热闹非常，欢声不断。

1993年登慕峰的时候装备十分简陋：每人仅携带一支雪杖，全队只有两把木柄长冰镐，登山鞋难得合脚，冰爪拆卸困难。而1997年登玉珠峰的装备已极大改善：每人配一把短冰镐，登山鞋穿着舒适，地形图人手一张，以便熟悉攀登路线。线路红旗仍然以削制竹条为竿，在背包上插上一束，英姿飒爽！当年我擅长雪坡、碎石坡行进，但多年未训练，技术已明显落后。在玉珠峰有机会学会攀冰：借助着两只短冰镐，我居然也能抖抖索索攀至五六米的高度——当初爬32楼的墙缝我最高只到过二楼窗口位置。

C1建营返回的途中，我和叶子落在队伍最后。在草甸上休息多时，缓过气后，叶子开腔了："这些年轻人不知道爱惜体力啊！咱们老队员……"多年后任姐说曹哥登珠穆朗玛时"挺着一个肚子，带着满腹的经验"，依稀便是此状。叶子继续唠叨："你说咱们累不累！这会儿别人喝完啤酒晕乎乎的，咱们却是被高山反应弄晕的；别人正待在家里吃着西瓜、看着《动物世界》，我们却被满藏食物的鼠兔窥视……"唠完，相携而归。

第二次全体攀登，乙组A队4人直接上行建C2，再一日冲顶即获成功！下撤那天，云雾笼罩了整个玉珠峰，C1的步话机里收不到一丝信号。反复讨论后，B队分头留守和下撤，焦虑等待……忽然雾中传来一阵喧闹：高永宏、张永红（自己人）、陈科屹（小K）和叶子回到C1，登顶归来！顾不得雾气萦绕，速速收兵，回大本营吃喝去也！

此次训练有全员登顶的目标，但甲组第一次冲顶未果，乙组尚有6人未登顶。好天气来了！16人第三次出发，相约峰顶相聚。乙组在登顶主峰之前，须先翻越一座海拔5 819米的山峰。天气晴好，线路平缓，C1上行不久我们就取消结组。到达5 819时大约是中午时分，皮皮鲁和女队员刘韬已经落后了两小时以上的路程。眼前浮现出当年日本队员风雪中努力前行，好天气下撤时无奈的表情——我非常担心第二天天气变坏无法登顶，主张当日冲顶。在雪地上画出"我们先冲顶了！"的字迹后，把装备放在山洼营地，4人轻装冲顶。

那段高大的雪坡是我经历的最绝望的行程。累极了，我挖出一个避风的雪坑：抽支烟缓过来。不料，打火机滑出，掉到了下方的脚印里。摸出另存的一盒火柴，但全部划完了也没点燃烟。我无助地望着下方10米处的打火机，最终还是没有勇气去捡。继续上行，体力不支，精疲力竭之时，我仰首喃喃："来场雪崩把我埋了吧，我实在走不动了……"硬着头皮往上走，万幸终点不远了。我们按年龄逆序：周涛（曾被我戏称"晾纸"）最先、陈光（"牛光"，此后终从清华考到北大读研，圆了北大山鹰社社员之实）随后、我和肖自强（哲学男，文笔犀利，以"肖阿姨"闻名）依次到达。肖阿姨居然藏了一只打火机！在山顶抽支烟，精神恢复。天近傍晚，匆匆而下。下滑的过程就一个"爽"字：通过控制两脚分开的角度大小，可以轻松调整下滑的速度和方向，不到半小时就到达C2。途中发现山脊十分平缓，应该是地图中的南坡路线！

皮皮鲁和刘韬做好了饭，在C2迎接我们，队长未责怪我假传决定的错误。

商议之后决定第二天由我和周涛陪皮皮鲁、刘韬再冲顶，牛光、肖阿姨做撤营准备。我提出不穿冰爪（虽稍有风险但可省体力），横切至山脊沿缓坡冲顶的路线，队长同意我做尝试。横切到山脊后，没有冰爪挂雪的负担，我行走得非常轻松，把携带的苹果置于途中给体力耗尽的队友（事后我告诉筋疲力尽的周涛：在得到下一个苹果前，千万不要把手中的苹果吃完）。到达顶峰，甲组队员已经等候多时，春子甚至带了红塔山！进山前曹哥曾经吩咐："进山后，除了腾冲，别人都不许抽烟。"当然，登顶时例外……

轿子山后记

我最终未参加1998年卓奥友登山。云南冬天难得降雪，觅雪山不易。离昆明不远有座山，顶峰海拔4 223米，夏季开满杜鹃，称为轿子山；冬日山顶积雪，改称轿子雪山。那个登山的梦不时出现，加上媳妇多次央我带她上次雪山，轿子山是个不错的选择。

2002年轿子雪山下了一场大雪。我夫妇俩、我高中同学中唯一成了夫妻的"敏敏"二人，与一群朋友一路颠簸跋涉，在情人节前晚到达轿子雪山。当时的轿子雪山人迹罕至，山腰有几间茅屋可供驴友居住。我带的一支雪杖成了队伍中仅有的专业装备。从一处冰冻的台阶下滑的时候，我采用握绳踏壁的攀岩下降姿势，将媳妇妥妥带到坡下。相比别人在呼喊中连滚带爬滑下的姿势，媳妇也算小小得意了一把。

安分至2016年，儿子小畅已经能够读懂1999年版的《八千米生命高度》了，总盘问我登山的细节。为满足孩子的好奇心，还是带他去轿子山吧！

此时轿子山已成旅游胜地，山腰建了山庄，设施一应俱全。到达时是个雨天，山庄里只住了我们一家三口。在3 000米以上的高度，我那因长期抽烟丧失嗅觉的鼻子依稀能够闻到高山的气息。第一天雨中，来不及登顶。第二天是个好天气，媳妇留守，我带着小畅上山。山顶仍然被雾气笼罩，台阶湿滑，有些甚至轻微松动。在峰顶，我扯着嗓子唱起"岁月是一把杀猪的刀……"儿子听得无可奈何。返至缓坡，我也吓出一身冷汗：总算平安返回。

半年后的寒假再到轿子雪山。作为一名"一级登山运动员"，我务必充分评估可能的风险，确保安全——结果是全家打扮得如同银行劫匪。过度装备的好处是，行至最高处休息点，保温瓶里的水几乎还可以泡面。可惜时机不巧，山上的冰雪已融化很多，少了几分寒峭。想到顶峰山体破碎，就没冒险尝试登顶。

"小畅，下次还来轿子雪山吗？告诉你，爸爸和刘俊叔叔曾经是爬得最高的云南人。后来，昆明的金家兄弟登顶慕士塔格，爸爸成了爬得最高的腾冲人。2008年奥运会采集圣火，有个腾冲人登顶珠峰，爸爸成了咱寨子爬得最高的人。"

小畅还在盘问我登山时的其他惊险时刻。我想起慕士塔格下撤时低血糖失明数小时摸索下行、玉珠峰滑行至坡底时发现自己躺在一个巨大窟窿的冰面上的场景，心中仍觉侥幸。回想每次站在顶峰，只觉人力如此渺小，大自然无比强大，岂可超越或征服？但可为自己的坚强前行自豪：有机会被高山接纳，得以亲近自然、体验生命。而那登山的梦，友情、亲情和爱，将永伴人生……

【作者简介】李楷中，1991年进入北京大学技术物理系应用化学专业，昆明贵金属研究所硕士毕业。曾登顶慕士塔格、玉珠峰。现在贵研铂业股份有限公司工作。

死与生

我们带着勇气来了，我们带着伤痛离开，我们又重新回来，我们终将会离去，将记忆永远留在这条沉默的山谷里。

从无知的向往到知道代价的坚持之间，山高水长。

西峰回望
——一份个人记忆

刘炎林

不必赞许，不必惋惜，也不责难；但求了解而已。——斯宾诺莎

2000年至2014年的14次暑假雪山攀登，我参加过5次，第一次是新队员，第二次是老队员，第三次是队长，第四次是攀登队长，第五次是老队员。第三次，也就是2002年希夏邦马西峰的攀登，徘徊辗转，还是我写吧。

这个念头在心里转了许久，竟无从着落。我如何落笔呢？如何还原那次悲怆的山难，如何流水账般记叙攀登的过程，如何描绘一位一位伤心的家属、一个一个黯然的队友、一段一段缠绕的心结？攀登的细节，已经在登山报告里有详细的记录。家属，队友，心结，在时光的流逝里，在渐行渐疏的联络中，漫漫淡漠了。我，我们，遇难队员的队友，心里埋藏这一段往事，也早已开始了新的生活。如果有一份集体的记忆，也凝结在2002年的夏天了。在往事与新生活之间，我们只在自己的旋涡里。

12年后再回首，不如陈说我的个人记忆吧。说说在西峰之前，我如何认识了这些队友，我们又如何选择了西峰；说说西峰之后，这12年来，队友们去了哪里，我们做了什么。或许偏颇，起码诚恳。能有机会把这些记忆分享给同是山鹰的诸位，于我是极大的抚慰。也希望借此向当年的队友、社友道一声珍重。

西峰之前

这份记忆从1999年秋天开始。刚从南国的渔村来到北大，大城市的新鲜使我茫然。在34楼楼道偶然看到山鹰社1999年克孜色勒的攀登简报——A4打印纸中间一幅黑白的雪山照片——自己都未曾意识到的热情猛然被点燃。我回想那个时刻，往往用"原始的攀登渴望"来自我解释。可能每个男孩都渴望英雄般的远征，艰苦而浪漫，如同细嗅蔷薇的猛虎，咧嘴微笑的莽夫。总之，与日常的琐碎生活如此不同。第二年的夏天，我惊喜地加入桑丹康桑登山队。登山队里，雷宇、林礼清、岳斌、李兰成了2002年的队友。雷宇是那年登山队里体力最好的两个人之一，被称为雷尔巴（拟夏尔巴）。他隐隐有霸气，喜欢唐朝乐队，《梦回唐朝》和《国际歌》唱得极好。遗风之下，我至今依然能哼唱许多唐朝乐队的歌曲。林礼清，大家称他007或小林，肌肉结实，有些腼腆，心思细腻。刚学攀岩的时候，他教过我一招"美人倒挂"。当时对岳斌没有多少印象。李兰是我在装备部时的部长，瘦高的女孩，当年的攀岩队女一号。她当年英姿飒爽，根本不曾让人想到她刚刚经历了雪宝顶山难。在桑丹康桑，她在冰川上住了一个星期，不愿意回到本营。

2000年登山回来，我成了装备部部长，岳斌是社长。岳斌让我负责当年的冬训，我搞得一塌糊涂。一位队员骨折了，我自己的大脚趾也严重冻伤。到了第二年年初，岳斌辞了社长，雷宇接任社长。我不记得除了岳斌，还有谁辞过社长。在山鹰社的活动里，我想他喜欢在背后出力。年底确定了2001年五一重修岩壁，举办全国大学生攀岩锦标赛。整个社团都为此陷入了忙碌之中。我还记得雷宇拿着几页文件，上上下下跑学校批文的样子。修建岩壁的时候，我在岩壁和施工队住了一个月，不过我的贡献也就是这个了。五一举办比赛的时候，我被派去参加老队员搞的雀儿山攀登。老白（白福利）是那年的组织者之一。小林也去了。只是我在康定折多山口摆酷，穿少了受了冻，到了道孚就得了肺水肿，只好打道回府。回到学校不久，2001年的登山队就成立了。

2001年要爬的是穷母岗日，攀登难度挺大的一座山峰。雷宇是队长，林礼清是后勤队长，李兰也参加了这次攀登。登山队里还有三位新队员成了2002年的队友——杨磊、卢臻、牟治平。当年科考队中还有一位新队员张兴佰，成了2002年的队友。杨磊瘦小欢快，总是在笑，是北大的万米亚军。卢臻高高大大，总是很严肃，一本正经地顽强地跟你讨论问题。牟治平大一在昌平校区，大二回到燕园就参加了山鹰社，那时候他总是穿着一件西服。我和他，还有赖伟，有过许多无聊的傍晚，跑到学校周边的小酒馆里吃饭。攀岩队训练不让喝酒，吹牛又没啥可吹的，只是沉闷地吃。兴佰简直是中国版的掷铁饼者，长得威武雄壮，他和卢臻分享了2002年北大3 000米障碍赛的冠亚军。

2001年的攀登异常艰苦。一进山就是连续七天大雪，本营的帐篷被压垮了好几次。从一号营地往卫峰修路，我和赖伟下撤时引发了小规模的雪崩。等雪崩停下来时，赖伟被埋到了脖子，我被埋了一条腿，一点动弹不得。在坡底等候的卢臻赶紧跑过来把我们挖出来。雪崩之后，老队员们进行了严肃的讨论：撤还是不撤。最后决定吸取教训，继续攀登，每天下午2点就得结束雪坡上的行动。从二号营地往上到三号营地的大雪坡，有800米的垂直落差。为避开下午的危险期，每天早早起来，修一段路，赶着返回二号营地。如此重复了四天，真是被累疲了。那年的攀登队长尹瑞丰和老队员段新，自知2002年不会有时间再来爬山了，在攀登安排上往往优先考虑锻炼雷宇、小林和我。一号营地以下的那个冰陡坎是我爬的，第一批冲顶的是雷宇、林礼清和我带着几个新队员。雷宇体力如此之好，从6 800米的三号营地往上一直是他开路。接近顶峰时，他停了下来，让我和小林轮着开路。周期长，难度大，遇到了真正的危险时，作为队长的雷宇非常好地凝聚了登山队，最后10人登顶。撤营的时候，大本营所有的食品都被吃完了。登顶后下撤，走在二号营地和三号营地之间的大雪坡上，背着沉重的物资，走在深雪里。驻足四顾，峰峦延绵，白云飘浮，疲劳然而心情愉悦。回忆起来，我想，那可能是我在山鹰社的五次攀登里最幸福的时刻了。

2001年登山回来，我成了社长。牟治平去了编辑部，卢臻管装备部，杨磊管资料部——历来资料部部长都是女生的，杨磊是首个男部长。雷宇、小林都大四了，要准备毕业的事情。那时候社团的气氛，怎么说呢，有一股苦行僧的原教旨氛围。虽然有1999年的山难，然而1998年的卓奥友攀登带来的自豪自信依然在回荡，2001年穷母岗日的成功更是令我们振奋。《八千米生命高度》刚出版两年，山鹰社，山鹰风骨，散发着强烈的魅力。山鹰风骨，我当年倒是以此自诩的，但到底是什么我现在也说不清。不怕苦、不怕脏吗？敢于想象和远征吗？为社团工作有献身精神吗？就是那么一种情绪，令社团的许许多多人绕着登山这件事转。回想我当社长的一年，真是乏善可陈，做了许多做作的事，说了许多做作的话，然而当年是以那样的真诚来做和说的。

一年一度的攀登从选山开始。在选山之前，9、10月份还多次讨论过要不要重组女子登山队。1999年女登的队员李兰、许欢和那年的秘书长晁婕提出再次组建女子登山队。意见分歧，久议不决，我也犹豫。国庆节的时候小林和几个女孩去了一趟玉珠峰北坡的二号冰川做训练。回来之后再讨论了几次，拖泥带水地否决了。选山从2001年的9月持续到12月，这期间理事会开了许许多多的讨论会。讨论的胶着、为难、沉默，至今记忆犹新。岩壁二楼的会议室，见证了许多开到深夜的讨论会。当年列出的目标山峰，有念青唐古拉主峰、布喀达坂、希夏邦马西峰。在现在的社员们看起来，可能真是不可思议啊。希夏邦马西峰是我提的，跑了好几次到中国登山协会找于良璞老先生找资料，翻出一些1964年攀登希夏邦马主峰时的照片。遥远的喜马拉雅，漫长的野勃康嘉勒冰川，高耸入云的山峰。我们心里多多少少存了重上8 000米的主意。希夏邦马是卓奥友之后最合适的选择了。下一年攀登西峰，侦察主峰，再下一年重上8 000米，怎么样？无论是重组女登，还是重上8 000米，都是我们那帮人在山鹰辉煌之后2001年这个转折点上的想法。理事会里也有对西峰有疑虑的，段新就是一位。段新当时带了保守的标签，2001年登穷母岗日遇到雪崩后段新主张撤退。然而也正是段新，山难之后主持在校社员参与善后工作。选山讨论旷日持久，最后还是确定了希夏邦马西峰。在这个过程里，我是起主导作用的。

2002年1月黑龙潭冬训。由于前一年冬训的教训，我和部长们一起重新组织了冬训：取消定向越野，队员分成一组技委和三组队员，轮流训练冰坡和冰壁。这个冬训模式延续至今。这可能是我当社长的一年里唯一改善的东西了。在这一年的冬训里，新队员张伟华、陈丰、王淼、王智珣、邹枨和姬婷成了2002年的队友。张伟华是物理学院的研究生，脸庞沧桑，身板雄厚，喜欢足球、攀岩、摇滚。陈丰是卢臻的同学和舍友，大一打了许多游戏，大二见卢臻在山鹰社有声有色，也参加了山鹰社，在装备部很积极地干活。选队员之前他扭伤了脚踝，我担心他的脚踝可能受不了登山集训，他坚持背着大包来找我。我们一起在33楼爬了半小时楼梯。他拖着半好的脚踝，狠命跟上我，证明脚踝没有问题。王淼是北京四中出来的北京孩子，阅历丰富，能说会道，2001年落选登山队时，理事会让我去安慰他，而我一句话也没说出来，听他说了半个晚上。从2001年到2002年，他和晁婕一起想了许多拉赞助的方法，可惜都没有结果。王智珣是我师弟，运动天赋极好，是新一代的攀岩苗子。邹枨和姬婷都是当年女生里体力出众的。

老队员方面，我、卢臻、杨磊、牟治平是当年部长会的，责无旁贷要参加登山队。雷宇和林礼清已经确定了保送本校的研究生，也有时间参加登山。我在雷宇之后当的社长，于是常常找他聊天，请教一些问题。聊多了他提到了外圆内方，内圣外王，还推荐了尼采。岳斌也被保送了研究生。他2001年年初卸任社长，当年的攀岩比赛，还是做了大量的工作。2001年夏天他没有去登山，这一年又回来了。他是极聪明的那种类型，不喜欢无用的风头，而是能实实在在起到关键作用。李兰当时在国家登山队的基地工作，也有时间参加登山。

2002年5月12日，2002年希夏邦马西峰登山队成立，刘炎林、雷宇、林礼清、李兰、岳斌、杨磊、卢臻、牟治平、张伟华、张兴佰、王淼、王智珣、陈丰、姬婷、邹栎，15个人，8个老队员，7个新队员。

科考队同一天成立，王威加、蒙娃、张静、牛强、陈宏、何建阳、郝将、刘安昱、陈伍波、杨清华、张凡姗、张梦迪、余晓娟、刘媛、杨涯，15个人。

从这天起，这30个人开始一整个月的集中训练，一起完成繁杂的筹备工作，一起奔赴喜马拉雅。这30个人中，5位在8月7日留在了雪山，余下的25位一起经历了那个狂风暴雨般的夏天。他们中有的人在接下来的两年里把山鹰社担了起来，有的人在接下来的许多年里承受了痛失爱人的悲伤和抑郁。时日流逝，我们都离开了山鹰。无论如何，生活在继续。

西峰之后

到2002年9月，新的学期开始了。山鹰社也开始招新——北大没有因为山难解散山鹰社。参加山鹰社的人数出乎我的意料，有四百多人报了名，训练的时候跑道上满满的都是社员。我们有五位队员遇难了，山鹰社还活着。遇难队友的家人怎么办？山鹰社接下来怎么办？

这些年来，当年的队员，陆陆续续去探望过遇难队友的家人。由曹峻牵线，万科公益基金会为各个家庭提供一些资助。我去了山西，去了山东，去了东北，去了福建。每次去心里又难受又宽慰，每次都被亲人照顾得特别好——他们实在只是把我当孩子啊。只是这些年来，我去得太少了，也不敢多去。邹栎去了山东和东北，岳斌去了福建，姬婷去了山西，王智珣去了东北，陈丰去了山西，牟治平去了贵州和福建，王淼去了山东，还有李岗、白成太、吴辉这些队员。

山鹰社呢，牟治平接过了社长的活儿。他是远比我能干的社长。山难之后，我记得老白、李锐、张勤、鸭子他们请我吃饭，跟我谈论一些事情。而我那时候完全不开窍，现在也没怎么开窍，不知道怎么样才能把事情协调好。这些老队员明白而实际，而我在山鹰社几年，空怀激情，实际办事能力有限。我甚至至今也没能跟老队员们有正常的联系。牟治平非常好地衔接了老队员和山鹰社，把山鹰社管理得井井有条，2003年春天甚至抽空去参加了珠峰攀登活动。

王智昫当时特别想把攀岩队带好。他是重情重义的东北汉子。他学习方面有点紧张，我们都劝他先回去学习，不让他带攀岩队。这件事狠狠地伤了他。他退出了山鹰社，成了轮滑协会的传奇人物——他的运动天赋实在出色。邹枨挺身而出，接了攀岩队，又管着赞助的事情——她当时还在做博士研究。陈丰接了装备部。

山难发生之后，在学校主持社员工作的是段新和晁婕，前往希夏邦马的是古拉——1998年卓奥友队员。之后古拉回到北大，作为体育教育部的老师，在北大开了拓展课。如今北大的素质拓展课和攀岩课可以说是古拉开创的。古拉还主持了山鹰社登山经验的总结。从2002年年底到2003年上半年，古拉组织了一系列的讨论会，请历届的老队员过来，按照登山的整个周期，一个步骤一个步骤地总结历年的经验。

这一系列讨论会的结果，就是2004年出版的《山鹰社登山手册》。

2003年暑假的攀登，回到玉珠是基本一致的选择。牟治平是队长，我是攀登队长，陈丰是后勤队长。李兰、岳斌、古拉也参加了那次攀登。2002年科考队的陈宏作为新队员加入了2003年的登山队。在玉珠峰的攀登中，我希望自己一直是走在最前面的那个，实际上我也这么做了。登顶的时候，劳累和悲伤使我呕吐。这是我自私的愿望，我希望能对自己和遇难的队友说：是的，这次我把兄弟们带上来了，我没有落在最后面。2002年山难在三号营地以上发生时，我一个人留在了一号营地。玉珠峰攀登结束之后，陈丰主动要求担任社长。陈宏担任秘书长。他们俩在2004年带队成功登顶启孜峰。

2003年玉珠峰的攀登留下来两个东西：登山答辩会和登山训练模式。登山队需要在5月组织登山答辩会，把筹备情况向登山协会的专家和学校的主管老师汇报，获得通过后才能实施攀登。登山训练模式则重新梳理了大学生登山社团的定位：入门训练，不要追求成绩，而是提供大学生接受登山训练、体验登山的平台。这两项大大提升了登山的安全系数，如今也是中国的大学生登山社团都在借鉴的办法。

那一年的科考队是2002年科考队员余晓娟带的，她和邹枨一样，倔强且有担当。

后来，我在北大读了研究生，到藏北羌塘调查了几年藏野驴；2011年博士毕业之后又加入了一个中国本土的环境保护组织，在青海南部三江源做雪豹的研究和保护，一直到今天。在高原工作的这些年里，跋涉之时，往往回忆起雷宇的沉静激越，小林的诚恳细致，卢臻的固执认真，杨磊的飞扬轻盈，兴佰的稚气质朴。然而直到2006年10月4日，山难四年之后，我才第一次梦见他们。鲜艳的冲锋服，高高的登山包，推到额前的雪镜，黝黑的面孔，洁白的牙齿："我们从西边的冰川下来的。"梦里怎样一种欣喜若狂啊。醒来涕泪横流，泣不成声。逝者入梦，也过了太久了。后来我再也没有梦见过他们。如今我也是一岁半小男孩的父亲了。他叫小牛，喜欢爬上爬下，或许他以后会喜欢登山吧。

牟治平本科毕业去了清华读研究生，然后到广州工作。他前年结婚了，去年有了个儿子。岳斌研究生毕业后去了投行，如今正在创业。他和张静结婚了，儿子好几岁了。李兰后来去了西藏登山学校当老师，同时也从事自由攀登。兰姐的搭档严冬冬去年天山遇难，我看到了她发在网上的纪念文字，也没敢去问她更多。张伟华去了瑞士念博士，后来又去了斯坦福，去年回国任教。王智珣现在是中国民间最好的滑雪手之一。陈丰去美国念了博士，去年回国任教，他是两个姑娘的父亲了。王淼听说去了非洲，我和他也很久没有联系了。姬婷在北大念了研究生，现在北京，她也结婚了。邹枨博士毕业后去了美国，前两年回国做研究，她去年也做了妈妈。

山高水长

到西峰立碑一事，最早是李兰提出来的。她计划随2006年登山队攀登博格达之后直接去西峰，不想在博格达受伤，未能成行。2007年山难五周年，我和陈伍波、大力商量12月过去，又被其他事情冲掉了。2008年9月的时候，我正好在拉萨，于是和两位朋友去了一趟希夏邦马。

我们到达前进营地的时候，圣山探险公司的商业登山队已经搭建了许多帐篷。我们到前进营地往下一点的地方，选择立碑的地点。王石帮忙选定一块稍稍凸起的地方，长约3米、宽约2.5米，四周石头围绕，中央平坦，看起来曾搭建过一顶高山帐篷。当天晚饭时遇到了当年参加搜救的队员大阿旺和旺青。当年搜救队上到雪崩现场的有六人，西藏登山队的小齐米，登山学校的尼玛校长、大阿旺、旺青、鲁达、阿旺给堆，大普布次仁到了三号营地。他们接到命令后，一天从拉萨赶到大本营，第二天直接从大本营到雪崩现场。

第二天早早起来，在小平台上建了玛尼堆，并固定了雕刻五位队员头像的铭牌。在玛尼堆边，挂上五条经幡，在每块铭牌上挂上一条哈达；在玛尼堆前用小石头围了个小火塘，点上香柏枝；在每块铭牌前倒上酒；撒上风马，风马纷纷扬扬飘落在石间。下午3点45分，我们在疾风吹拂的小雪里离开了希夏邦马，如同六年前在大雪里离开本营。当天晚上9点40回到大本营，夜里2点到达老定日，叫开哈呼旅馆的门，住进六年前曾住过的旅馆。

然而，到2009年9月，当老队员孙斌组织希夏邦马的攀登时，玛尼堆和铭牌无影无踪。孙斌当时在运营一个探险旅游公司。2008年冬天，他提出邀请2002年的队员攀登希夏邦马，同时拍摄一部纪录片，回顾并反思当年的山难，也是一种纪念。当时老队员们有不同意见，不愿意再次揭开伤疤，伤害到遇难队员的家人。可我不愿意永驻雪山的队友被遗忘，一部纪录片可能是好的纪念，而且这个拍摄是山鹰社的人来做的，不会有意无意曲解事实。李兰、老白参加了那次攀登，还有严冬冬、饶剑锋和侯贤懿三位。2013年，冬冬在天山落入冰裂缝遇难，饶剑锋在南伽帕尔巴特峰营地遭塔利班袭击身亡。英雄年少，出师未捷，没有什么比这更令人悲伤的了。

纪录片《巅峰记忆》在2010年制作完毕。我其时正在孙斌公司兼职，做了纪录片首映的准备工作。2010年11月18日，纪录片在北京首映。许多老队员出席了。北大老一代的登山者崔之久、王凤桐也出席了。跟着首映一起出现的，还有一个叫山鹰会的老队员组织。山鹰会这几年每年组织一次老队员的攀登活动。我们向往日本大学山岳会的模式。如果能将校内的山鹰社和校外的山鹰会结合起来，解决山鹰社的技术传承和文化传承问题，那么，我们有可能将山鹰的攀登延续百年。

2012年9月，我又一次回到希夏邦马。那年队员们讨论十周年的时候重新立碑，十一国庆节的时候一起去。我妻子的预产期在10月中，我就提前去了拉萨，厦门大学登山队的赵凯和我一道。在拉萨定做了一块大理石碑，刻好碑文，一路拉到希夏邦马的大本营。我把石碑背到大本营东北的小山上安置好。背石碑上山的时候，数步一歇。面对石碑，希夏邦马西峰隐约出现在南方远处的云雾里。我想起当年的队歌《喜马拉雅》：

我来自喜马拉雅 拥抱着布达拉 我来自雪山脚下 生长在美丽的拉萨 酥油藏粑把我养大 雅鲁江水洗清我的长发 亲人为我戴上洁白的哈达 嘱咐我别忘了回到拉萨 跋山涉水离开了家 为了梦里那朵盛开的花 妈妈为我牵来了骏马 为了理想去走遍天涯 我会回到喜马拉雅 会回到

雪山的家 那时的雪早已融化 感谢你生我养我的拉萨

山鹰社进入了第25个年头，连续攀登了25年，雪山依然是她的梦想，"没有什么风沙能把她打磨褪色"。《巅峰记忆》首映之后，我的妻子写了一篇评论——《山高水长》。她说出了我没能说出的话。

我感到如此幸运，她能如此理解我们青春时代的莽撞。

"我们年轻时都有一个梦。梦想着看一看西藏的雄鹰，摘一朵高原的格桑花；梦想着登上雪山之巅，行至大陆尽头；梦想着自由飞翔，无畏行走。我们有时以为，靠着一颗年轻的心，带着不知疲倦的双脚。我们无所不能，无远弗届。我们有时又觉得，这梦想如此自然，自然到压根没把它看作梦想，实现它更是理所应当。可是终有一天，碰壁折翼。原来这梦想不仅关乎友情、关乎自由，也注定危险，可能失败。

"我们因为那些无法承受的代价而迁怒于梦想。怨恨和嗔怒把梦想变得像是一个恶魔，就是这恶魔害我们痛失吾爱、形单影只，累我们噩梦连连、负债终生。最初的恼怒过后，我们尝试着接受现实。于是有了担负自己责任的机会，有了跟梦想和解的可能。就在此时，我们不仅知道而且深深地明白：原来梦想是世界上最奢侈的东西。它要求我们付出时间，付出精力，付出努力。尽管我们不敢丝毫大意，战战兢兢，如履薄冰。这梦想仍可能随时强迫你追加投入。

"兰姐，片中的女主角，亲历了山鹰社的两次山难：1999年女子登山队一名队员在雪宝顶滑坠；2002年希夏邦马西峰雪崩，埋葬了5名A组队友。她的道路从此改变。她开始以高山向导为职业，试着以自己的知识和能力帮助那些想去登山却缺乏经验的人。她在第二次山难的七年之后，重回希夏邦马这个伤心地。她想以重登希夏邦马来怀念那五名队友，'希望他们五个人的灵魂和我们一起回家……'

"在一步步迈向顶峰时，她说：'这个边境地带，原本是一片冷漠的、白茫茫的大地。我们带着勇气来了，我们带着伤痛离开，我们又重新回来，我们终将会离去，将记忆永远留在这条沉默的山谷里。这条山谷是这片大地最偏僻的角落，是这片大地最深的内心。我们走进了山的内心，爬上了山的巅峰，触摸了顶峰之上的天空。这空不是虚无，而是无边无际的自由，是所有攀登过的人们都会向往的、可能会付出生命的自由。'

"从无知的向往到知道代价的坚持之间，山高水长。这多么像是生活的隐喻。无忧无虑的童年，自由生长的青年，然后迎头撞进成人世界，一番折腾和较劲之后猛然醒悟：规则大于梦想，责任高于自由。既可以选择因为责任而舍弃自由，也自然可以坚持梦想，无视规则。其实无论怎么选择都有烈士断腕的壮怀激烈，可是却不免缺少一个成熟心灵所拥有的灵活和宽度。在看到梦想的美好之后，是不是也能认识到其中的危险，在发现梦想不堪忍受的一面之后，是不是依然能感知其中的美妙？学会跟不堪共存，学会在危险中保护自己，直到学会更巧妙地利用不断变化的自然条件实现梦想，就是我们成长的过程。"

以此献给那些依然年轻，逐渐成熟的山鹰友人；也以此纪念我们同样难以忘怀，却即将老去的青春。

（此文写于2014年）

【作者简介】刘炎林，1999年进入北京大学生命科学学院本科，动物学博士，曾担任山鹰社社长。供职于环保组织，从事青藏高原的野生动物调查和保护工作。

那一年的夏天

邹桢

应该是2003年的夏末，在非典的一片混乱中，登山队终于出发并平安归来。我们担心的事情并没有发生，山难之后山鹰社既没有就此解散，也没有面临太大的困难，甚至新队员比往年还多了一些。登山队回来后，我们在某楼前的紫藤架下讨论社长人选，会已经开了整整一下午，我好像就随意地坐在地上，当时我在山鹰社已经两年，不长，却有些疲惫，我知道选完社长就是我离开的时间了。一直到快吃晚饭，我们选出了陈丰当社长，陈宏当秘书长。这两人都是很好的人选，不过总是得选一个出来。十几年过去了，我还一直会蹭一蹭2003年登山队的聚会，看见陈丰都会回忆到这一刻。

2006年我博士毕业之后，去了密歇根州立大学做博士后。2011年回国，在中国农业科学院工作至今。记得在美国的时候，我刚学会开车不久就跑到安娜堡（1小时车程）去找在密歇根大学读博士的杨涯玩，结果，她们城市里stop标志特别多，我们聊得一开心，闯了好几个路口的停车线。去找2003年登山队的王静娜需要开更长时间的车，她当时在克利夫兰做博士后。很多年过去了，和那时的队友们又一起躺在床上，讲那个时候的故事，似乎又会回到当年，事情是那个样子，却又不是当时看到的样子了。如果我们没有一起走过古北口，没有一起烤过冬训的篝火，没有躺在一个帐篷里闻过臭脚，我说的，还有意思吗？不过，我希望写下一些事，为未来。

2011年我回国的时候，我想我大概是能够做一点事情的。那时距离2002年的山难已经整整十年的时间了，期间我和姬婷一起去过张兴佰家一次；我自己2012年去过一次，2012年我们打算再去西峰一趟。大概从2011年底我们就开始筹备了，我和大牛去跟社里见面，主要是想通过这次活动把2009年校庆校友捐助的钱给队友家分一分。当时还交了一份很详细的计划，可惜最后也没有实现。到了2012年，因为种种事由，我们把重回西峰的事情定在了国庆节假期，大概9月的事情，大牛说他去不了了，而且很快我发现我也去不了了。我打电话给一位队友，让他接替我组织这次活动，不管我怎么央求，他也没有答应。幸好大牛9月有时间，碑在拉萨定做，花岗岩，长90cm、宽60cm，碑不能做得太大，这么一块石碑已经大约100公斤，如果没有厦门大学登山队的赵凯全程陪同和帮助，大牛一个人也很难把碑立起来。这次重回西峰的活动，有十几个人最终成行，到达了西峰的传统营地。因为没有人领头组织，这次活动让本来人数不多的2002登山队更是渐行渐远。而好多事情是2003年登山队的队员们在帮忙，Assa、方翔，只要开口，他们总能及时出现。

这么多年过去了，有队友的父母因为彼此指责而离婚，有队友的父母不接受任何捐助，有的父母最怕团圆的日子，他们的逝去给亲人留下无尽的痛苦，而这个错误太过沉重，既不是少数几个人造成的，也不适于由几个人去承担。每当我看到那几天的记录，我很内疚我没有在大家身旁，大家越走越远，也许是他们背负的太多。

2002年，我BBS上的签名档是："勇敢走下去呵，打死也不回头。"回忆过去的十五年，我做的远远比我想到的少，希望有人和我一起努力。

【作者简介】邹枨，2001年进入北京大学生命科学学院研究生班，美国密歇根州立大学博士后。2001年加入山鹰社，曾理事会理事、任攀岩部部长。现为中国农业科学院作物科学研究所副研究员。

没有登完的山

陈弋

　　也许我与山有缘，小学四年级便瞒过家里大人拉着两个最要好的"哥哥"去登盘山，那是我所认为最高最难登的山。终于登上了山顶，抹着一脸黑汗朝远处的群山大喊"妈妈，我在这——"感动得自己竟哭了，第一次感到自己独立克服困难做了件了不起的大事。以后，我更向往高山，还有我没见过的大海、沙漠、大草原，这是我一直未变的梦想。直到那个飘雪的午后，我认识了女子登山队。那天很冷，下着雪，而我浑身热血沸腾，每个毛孔都张大呼吸，我理解了苦苦思念终于久别重逢的人们激动的心情。

　　当刚入社异常激动的心情渐渐平息下来，等待我的便是为实现登雪山愿望而不懈努力与艰辛的付出。入社已是北国的初冬，寒风凛冽，而体能训练每周二、四晚9点30分在五四操场进行。忘不了那冬日夜归的情景，近郊的马路上，时而有跑夜路的货车从旁驶过，只有路边几家生意清淡的小面店里投来的昏暗的光和隔老远才盼到的一盏路灯陪着我们，而与这一切相反的是我和高璐一路引吭高歌，在宽阔马路上追逐嬉闹的开心兴奋场面，好像专指定这么大的舞台让我们自己舞蹈，放松欢悦。难忘，难忘一切，那苦也是乐。加入女登，加入山鹰社，让我真正感到这是一个不可抗拒的大家庭，每一张脸那么亲切，每一颗心那么透明，每一双手是那么温暖，让我感动的有太多太多，给我健康与欢乐，伴我成长。

雪山，我的梦想，我的追求，缘我雪山情愫，立我雪山之心。

——周慧霞

那个在山上引吭高歌《青藏高原》的女孩儿，那个满腔热忱的女孩儿，那个年轻纯净却在我眼前瞬间消失的生命。那本可能是我，是你，是那个被大自然吸引、被友爱吸引、被挑战吸引，刚刚开始拥抱年轻自由梦想的学子。

还记得1995年入校时走过三角地看到山鹰社招新宣传，看到雪山惊人的美和纯净，心里发出的赞叹，却丝毫没有觉得这一切会和从小体育不咋地的我有什么关系。还记得1996年，在大一快结束的"五一"，参加了山鹰社组织的莲花山活动，在野外酣畅淋漓的快乐，在那群"土人"中间，从心底被感动、被吸引。从此以后，竟然一发不可收拾，竟然开始坚持参加五四操场的训练，竟然也可以坚持跑下香山长跑，竟然参加了1996年夏天的科考活动，竟然从此和山鹰社如此地紧密不可分开，之后，竟然在社友的鼓励下递交了报名1997年攀登玉珠峰的申请书，竟然成为了登山队的一员，竟然和队友们登上了玉珠峰的峰顶。如果，如果一切停留在1997年的巅峰，如果没有以后……

1998年，北大校庆一百周年，山鹰社攀登卓奥友峰，集体的努力又一次换来了三名队友成功登顶。1999年是我在北大的最后一年，我决定成为女子登山队组织者的一员。而那一年夏天，我们的队友周慧霞永远地留在了雪宝顶。那是生命中最黑暗的日子之一，另外一个最黑暗的日子是在2016年。这两个最黑暗的日子，同样地眼睁睁看到一个生命在眼前离开这个世界，内心瞬间崩溃之后，留下的是无尽的对自己的追问，我本可以做什么来避免这一切发生？！

离开北大之后，得知之前的留学申请被法国的大学接受了，1999年的年底，我来到法国，至今已经18个年头。在这18年之间，外面的生活经历了各种的变故。

在临近第十个年头的时候，收到当年队友的来信，她在信中说：

我们是不是可以做点什么呢？不是为另一个世界中的慧霞，如果真有彼岸，以慧霞的性格，她一定会在那边生活得很好。如果能感知，她一定会为我们这群曾经生死与共的朋友着急，她肯定会说，你们怎么都成这样了呢？所以，我们真应该做点什么，不是为安慰别人、帮助别人，而是帮助我们自己、救赎自己，找回丧失的力量和信念。我们当年登的山其实一直就没有登完，也还没有结束，我是这么想的。

记忆中我只是简短地回了她的信，那时的我沉浮之间挣扎，读了她的信只有无言又无言。

1999年的另一位队友李兰，经历了山难之后又经历了2002年山难，之后又经历挚爱山友山难。她一直没有离开登山，她说，只有在山里，才能感受到内心的宁静。在微信上遥遥地看到她的消息，看到她在攀岩、攀冰、登山，看到她敞开自己的伤口诉说最真最深的伤痛，每每心里也隐隐作痛，却只能做无言的远观。2009年，李兰重登希夏邦马峰，"最好的救赎就是重登那座山。是纪念，也是告别。"

而我选择了苟生和遗忘。如朋友在十年前的那封信中所写："也许在年复一年日复一日的忙碌中或刻意或不经意地忘记了很多事情。"然而遗忘不能带来救赎，以为一切都成为了过去，过去其实就在心里。

经过18年的辗转他乡，我又在法国阿尔卑斯地区的一个小城暂时落脚，在工作的地方，天晴的时候可以很清楚地看到勃朗峰，远远地注视它的美，却从来没有动过攀登的念头。但还是喜欢山野，喜欢大自然，喜欢气喘吁吁登上山顶之后的酣畅淋漓。

在倾注了所有青春梦想的山鹰社生活随着雪宝顶山难戛然而止的时候，我离开了故乡，漂泊人生路。朋友也许说得对："我们当年登的山其实一直就没有登完，也还没有结束。"每个人都有属于自己的一座内心的山，常常，在不同的境遇里会突然意识到，自己依然在向着内心的那座山无尽地攀登。每个人都追求着生命理想的样子，追求着爱理想的样子，追求着自由理想的样子。山鹰社闪亮的日子，"不仅是关于攀登，也是关于成长与爱，关于生命与自由"。但常常，我们并不知道怎样去向那里，也不能掌控一切，会做不明智的决定，会遇到风暴，会迷失方向，会面对自己的缺失，会面对不曾预想的结果。

也许我希望，在当年，有一名麦田里的守望者。

而20年后的今天，内心的这番对话告诉我，不再逃避过去，而是勇敢面对。而这份生命、爱和自由必会开花结果，带来改变。

【作者简介】陈弋，1995年进入北京大学西语系。曾参与编辑《山友》杂志，后留学法国奥弗涅大学。现居法国，就职于法国吉来（Gira）咨询公司。

驿站

龚海宁

楔子

以为能够记在脑海里的才值得怀念，不爱照相、不整理照片也不写日记，以至于在山鹰群里经常收获一些小惊喜，"咦，还有这样一张照片里有我"。当然，反过来答应张璞写点东西的时候，抓破头皮也只能搜寻到一些"记忆碎片"。

大概是1995或者1996年，王诗宬老师在北大附中做了一场演讲，其中对于自己在北大登山队的经历做了生动的介绍。读高中的我坐在讲堂第三排，很热血地提问"如何才能加入北大登山队"。得到王老师很肯定的答复，"报名就可以参加"。在那样的年纪，心里被雪山点着了一团火，这就是入社的引子。

十年的开始

1997年秋天，错过了三角地招新，晚上借了一张"社员证"去五四操场训练，遇到带训练的王炜，认真地收下5块钱会员费，隔了几天获得了颇有仪式感的社员卡，如今那张小卡片还躺在我的旧物盒子里。当晚跟着另外一组训练，带队的是小笼包，在以后的岁月里他很快升级为"包师爷"。只记得训练完，已经快11点，迷迷糊糊骑车回宿舍，感觉身体被掏空。若干年后，才了解到故事的全部，在跑步和上肢运动之后，小笼包问我感觉怎么样，我说跑步挺容易，上肢有点累，于是加量了（此处有回声）。

接下来，学一食堂聚点吃饭，被肖阿姨征召为社史记者，非常非常幸运地经历了一次罗格因老pp聚会，人多，连拉加都在，追问了一整个通宵，记录整理出来17页，誊写时耗光2支钢笔的墨水，应笨笨要求复印一份给他，不知道他或者资料部还有没有原稿。经历这次大采访，从1989年用军训背包带香山野攀开始，诸如卖方便面、中央峰流雪、李锐被石头砸了腿、徐纲在拉萨邂逅了一生的幸福、隔壁的借了装备不还、笨笨得了心肌炎，各种爱恨情仇，都在那晚上，真人面对面，转化成脑海里的鲜活记忆。

同期，给宣传部帮忙，早上开课前，把巨长无比的大黑板从28楼搬到三角地，练就了一个单人搬运技能点。

那块叫做309的岩壁

入社没多久，好像是训练积极，反正肯定不是根骨清奇，入选了攀岩队，周末生活一下子丰富起来，经常周五夜宿山野，第二天攀岩。记得有处露营地是斜坡，睡起来不是很舒服。309岩石裸露，背阴，有风的时候，要把若干装备包围起来做个窝挡风。虽然个人天分一般，架不住爬得多啊，个人最终成就是克服了起步那个仰角，身体藏在凹陷里，盲摸手点再探身出来，这样的动作现在连想一想都会觉得老腰在抗议。至于侧壁仰角，怪石嶙峋，脱落飞荡出来还被树枝划开了裤子，所幸有惊无险。后来，去309岩壁的人多起来，也有装备派开始在地面和岩壁上打膨胀钉，看着很心疼。再后来，当地村里也想开发那块岩壁，在上面施工，之后似乎也没有再去过。

攀岩队是历年来的小团体，这是符合客观规律的，待在一起时间长，自然关系好。甚至工作了，还凑到同一家公司，也有群租房屋的，热闹非凡。

王辉的排骨汤

王辉是我们那一年的攀岩队长，经常训练完请我们吃麻辣烫，吃海带那叫一个快，秃噜秃噜就进肚子了。采买队服去天成批发市场返程的时候，请大家喝艾德熊啤露。前几年在美国超市，英文不行选错了啤酒，又喝到了啤露，一番滋味又在心头啊。

回到正题，攀岩队小团体感情加速升温，是因为，队长摔下来了。是的，岩壁顶绳保护的情况下，说10米肯定夸张，直壁总共才那么高，但七八米是有的。幸好8字环本身摩擦力不小，还可以听王辉躺在床上眉飞色舞地描述这难得的恐怖体验，攀岩队的大姐和婷婷哭得稀里哗啦，当然这些都是后来听说的。得到消息去王辉宿舍的时候，为他准备的排骨汤已经在电饭锅里面开炖了，大家轮流排班陪他。王辉的女朋友也从广州闪现在宿舍，发现人没什么大事，两人还出了小南门去逛了街。经此，打保护的一个队员，内心愧疚，逐渐淡出。留下的"闲人"感情渐深，总腻在一起。

喝下这碗鸡汤

最近网上有一篇小学生写诗的帖子流传挺广，其中有一首《鱼汤》里面有一句"鱼对我说……如果我信了你的心灵鸡汤……今晚我就会变成鱼汤"。如果早20年体会到这一点，我就不会入做饭的坑。

1998年，作为登山队先头部队进山建设本营，行进路上，从来没做过饭的我，烧水泡面都深受赞美。于是入坑，开始了超级帮厨、经常炒菜的本营生活。如今，女儿常给饭菜打满分，还问爸爸为什么不开饭店，小小厨艺，就是从喝下赞美鸡汤的1998年开始实践出来的。

那年的目标山峰本来是穷母岗日，哪料到因为国内首登费用的问题，我们临时更换目标，选择了有过"流雪事故"的念青唐古拉，目标是一峰，但后来建营的路线还是奔向了中央峰。这期间有几件记忆深刻的事。

长途车从西宁到格尔木，再出发的时候就开始发烧，吃不下任何东西，长途卧铺车晃晃悠悠地，感觉飘荡了3天，到达拉萨前的晚上，迷迷糊糊看着路旁树影排着队跑向后方，其实那时候，时间空间感都已经错乱了。张璞从车后登山物资里面扯出来一条高山睡袋，捂在大红的睡袋里睡着的时候，我脑子里纠缠的始终是18和37是什么关系这样纠结的问题。到拉萨是凌晨，躺在旅店里继续烧了一天，去陆军医院验血结果比较踏实，不是感冒，纯粹的高反。第二天随队上街采购的时候，按照之前小朱同志的经验，绕行布达拉宫外墙，推遍转经筒，捐了2块钱，睡到第二天，体温终于正常了。烧了5天，就是最终留在记忆里的数字，以后进藏的几次，再也没有这么夸张的高反经历。

进山途中要蹚水过河，水面没过膝盖，深深体会到水流的冲击力。待到后面大队伍进山的时候，可能是选择的路径不同，他们涉水河段更深，女队员顺水飘走，被周涛一冰镐钩回来，为国家挽救了一位贤妻良母。

听运输物资的牧民讲，这里一般是3天坏天气，4天好天气。等本营建立好，发现是3天坏天气，然后4天还是坏天气。等待好天气的间歇，上山运输，在那个著名的鞍部设立C1，再向上运输，还没到达C2的位置就需要下撤，就地挖雪埋包。因为大一军训时间临近，我提前出山，没有经历后面的大雪埋C2以及下撤的新一次"流雪事故"，似乎念青的那段路程就是个大滑梯，经常出现雪层载人滑。

1998年念青唐古拉归来，我给自己抢了一个ID叫念青，在BBS上面用了多年。但1998念青因为没有登顶，没有登山报告书，在1998卓奥友的光辉下，被遗忘很多年，在社里后面几年的对外宣传上，1998念青一直没有出现过，属于存在感很低的一次活动。但这里是后来进入登协工作成为登山界牛人的孙斌的人生第一次攀登。

青春扭了腰

一三五攀岩队训练，二四社里训练，训练过猛，后果是在非训练时真的扭到腰，为近两年成为腰脱受难者埋下伏笔。另一后果就是学期末挂科了，社团也出了新规，校园内登山的经历戛然而止。

欢乐的cnpuma

社内著名的老pp们弄了一个cnpuma的社区，毕业后辗转又回到北京工作后，这里是周末爬香山活动、日常灌水活动的乐园。一度灌到曹山霸亲封"东海龙王"昵称。周末爬香山野路的活动也是热闹非凡，不少鹰二代在那期间崭露头角，蓉蓉自然是从小跟着雷老板爬山，雷子家猫猫在很小的时候就独立爬完全程。而登山后的饭局，人数往往更多，第一次见到牧羊女家自称孙悟空的小家伙就是在某次香山饭局上，加上小健老师家豆豆，她们俩起了化学反应，基本上餐桌面都要沸腾起来。还有中子小朋友，拿着计算器考大家计算，压力山大。

论坛还有著名的yazi版主，如今相夫教子少有声音，其实大家开始养娃之后状态差不多，消失一段，等娃长得差不多了，重返江湖。如今，比较早的那批鹰二代，好多也进了附中，一个新的山鹰循环即将开始。

论坛平时的维护是pp师兄和叶子，技术流会保留数据，据叶子讲，过往的灌水历史还都存在他的电脑上，一段欢乐多多的时光。

十年的最后挣扎

2006年年初的时候，尝试了小五台北东穿越的体力透支，多年没有完整的体能训练就是这个样子，虽然那3年每年还都跑个半马，毕竟训练早就丢下了，而登山的机会突然就那样跳了出来。珠峰火炬传递，从高校登山社团接受推荐报名，代价是1—2年的时间里全脱产训练。体教处郝老师帮了很大的忙，从学校拿到了红头的公文，自己的名字出现在学校文件上还是有点小小的激动。就这样，舍得投入时间，获得了这样一个国家队集训的机会，也由此到达了个人最高海拔7 028米。这样的成绩不足以参加2008年的正式活动，于是在集训队不足半年就被淘汰，但也因此结识了一群登山小伙伴，确实是小伙伴，其他学校推荐的队员普遍是1984—1985年的小伙子。

借着高海拔带出来的血氧浓度，接连7月爬玉珠峰、国庆节爬启孜峰，转过年来，2008年国庆期间唐拉昂曲，可以代表十年拔草的一个终结。过完了登山的瘾，享受平板床热米饭，生活是幸福的。躁动的心安顿下来，也迎来人生新篇章，结婚生女，再爬人生、事业的山。

性命的震撼

登山是高风险运动，生命流逝的震撼总是来得很突然。第一次，是在暑假的中午，38楼楼下得知噩耗，大太阳下，身体一下子就僵了，感觉脑袋木木的。那个女登的小孩子跟大家一起跑过圆明园大活动，跑得还挺快，算不上熟悉，但身边一个认识的生命走掉了，还是很震撼。

2002年，工作出差在上海，小笼包电话讲了西峰的事情，内心感觉很愤怒，对，就是愤怒，为什么不小心呢？那里面只跟林礼清在岩壁有过几面之缘。

珠峰火炬集训队里，清华的冬冬跟大家关系都很好，是个痴迷登山的理论技术派，英文好，主业翻译，用以支持个人攀登。2006年珠峰、玉珠峰，是我们共同的攀登经历。2009年我和爱人翻译了一本登山的书，还特意请冬冬做的校译。2008年他咬着牙上到珠峰顶，实现了自己的人生小目标，之后开始走技术攀登路子，还拿到过出色的国际奖项。他原本计划30岁也收收心，开一家翻译小公司，可2012年还是出事故了，得知消息的时候我在上海一个叫虹桥村的地方，头七就在桥头给冬冬烧纸，梦里果真见到了他。冬冬就像是一个自己所希望的，更执着更勇敢的理想形象，就这么突然消逝，大哭一场之后，比较释然，猜想雪桥断开的时候他心里是不是在想"kao，太重了"，减肥一直是他碎碎念的事情。

驿站

　　肖阿姨说山鹰社就是人生的驿站，我差不多是这么做的，倒是他赖在里面好多年。

　　为什么登山呢？为了老了能跟儿孙吹牛，年轻嘛，要做点激情的事情。攀登中，有意外的收获。有那么两次，低头爬雪坡，拉风箱一样地呼吸，转身休息，一下子整个世界都静下来，带着自己也静得好像进入一种玄妙的状态，妙不可言。

　　怀着燃烧的激情登山，存着理性的准备，这是个激情与理性平衡的活动，转移到工作与生活，更能接受长远的目标，持久的努力，跟念念不忘必有回响异曲同工，主观和客观融合于此。

　　20年前提问王老师，是少年，用10年拔掉登山的草，跟一群人结了缘分，一段年轻的岁月流光，值得祭奠。

　　【作者简介】龚海宁，1997进入北大化学与分子工程学院化学系，曾任山鹰社交流部副部长，曾就职于北大青鸟、北京念青科技有限公司等，现任上海育仁投资有限公司总经理。

永恒的起点

你问我什么是苦涩　什么是快乐　我不知道该怎么样去回答　你问我什么是忧伤　什么是幸福　我无法说　哦　在那飞雪的冬季　我们拥有同样的寒冷和同样的冰霜　在通往成功的道路上　我们懂得失败后的艰难

永恒的起点
——2003年玉珠峰攀登

刘炎林

你问我什么是苦涩 什么是快乐 我不知道该怎么去回答 你问我什么是忧伤 什么是幸福 我无法说

哦 在那飞雪的冬季 我们拥有同样的寒冷和同样的冰霜 在通往成功的道路上 我们懂得失败后的艰难

零的起点 我们准备着出发 永恒的起点 成熟之后我们更加坚强

——零点乐队：《永恒的起点》

2003年登山队成立不久，一如既往，大家伙讨论队歌。我坚持选零点乐队的《永恒的起点》，其实真是很难听，又很难唱，只是歌词貌似直白贴切。后来大家果然也没理会这首歌。是，山难过后第一年的攀登，学校和登山协会都非常关注。我们自己选择了玉珠峰，山鹰社的起点，这次攀登必须圆满，难以允许再出差错。这是对山鹰社这帮人的一整年的反思和调整的检验，也是山鹰社之后如何继续登山的探索。

模式

要说2003年玉珠峰攀登的关键词，非"登山训练""登山答辩会"莫属。

2002年9月，山难风波渐息。学校并没有给山鹰社压力，没有说要取缔社团，也没有说要禁止登山。相反，学校从一开始就明确表示，继续支持登山活动。但是如何最大限度地规避登山的风险，则需要思考。山鹰社和北大团委参加了数次中国登山协会组织的关于山难和大学生登山的讨论会。可惜我手头上也没有什么记录。记得那时候曾曙生老先生还健在，在讨论会上出了许多主意。到2002年年底，中国登山协会修订了管理条例，明确大学生登山队必须聘请向导。山鹰社内部，也由古拉牵头，组织了一系列的登山研讨会，总结山鹰社以及其他大学生登山队的经验。讨论结果最后结集出版，就是2004年出来的《山鹰社登山手册》。我也不记得谁提的"登山训练"。总之，在2002年年底，玉珠峰和登山训练就被确定了，敲定了2003年的基调。登山训练，旁人看起来，会是个蛮别扭的说法。登山就登山嘛，为什么非说是训练？有几个讲究。第一，登山活动对参与其中的北大学生是一种训练。这是对社团的重新定位。山鹰社提供的是学生们可以参与登山的平台，而不是追逐登山的成绩。到了2003年，商业登山已经起步，越来越多的民间登山爱好者参与高海拔登山活动。2003年春天，珠峰登顶50周年，中国登山协会组织第一个民间登山队去登珠峰。队长牟治平也参与了珠峰的活动，到达北坳营地。登山爱好者如今有更广泛的渠道去获取登山的资讯，接受技术训练，并有各种各样的登山节和其他商业登山活动可以参与。也就是说，山鹰社已经不可能在民间登山运动中再担当开拓性的角色；相反，她应立足校园，为对登山感兴趣的学生提供参与的机会。第二，登山活动的准备和实施过程是一种训练。这是对登山活动的重新定位。山鹰社通常花一年的时间来准备暑假的登山活动，从队员的选拔和训练到资金和装备的筹集，这个过程千头万绪，需要学生们能协同行动。等到登山队选拔出来，在集训期间，会安排大量的技术和战术训练。进了山，则是将学到的技术和战术应用到实际的登山中。攀登过程往往分为两个阶段，前一阶段训练各种技术，后一阶段伺机冲顶，训练登山的战术运用。其中的微妙之处是，"登山训练"强调队员的收获，而不是登顶与否。第三，山鹰社在登山训练中坚持自主攀登，保证队伍有能力独立完成登山。从2003年开始，大学生登山队聘请教练成了硬性规定。

　　其他高校登山队往往难以协调教练和老队员的关系，最后就是教练包办，队员们在选择攀登路线、安排登山日程、架设路线绳等方面就没有担当的机会。在2003年的攀登里，我们自己立了规矩，教练是看守者和救急者：看着我们做决定，如果出现偏差就提醒我们；登山队承担修路、建营、运输等任务，如果出现紧急情况，就请教练出马。因为只有最大限度地承担登山中的各项任务，队员才有可能成长。

登山答辩会是另一个重要举措。学校和登山协会可以借此检查登山活动的准备情况。学校有管理社团的职责，但缺乏专业知识；登山协会有丰富的经验，但缺乏提供意见的正式渠道。登山答辩会将学校和登山协会拉到一起，共同对登山活动的准备情况进行检查：所选择的山峰和攀登路线是否合适，队员的能力是否足够，拟定的计划是否合理，有没有制定应急措施等。2003年登山结束之后，队员陈宏还做了一份关于风险管理的文件，持续使用了多年。从2003年到今天，我记得只有在2010年，登山答辩会否决了当时确定的夏康坚峰。现在看起来，当年的否决也是合理的。登山答辩会的做法也被其他兄弟社团借用。

队员

2003年登山队共16名队员，其中老队员7人（6男1女），新队员9人（7男2女）：队长牟治平、攀登队长刘炎林、后勤队长陈丰、赖伟、李兰、岳斌、唐元新、陈宏、陈旭东、陈光、刘波、单丹、白成太、方翔、王静娜、叶然冰。每位队友都有可爱之处，限于篇幅，就说说老牟（牟治平）和古拉（唐元新）。

老牟是2003年登山的关键人物。他非常到位地担当了队长的职责。

2002年9月，我还担任着社长。是牟治平找上我，说："你的状态不对，不应该继续担任社长了！"2003年4月到5月，他被抽调参加当时的珠峰登山活动。老牟回来之前，我负责登山队的事情。很多事情搞得很糟糕，特别是审批方面的事情。学校的意见其实一直以来都很明确，主要是需要经过一些程序，但是后来非典（SARS）横行，给暑期活动的审批带来几乎是致命的影响。审批主要有两个事情，一是登山答辩会，二是家长意见反馈的书面材料。这两个事情我都一拖再拖，错过了合适的时机，也让团委负责书记大为光火。多亏老牟的主持以及与团委、学校的反复交涉。我还有一个事情弄得很糟糕：我有几次很粗暴地对待队员，把队内关系弄得比较紧张，而且队内的正式严肃的交流很少。老牟从珠峰回来之后，搞了许多谈心和拓展，才把大家又聚拢到一起。

登山队到达格尔木时，我发烧进了医院。在格尔木的事情，比如联系车辆、采购、装车，我都没有出力。躺在肮脏的病床上，享受队友周到的照顾，按自己的脑门干着急。7月9日晚，事情均已忙完，就等第二天进山，一帮人闯入病房，嘻嘻哈哈，一如既往。之后离去，陈光平静地留下照看我——第二天他们就进山了！之后，能跟老牟电话联系。

10日，大雨，卡车不能上去；11日，大雪，滞留西大滩；12日，滞留西大滩。格尔木的天空也是云彩浓厚，时不时下阵雨。老牟跟我和陈光说了西大滩的情况。既是老天的脾气，也不能勉强，只好说：好事多磨，前期的挫折对于整个队伍的团结与稳健是有帮助的。其实老牟、李兰这帮老队员也早明白，穷母岗日的攀登给了大家很深的印象和经验。在西大滩的几天我是不能体味了，那种近在咫尺的隔离，那种触手可及的焦急，那种影响登山进程的担忧。我想，老牟在其中，处在队长的位置，是一种什么样的心情呢？7月12日夜，李兰发来短信：月亮升起在昆仑山脉！我大喜，酸酸地给西大滩还有当时从北京赶来尚在火车上的古拉发短信：山高月小，水落石出，豪雨何去，月出昆仑！后来被古拉取笑。我想，这种初出水面的呼吸，老牟在其中，身为队长，是一种什么样的心情呢？

在整个登山过程中，老牟在两个事情上不可替代：一是与外界的联系；二是坚持一些原则。这一年的登山备受关注，在西宁和格尔木都接受了大量的采访，格尔木电视台还时不时上来一趟，这些事情大部分是老牟一肩挑；西宁和格尔木的登山管理部门的领导给了我们大量的帮助，这方面的接触与应酬，前站做了很好的铺垫，之后就非要他在场不可；向学校方面的日常汇报也是他的事情。李兰提出一个原则：安全大于训练大于登顶。这一条老牟坚持得很好。

7月20日讨论分组名单。我和李兰折腾来折腾去，将队员分来分去。当时觉得有四位教练在，可以试试让队医同学冲顶。老牟坚决不同意。队医体力稍差，行军速度较慢，是一个不确定因素。为安全起见，不能加上这个不确定因素。我当时很是恼怒，差点跟他顶撞起来。岳斌娓娓而言：从大局考虑，不要过多考虑个别队员。尹瑞丰曾提过一个原则：尽量多的队员到达尽量高的高度。我当时多少存这个心。但尹哥提出这一观点的情境已经变了，这一年的攀登是一个敏感的攀登，容不得任何纰漏的攀登。现在想起来，老牟坚持得是时候。

2003年也开了1998年之后离校老队员参与登山的先例。在1998年卓奥友之前，离校老队员参与登山是很常见的事。曹峻、白福利、李锐等都回来参加过多次攀登活动。从2000年到2002年，登山队都只是在校的学生。到2003年，古拉参加了登山队。古拉曾是卓奥友的攀登队长，然而走进登山队，走近年轻的队员，却丝毫没有老气，随和而不失凌厉，火爆而很有控制。

古拉在山上有一种雍容的气度，自信而有条理，不紧不慢，但绝不拖沓。2003年山上的活动都是分两大组，四个结组，古拉一直都在负责一个结组，五个人。那几个人在他的"淫威"之下，服服帖帖，如臂使指，同时也活跃得很。高山营地的早起出发是一件繁琐至极的事，烧水、做饭、穿衣、塞睡袋、套高山鞋，都窝在方寸的地方完成。古拉的帐篷内人多，但这些事情总是悄悄就完成了。7月24日下午，冲顶下撤，到5 920米下面的雪檐边，看见古拉很从容地站在很陡的雪坡上，没有其他的保护措施。我看着觉得很吓人，笑着跟他说：古拉，要是滑一跤就爽呆了！古拉笑笑不语。古拉在山上很好地起了他的作用。记得以前说理事会的构成，晁婕说要是老队员加入就好了，李锐说：一个老队员就可以把理事会搞翻天了。老队员社会经验既多，说话分量又重，往往容易在后辈中起到导向性的作用。山上的事情，在一些安排上、具体做法上有各种小纰漏，经验不足，考虑不周，在所难免。而无碍于安全等一些大的原则的事情，古拉保持一种缄默的宽容。这对于这帮新的队员，包括我，自信勇敢地发挥自己的作用很有好处，然而在一些重大的事情上，又常常得到古拉建设性的建议，于是心里又很踏实。比如营地的选定、登山日程的安排上，古拉的一言可以解除许多担忧，澄清许多纷扰。古拉在山上酷好四国军棋，跟老牟配合得很好。下急了就咆哮："我操你大爷的！"声彻本营。又堆砌石椅，兴致勃勃地坐了一下午，把腰累得直不起来，之后躺下去休息腰。

贵人

2003年的登山得到许多贵人相助。没有这些贵人，那年的登山会失色许多。国家登山队帮忙从西藏协调了四名教练，大齐米、阿旺、平措和多吉。其中大齐米是西藏登山队的队员，其他三位是年轻小伙子，来自西藏登山学校。此外，还有青海省登山协会的高成学教练、邓海平经理，格尔木登山探险俱乐部的林辉军老师。林老师英年早逝，令人扼腕。时任北大党委副书记的王登峰教授，曾主持了2002年的山难搜救和善后活动，又是2003年登山活动的最大后盾。登山队回到北京后，王书记敞开了用白酒招待我们。

大齐米，西藏登山队队员，受西藏登山协会指派，协助我们攀登。7月19日总结会上介绍教练与队员认识时，他用不大顺畅的汉语说："叫我齐米大哥好了！"后来大家还是一直叫齐米老师。

大齐米是西藏日喀则定日人。1970年代末开始登山，给国家登山队当协作。当时的登山还是任务性的登山。招之即来，挥之即去。有登山任务时召集过来，没有登山任务就回家放牧，中间也没有文化或者登山技术的学习，更不安排工作。因此说起西藏学校，他禁不住流露出羡慕的神情。这种情况一直持续到1988年双跨珠峰，抓住这个机会联合其他协作跟主管部门死磕，登山结束后进入西藏登山队，成为正式队员。他是十四座高峰探险队的成员，攀登过诸多著名高峰，两次踏上珠峰。他妻子拉吉也是强劲的登山好手。不过最令我敬佩的是，齐米参与了南迦巴瓦的攀登，并在1992年登顶。南迦巴瓦是我很是崇拜的一座山峰。1983年齐米就参与了南迦巴瓦峰的侦察，攀至乃彭峰，当时的领队断言：没有路线！之后1990年日本人来了，动用飞机侦察，换了一个方向选择了一条路线；1991年第一次攀登，大西宏葬身雪崩，攀登失败；1992年卷土重来，重广横夫坐镇筹划，"为人固执，登山路线、日程安排都是他一手策划，根本听不进别人的意见"，终于成功。

第二阶段我和齐米分在一组，聆听了许多故事。2002年西峰之事，齐米也是第一拨上来的救援队员。只记得一件事：藏队初上来，带了海事卫星，跟学校通了话之后，李兰的意见让我带队员下去。当时很想跟救援队上山，于是一听这个安排就哗哗流泪，齐米坐一旁，军人那样的坐姿，说："登山难免有危险，不要伤心了。"后来在格尔木喝酒，齐米提到了这个事情，很让我喟然。

齐米不大说话，也不像平措、阿旺那样跟我们打得火热、嘻嘻闹闹，在大本营也是一个人住一顶Mountain-24帐篷，一台小收音机在手里，常常在帐篷里听新闻或者歌曲。2003年教练的角色基本上是一种协助，应对紧急情况。我们不希望让教练承担修路运输建营这些任务，希望由我们来思考、安排、实施，因为这些是登山的主要部分，是训练的主要内容。而且我个人还存了一点可说虚荣的想法：如果让教练去选择路线、修路，那我们怎么还能有勇气跟别人说"我们北大登山队攀登了这座山"？因此，教练也就跟一般的老队员一样。齐米也很尊重我们的决定，多次说：服从安排。

但是，一些事情上齐米却让我敬佩不已，他具有真正的登山家的风范。7月22日晚上在C1，我在一个已经点燃的炉头的附近给另一个炉头换GAS罐，GAS泄漏，呼地就着火了，很快烧了后门廊一个洞，我赶紧拍打，心里很慌乱而且可以说有些迟钝和茫然。齐米呼地坐起来，捞起装雪的水桶就往火上盖，又拿起正在加热的一锅水去浇。很快灭了火。他笑着对我说，以前有一个新队员不小心烧了帐篷，睡袋、羽绒服都烧了。

我不禁后怕，多亏齐米！有的炉头有时候很令人讨厌，百般侍候，就是点不着，但到了齐米手里，一点就着。A组冲顶下撤的时候，陈宏肚子痛得厉害，每走三四十步就得趴在冰镐上休息，齐米很耐心地在后面鼓励说："登山就要慢慢、慢慢地走！"实际上看藏队的攀登记录，一天上升1 000米的事也平常。这份大风雪后的淡泊，我辈当效。

在格尔木的街边小摊上喝酒，齐米醉意上头了，说话更不灵便。我去敬酒，他拉着我手很诚恳地说："大牛，我喜欢你！"跟着用手抱我的脑袋，跟他的脑袋碰。"大牛，以后来拉萨，去我家。大牛，我佩服你。"我一时骄傲得不行。我想，我做了什么呢？我想应该有两件事情：第一件是我在A1组一直在开路，A1组还有平措和陈宏，陈宏摄像，又是新队员，我又不愿让教练开路，于是一直自己开，到顶峰的那个坡上，累得不行，双膝跪地吐了两次；第二件事情是撤营的时候像个老妇，把零零碎碎的东西还有垃圾收拾起来。这样想，很是自满。齐米老师反复地跟我说这些话，我也反复地说："齐米老师，有你在，心里很踏实。"

结语

登山结束后，我跑到北京大学广西崇左研究基地去见潘文石教授。这次攀登之后，我就到潘教授和吕植教授门下，开始了野生动物研究和保护的工作，直到今天。我和潘老师在研究基地的池塘里游泳，听他讲各种故事。当时觉得，人生的另一扇大门在我面前打开。可是，如果2003年的攀登不曾顺利，我个人真难释怀啊。

我想起那年的7月24日，登顶日。天空湛蓝如海，顶峰宽阔平坦，大风吹打着铁架上的经幡。辽远而崎岖的昆仑山脉延伸出去，在炽烈的日光里闪着雪白的光。队员们在庆祝登顶。我往北边走，离开疲惫而欢乐的队员一点。站在风里，一股心思涌上心头，双腿发软，便跪在雪地里："弟兄们，我把今年的队伍带上来了。"

神山之约
——博格达极限攀登

俞力莎

天山明珠

2008年6月的某天，在北大未名BBS的PUMA版上出现了一篇转载的帖子：

"新华社乌鲁木齐6月19日电（记者李晓玲）为保护新疆主要城市水源地，新疆天池管委会近日依据相关法律法规，正式发文，禁止组织去有'天山明珠'之称的博格达峰徒步或登山……"

前任山鹰社社长、2006年北大博格达登山队队长徐勇看完报道，不由怅然，两年前的神山之约，竟成绝笔。脑海中的时空倏然变换，闪回到2005年年底，山鹰社理事会正式将2006年目标山峰定为博格达峰，消息甫出，一片哗然。

为什么选择博格达？崛起于乌鲁木齐断裂带，向东绵延一直伸入巴里坤境内，这条位于天山东段上的山脉，全长300多公里，其间峰峦叠嶂，险峻无比，主峰更是气势宏伟，俨然横空出世之姿。古代蒙古人游牧至此，大为惊叹，尊称其为"博格达"，意即"神灵"。其实，对神山的膜拜，可以往上追溯到古代西域的少数民族。至今，当地还流传着一则名叫《沙勒哈·沙曼》的民间故事，故事说牧民们把博格达山称为"圣人"，把山上的石头视为圣人使用的石头，用这石头做武器对付敌人，无往而不胜。

主峰博格达峰海拔5 445米，高度并不惊人，但是山体陡峭，四条山脊——

东北山脊、西南山脊、北山脊、东南山脊中，只有东北山脊坡度稍缓，其余几条山脊坡度均达到七八十度，且北山脊是雪崩的多发区。博格达峰的攀登难度绝非寻常，在登山界内，被视为高手级攀登对象。因此，虽然在1980年以前英国和苏联登山队就曾经前来攀登，中国登山协会也曾在此建立登山训练营，对周边的山峰进行过攀登，但直到1981年6月9日，才由日本京都队11人实现登顶，同时也付出了沉重的代价，队员白水小姐在通过巨大的扇形冰川时，不幸掉入冰缝遇难。1998年8月，乌鲁木齐市登山探险协会的王铁男和张东开创了中国人登顶博峰的记录。同时，香港登山队3名队员在向主峰突击时失踪，经过两年搜寻未果，成为博格达峰登山史上的一个谜。

20多年之后，博格达的攀登历史上依然只留下了一段短短的登顶记录：

> 1981年日本东京队11人登顶
> 1998年乌鲁木齐登协8人登顶
> 2000年山鹰社前社长曹峻等4人登顶
> 2002年北京工业大学1人登顶
> 2003年乌鲁木齐登协9人登顶

依靠熟练的攀登技术和各种技术装备专门攀登悬崖峭壁的登山活动称作技术型攀登。技术型攀登，是一个让大学生登山团体向往又不敢轻易尝试的领域，对于一直以来都追求独立攀登的山鹰社而言，难度更大，在以往的登山经历中，只有2001年攀登穷母岗日可以算做这方面的尝试。无疑，从心理到体力，从技术到组织，从个人到团队，选择博格达，就意味着选择了一次极限攀登。

为什么坚持博格达？

理事会大部分成员在选山结束之后宣告完成了使命，随即淡出了众人的视线，转而为自己的学业、工作奔波。于是，大家自然而然地把目光都集中到了徐勇身上。

徐勇，国际关系学院03级本科生，入社的经历像是所有文艺片的桥段——陪着同学入社，同学退却了，他却坚持了下来，在成为博格达峰的登山队长之前，已经经历过启孜、半脊和桑丹康桑三座雪山的洗礼，是山难之后成长起来的新一代的代表。选山的时候，理事会原本倾向的是四川的雀儿山，难度不大，技术力量有保障。徐勇完全是另外的思路，他毅然将目光投向了念青唐古拉山主峰，这比博格达的攀登难度更大。正是在他的不懈坚持下，经过四次激烈的讨论，理事会终于决定放弃最保险的候选山峰，转而将票投给富有挑战性但资料也较为丰富的博格达。

面对众人不解的目光，在巨大的压力面前，他保持了缄默。直到登山归来后，他才感慨万分地写道：

"山鹰社因登山而成立，回想着十七年走过的路，虽坎坎坷坷，却风雨无阻。我们一直在登山，但从未试图将登山限制在某个特定意义上。每一个人对山的感觉都不一样，我们不希图山鹰人异口同声地说着一样的话。但作为山鹰的一员，我们除了有自己的追求之外，还应该有山鹰的追求，即我们共同的梦想。我们登山不是为了想要专业化，更不是为了彰显于世，我们仅仅是为了登山，为了能在一起奋斗，以及在奋斗中饱尝汗水和泪水，共享欢乐与痛苦。

"但我们是北大的学生，这个承载着光荣与梦想的称号不容许我们淹没在平庸中。北大山鹰社不仅仅是北大的山鹰社，她更是大学生登山的旗帜，即使我们千万个不愿意，但事实就是如此。所以我们在自我实现的同时，需要为登山这项运动做些什么，做些力所能及而又不会危害生命的事情，做些激动人心而又不会引人冒险的事情。

"博格达的攀登是一种尝试，自2002年以来，我们就在不断地尝试。2003年的登山训练、2004年的侦察新山峰、2005年的新路线。我们在遭受挫折之后，最先想到的就是成熟起来……怀着对历史的敬仰，怀着共同的梦想和坚定的自信，我们来了，谱写出这段永生难忘的篇章：2006年博格达，20多个与兄弟们互相提携、生死与共的日子。"

入疆

火车开动的时候，好像有人看到了送行者眼里的泪光。跟随着火车跑动的身影，不肯放弃的是祝福、祈祷，还是羡慕、向往？这个悠长而短暂的夏天，究竟将发生什么样的故事？谁也不知道，只好一遍又一遍地用歌声来回答：

"我要从南走到北，我还要从白走到黑。""心中那自由的世界，如此的清澈高远。""飞翔啊飞在天空，用力吹吧无情的风，我不会害怕也无须懦弱，流浪的路我自己走……"

科考队的女孩子们唱得尤其投入，声音也柔美动听，稀释了歌词里荒凉寂寞的意味。

"登山是向高处去，科考则是向远处行，一是无畏的攀登，一是诗意的漂泊。"科考队长屠彬这样品评着山鹰社的两项品牌活动。但是队员们并没有想那么多，他们只是珍惜着相聚的时光，用各种娱乐活动来释放激动的心情。唱歌、聊天、打牌……男生们关注的还有世界杯，足球迷们都怕错过精彩的德阿大战，抢着守夜；女生们则被体贴地"遣送"到座位底下去睡舒适的"卧铺"。

轻松之余，也有人不忘记"用功"。攀登队长肖忠民一直在翻来覆去地研究博格达的资料，虽然整条路线早已烂熟于心。肖忠民，人称肖肖，是信息科学学院计算机系的02级本科生。前一年的这个时候，他还是桑丹康桑登山队里受人照顾的新队员，此刻却要独当一面了。与怀有理想主义气息、身先士卒但不免有些偏执的队长相比，这个块头不大、山龄也不算久的攀登队长，却以他不同常人的沉稳、理性、大胆培养新人的魄力赢得了队员们的敬佩与信任。窗外的景色一直在不断变换，先是熟悉的华北平原上一望无际的庄稼，入夜后悄然走过河南和陕西，醒来时已是天水，兰州换车，从此景色不同，第二夜从东南到西北穿过甘肃最长一道斜线，再醒来时满眼沙砾、满眼黄沙，阳光耀眼得有几分悲壮，很快是绿洲带，听到很多从前只在书上看到过的名字，哈密、鄯善、吐鲁番……最后，终于到达乌鲁木齐。

前站姜锐、魏宏、印海友已经早早地在车站等候。这些天，他们在乌鲁木齐各处奔走，十分辛苦。因为以往的几年，山鹰社都是在西藏、青海登山，新疆相对而言是一个较为陌生的地方，只有1993年和1999年的科考队曾经踏足，所以有些事情不得不从零做起，如联系当地登协、气象局、媒体以及相关的政府部门，等等。

不过，这些都难不倒初出茅庐的小伙子们。来自信息科学学院微电子系的03级本科生印海友和来自物理学院的02级本科生魏宏都已经有过两次登山经历——2005年的桑丹康桑和2006年的半脊，这已经是他们第三次成为队友了，而且又刚巧都担任了前站与后勤，出生入死的情谊，正是登山者的最大财富。来自元培学院04级的本科生姜锐是这一年的新队员，担任登山队摄像的他，为了捕捉最精彩的画面几次以身犯险，虽然因此受到了队友的批评，但是大家看到他丰硕的劳动成果，也不由得感动万分。

本营的雪莲花

登山队在乌鲁木齐只停留了一天，7月4日，按预定计划，就要进山了。早晨6点30分的乌鲁木齐，大半个城市都还在沉睡中，旅馆门口，15名队员，加上5名高山向导（山鹰社前登山队员李兰、方翔，西藏登山学校的次仁平措和扎西平措，新疆登协的热扎克·艾山老师）却已经整装待发。友爱的科考队员和登山队员相互拥抱，依依惜别。科考队长屠彬在一旁看着，回想起前一天晚上装箱到12点，一片忙碌的情景：徐勇忙得厉害，傍晚记者来的时候他也只是点头打了个招呼就又匆匆去安排明天的事情了。他头发显得有点长，有些还卷起来，有点憔悴的样子。这个时候我又一贯性地失语了，只是问了科考队联络和上山的安排，然后是嘱咐小心一类的老话。

驾车从乌鲁木齐出发，最便捷的路线是沿着213国道行驶至柴窝堡，再转入山路。但是前一天的雨添了大乱，从柴窝堡进山的路被水淹没了，不得不绕道达坂城。不料，这里的路刚刚铺设好，浸水后亦无法通行。只好再次绕道盐城，路仍不好走，但总算勉强可以通过。下午2点45分，登山队终于到达了三个岔沟口。和当地牧民敲定骆驼和马匹的事之后，队伍分两批进山，一批跟着教练，一批随驼队走。晚上在二号羊圈扎营。天气渐渐变冷，离雪山越来越近了。

第二天起来继续赶路，在宽阔的河谷里行走，蓝天、白云、雪山、冰湖、绿草茵茵、山羊成群，一路风光旖旎。女队员魏超因为崴了脚，享受了一回骑驴的待遇。这个平日里活泼好动的假小子裹着红色冲锋衣，老老实实地坐在小毛驴上，队友看到，不禁打趣起来："真像个要出嫁的小新娘。"这一年，就读于政府管理学院的魏超只是大一的新生，她属于那种前脚刚踏进北大校门，后脚就奔着山鹰社而来的狂热分子。加入登山队之前，为了得到院系的同意书，她三天两头地到学工办软磨硬泡，尽管老师一次次坚定的否决让她委屈得想哭。终于有一天，这股子坚持不懈的劲头真让老师松了口！当初豪气万丈地宣称"这山，我登了！"的魏超被触动了心里最柔软的一部分："他拍着我肩膀递给我同意书的那一刻，我就跟做梦似的！当我轻捏着那张纸梦游般地跑出楼门时，一个不小心把那张纸掉在了地上，去捡时一阵风又把它吹开了，赶忙又追……那一刻心里那种说不清楚的紧张害怕是最微妙的，它应该可以诠释我的那些日子。"

其实，对于很多女队员而言，登山并不是一种单纯的个人爱好。同为大一新生的董婧就表达了这样的想法："还记得刚进北大的时候是怎样的不适应，怎样的迷茫，新的环境、新的面孔让我感到拘束甚至恐惧，是山鹰社把我带出了那种尴尬，是那些伴我一路走来的朋友们让我在北大的生活充满了阳光和欢乐。冬训之后，心中想要去登山的想法越来越强烈，这一部分是因为自己被冬训时所学习的那些技能以及与冰雪如此贴近的那种快感所吸引，但更多的是因为与这样的一群人在一起，我感到了幸福。"

来自工学院的余彦敏这一年大二，或许是因为多了一年的经历与沉淀，比起兴奋异常的魏超和董婧，她注视雪山的目光更为平静而不乏深情，就像后来她所说的那样："博格达并不是我曾想象的那样壮美，即使在顶峰，即使在下山时遇到坏天气，走在云雾里，连路都看不见，就那么安静地一路走来，从开始的有些害怕，到后来觉得山是那么的亲切。在山里日子，笑过也哭过。一些期盼的东西没能体会，许多不曾想到的东西也让我满载而归。"

登山的女孩常常被人们称为"雪山红颜"，那词在外人看来，带着一点钦佩与赞叹，也透着一点孤芳自赏。可是我们的这些女孩子，明明带着最鲜活的笑靥，有一颗格外坚强却又敏感的内心。面对雪山，从遥望到亲近，无数个昼夜过去了，终于有一天，所有幻化的细节都得以盛放。

下午3点30分，登山队到达了博格达峰的传统大本营。营地位于三个岔达坂附近的盆地中，海拔3 540米，有两座石碑树立于此，分别纪念1981年京都队遇难的白水小姐和1998年香港队失踪的三名队员。每一个大本营都有着自己的文化，共同的主题是梦想与生命的撞击，任时空流转，世事喧嚣芜杂，也不曾被遗忘与放弃。玛尼堆上一年一年新添的石子，寓意着后来人不变的执着。这一年，又有一批年轻的新面孔把自己的旗帜带到了这里，旗插在帐篷顶上，被风鼓起时，帆一样地张满力，远远地就能看到。雪山最掩不住红色，经历过山难打磨的山鹰社，深深地明白这一点。

本营的视野很好，天气好的时候，博格达就清晰、完整地呈现在眼前，偶尔被浮云遮面，也有一种犹抱琵琶的动人风姿。扎营的当晚下起了雨，大家躲在帐篷里，打牌、下棋、看书，偶尔有些小话题，便闲扯一番，欢笑一阵。此时，雨声淅淅沥沥，帐篷也被风吹得噗噗响。

最热闹的时光还要数做饭的时候。登山队中烹饪手艺好的人不少，想学习爱实践者更多。因此早早地就有人跳出来争当主厨，再叫上两三位帮工洗菜淘米。肖忠民为我们记录了这样有趣的一幕："灶台四周早围了许多看客，看高手炒菜也确实是一种享受。但若是主厨没什么经验，少不了会有心理压力手忙脚乱紧张。旁边就有人指点传授，然而有时建议往往并不一致，甚至刚好相反，于是开始一场论辩。那边主厨又急问：'盐在哪里？味精在哪里？'众人一阵忙乱，又是递盐又是加味精，一道菜往往多人参与而成。出锅、摆上台面，叫声开饭，一群饿汉蜂拥而上。"

　　等到大家轮番上阵显示完身手，一张登山队的特色菜单也就出来了。凉菜：炝黄瓜（纪明）、海带丝（兰姐）、花生米（魏宏、阿辉）；主食：炸饼子（刘刚、纪明）、烙饼（魏超）、抓饭（张振华）、拉条子（大力）、饺子（所有人）；素菜：烧茄子（董婧）、炒圆白菜（兰姐）；荤菜：咖喱牛肉（兰姐）、大盘鸡（徐大夫）、炸羊排（方翔）、爆炒羊杂（魏宏）；汤：海米冬瓜汤（方翔）。营地边上有几朵野生雪莲，登山队刚去的时候还只是一团绿草，在朝夕相处的日子里，它们渐渐长大，成熟，绽放。博格达的天山雪莲果然是出了名的，绿叶，白苞，拢着一颗紫红色花心，恰似红颜素服、绿袖皂履的仙女从神话里翩然而至，在这深山穷谷里，亭亭依旧，却再不是独芳。队员们还一直怀念着这些美丽的雪莲花。在本营的时候，他们曾悉心照顾这些纯洁的生灵，将石头垒在已经开花的雪莲四周，那样的话别人就不会采摘或破坏那些雪莲了。这是当地牧民的习惯，队员们也照做了。品味着这份细腻的心思，谁敢再说登山队的都是莽汉子？

变幻莫测的天气

　　沟通本营和博格达的桥梁，是一条长6公里、平缓上升的扇形大冰川。冰川末端离本营很近，翻过南侧的终堤就到了。不过，上冰川前先要跨过一条冰溪，日晒以后融水湍急，就不太好走了。队员们从山上撤回本营时往往下午才能回到冰川末端，不得不走到上游去绕行。

　　7月初的冰川依然覆盖着白雪，还有很多大的冰漂砾。冰川很破碎，布满了大大小小、明的暗的裂缝。到7月底，雪消融得厉害，所有的暗裂缝也都显露出来了。坚冰、融雪、流水、石砾交错混杂，让裂缝区显得分外狰狞，不由令人想起20多年前的那场悲剧——白水就是在此掉下裂缝的。对于刚刚踏上征程踌躇满志的登山者而言，危险往往隐藏于自信十足的不设防之中。因此，通过这条冰川时，队员们每每结组而行，小心谨慎。整个攀登期间，大家就这样在冰川上来来回回走过了十几数十次，出征时的雄心壮志，归途中的百感交集，一段段心路历程都封存进了深深的脚印之中。这种时候，女生的感受总是分外细腻、温情，余彦敏就这样写道："冰爪踩着雪吱吱地响，伴着自己的喘气声一步步向前，感觉那么踏实。向上的时候，只是看着脚下的路，旁边纯净的白色让人不忍心触碰。湛蓝天上的云像清水里的悬浮物，缓缓地飘过来，一片黑黑的影子，然后再飘走。便会想到《蓝莲花》里那句：心中那自由的世界，如此的清澈高远。"

7月7日，第一次上冰川，登山队派出了A组的5个人先行探路，并在沿途设置路线旗。因为整个冰川很空旷，不容易找到明显地标，碰上大雾就很有可能会走偏、迷路。经过两个半小时左右的穿越，队员们到达了冰川的上端，此时海拔接近4 000米。再往上走，就是一个坡度为二三十度的长雪坡。雪坡上也有暗裂缝，而且雪层不厚，有可能滑坠，从这里到预定的C1营地必须全程修路。这时候，B组也没有闲着，他们稍晚出发，将物资运输到雪坡前。

第二天，A组继续上山修路，最后架设了整整550米的路线绳，才修通了到C1的路。接着，B组就将建营物资背上来了。C1营地在海拔4 300米的地方，建在岩壁下一个平台上，刚好够搭四顶V25帐篷。选营址时，攀登队长很是犹豫了一番，因为整个东北山脊岩石风化都非常严重，整条横切路线都有滚石的危险，建在岩壁下面的营地能躲过落石的威胁吗？事实证明，这个担心是很有必要的，在攀登最后一阶段，C1就发生了一起事故。那天，队员们从本营休整后上山时，赫然发现一顶V25帐篷被落石击穿，嵌入雪层近半米深，外帐部分更被夜里的狂风暴雪撕扯得面目全非。这确实是一次纯粹真实的攀登，博格达美丽而危险，她让队员们看到了太多恐怖的讯号，嗅到了太多死亡的气息，所幸一次又一次地有惊无险，雪山女神还是给了队员们最慈祥的眷顾。

清理现场时，新队员张振华从雪下挖出了自己落在帐篷内的营地服，不由得心悸不已。不过，作为队里仅有的两名研究生之一，他比其他的新队员显得更为老练，还是很快镇定了下来。登山的愿望是他在进入北大化学院之前就许下的，放下科研正业跑来登山——这种压力大概也只有自己心中明了。可是带着数次惊险后的心悸从雪山归来，他却平静下来，说："登山，就是登山，简单的生活，即使对于我们自己，也没有什么好征服的。"

建营当晚，A组的队员们就宿在了C1。虽然这是在山上的第一晚，他们却在疲惫中很快入睡了。与此同时，B组的队员正在享受本营的生活。炊事帐内，几个队员跟着艾山老师放声高歌。伴着欢快的鼓点，那略带嘶哑的歌声，像是一种热烈的释放，释放郁积在心中的某种隐秘情感，又像是一种无限的向往，向往雪山脚下这种自由而平和的生活……

4 300米以上是一个"V"形山谷。山谷的东侧边是通向4 800米的山脊，脊上布满了刀刃般的岩石；右侧，则是通往主峰的山体，巨大的冰瀑区一直延伸到海拔4 700米的鞍部，登山队准备在那里建C2营地。冰瀑上面布满大大小小的裂缝，深不可测，尤其是在离C2营地不到50米处，有一条无法绕开的弧形大裂缝。攀登的路线只能是沿着山谷东侧的山坡向上斜切过去。斜切的坡度很陡，而且雪层很薄，一旦滑坠，后果不堪设想，因此，对攀登步法的要求很高。纪明这样回忆道："C1到C2的路堪言惊险！极陡的雪坡，让人不敢往下看的大横切，还有深藏的大裂缝，汹涌的流雪……那段路我走了好多回，但直至最后一次我仍小心翼翼，不敢莽行！"博格达的戾气初露，登山队的第一个大考验来了！

整整两天，眼看着还有十来米A组就要修通至C2的路，路线绳却告罄了。临近傍晚，天气开始变坏，还有部分队员在横切路段上奋战，幸而，大家都在天气坏透之前钻进了帐篷。与修路的艰险相比，发生在C2的幸福故事却让队员们为之一振。后勤队长纪明这样形容他对C2的感情："C2是我们在博格达住过最久的高山营地，我在那里待了5个夜晚吧。这其间节目多多，精彩连连！我突然感到一种幸福，因为那美味的高山食品，温情浪漫的青春故事，让人哭笑不得的角色扮演剧，悠扬畅快的天籁歌声……当然，还有'3+2'的睡姿，有'夜来风雨声，起来敲帐篷'，有对讲机里传来传去的我们同C3兄弟们的心灵对话，以及同营科考队的千米传音……C2，才是我们在山上真正的家！"纪明和肖忠民是一起成长起来的，共同经历了两次半脊和一次桑丹康桑的考验，但两个人的性格却大为不同。人送昵称"小明"的纪明最拿手的项目是搞笑耍宝，活跃气氛。此时谁也没料到的是，这个"小明"同学从博格达回去后，竟然认认真真地接下了社长的重担，撑起了2007年的登山队伍。

7月11日，因路线绳告罄，A组下撤回本营，部分队员在下撤时还发生了冲坠，所幸有路线绳保护，制动及时，无人受伤。晚上开会，A组的队员讲了C1到C2的线路以及自己在其间行走的体会——挺难的。不过看得出来，大家都对这样具有挑战性的线路充满了向往之情，在本营留守多日的几个队员暗自摩拳擦掌。接下来几日，攀登行动按照原定计划有条不紊地展开着：

7月12日，A组在本营休整，B组上C1。

7月13日，B组继续上升至C2，部分队员向C3修路，全组夜宿C2；A组继续在本营休整。

7月14日，山上有大雾，有雪。B组继续宿C2等待天气好转，A组继续在本营休整。

7月15日，天气没有好转，冰川以上继续大雾。B组全体下撤回到本营；A组派出部分队员至3 900米接应B组下撤。

变幻莫测的天气打断了登山队的步调。15日晚上，队长徐勇在本营召集大家开会，讨论后决定第一阶段训练结束，将修通至C3的路并入第二阶段。会上还讨论了第二阶段重新分组的问题。大家谈了一下自己的分组意愿，虽然大多数人都想去修路、想登顶，但大家都表示绝对服从安排。此外，徐勇又强调了"独立攀登"——这是山鹰社区别于其他许多登山团体的根本——我们需靠自己的能力来登山，能走到哪里就走到哪里。

C3之夜

A组的队员每当回忆起这次攀登，首先浮现在脑海中的，便是第一次上C3时那个寒气逼人、凶险万分的夜晚。

7月18日早晨，天晴，无风。对于在本营中苦苦等待的队员们来说，这无疑是个好的兆头。A组的队员已经提前一天上到了C2营地，他们的任务是从C2修通至C3的路，运送物资到C3并搭建营地，准备第二天伺机冲顶。负担有些重，为了提高效率，A组又一分为二：A1组修路，A2组运送物资并建营。

从C2到顶峰，唯一可以设营的地方是海拔5 080米处的小台阶，在山下就能很清楚地看到。而从C2通往C3的路，无疑是博格达峰上最凶险的一段路。一出来就是一个长约500米、坡度近50度的大雪坡，积雪极厚，开路十分困难，而且没有一处可以休息的地方。之后往北横切20米左右是一段200米左右的冰槽，坡度又陡然上升，其间，更横着一块近10米高的直壁。冰槽不仅陡峭，而且冰岩混合，地形复杂，虽有绳子和上升器，若是没有一定的攀冰技术，行进也绝非易事。

7点，A1组已经在帐篷外面整装待发。因为修路不能背得太重，因此大部分建营物资都压到了A2组队员的背上。新队员张焙清点了一下自己的包，里面装着一条睡袋、两个防潮垫、两套吊锅、两个水桶、两罐GAS、四包行动食、两包晚餐、两捆50米的路线绳，外加一件羽绒服和一些个人物品，总重量超过20公斤。可是，他的包在A2组里还不是最重的，老队员们背负得更多更重。来自云南的张焙是生命科学学院04级的本科生，绰号小黑，从小受父亲影响，热爱户外运动，但是初入燕园时，远远观望着山鹰社的大小活动，他却因为各种理由没有勇气加入。直到2005年春季，看到了社庆纪录片《没有顶峰》，才毅然决然地投入了山鹰的怀抱，享受疯狂攀岩的乐趣。来到博格达之时，他已经成长为新一届的攀岩队长，在社内有着众多的粉丝。

9点27分，小黑和A2组的队友们一起出发了。一开始的路好像并不难走，虽然坡度已然超过40度，那是因为A1组一路为队友们踢出了"台阶"。走几步喘一会儿，他们渐渐赶上了前面修路的A1组。雪坡越来越陡，此时，差不多到了50度，而且脚下的积雪开始变得松软，行走起来愈发艰难，每一步都必须迈得很大，否则，"台阶"就会被踩塌。看来前面修路进展得并不顺利，接近11点的时候，小黑不得不停下来等待了。然而，身处50度的大雪坡，背着超过20公斤的大包时，休息反而成了另一种考验。

天气很好，阳光灿烂炫目，雪地晶莹洁白，群山沉静伟岸，此时的博格达峰显出一种令人迷醉的、壮阔的美，令人无心杂念，连寒冷也不曾察觉。小黑向下望去，C1到C2的路清晰可见。只是，上面的流雪不断地冲刷下来，渐渐掩没了他的双脚，不时地，还有一些大的雪块、碎冰从身边呼啸而过，或是砸到身后的背包上，发出砰砰的闷响。

就这么休息半小时，然后往上爬几步，再休息半小时……时间飞逝，下午3点3分，通过一小段大约60度的冰岩混合地形，再向上行至数十米后，队员们终于结束了雪坡上的横切。可是，最具挑战性的攀爬才刚刚开始。队长徐勇在前面修路，过了一个多小时，下面的队员才收到了可以上爬的指令，但仍旧是走走停停。路线中任何能够容纳半个脚掌的石块，都成了等待的极佳场所，冰槽中没有阳光，寒气袭人，一旦停下不动，脚趾很快就麻木了，往上爬几步才又慢慢恢复知觉。上方队员踢落的碎冰雨点一般，砸得头盔乱响，胳膊生疼，根本不敢抬头往上看。到了下午6点，队员们在冰槽里的高度上升了不超过30米。很快，修路的绳子就用完了，徐勇不得不呼唤还在下方等待的队友。

此时是晚上7点10分。大家并没有听清楚徐勇的话，于是向导大平挥着大冰镐爬了上去。了解情况后，送绳子的任务就交到了离冰壁较近的小黑身上，他包里正好还有绳子。小黑这样描述当时的情景："背着大包重心完全没法贴近冰壁，于是不得不在冰镐上花费很大的力量才能够保持身体的平衡，而冰又很脆，冰爪踢进去感觉并不牢靠，冰镐挥进去时便裂开，再一用力就崩落，于是脱落，被上升器挂在路线绳上……"就这样，经过一番挣扎，小黑才翻上了这段垂直冰壁，"挥冰镐的左手已是阵阵发麻，连冰镐都有些握不住了，看到平措在一段近20米长的七十度陡坡上跟我招手，我眼睛一阵发黑。"

等到小黑爬到平措身旁时，已是晚上8点20分，前方的冰坡顶被夕照染成一片金黄。刚要松口气的小黑瞥到徐勇的手套上已经是血迹斑斑。不多一会儿，另一名新队员刘刚也爬上来了，没有背包，说是在冰壁爬不动了，把登山包挂在锁上往下送的时候又出了点故障，包的腰带断了，直接顺着雪坡滑了下去。确实，冰壁成了最难以逾越的一道门槛，因为负重太多，只有一支大冰镐做辅助，再加上之前近12个小时的奋战已经让人疲惫不堪，对于新队员而言，难度实在是太大。

但攀登还得继续。四个人翻出冰坡，摇摇晃晃地爬上一个几米高的雪坡，终于到了C3的位置——一个大约20度的雪坡，一侧是较为平缓的雪檐，根本不敢靠近，另一侧是一个越来越陡的雪坡，一旦滑下去便无法生还。虽然已经疲惫不堪，但他们无暇休息进食，立刻投入到平整营地的工作中，期间，董婧也空身爬上来了。等他们整出了两块勉强够放两顶帐篷的斜坡，太阳也完全落山了。寒气袭来，没有帐篷的几个人只能暴露在冷风中瑟瑟发抖。不知何故，背着帐篷的几个队员却迟迟不见踪影。他们没有想到，此时，滞留在下方的五名队员正经历着一次凶险的考验。

"从上面掉下来的，先是雪，再是冰，然后是石头，接着是一个包，最后是一个人！"在冰槽里等待攀爬的张振华感叹着自己总是遇上最惊险刺激的场面。那个包就是之前刘刚掉下来的登山包，而那个人则是在上方攀爬的队员王志辉。冰壁上方的一个岩钉在他取下上升器的时候脱出，导致他滑坠了好几米，直接撞到了张振华身上！虽然两人只受了点伤，这场事故却耽搁了不少时间，快到晚上11点，两个人才攀到了C3。这场事故让大家倍感紧张，商量之后，决定把包放在冰壁下，只由印海友、魏宏和刘明星运一顶帐篷和一些必需的物资上去。

天上星光灿烂，山下灯火辉煌，C3上的七名队员却无心欣赏，或是不停地活动手指脚趾，防止冻伤，或是坐在防潮垫上蜷成一团，以减少受风面积。羽绒服的帽子拉了又拉，大脑仿佛已经没有思考的能力，只是不停地告诉自己不能睡着。七个人手里一共只有两个头灯，微弱的光芒驱走了黑暗带来的恐惧，平措悠远的歌声也让等待变得不那么绝望。只是想到还有三个人滞留在那可怕的冰壁上，心中就泛起阵阵寒意。

A组的困境也牵动着B组队员的心。此时他们宿在C2，仰头就能看到冰壁上闪烁的亮光。但是除了通过对讲机给C3的几名队友打气，也无能为力。

凌晨2点，漫长的等待终于结束，魏宏和刘明星背着背包的身影出现在队友面前，印海友也随后赶到。众人合力，很快搭起了一顶VE25，但这雪坡上的帐篷简直就像是悬在生命的界限上，若是有人从上往下看，这顶VE25或许就像是茫茫雪海中一条无助的小船。十个人神奇地塞进了一顶帐篷里，抱膝而坐，围着一个彻夜燃烧的炉头。也不知从哪儿冒出三瓶脉动，立刻被抢光，然后在帐篷里烧了几锅水，把大家喂了个半饱。此时，东南方的地平线上有一个血红色的光源，他们看了半天才认出来是初起的月亮。地平线上的墨色特别的浓郁，仿佛全部的黑色素都沉积到了地面，在那么浓郁的墨色中看到那一轮血红，队员们便有了隐隐的喜悦，心里也平静下来了，互相依靠着，昏昏睡去……

天亮了，是预料中的好天气，队员们却不得不立即下撤了，而那时候也并不知道是否还能有上来的机会。

这次大挫折并没有影响队员们对C3的感情，不然，学大气物理的刘明星不会为我们描绘出这样一幕动人的景色：“在博格达的时候，最喜欢的营地是C3。虽然在每个营地都有过好天气，但C3留给我的印象几乎纯然是艳阳高照，我们便在雪坡上极目四望。除了顶峰，只有这里视野最好。看山下的冰川，向四公河流去的那一片如一条长舌，在山坡上冰川体些微地弯曲着，一条条的弧线极分明，很有点雍容的气度。山上的能见度特别好，看西边的山，都在脚下很远，对流云的单体在那些山间一点一点地生长，然后汇集，然后向着我们飞来，也许形成云海，那就更加蔚然。白云都在我们的脚下，而云顶反射的阳光使得天空更加明亮。在C3驻足的时间其实并不多，但这些记忆是那么的明亮，以至于我看到北京春日的阳光时就总会想起。”这个湖北土家族的小伙子原本就是从大山中走出来的，对自然有着特别的情结和亲近之感。虽然他从本科起就加入了山鹰社，但是直到上了研一，才终于踏上了雪山之路，而且一发不可收拾，在2007年社内“青黄不接”的情况下，他毅然扛下了攀登队长的重担。

顶峰的吹雪

在本营一连休整了三天，7月22日，登山队又要上山了。临行前的场面很壮观。除了前两天与登山队汇合的科考队，还来了一支40多人的雪莲科考队，随行的记者很多。他们也都围了过来，闪光灯令人目眩。但是，只有队员们自己才知道心中的波澜起伏。

从本营到C1，到C2，到C3，一路重复着艰险的故事。第一次上C3的队员体验到了先前队友那些不可思议的描述——劈头盖脸砸下来的雪粒与石块，简直要把人砸成蜂窝煤；陡峭的冰壁令人心生畏惧；C3上肆虐的大风吹得帐篷摇摇欲坠……终于，7月24日，按照计划，冲击顶峰的日子到了！

雾罩博峰，大风扬雪，天气并不是很好。但是A组的八名队员还是毅然出发了。临行前，大家在帐篷里写登顶罐留言，憧憬的梦想眼看要变为现实，不由得人激动万分。出发后才发现，通往顶峰的路实在不易，开路者踩出的脚印瞬间就被风雪吞噬，无数冰粒砸在脸上，生疼生疼。好在这些年轻的登山队员们在短短的几天里已经被磨砺成真正的勇士，不为所动，甚至还有人怀着一颗诗意的心，欣赏起这一切来。刘明星又一次用他的专业词汇和敏锐感触解释了山神创造的奇景：“吹雪在山上是极常见的景观。天气学上所定义的吹雪，是说雪地起风，将雪都卷了起来。天气晴好的时候，本营常常可以看到山顶的吹雪，在雪檐的后方缥缈着，没有固定的形状，那些吹起来的雪总瞬间就消散，但也总是在瞬间就又有新的雪被吹起。风越大，这一缕就飘得越久远。他们说那叫旗云。我一直觉得这是一个很诗意的名字，总令人想起中世纪战场上猎猎的战旗。”

神奇的是，到了假顶，离顶峰还有15分钟路程的地方，天气突然转晴，博格达是如此眷顾这群自然之子，给了他们这样一份特别奖赏！

大家沸腾起来，尽情张扬着自己的喜悦，纪明甚至开玩笑似的用两个士力架换来了结组的打头位置。一步步地靠近，目标，成功，光荣，梦想——顶峰！终于，纪明回头对队友们大声喊：“兄弟们，我们登顶啦！”他紧接着又拿起对讲机通告本营和B组队员：“北京时间下午1点整，北大山鹰社A组全体成员登顶成功！”

伫立顶峰的每一刻都十分美妙。猎猎风中亦不觉寒冷，云气四起时便隐于其中，回望来路不由心中兴叹。刘明星再一次陶醉在吹雪的意象中：“抬起头来，我看到太阳的周围有光环。日晕和日华都出现了，而且离我那么近，仿佛触手可及。伸出手稍微挡挡阳光，手就已经在日晕的圆环上了。我总固执地把那一刻见到的日晕和日华当作吹雪引起的，那会儿确实风很大，我们的周围雪片乱舞，晕和华也极不稳定，没多久就消失了。可是，一定会有人对我说，仅仅吹雪是不可能产生晕和华的。但若非如此，为什么它们显得那么可亲可近？以前所见过的包括幻日，都是那么的高高在上，让人只能兴叹。那么还是让我固执一回吧，除非你也去了博格达的顶峰，并且能向我证伪。”

【作者简介】俞力莎，2004年进入北京大学国际关系学院，2005年加入山鹰社攀岩队。媒体人一枚，《三联生活周刊》记者、《新知》编辑，三联中读内容总监。

铁马冰河入梦来

蔺志坚

一

　　风尘仆仆中我们已经辗转到了西藏的日喀则市。这座号称世界上海拔最高的城市事实上只有3 800多米，离我们所要触摸的8 848米似乎还遥远得恍若隔世。第一次来到这里，居然没有了一睹为快的欲望，我们所住的山东大厦8楼窗外不远便是依山而建、金碧辉煌的扎什伦布寺。望一望，唯一感觉强烈的是我已经来过了这里，至于里面的神秘，我想我是敬而远之的。

　　也许是因为高原缺氧的缘故，晚上休息得不是很好。半夜醒来的时候，正细雨迷濛。隔窗而望，远处灯火在雨雾中恍恍惚惚，使整个日喀则城染上了妖媚的颜色。与我同屋的萧民也悄悄地爬起来，拧开电视漫不经心地看着。他是到拉萨才与我们会合的华南理工大学的博士，自费参加这次活动，这家伙已经走过了雪宝顶、章子峰、慕士塔格和许多不知名的山。他这种登山的方式很令我羡慕——抛却了喧嚣和浮华，平心静气地面对山和人。经过在拉萨几天的集训，我们算是比较熟悉了。感觉萧民特别好相处，从出发的那天起，从心理上我们就已经成了同甘共苦的好兄弟。昨晚的拉萨也飘着绵绵小雨，我们和老康在夜幕中徜徉，顺便喝了一点正宗的西藏甜茶，没有想象中的美味。倒是老康剃了大光头很有趣。小K说北大队登卓奥友的时候，老康也是如此，结果我们有三个人登了顶……男人们分别时总是很简单，老康说别他妈的头发长三尺长了你们还不回来，我们让老康等着，回来后喝酒。

在拉萨的这半个月过得波澜不惊。不知道世上的事本来都是如此，还是害怕又无端地遭受一番磨砺，总之被一种叫做无奈的心情所笼罩。装备是这几天才东拼西凑起来的，我最不满意的是那条450块钱的冲锋裤。经过在北京一连串的折腾，对于承办单位所允诺的"所有的东西在西藏都已经给你们准备好了"已无多少心思追究。其实很早以前我就感觉靠他们不会把事情做好。这样说或许有点迁怒的成分，然而从学校由支持转为连新闻发布会都不肯参加来看，这帮人至少缺乏和学校老师打交道的经验。至于操作像登山这样专业又有精神内涵的事情，显然不是在一个档次上谈论的话题。登山总是一件美好的事情，尽管距离珠峰还有万水千山，但登山的气息弥漫周围。跑采购，和一帮人朝夕与共的生活，登山的感觉随着出发的日子的临近而愈来愈强烈。虽然有时候想起一些甚是无趣的事情，但提起重又可以登山了，又有一种莫名的兴奋，这两种感觉混合到一起，心情就不会沮丧，于是憧憬一番，给自己打打气。跳上床，努力睡去。

2000年4月26日 中国 西藏 日喀则

二

我现在在海拔5 200米的珠峰大本营，从这里看去，巍然的珠穆朗玛似乎近在咫尺又远不可及。前天（4月28日）到达这里的时候已近下午，在狂风中搭建我们的营地。 一路上适应得比较好，高山反应不是很剧烈，但还是有些难受，后脑勺沉沉的，隐隐作痛，大本营早就成了国际村，我们是这里的第24批客人，有日本、欧美的，少数几个中国人我们大都认识。到这里以后，接连刮了两天八级左右狂风，帐篷在风中显得特别不堪一击，钻进睡袋里还算比较暖和，只是沙尘好奇地从缝隙中钻进我们的帐篷，搞得我们特难受。我参观了一顶美国人的帐篷。The North Face牌子的，任凭狂风肆虐纹丝不动。大本营的生活蛮不错，但我想大家是为了储备能量。

今天的风稍稍小了一点，大伙赶赴世界上海拔最高的寺庙绒布寺，祈祷一番，但求平安。

下午，藏族队员玩麻将，其他人都围在一起打扑克。我是个好孩子，从不打牌，即使是三缺一的情况……于是我就蹚过小河，爬了对面一座不太高的山坡，本来打算爬到顶再下来，但冷风四起，上面的石头摇摇欲坠，担心有滚石的危险，没爬多高便匆匆下撤回来。回来时发现玩牌的阵容空前壮大，连三位女记者也加入了（男记者不堪高山反应，早就下山休养去了）。后来大本营时兴算命，三位记者个个充"半仙"，算出陈光要打大半辈子光棍，小K老了的时候花心，我好不容易找了个女朋友她妈还嫌我土——尽是哪壶不开提哪壶的事！不过也说我们三个都福大命大，生命线旺盛。

我们5月2日就上6 500m的前进营地，一切顺利的话，25日左右可以冲顶，5月底就可以回到北京了。

忽又冷风起，帐篷又在飘摇，我的帐篷里没有电，就钻到打牌的帐篷里，靠着一角想那些在北大的日子，想我的破电脑，杂乱不堪的床，想一个人在38楼前抽烟喝酒的样子，想我陌生了的和陌生了我的同学，想我未来的女朋友，在这个与世隔绝的世界里整天与狂风、冰雪为伴，有时候充实，有时候孤独，不问为什么来到这里，只知道贪婪地收藏这一段记忆，因为她将留给我真实而美好的东西。

2000年4月30日

三

今天是5月2日，按照原计划我们应该是在大本营（5 200米）到前进营地的路上，然而昨夜一场悄无声息的大雪让我们依然固守在大本营的周围，云阴沉沉的，压得很低。中午的时候，太阳出来了一会儿，大家很有兴致地同营地边的外国队伍打了一场雪仗。他们是把这种打闹看作是一种直接的交流方式。雪仗毕，我们跑到他们的帐篷，让我们吃惊的是他们居然在这样的海拔高度大口大口地喝红酒，我们不敢饮酒，多吃了几口香肠——味道还不错。

早晨的时候，记者们苦于没有素材，索性让我们在雪地上走走，穿上行军服，拍下来便美其名曰是队员们冒雪出发，到后来连他们也觉得挺假的。云雾不肯散去，我们只能等明天的运气了，大本营的生活依然枯燥，其他的队员继续打麻将或打牌消磨时光，我躺在帐篷里使劲想睡去，没成功，又钻进炊事帐篷，听大齐米讲了些登山的故事。大齐米颇有大将之气，是藏族队员中唯一不玩麻将和扑克的人。和他熟悉的人见面打招呼一般都是"大米齐了吗"。大齐米汉语不太好，常常话说到一半就摇头摆手，意思是你自己体会吧。

我穿着厚厚的羽绒服，搬了个小凳子坐在营地前面写日记。不久风夹着雪花又飘了起来，我回到炊事帐篷。小李师傅和当地民工不知在谈些什么，我没有心思去听，这两天一直吃米饭，在高原饭总有点夹生，倒不特别影响胃口，菜还挺可口。

我们上前进营地的时候，这里坚持下来的仅有的记者和一些公司的闲杂人员就要下山了。冷风又起，飞雪重又飘零。我也是写写停停，总不想停笔。不知道这样我到底要寄托些什么，但总感觉又亲切又温暖。

2000年5月2日

四

5月3日我们如期从本营出发，行军7个小时，到达了海拔5 800米的过渡营地。过渡营地就在绒布冰川的侧碛上，晚上有点冷，我们与牦牛工一同胡乱吃了些东西就匆匆睡去。第二天依然是长时间的行军，从5 800米到6 500米的前进营地共走了9个小时，我走得很吃力，其实前3个小时我还一马当先，走在前面，在6 000米的地方遇到了报道章子峰（珠峰的北侧）活动的广东电视台，不得不接受了一番采访，后来就越走越慢了，其他队员都已渐离渐远，虽然沿途的冰塔林甚为壮美，然而我更多的是行军的疲累，6 300米的地方是外国登山队的前进营地（ABC），我躺在一块大石头上昏昏欲睡，休息了半个小时后，来到6 500米的中方营地，发现这里是略带坡度的碎石坡，阎庚华的队伍已经在这里待了很久了。傍晚的时候，高山反应如期而至，听藏族队员说我们的营地处在章子峰与珠峰之间。空气流通缓慢，含氧量低于一般的6 500米。我们的头都很痛，后脑勺像是被猛力敲打过一样。

晚上吃的是开水煮白面，旁边的黑龙江队送过来点榨菜，配着吃，感觉比冬训时候的味道好了一点，不过也没吃多少就睡了。头痛最难受的时候，我翻出了朋友的相簿，拧亮头灯，漫无目的翻过一遍又一遍，帐篷壁的冰花掉进了脖子里，冰冷冰冷的。夜依然寂静，冷风拍打着帐篷，这似乎是它们交流的一种方式，可是我不喜欢。

今天早晨起来的时候，几个藏族队员用流利的藏族语说个不停，原来是煤气罐不够了，我们午饭无着落，一个叫多布杰的藏族队员有点不适应这样的高度，一早就下撤了。我们泡着吃了一点方便面，胡乱地躺在碎石堆里，晒黑了无妨，硌着也无妨，这种放松的感觉挺舒服的。

这里的景色的确值得一叙。我们的营地偎依在珠峰东北角，面前是几座看似不可攀的山峰，其中有一座在尼泊尔境内。神奇的冰塔林泛着幽蓝的光，使人有种欲触摸的冲动，成群的山鸦在高空中盘旋，在这样空寂的世界里，它们的叫声令人欣慰。几只胆大的麻雀停在我们的帐篷上，翘着摇头，展现着生命的灵动。

今天5月5日，我必须每天写清楚这些看似无意义的日期，以说明我和这个世界的联系。

2000年5月5日

五

现在已经是下午7点20分，正是北京傍晚最为凉爽的时候，校园的广播也应该响着优美的旋律，静园大草坪全变绿了，上面一定有许多三三两两躺着聊天或是嬉笑奔跑着放风筝的人们。然而我现在在6 500米的珠峰前进营地，感受着高原反应的余威，说余威自然是能够忍受的那种了。

昨天藏族队员加拉和我们六个大学生背负了少量的物资上至海拔7 028米的北坳营地，虽然说负重较少，但行军的疲累不想再回味，去北坳的路线极其陡峭，加拉和藏大的两名队员开始还走在后面，不久就超过了我，我望着远远在后面的小K、陈光和萧，本来想等他们一起走，但又担心被他们赶上后我又落在最后，于是就坚持着和一个夏尔巴人同行了一段。北坳的路段上上下下好几十人，我最频繁使用的词语是"Hello"，被问及最多的是"How are you?"和"Are you Japenese?"于是我总要强调"I am Chinese"。

北坳顶已经搭建了无数的外国人的帐篷，看上去都比我们的要好。早晨没有带食品，原因是藏族队员说4个小时就可往返。——这帮人又"骗"我们（说骗当然不确切，他们是按自己的标准说的）。如果说饥饿和劳累尚可忍受的话，高山反应则很消磨斗志。就在我刚刚返回前进营地的时候，三天来每天下午出现的高山反应又一次袭击了我，头太痛了，几乎到了我不能忍受的地步，测量了体温37.8℃，当时我真有点担心，万一得个高山脑水肿什么的，那我纵然插翅也难重回北京了。当时我就想，万一我的亲朋好友要选择登山，我一定找一万个理由说服他，倒不是心疼他们经历登山中痛苦的一面，而是经历了痛苦才更懂得心疼别人。

今天大雪纷扬，我有点祸不单行，居然拉起肚子，大雪天有谁愿意出去？幸亏我没吃多少东西，拉一拉也就完事了。现在有点轻微的头痛——估计高山反应快要过去了，肚子不是很难受，只是身体有点虚弱——几天来没吃多少东西，藏族队员所津津乐道的几种食品我吃不习惯：风干肉太硬，糌粑太干。没有办法，泡吃了几顿方便面，权当补充体力。

说着说着又过一夜，屈指数来今天是5月8日，天气忽阴忽晴，我们准备了明天运输的物资后无事可做，牌局又开始了。我在旁边看了会儿，觉得再不走他们一定有人要我接班，于是钻进自己的帐篷，无所事事躺着，什么都可以想，什么又都可以不想，总之很放松。

5月是珠峰地区的登山季节，每天经过我们的营地上上下下的外国人很多，其中不少女队员，与他们比较起来，我们的装备显得太老式，不过我们队倒像个多国部队，队里的那几个藏族队员以前和外国队联合登过山，所以登山服也显得得体而式样颜色各异，倒是我们的帐篷不比国外的差多少，只是缺少必要的防风套。外国人的前进营地设在6 300米处，远远望去，五颜六色的帐篷密密麻麻，宛如人口稠密的村落，难能可贵的是，许多外国人都有专用的厕所帐篷，细长而高耸显得相当职业，不像我们，天南海北的哪有确定的地方。

不行军的日子，我总特别能睡，早晨11点起来钻出帐篷，拼命吃点再也不想吃的早餐——馒头稀饭，馒头是几十天前从拉萨买的，稀饭也不可口，但为了恢复体力还是得填到嘴里去，有时候几尽恶心呕吐。我们在前进营地的炊事员是个我到现在仍叫不出名字的当地民工，他挺敬业的，早起晚睡很是辛苦。当然登山的人在山上过着艰苦的日子，要讲究就别想登山了。

2000年5月8日

六

一连几天的行军才让人真的感受了登山的生活，5月11日下午，队里根据需要临时从6 500米到7 028米的高山营地搞了一趟运输，每人平均两瓶氧气和一点杂物。在我上到北坳的时候，正值飞雪飘零，我戴的手套可能有点劣质，双手被冻得很厉害。当时的感觉是很多支针扎向了双手，尤其是手指的末端，我特别担心会冻伤。大齐米帮我使劲搓了很久，才有了点知觉，所幸的是下山的时候风雪停了。远在ABC的队长通过对讲机询问我到底冻伤了没有，我感觉了一下，说："真的没有。"

12日我依然行军，晚上住在7 028米的高山营地，那一天运输的东西不多，主要是些自己的保暖装备和食品。高山营地的生活就更艰苦了，化冰取水，冲了点奶粉，吃了些饼子后就在冰天雪地里宿营了，我和陈光、小K住一个帐篷，他们俩的睡袋不是很好，就穿着羽绒服和羽绒裤睡觉，显得极其臃肿，帐篷也显小。5月

13日我们继续向上，向7 900米的四号营地进发。早晨早早就起来了，浑身冰冷，烧了点开水吃了点带有冰碴的饼子。由于路途中我们要经过珠峰著名的大风口，路线长而且危险多多，我特意戴上从旺加队长那里借来的大风镜。为防止冻伤又戴上了能当枕头的羽绒手套，这样的过分保护事实上将我害惨了，这种大风镜只有在刮风的时候有用，没有风的情况下，汗蒸气蒙在镜片上，什么也看不清。我经过大风口的时候正值烈阳高照，没有一丝风，我看不清脚下是什么，前方又是什么，只好走一段就将风镜摘下来，又对着太阳将汗蒸气晒干，再戴上走，没几分钟，眼前又是一团迷蒙。手套太大了，握不了上升器，只好解下上升器，将铁锁套在路线绳上，一步一移，为了安全，我只好放慢步伐，我的速度可想而知慢了。我上升到大约7 400米的地方，两位藏族队员到目的地已经返回了，碰到我的时候，正值我冰爪脱落，安全带滑脱，他们帮我重又系好了两样东西，今天的带队说："你最好下撤。"我看了他一眼，没说什么，他们下去了，我继续上。

我看到四周围云雾升腾，其他队员远在前面，而且时间已是下午6点，而且我们没有带睡袋、帐篷，一种无助和担忧袭扰了我，回到营地的时间已是晚上11点。小K和陈光一直坚持运输到7 900米（但因为我们的营地高于传统的C2，实际高度超过8 000米），迟迟没有返回营地，当时所有人都担心得要死。小K终于踏着夜色回来了，陈光没有撤回来，宿营到了7 028米。

这次的行军，我的经验缺乏暴露无遗，我想说，一两年登山经验的朋友登珠峰显得嫩了点。队里我除了做队医外，还兼作高山摄像，从心理上我不大喜欢这些工作，队医的工作琐碎，尤其是一片片数了Vc又数Vb的时候，偶尔有点不平衡，但不喜欢绝不等于不做好或是不好好做，单在登山中，我想我是个合格的队员。

2000年5月15日

七

这两天队伍休整，眼睁睁地看着有好几支外国的队伍登顶，没有事的时候我经常跑到前进营地下面的一块巨石上晒太阳，躺在平滑的大石头上，阳光强烈地抚慰着身躯，透过墨镜，我可以尽情地看珠峰、看天空、看云，这两天的天气和云挺奇怪的，每天下午总有云雾在珠峰的山背升腾，看上去是从尼泊尔那边升起来的，变化万千，但总又会从那边落下，好像是不忍侵染这边的蓝天与和煦的阳光，这样看着，这样想着，感觉躺在石头上晒太阳是天下最舒服的事情。

天气在渐渐变暖，东绒布冰川旁边在中午太阳最厉害的时候常常出现潺潺的流水声音，一些浮雪消融了，冰川露出了壮美的一面，许许多多的冰裂缝犬牙交错，多少有点示威的意思。今天的心情有点无奈，几个藏族队员一早就在帐篷外叽叽喳喳说个不停。

玉珠峰山难的消息传来了，我们三个非常担心，由于没有确定的消息，联想到李兰他们同时间也在玉珠峰，我们寝食难安。当然受此事件影响的不止是我们。许多领导批示要最大化地保证安全，于是我们此次攀登的命运就被决定了，北大、藏大各由一名学生突顶，其余人员待命。

藏大的两个同学早就商量好了，索纲桑培让了出来，格桑突顶，我们三个决定让小K上，当时陈光正从7 028米的高山营地下撤，我与陈光、小K相比，在来珠峰前就觉得没多少机会突顶，体力还行，经验太少。话虽如此，但我感觉在体力、状态是越来越好的时候下撤还是挺郁闷的。

小K要去突顶，当时我只想他回来时，我肯定冲上去接他。

八

今天是5月24日，我在大本营。外面雪雾迷蒙。

5月17日，队里决定陈光和我下撤到大本营休整。那天我们负重较少，走得挺快。发现一路的冰雪开始融化，前进营地和大本营之间已经被上上下下的人踩了一条路出来，因而走起来挺轻松。经过5个多小时的行军，我到了营地，旺加队长看见我的时候高兴的表情我想与我登顶回来后没什么区别。他说如果我们不下来，他就到6 500米去督阵。——玉珠峰山难对队伍的安排影响太大了。

以后的几天无所事事。陈光心情很郁闷，我不大敢招惹他，就常常独自到绒布河边去散步，兴趣来了就爬爬山坡，无数次朝着珠峰的方向张望。

几天来的天气很差，第一次突顶在7 900米的地方受阻。暴风雪摧毁了我们的帐篷，要不是一支很有影响的外国队借我们帐篷住，我们的队员恐怕早就冻死了。在暴风雪中行军两天，没有机会冲顶，被迫撤了下来。队员丹增多吉胃病复发，只能送回拉萨住院——这样我们突顶就更难了。丹增是我们队体力经验最好的。在我们下到大本营的两天后，北京的大帮记者又来了，公司的人又来了，打扰了我们清静的生活，他们有时吵来吵去，我有点烦人多的时候。

前两天珠峰出了一点事故，一个荷兰人冲顶途中被风卷走，幸好找到了遗体；西班牙、日本队都有人冻伤；黑龙江的阎庚华一去不复返，连续几天失去了联系，陪同他的两个夏尔巴人昨天已撤了下来，年老的失去记忆，神志不清，全身瘫痪被人救了下来，可怜的老阎不知什么时候才能回来——除非出现奇迹。

大本营的生活穷极无聊，我恐怕没有机会再上，度日吧，一天一天过去，回北京的日子就一天一天近了，这样不能去上山的日子太难熬了。愿山上的人好运。

2000.5.24

九

今日晴空万里，珠峰上风平云静，按照计划应该是我们队伍登顶的日子，然而由于诸多的原因，我们只能沮丧地回到大本营。撤营的日子定下来了，还得在这里待四天，虽然说听到撤营的消息很难受，但看着队员们一个一个安好地回来，悬着的心总算踏实了。

前天乘车到离珠峰最近的村落曲宗雇牦牛，顺便到小学里逛了一圈。无论在西藏的什么地方，都能感受到自己是一个受欢迎的客人，小学里的孩子带有典型的高原生活的特征：皮肤黑得匀称，头发像杂草，但总会热情地打招呼"Hello！"然而要想和他们拍照，则必须随身携带零钱。绒布河渐流渐宽，运气好的时候可以连环八九个水漂，听上面下来的人说，牦牛上下前进营地和大本营之间已有困难，冰川融水冲毁了小路。本营这些天多了记者添乱，居然也有少有的热闹。几个记者感觉还可以，相处还算愉快。

从前进营地回来，我注意保养自己，干裂的嘴唇合了不少，晒曝了皮的脸应该恢复了一点正常的颜色，只是头发有点飞，记者们说有点像毛孩子。从太阳给我投下的阴影看，他们应该说得没错。

昨晚，小K他们从山上下来，我陪他喝了点酒，北大登山队有登完山喝酒的习惯，不管登顶与否总要宣泄一番，可能是经历过了吧，昨晚喝酒没有印象中去年在喀什那样激动，喝了一通，在半醉半醒中睡去，好像没做什么梦。

一早起来，帮记者们收拾东西，他们要走了，这世界清静了。被陈光和我卖给当地民工的女记者流了一点泪，我们合影后再见。

早饭后，参加了悼念阎庚华的简单仪式。一个人就这样留在了珠峰，我们的心情很复杂。

2000.5.27

十

珠峰大本营这两天成了牦牛的地盘，队伍差不多都要撤了，无数的牦牛来往于ABC和BC之间，因而驮铃的声音不绝于耳。珠峰不是众山里最漂亮的，但一定是最吸引登山者的。前些天，一位日本的63岁老人奇迹般登顶在大本营传为佳话。我们的营地旁边有一顶特殊的帐篷，里面住着一对不屈不挠的夫妻，他们已是连续四年来攀登珠穆朗玛，前几次均告失败，丈夫也因此而失去了十个脚趾；妻子是位美丽的奥地利女子，对这里的每个人都相当友好。第一位从北坡登顶的夏尔巴女子边巴卓玛相当谦逊，虽然说她的皮肤几乎与头发同样黑，但长发飘飘，也相当妩媚。当然不远万里来一睹珠峰尊容的旅游者也络绎不绝，中国的游客大多从广州、上海、北京来，看见我们大多过来寒暄几句，顺便留几张影。其中大多数比较聒噪，有个别女的给人感觉很轻浮，对待这样的人我总显得cool cool的，不大喜欢搭理他们。

本营生活甚是无趣，藏族队员一如既往地搓起了麻将，输赢中消磨着过得很慢的时光。我没有事情可做，索性到绒布河边走走，想一些关于过去、未来的故事，漫无边际，就像这漫无目的的走路。这两天舌头溃烂，吃喝都挺难受，没有镜子，偶尔找到一辆停在路边的汽车，从车的反光镜里，很艰难地看见舌头上有几点化了脓的白斑，顺便也看看自己晒黑了的鼻子、下巴和腮帮子，杂草般的小胡子，油腻的头发还有脏乱不堪的衣服，觉得自己很好笑。

离撤营的日子越近，我便越发怀念起在北大的日子，怀念那种正常的生活，也就越发觉得不上山待大本营寂寞难耐。静园的软绵绵的草和理科楼群通明的灯火这时候成为一种诱惑，背着书包，提着水壶去图书馆或是奔波于教室和宿舍之间该是一件温馨的事情，相处得有些木然了的老师和同学此时无论有否记起我，都觉得亲切而可爱。我们417宿舍不知道是否被评为学校的优秀宿舍，我那架破床一定又零乱不堪了吧，不知道宿舍里是否还常缺开水，弟兄们一定还过着坦然而平实的生活，只是三个"单身"弟兄的事情不知道有无进展，科的女友应该是每周五来接他回去；老余应该每节课都乖乖坐在我女老乡的身旁；威不知道是一如既往地心仪某个女孩，还是为了过六级而抛却凡尘俗事；伟有没有继续捍卫他"Doctor"的尊严；"韩国人"和日本姑娘交流得如何了？……忙碌的现实中人总难有回味的一刻和心情，而登山中的等待让我有了这样的机会，只想问一句："所有知道我名字的人们，你们好不好？"

绒布河由南向北流淌，站在河边的时候，左右分别是巍峨的珠穆朗玛和通向山外蜿蜒的轨轨山路，深情地望一眼珠峰极顶，茫然若失，无论什么原因，我们莫名其妙地撤营，没有登顶总觉得有点不大好意思。在山上的日子，是一种近乎原始的纯朴生活，可以真切感受到每个人的真实，平常的生活里的各种繁复的掩饰都会自动剥落，最感动的时候莫过于感觉到自己捕捉到了人性中一些真谛——是什么，又难以言述。

在大风口的风云雪雾中，一根绳子，一个上升器，人就像树叶一样飘呀飘的，有谁知道哪一刻自己将叶落不归根，暴风肆无忌惮，雪吹没了，碎石头飞起来，打穿了我们的帐篷，风卷了进来，奇怪的是我们居然没有冻伤，活着回来了，阎庚华走了就没有回来，据后来登顶的人说，看见他在8 700米左右的地方，抱着氧气瓶永远睡着了，守望着经过那里的人们。

登山与其说是攀登的过程，不如说是一条涤荡心灵的心路，给予人的太多太多，不知从何说起，又不知能说些什么、怎样去说。

没有搞清楚唱歌与登山有什么联系，然而登山的日子伴着歌声度过。不知道是不是因为平时的生活太激进，甚至有些激情化，于是特别喜欢那些伤感和怀旧的歌曲，那些歌声中常常伴着悲凉或无奈，苍茫中我感受了一种心情——每次唱歌给自己听完后都很舒服，好像有一点宣泄的轻松。

2000.5.29

【作者简介】蔺志坚，1997年考入北大法学院法律专业本科，1998年加入山鹰社，曾担任《山友》主编、攀岩队队长、山鹰社理事等。在校及毕业后先后登顶克孜色勒、桑丹康桑、雀儿山、玉珠峰、哈巴雪山等。曾供职于北京君合律师事务所，2008年创业，创办地产投资公司。

雪域之光，桑峰之上

崔梦雅

> 这个故事以山鹰为开始，但却并没有因毕业离开山鹰而结束。
>
> 我有幸采访了当年的攀登队长段新，并以采访资料和当年的报告书为基础整理了2000年的攀登故事。非常感谢段新师兄百忙之中抽时间接受采访。没有经历过当年攀登过程甚至连雪山都没上过的局外人写的文章，就像屦水的陈酒，似乎总是不够味，但还是希望在笔尖的流淌间，回望那段燃烧的岁月。
>
> ——采访手记

接到采访2000年桑丹康桑攀登队员并撰文的任务，我有些兴奋。跨世纪的2000年，有些人可能并无丰满的印象可供回想，但对于这群桑丹康桑的攀登队员来讲却充满了无限的回忆。十几年来毕业、工作、结婚、生子，或许生活打磨掉了他们的年少轻狂，却没有磨去记忆中的疯狂。"现在还时常回想起在山上的日子呢。"段新如是说。

桑丹康桑——中国人首登！

桑丹康桑（Samdainkangsang），海拔6 590米，地处西藏自治区那曲市谷露乡

164

境内，东经91.5度，北纬30.9度，是念青唐古拉山脉中段最高峰。桑峰距拉萨市约180公里，且离公路较近，物资运输和对外联络都比较方便。

桑丹康桑传说是藏传佛教护法夜叉神居住之地。在传说中，桑丹康桑峰周围的众多峰峦及湖泊都是此神的侍从。山峰西面是有"天湖"之称的中国第二大咸水湖——纳木错，其水汽蒸发所形成的地区性小气候对桑峰有一定的影响。

桑峰的世界首登是由日本京都大学登山队完成的——1987年他们在两名西藏登协老师的协助下最终5人登顶。2000年山鹰社的桑丹康桑攀登则是中国人的首登，最终9人登顶。成功登顶的两名女队员（李兰和于芙蕖）被授予国家二级登山运动员称号。这在当时是中国女子业余登山的最好成绩。

"选择攀登桑丹康桑，这在当时是个艰难的决定。"段新说，"在前期准备和实际攀登过程中，我们遇到了不少困难。"

首先是选山的问题。每年选山都是要经过山鹰社理事会多方考察、反复研究论证。民间高校社团登山，安全肯定是第一要义，这也就要求在登山过程中不冒进。可据攀登队长段新回忆，当年的新老队员比例是7：5，5名老队员（队长李准、攀登队长段新、后勤队长尹瑞峰、小后勤岳斌和装备李兰）实际上都只有一次或者两次雪山经历，谈不上技术熟练、经验丰富。那怎么会选择这样一座相关资料匮乏、危险系数未知的山峰呢？这就要提及当时的社团理念。

据段新回忆："那个年代的山鹰社员们有着一腔热血豪情，无畏挑战。他们渴望做一些与众不同的事情，希望每年的登山都能有独特性。这在1998年攀登世界第六高峰卓奥友、1999年尝试建立女子登山队上都有所体现。2000年，新世纪的开端，山鹰社更希望能够攀登具有标志性意义的山峰。"因此，尽管资料有限、经验不足，他们还是选定了桑丹康桑，希望完成中国人的首登。

当年的《登山科考报告书》详细记述了登山队出发之后的故事。

2000年7月9日，北京西站，登山队和科考队出发了。10日到达西宁，登山队兵分三路做准备工作：李准组去联系车，李兰组去托运装备，尹瑞峰组采购食品。11日下午，告别了科考队，登山队员们坐上了豪华卧铺车。路况不错，车颠簸得恰到好处。一路可以看到群山层叠渐变成一望无际的草原，又看见盛开的金黄色油菜花变成让人豪气顿生的茫茫荒野。车翻越了唐古拉山口，进入西藏境内。这里的山不似青海境内的那么突兀嶙峋，却似卧着的牛脊背那样曲线柔和平缓。纯净的冰川融水滋润着放眼望去的大片绿色。藏族服饰的色块跳入眼帘，牧民们悠闲地打着哨子。远处绿油油的平缓山坡上如芝麻是成群的黑牦牛和白绵羊。14日凌晨，车行至拉萨。经过简单的休整，队伍终于在17日进山。桑丹康桑，我们来了！山鹰来了！

此次跟随登山队进山的还有两位北京电视台的记者，他们随行报导此次登山过程。进山的日子，曹峻来了。车分四辆：雷宇和岳斌上了曹峻的越野车，段新押着满载物资的大卡车，大部队上了一辆中巴，记者则坐上了西藏登协的吉普。卡车行至山下，不能再走。把所有物资卸下来之后就要考虑如何将它们运上山，建大本营了。

牦牛吃重，能驮东西，但此时已经放养出去，召集牦牛至少需要一天时间。他们便雇了7匹马，运输第一批物资，两个小时便能来回。队员们又干劲十足地将第二批物资运到山上。这两次运输的主要是搭建本营的物资和一些炊具、食品。

搭建好本营，时间还早。段新、曹峻和张锐去观察路，发现到达与雪线平行位置只需要一个半小时。他们想继续上雪线探路确定C1位置，但鞋和冰爪还在山下。大家指望马儿还能下山拉一趟，可藏民非要马上就给马钱，而且要价很贵，一人一趟30元，一马一趟25元。气愤的队员们当即就把马给解雇了，只有等第二天再联系牦牛队运输剩余物资。第二天上到雪线上去探路的梦想又破灭了。

谈到这次攀登中遇到的困难，段新提到了三点：一是老队员数量少且经验不足；二是山峰资料有限，路线选择上也有一定的失误；三是天气原因，山峰受纳木错湖小气候影响，时常会有大雾或降雪，攀登后期就是较长的坏天气周期。他在攀登总结中提到，进山之前没有事先联系牦牛，登山物资分了几批才运到本营，更重要的是技术装备没有先运，错过了几个可以用来侦查路线的好天气。

7月20日，李准、段新、岳斌和李兰四人前去修通BC与C1之间的路。他们走到冰岩混合结束地带，在约5 200米处换上冰爪，前面是一片裂缝区。他们打算绕过左裂缝区，上到一个约5 500米的平台上，但发现左裂缝区上方有一个更大的裂缝区，不能走到平台处，只得观察一段时间后下撤。22日，队员选择从左裂缝区和中裂缝区中间的雪坡直上，修通了上到5 400米处的一段路。26日，队员到达先前预设的平台（实际高度5 589米，是一道宽大的裂缝，底部堆了厚厚的雪）之上。根据出发前得到的照片，此时有两条路可走：1.左边路线是一个大悬冰川的侧面，下部有一段路很陡，约呈四五十度角。2.右边路线正位于雪崩区的边缘，是一道很陡的脊。最终选择走悬冰川的侧面，并于31日上升到约5 800米的位置，但此时并不能判断适合建立C2的地点。

坏天气周期无可避免地来到了。从7月31日晚到8月4日，队员们开始了在本营

"快乐并郁闷着"的留守生活。当被问及当年的攀登印象最深刻的是什么时，段新笑着说："印象最深刻的倒不是登顶，而是当时在本营留守时大家一起做游戏、夜话聊天。"他提到了肖自强在《八千米生命高度》中说的"集体孤独"。试想十几人的队伍穿行于皑皑雪山、茫茫荒漠，放眼千里，杳无人迹，是怎样的壮怀激烈！当你意识到自己只是浩瀚广宇中的一点时，内心又是怎样的恐惧孤独！念天地之悠悠，独怆然而涕下。孤独感是那么的真实和刻骨铭心，集体感是那么的实在和铭诸肺腑。在山上从不缺友情和温馨。结组在一条绳上的几个人生死相托，每个人都时时为自己、为队友担起责任。登山过程映照出生命的集体性和相互性。孤独感袭来之时，集体感也油然而生。所以段新说："山鹰的登山队应该是有文化的登山队。我不主张登山队在本营时靠打牌、玩手机消磨时间，应该珍惜这份集体的孤独。我们当年在本营待的时间比较长，大家一起做游戏，晚上就桑丹夜话，队友间结下了很深的情谊。现在大家还都经常联系，还建了2000年桑丹康桑队员微信群。"

8月5日，天气转好，该上山了，队员们都有些按捺不住。前几日连续的降雪掩盖了原来的脚印，也毁坏了路线绳，又要重新开路、打路线绳。

8月8日早上8点，李准、尹瑞峰、雷宇、刘炎林四人就出发了。按计划只需将C2搭建好，当天的任务就完成了。可当时离天黑还有9个小时，顶峰近在咫尺。四人按捺不住内心的激动，稍事休整，准备冲顶。

冲顶不易，报告书中的这一段看着让人心潮澎湃。他们四人结组，轮流开路，精疲力竭。此时回首，后面的山峰布满乌云，显然已经下雨，并且云正朝着他们的方向飘来，但顶峰就在眼前，山顶边缘卷起的雪清晰可见，他们提了把劲儿，便向顶峰冲去。

顶峰越来越近了，20米，10米，最后雷宇来到了顶峰雪缘的下头。用冰镐在雪缘上砸了个一人宽的口子，便迫不及待地钻了上去，站在了顶峰之上。他登顶了！后面的队友也很快爬了上来。下午4点55分，登山队第一批四名队员登顶了海拔6 590米的桑丹康桑峰。

乌云已然无影无踪，头顶上只剩一片蔚蓝的天空，纯净得让人想要放声大叫。雪山完全接纳了他们，洁白的山体展现在面前，念青唐古拉山脉的群山就在他们脚下。西面的纳木错湖美丽圣洁，东面峡谷里的两个小黄点，便是本营。

这次意外的登顶使得后面的队员更添信心。但为了保证安全还是继续修路，打了一些路线绳。最终12人的登山队9人登顶。张锐因军训提前下山，无缘顶峰。大厨兼队医张静为登山队一日三餐绞尽脑汁，终日在炊事帐忙活，又要随时留意队员身体状况，任务繁重，在山上适应得不好，最终遗憾没有登顶。林礼清也因高反严重而无缘顶峰。段新说起三名队友未登顶还是十分遗憾："我们在拔营前带着张静准备做最后冲顶，但却遇上了坏天气。等了一个多小时不见天气转好，只能下撤。当下撤到本营的时候，天却晴了。大家心里都特别不好受，但却没有机会再冲顶了。"

但此次攀登还是成功完成了桑丹康桑峰的中国人首登。作为民间高校登山社团，在资料有限的情况下，以自主攀登的方式成功登顶实属不易。

让我们相会在本营

7月23日，科考队一行到达桑丹康桑本营，与登山队汇合。科考队上到本营可是吃尽了苦头，那曲客运站"背信弃义"——先前包好的中巴车不走了，最终科考队员找到一辆已经挤满藏民的客运车，中途水箱又破裂。着急见到登山队的科考队员们只得兵分三路搭车。好歹到了入山的公路口，在向导的带领下喜洋洋地朝着本营进发。先遇到一条小河，队员们便脱下鞋袜手牵着手过河。谁料想之后又遇到一条更加湍急的河流，水一直漫到向导大腿根。队员们不敢贸然前行，便想往上游走，寻找水浅处过河。藏族向导比划了半天说那里就是水最浅处也没能撼动队员们溯流的决心。但越往上走水势越湍急，天渐渐黑了，最终只得在一户藏民家里住宿。

第二天科考队员们雇得两匹马过了河，继续向山里进发。在高原上跋涉比在平原上要累得多，好几个队员体力不支，每一步都显得那样艰难。即便这样，他们也不愿意丢弃为登山队带的十斤重的大西瓜，咬着牙背着它一步步向上……坚持着，坚持着，本营就在前方，本营到了！

本营中的人们飞奔出来迎接科考队。久别重逢，大家都有说不完的话。李准、段新等人纷纷献出拿手好菜，李准的酱牛肉更是飘香万里。

当天适逢尹瑞峰生日。尹瑞峰，外号"尹土"，这次攀登的后勤队长，心思缜密，在后勤采购过程中展现了非凡的砍价功底。有次他跟张锐在西藏大学旁的一个小菜市场采购，头一天张锐自己逛了一下，确定了一个商贩，第二天尹哥出马，又大大小小零零散散挨个砍了一通，最后坐在椅子上，轻松地对老板说："买了那么多，打八折吧。"商贩心理防线彻底崩溃，只得苦苦哀求，其惨状张锐都看不下去了。尹哥喜欢捉弄人，也喜欢被人捉弄，可到了正事上头，一点都不马虎。在山上，他带领众人一次次把大批物资运上去，为营地的建设和冲顶提供了有力保障。在社里，他很受人爱戴，是大家公认的山鹰社"管家婆"。

晚饭时李兰特地用土豆泥为尹瑞峰做了一个大寿桃。20多人为他点蜡烛、唱生日歌，本营里暖意融融。

科考队上来第二天就帮着登山队运输物资，一人背着一捆路线绳上到了雪线。他们又在厨房中大显身手，叉烧肉、酥炸西红柿、辣椒拌皮蛋、拔丝苹果、炸蛋糕……一道道美食摆到桌上，本营里香味四溢，笑声连连。

三天之后，科考队员要下山了，离别就在眼前。两队依依惜别。可大家都明白，各自都有未完成的任务与使命。亲爱的兄弟姐妹，我们北京再见！

说到登山科考本营会师的由来，就不能不提到陈庆春。他在1995年任社长时提出设想：让登山科考活动选择相近地点，并在本营实现会师。当时通过这项决议颇为费劲，有人认为山鹰是以登山为核心活动的社团，一切活动都应以保证登山顺利进行为前提。科考队去本营会师，势必会打乱登山队的计划。但春子坚持了下来。反对者们的"经验论"似乎并不能站稳脚跟，登山队的攀登计划是可以灵活调整的。这一想法终于在1996年得以实现——这一年登山队攀登青海果洛附近的阿尼玛卿岗日峰，科考选址也是青海果洛，两队最终在本营完成了会师。

登山科考会师是春子的主意，但在1996年并没有作为任务和硬性规定。最后是部分科考队员在路上坚持会师，才克服困难，实现会师。1997年暑期两队没有会师。经过比较，发现会师非常有利于山鹰社建设，于是1998年会师成为社里的任务和硬性规定。由此，暑期登山科考会师上升为社内制度。

2000年登山科考队在桑丹康桑本营会师之后，科考队员们协助登山队将技术装备从本营运输到临时C1，减轻了登山队员的运输压力。在谈到这一点时，段新记忆深刻："科考队员们帮我们运输了不少装备，自己也更加深入体验了雪山。我自己也参加过1998年的西藏科考，与登山队在本营会合，但是没有上到雪线，所以印象不太深刻。"他建议社里以后的登山科考会合之后可以让科考队帮忙运输装备，既可以更加亲近雪山，又能减轻登山队负担。

"让更多的人亲近雪山、了解雪山"是春子当时的初衷。而科考队员往往就成为下一年山鹰的骨干，处理社内事务，让他们对高原、对雪山攀登有更深刻的体会对山鹰的发展无疑是迫切而有益的。

之后的故事

他们的故事并没有因为桑峰攀登的结束而结束。2001年，雷宇、尹瑞峰、林礼清、李兰、刘炎林、段新作为老队员又一起参加了穷母岗日峰的攀登。这一年，雷宇是社长、登山队长，尹瑞峰则做起攀登队长，林礼清是后勤队长。在桑峰适应不好未能登顶的林礼清在穷母岗日峰上适应出奇的好，"一雪前耻"成功登顶。2002年希夏邦马西峰山难却给之后故事抹上了不可磨灭的阴影。

雷宇和林礼清被永远留在了山上，一起遇难的还有杨磊、卢臻和张兴佰。山难，山难，雪崩，雪崩。无兄弟，不登山。如今兄弟已逝，长歌当哭，山上的队友能否听到？

2014年清明节，岩壁玛尼堆上又点燃了蜡烛悼念他们。每年鹰去鹰来，总不忘把他们的故事讲下去。一些老鹰专程回来，默默点上支蜡烛。这些年一直挂念的兄弟们啊，一路走好。我和几只鹰守着蜡烛到凌晨1点多，最后一丝光亮也完全熄灭，想着这些曾经无比鲜活的生命，心中却前所未有的平静。是风把故事听去了吧？

现在，李准在美国休斯敦，闲下来还是会打国际长途给当年的队友们。段新说："他打电话来也不为说什么，就是扯扯淡。美国那边没有这么对脾气的朋友。"岳斌和张静结婚了，"张静虽然没有登顶桑丹康桑，但却在桑峰上收获了爱情。"

兰姐走上了职业登山道路，中国能爬的山基本都爬遍了，国外的山也爬了好几座。兰姐说她每年有一半时间在山里，这是对山的执着。

张锐据说当年攀岩极牛，能连续登顶四次南壁，看得大家目瞪口呆，连声称赞。段新说他也常常带孩子去附近学校岩壁攀岩，孩子挺喜欢这项运动。

当被问及孩子大了会不会让他去登山时，段新的回答超乎我的意料："可能不会支持吧，因为自己亲历过雪山，知道它的危险，所以不想让孩子去冒险。不过，他要是想去的话，拦也拦不住呀。"是呀，多情亦又无情的山，他是亲历并且多次感受过的。现在他不仅是一个曾经的登山者，更是一位妻子的丈夫、一个孩子的父亲。采访接近尾声，电话响了，是孩子打来的，一家人约好出去吃晚饭。

采访完毕，天色已晚。我起身走向阳台，望向浓重的夜幕。脑海中一页页翻过那些登过山的可爱人儿，纵使散落天涯，现在也总该会有盏灯为他们亮着吧。

再冒险的心也终究会渴望安定，这便是生活本身。

【作者简介】崔梦雅，2012年进入北京大学外国语学院，曾任山鹰社训练队长，2014年科考队队员。现在澳门从事行政工作。

小故事，大传承

贺鹏超

社里每年有许多有意思的小故事。这些事情从每年精华区的讨论可以窥见一些。

社里的发展，最核心的是人。我们试图梳理社团发展的脉络，但这些年山鹰的发展总的来说在制度层面，发展的方向层面没有根本的决定性的变化，仍然主要依赖当年的社长、秘书长以及部长会来执行、把握社团一年的运作，在这一年培养新的骨干。人的工作做好了，技术传承好了，文化、纪律等传统传承好了，下一年山鹰就可以继续良性地运转下去。无论是出于主观上还是客观上的原因，一旦这些环节，在传承上出现了裂痕，下一年社里的发展就容易偏离。

对山鹰风骨的反思

我2007年秋季入社，第一次参加社里的活动是金山迎新，很遗憾错过了迎新晚会，错过了在没有任何先入意识的情况下看《没有顶峰》。不过，当时的金山迎新足够震撼我了，接近150人的大队伍，井井有条的秩序、严明的组织纪律、青春激昂的精神面貌，都给我十分深刻的印象。我很清楚地记得当年我们小组的组长王文涛、穿越的领队徐云飞、金山迎新的总领队任巍，他们既各有鲜明的特点，又具山鹰老社员普遍的那种气质。

我参加的第二次活动是当年秋季的第一次野外——小五台。值得一提的是，从那次以后，出于种种主客观条件的限制，社里再也没有组织过小五台的常规野外了。如果说第一次的金山迎新已经足够震撼我，小五台之行就完全让我折服了。那次野外我担任的职务是队记，整篇队记除了记录了整个活动的流程外，剩下几乎全是对山鹰风骨的赞美，文风虽然酸腐，但感情是真挚的。

　　当时社里还是比较开放的，校外的热心人士或者校内的保安、职工等都可以参加。这次小五台，清华的黄菁菁就参加了。菁菁是倩倩的双胞胎姐妹，一个考上北大加入了山鹰，一个考上清华加入了山野，说起来颇有传奇色彩。倩倩是2008年给我印象最深刻的老队员之一，尤其是在登山队的前期。

　　到大约2011年，社里开始提出严格入社的门槛，严格执行团委的规定，即非北大正式注册的学生不允许入会，而且中文不好的外国留学生也好言谢绝。但这个规定起初似乎并不十分明确，执行时也并不严格。直到2012年秋季社里出了吴凌俊的事情，入社的标准终于在2013年秋季学期严格贯彻了下来，直接结果是入社一年多的张莉莉没法参加冬训了，我也觉得很遗憾，毕竟张莉莉是当时社里极有山鹰气质的女生。但从社团的角度来说，也实属无奈。我个人其实倾向于社团包容一点，非北大注册学生能否入社并参加社里的一些活动可以因人而异，而不必那么严苛，但这的确会增加社团的成本，尤其在今天的社会环境下。

　　这两年，根据间接听到的社里的消息以及我自己的观察，感觉社里山鹰的传统风骨已经逐渐丧失了。当然许多纪律也仍在坚持，但似乎已经有点僵硬，有点形式化，连老队员自身对纪律的意义都不是很有把握，也缺乏充分的信心去要求其他社员遵守。这种情境下成长起来的新社员必然无法感受到浓厚的"爱、成长和责任"，没有这个基础，社里的传承必然要出问题。

　　许多老社员淡出以后，再回头看社里的种种，常常会有"社风日下"的感慨。如果说前些年这样的感慨主要源于老社员自身角色及视角的转变，那这两三年的情况可能就是确确实实的质变了。印象最深的是乃元当社长的时候，经常听她倾诉对社里风气不正的无奈。乃元2008年秋入社，2009年登山队队员，2011—2012年任社长，期间也一直活跃在社里。

　　社里的许多传统、约定俗成的习惯甚至一些纪律规定已经不知不觉丢掉，一些开始受到质疑，一些已经沦为形式。

　　然而，这些在今天开始被质疑、被遗弃、沦为形式的东西恰恰是山鹰这种生活方式所需要的，如果这些看起来无关紧要的传统丢掉，带来不只是安全的隐患，更会影响队伍的凝聚力、队友之间感情的淡化。一个团队出去登山、徒步、露营，绝不简简单单是和自然相处的问题，决定队伍每个个体的体验的好坏首先在于这个团队的人文，而不是纯粹的攀登本身。今天的我们阅读《八千米生命高度》时会觉得向往，绝不仅仅向往那时的攀登，而且向往那时人们的情怀、人们的风骨，但今天的我们在登完一座山后却常常觉得失望，觉得想象中的"生死相托"、对生命的体验都不复存在。今天的山峰攀登难度与那个时代不可同日而语，但是否今天的山鹰风骨就要一点点被剥蚀？除了肤浅的玩乐还剩下什么？山鹰本身只是一个登山爱好者组织，只要玩得开心就行，无法承担什么，也不必要承担什么，这当真是前辈们创社时的初衷？当真是已经长眠于雪山之上的前辈们的愿景？只追求玩乐本身往往反而玩不好，除了一时的快感留不下什么。也不必很复杂，山鹰社的传统风骨、山鹰文化的传承，本身就具有意义。这其实并不空，只是这个时代让人们更加现实、自我，精神的价值、文化的意义变得不接地气。以前这些东西是人们自然地流露，今天再谈就变成鼓吹了。

毕业之后走出社会的老社员们再回首山鹰时，常常会觉得不真实、不可思议，会感慨居然还曾有这样一块纯粹的地方？这里的确很纯粹，以至于有人说在山鹰待久了人会变傻，出去以后会不适应，说山鹰简直就是精神鸦片，太脱离社会了。这个脱离绝不是说我们的登山运动是极限运动，山鹰会被看作魔鬼训练营，而是说在山鹰这个小社会里，人与人之间可以绝对信任、依赖，这里的生活方式、崇尚的品质具有某种共产主义式的理想状态。这的确是个神奇的地方，看看周乃元，在山鹰之外绝对是一个考究的时髦女孩，但在山鹰社里，苦累脏差都是幸福。这种集体主义的生活方式才是真正符合人性的方式，这种山鹰式的存在就是在这个早已异化的时代中的一面反抗的旗帜。

简记2007—2013

2007年秋一个重要的事情是壁玉嘉岩的建成，资金是97级攀岩队捐助的。我们这批入社的新社员第一次感觉到了社里老前辈的存在和他们对山鹰社的感情和责任。第二次是那年年底的新年晚会，我记得当时有人在人群中指出了几个1990年代的老社员，引来一阵惊呼。

2007—2008年的冬训史无前例地组建了4个小组，每个小组有11个人左右，训练时间也延长到了4天。当时的冬训队长是社长张其星，技委组长是秘书长柳正。也是从这一年开始，冬训队长和技委组长不再由同一人兼任。当年能做到4支队伍的规模是很不容易的，但遗憾的是2008年申请登山的新社员并不多，男生只有吴涛、陈颖、刘睿和我。吴涛是信科研一的，陈颖是物院的研究生，我和刘睿是大一的，但刘睿大二就要回医学部。女生只有王柳和石依云，石依云因为未成年落选。

回想起来，我个人觉得那年可能对新队员在登山方面的培训做得很不充分，许多很有潜力的新社员都选择了科考，比如王韬、裴度、葛旭等，这直接导致下一年的技术传承非常紧张。

2008年春季社里办了户外技能大赛，这次规模很大，有20个左右高校队伍。当年新社员做场务工作时很有一种主人翁的自豪感。那年技能大赛的论坛主题是"社团发展的瓶颈"，张其星作为社长发了言。刘波作为2005—2006年的老社长发了言，刘波大哥身材不高，普通话也不十分标准，但是条理清楚，让人印象极深刻。

2008年考峰攀登并不顺利，先是前期没拉到赞助，但多亏社团上一年财务还剩下十多万元，才得以顺利成行。之后也遇到许多不如意的地方。

首先因为托运的装备意外耽搁，队伍在喀什多等了近一个星期时间。所谓一鼓作气，再而衰，三而竭。几次期许落空后，军心难免涣散，许多问题就都暴露出来了。因为失去了集体行动的基础，队伍有涣散的倾向。有人自发结组出去玩，也有人留守宾馆，午饭晚饭要不要全队一起吃就成了问题。后来，干脆形成决定，不再统一吃饭，各自觅食，回来按餐标报销即可。这相当于认可并加速了涣散。经过一天的实践，终于出现矛盾，于是全队开了一个相当长的会议，从傍晚到凌晨1点半多，第二天早起又开到中午1点多，因为在色满，号为"色满会议"。

我觉得这次会议是很有价值的，队伍出现的问题，各种微妙的矛盾，包括社团的发展等都得以讨论。作为当时新队员的我来说，第一次看到社团发展出现的问题和自己应该有的担当。

这一年随队参与全程的还有雪人，雪人不参与攀登，只是随队拍摄。他是2002年遇难队员之一雷宇的室友，对社里有复杂的感情。他一直希望给社里拍一部纪录片，这次随队一是拍摄素材，二是作为旁观者体察登山队。

2008年登山好的两个方面，一是行军的节奏特别好；二是每次下山都能感到队友的关心和支持。行军节奏之好，恐怕后来这些年再也没有过了。无论是张其星带队还是柳正带队，一行人一定是走在一起，前后之间相隔最多几米，队首来把握全组人行军的节奏。只有一次出现例外，是在第三阶段上C2的路上，李响在队首开路，我紧跟其后，张其星、纪明、吴涛、王柳等走在后面。起初队伍很紧凑，但随着天气变坏，开始刮风下雪，队伍就逐渐拉开了距离。但我始终紧跟着前面的李响，后面虽然掉队了，但我并没有意识到这意味着什么，只是拼着蛮力死死跟住李响，结果状态越来越好，在上C2前的一个短的陡雪坡时，甚至走到了李响前面先到了C2，然后卸下东西等队友上来。过了很久，张其星带其他人一起终于也到了C2。张其星到后就先骂了我一通，说我遇到恶劣的情况不管队友死活，自己先跑了。我当时觉得委屈，还想争辩，但事后再回想，觉得张其星这样骂我丝毫不为过。当时我虽不是有意抛弃队友自己逃命，但的确是太自我了，根本没有想到队友会遇到怎样的情况。事实上后面是遇到了困难的，但由于距离太远，再喊我们时声音已经盖不过风声，所以就越落越远了。

等2009年登山时，队伍的行军方面就出现了问题。B组登顶下撤时由正规军变成了游兵散勇，有人很快就下到营地，贾培申走在最后，差点就要体力衰竭走不下来。后来联系到营地，才派大力上去把贾培申搀了下来。

到2010年时，据说队伍在攀登时就已经完全走散，经常会出现一个新会员前后视野内都没有队友的情况。下撤时，就更是快慢不均了。这都是极其严重的问题。

2008年登山好的第二个方面是下山时总能看到队友的守候。那时，先一步到营地的队员和守营的队员总会在营地外守望着后面的队友，快到时一定会迎上去送一块西瓜。这些虽然都是微小的细节，但意义却是巨大的。与此形成鲜明对比的是2009年，第一阶段第二天先是过雪崩区时提心吊胆，后又遇到暴风雪，A、B、C组分别经受了不同的考验。A组顶在最前，在通往5 920峰的山脊上修路时赶上狂风暴雪，后来A组5人压成一团在雪面上躲过了风最大的时候。B组受暴风雪的威胁少了一点，但B组负重最多，且刚走完一段很深的软雪层，也十分崩溃。C组则在C1营地里被吹飞了一顶帐篷，于是第三天只留下我、张其星、李响和教练欧珠四人继续往上修路，其他人一早撤回本营。这天又修了400米后，我们四人也开始下撤。路过临时C2和C1时，还想找口前面留下的热水，结果没有。到下午时，天气又开始变化，刮风下雪。下降的路上我一直在想，回到本营后该怎么办，该怎么分析当下的情况，怎么计划下个阶段，怎么对大家说。因为第一阶段的暴风雪对大家打击都很大，毕竟之前普遍都认为玉珠不会太难，但这次暴风雪，包括之前的雪崩区、裂缝区都显示登玉珠要比之前预计的困难得多。我已经开始担心登不了顶，也想着大家会同样这样担心。我当时还丝毫不怀疑大家会在本营守候着我们四人安全撤回，只是想着如何面对大家，是该鼓舞大家的士气，还是该向大家继续强调困难的现实。没想到的是，直到我们已经回到本营，没有看到任何人在等候，甚至没有任何人问候，更谈不上会有人来和我讨论下一步该怎么办。我们三个很默契地感受到了这种冷漠，互相之间也没有交流，只是默默把装备放回装备帐收拾妥当，到后勤帐找点热水喝，然后默默回到本营帐。这时看到大家在一起看电影或者休息，仿佛前一天的暴风雪没有发生过，这种强烈的反差突然让我感到无比失望。当时的确太敏感了。我开始怀疑队友的意义，怀疑这个团队，我无法想象自己可以再面对这样冷漠的队友，当时甚至极端到想要逃离登山队。现在回想起来，当时的确是自己太敏感，太脆弱了。大家并非有意冷漠，只是如我第一年时那样，没有"意识到"而已，没有意识到其他的队友还处在危险的境遇，没有意识到队伍遇到了怎样的困难和挑战。这需要有人去耐心去讲，甚至严厉地张口去骂，但我却选择了沉默。当晚开会决定让大力和教练洛琼第二天去找被吹飞的帐篷。但他们出发后，到下午时天气再次变坏，本营下起了小雨。我揣摩着时间，不时出来观望他们的影子，到后来干脆就一直待在外面了。我希望大力和洛琼能感到队友的关心，而不是单纯把这件事交给他们俩；也希望以固执的行为让新队员自己意识到这一点。但可惜的是，大家都待在本营里休闲，并没有注意到这些。

2008年登山回来最大的问题是谁接社长。一般说来，社长是从当年登山队里出的。但登山队内大家早已历数了许多遍，没有一个主客观条件都符合的。结果，既出人意料又在情理之中的是秀接了社长。秀做社长应该是社里这几年最关键的事情之一了，除去历史上第二位女社长的标签之外，单从工作能力和实际贡献上来说，秀是当仁不让的。20周年社庆能够十分圆满地举办，秀功不可没。蒋菡是这一年的秘书长，人称"菡（音汗）"，主持部长会及各项具体工作。菡这一年绝对称得上任劳任怨，甚至受了不少委屈，比如经常替部长会的其他成员背黑锅挨秀的骂。但菡十分理解秀，总是默默承受下来，然后自信有条地安排部长会的工作。我很钦佩她。

我们2008年这批登山、科考的新队员自然也要进入部长会，承担社团的组织管理工作。登山队新队员里我做了装备部长，吴涛是攀岩队长，王柳任赞助处长。刘睿因为去了医学部，没有在部长会任职，但在学期中直接加入了理事会；2009年的玉珠峰他没能去，但在2010年最需要人的时候，他站了出来。其他职务多是由这一年科考队的新队员担任的，王韬是资料部长，葛旭是编辑部长，裴度是野外处长。但总的来说，这一年人手是很紧张的，因为登山科考队的人不够用，比如交流处长阿耶和宣传部长韩青都是从当年的攀班里选出的。但遗憾的是在半个多学期后，韩青就退出了部长会，我猜测很重要的一个原因是部长会登山科考队的小团体让她感觉无法融入，她也不再有自信去发出自己的声音。其实韩青是个很有才气的女生，离开山鹰后她转到轮滑社里担任骨干。韩青离开前，从秋季入社的新会员里推荐了一个人接任宣传部长，此人叫刘继承，社里人称"大仙"。大仙对人永远是笑呵呵的，好开玩笑，但做起事来极为认真靠谱。事实证明大仙的工作十分出色。20周年社庆的展板制作就是他主持完成的。不到一学期就担任部长应该也是社里史无前例的。

值得一提的是，已经登过两次山的李响终于跨过了自己心里一道坎儿，开始承担社里的管理工作，做了攀岩处长。李响是化院05级的，特点极鲜明，经常穿一身绿色的高中校服。他的特点是好琢磨，技术好，尤其动手能力极强。毕业后我去南京他家里，看到他亲手打磨的木质发簪，十分精美。只是李响在性格上略显得奇怪，他很重感情，但又常常显得冷漠；他一般不主动和别人说话，但一旦发现有谁技术上出现操作错误，他的批评往往是最迅速、最犀利，甚至可以说是最不留情面的，而这一点恰恰是山鹰风骨极其重要的一方面。在这个问题上要是留"情面"了，隐患将是无穷的，所谓"不骂人就死人"。

秋季学期里部长会还有一位老社员任巍。任巍一直极其渴望登山，但无奈家里不同意，大一去了科考，大二也没能够登山。原本任巍也是这一年社长的候选人，但因为社长必须同时担任下一年的登山队长，因此任巍不符合条件。任巍大二已在部长会待了一年，学年初负责了金山迎新，来年春天又是户外技能大赛的总负责人，按理说任巍对社里已经有相当的贡献，第三年完全可以和多数人一样隐退，毫无压力地在社里继续玩就好了。但可能是愧疚于将重担压在了两个女生身上，任巍还是进了部长会做了一学期宣传部副部长，希望能分担一些压力。

坦白地来说，2007—2008年在新队员培养上是有许多问题的，从申请登山、科考的总人数上就能看出来，冬训后人才流失很快，而且申请人里医学部的比例相对较高，主要集中在科考队。恰好是从2007年开始，医学部的同学在本部只待一年就要回到医学部上课，因此他们往往无法承担部长会这个层面的职务。但在这种情况下，那一年科考队医学部的比例仍然不小，这也是引起激烈讨论的一个话题。

2008—2009年这一学年，社长和秘书长都不是当年的登山、科考队员，这恐怕是前所未有的。部长会其他成员和社长、秘书长自然需要一个相互了解的过程。为了促进这个磨合的过程，国庆的第一次野外就安排为部长会的内部野外，从此以后这成了惯例。这一年去的是云蒙，路线强度很低，但感情建设似乎做得不错。从云蒙峡景区出来的路上，秀就跟我谈起攀登队长以及下一年社长的事情。尽管有这样促进磨合的尝试，但毕竟无法和登山、科考队里共同经历所形成的默契相提并论。总的来说，这一年各方面工作执行得不错，但部长会内的民主讨论可能少了一些。许多事情主要依赖秀和菡的调兵遣将，而部处长本人的主动性和积极性发挥得并不彻底。我尤其觉得遗憾的是裴度和葛旭，其实他们都是极具个性和想法的奇才，但在社里并没有充分发挥，后来就逐渐淡出了。

后来几年选社长也大都磕磕绊绊，但最后总算都能找到一个社长出来。2010—2011年王正接社长就属于比较冒险的选择。因为当时王正入社只有一年半，而且还没有在部长会待过，当年的登山也没有能够全程参加。在这种情况下，很自然地要担心经验不足带来的问题。但在选社长的理事会上，王正回答海飞丝和刘睿的各种问题时，表现得极为成熟，头脑十分清楚。当时我确信王正可以把这一年带好。理事会上大家都表示会尽力帮王正分担压力，但我感到王正是一个很有主见的人，因此我很少主动去向他问东问西，担心因此而让他觉得不自在。但事实上王正这一年压力很大，他的确很多事情没有经历过，需要有人从旁出谋划策，最后大多是靠他自己摸索的。起初王正还经常和我通电话，后来他逐渐找到感觉，交流就变得少了。其实未必是不需要帮助，只是王正不愿意太多打扰我，因为大家当时似乎都以为我有意淡出社里，不愿参与社里太多事情。其实，当年无论是第一次还是第二次冬训，我都有出力的决心，但王正没有主动叫我，我也就失了动力了。这是当时真实的心理状况。最后，王正成功带完这一整年，我觉得这和他的勤奋、悟性和强烈的责任感是分不开的。

2012—2013年乃元接任社长，同样是一个让人感到冒险的事情。因为当时总认为乃元会有许多非主流的想法，可能会带偏社里的方向。但事实是乃元恰恰代表了最传统的声音，并不断地在发扬社里的传统文化和价值观念。乃元最有名的一个是当年社团颁奖大会上的讲话，一个是发在版上的迟到帖。

我经历的几次攀登

2008—2009年度，社里最重要的事情就是筹备和举办2009年20周年社庆活动了，2009年的暑期登山也纳入这一年的社庆活动。20周年社庆的筹备开始得很早，我隐隐约约记得在我大一下学期的时候，一次去岩壁，看到两排比较陌生的人坐在西壁讨论问题，后来得知就是理事会在开会讨论社庆的计划。那时就已经确定2009年暑期登山要重回玉珠峰了。但当时的想法是组两支队伍，一支走2号冰川，一支走3号冰川，就像1997年那样。因此2008年底选攀登队长的时候，事实上是暂定我跟吴涛双攀登队长，我负责2号冰川，吴涛负责3号冰川。但后来再和已毕业的老社员商量登山大会的细节时，考虑到社团当时技术力量的有限以及3号冰川路线资料少、难度大，就决定放弃双冰川的攀登计划，只走2号冰川。

关于攀登队长的人选，一般都要至少有过2次的雪山攀登经验。但这一年无论我还是吴涛，都只有2008年考峰一次攀登经验，而这显然很不够，但上一年技术人才培养出现断层，就只好拔苗助长了。

于是决定在当年冬天由张振华带队，我和明年可能参与玉珠峰攀登的几个队员参加，走一趟小五台。最后确定参加的人员有张振华、我、李响、大力（李建江）和叶浪花。5个人里，张振华是2006年博格达的登山队员，那一批队员技术、经验绝对是过硬的，2007年张振华也作为攀登队长去过半脊。李响是2007、2008两年的登山队员，攀冰和器械操作技术都掌握得非常好。大力也是2007年的登山队员，经验丰富，为人和善，特别能吃苦，特别能奉献。他们三个都有过冬季小五台的经验。叶浪花虽是老社员，但是第二次参加冬训，担任冬训的小组长。之所以叶浪花也去，是因为她也计划申请2009年的登山，为此浪花进了那一届部长会，负责媒体处的工作，也是从那一年起，媒体处从宣传部下设的媒体小组中独立出来（现在媒体处又被取消了，并入赞助处），当时主要是因为寻求赞助的需要，希望能加强20周年社庆的媒体宣传。我虽有过2008年考峰的攀登经历，但那次攀登中我的状态极其好，几乎没感觉到过特别累，导致自我感觉良好，因此完全低估了小五台可能出现的恶劣天气，有一种盲目的自信。

这次的小五台的详细经过和总结在版上精华区里可以找到。大体上的情况是，山上雪极厚，路既难找又难走，头一天凌晨摸黑从北沟进山，到天黑还没到达北台下面的垭口。那时风很大，气温很低，是我遇到过的最恶劣的天气，远远超出了我的预期和准备。扎营时，狂风吹得我几乎要失去思考和行动的能力，这次才真正意识到老队员在极端条件下表现出的经验和能力。第二天晚上在北东山脊上再次走到天黑又迷了路，这次风更大，温度更低，但经过头一晚上的考验和学习，这一次我的状态和表现好多了。第三天在11点多的时候，还没走完北东，叶浪花的脚就冻伤了。大力在后面帮浪花捂脚，张振华、李响和我三人走在前面不远处，但因为山脊上地形的原因，根本看不见后面的大力和浪花。后来得知大力和浪花两人休整的时候，包被风吹下去一个，大力下去捡上来，但另一个又被吹了下去。后来，张振华回去帮忙，我和李响则在前面继续等着。结果我们稍没注意张振华的包就被风吹下山底了。后来五人会合后，快走到北东尽头时，我发现自己的手指冻伤了，因为毫无经验，十分惊慌。此时风势越来越大，天色也逐渐变暗，张振华、李响带浪花先行下撤，大力留下帮我捂伤。最后五人重新会合，因为没有帐杆，就直接钻进内帐并把外帐铺在身后，5人各自撑住帐篷一角坐了一晚，第二天6点沿东沟下撤。

这趟小五台损失惨重，掉了2个包，1个对讲机，1个VE25的帐杆（内外帐应该也有损伤），2支大冰镐。人员方面，我和大力冻伤最严重，耳朵、鼻头、下巴、面颊、手指都有不同程度的冻伤；浪花冻掉了脚拇指盖，鼻头、面颊也有些发黑，结果那年春节她就待在学校没有回家；李响和张振华都只是在鼻头一些末端冻得发黑，伤相对最轻。

这次虽受了伤，但对我来说，历练的意义是极大的。主要倒不是技术上的锻炼，而是在真正攀登过程中对路线、气候、攀登计划的把握，以及在极端情况下处理问题的经验和心态。这对2009年暑期的攀登是很有益的。事实上，这次小五台的五个人中除了张振华，都参加了暑期玉珠峰的攀登，所以说这趟小五台是起到了相当的练兵作用的。如果没有这一次锻炼，很难想象玉珠峰的攀登会出现哪些状况，2009年登玉珠碰到暴风雪时，恐怕我无法做到冷静应对。

玉珠峰的资料是比较详细的，最近一次2号冰川的攀登记录是农大2007年去的，那次似乎是农大峰云第一次独立攀登，也是最后的一次，这主要是因为有周鹏的参与。周鹏和严冬冬当时已经开始搭档，俩人住在上地那边，我去他们的住处，周鹏给我复制了他整理的2007年攀登玉珠的路线资料。这份资料十分详尽，很多张拼接的照片都用Photoshop软件绘出了路线轨迹和各段的分段标记，每段路线都做了详细的介绍。我印象深刻的是他们房间里挂的一幅毛笔字，写道"年少何不轻狂"，字是行草，写得十分漂亮，但意思更有味道，我大为赞赏，但周鹏只说是自己瞎写玩玩的。

另外，2003年社里重回玉珠攀了2号冰川，大牛是那年的攀登队长，也留下了极其翔实的资料。

资料如此详细，攀登计划便很好做，答辩会更是顺利。那次的答辩会，团委出人意料地把我们的登山答辩会作为其他社团的骨干培训会，因此答辩是在当时的理教105或者103教室办的，有几十家甚至上百家社团的骨干来听。以往我们的答辩会都只是登山队和登协的2—3位教练以及学校团委的老师参加。出席这次答辩会的有罗申教练、李舒平大夫，还有孙斌大哥。

当时登山大会的事情是交由曹哥的深圳登山协会承办的，因此这个环节并不需要通过学校的答辩，总的来说，2009年玉珠的登山大会对社里来说和一次常规的攀登区别并不大。

2009年申请登山的新队员很不少，说明这一年在培养人才上颇有成效。这一年的新队员有大名鼎鼎的李赞，男生还有现在仍然活跃在社里的贾培申贾大爷，有张伸正（后因为2010年小五台冬训违纪的事情被取消了社里的活动资格）。除此之外，还有体教部我们的指导老师钱俊伟老师，钱老师固然是我们的指导老师，但当时就登山而言，由于他没有雪山经验，所以也是新队员。那年的女生很多，除了队长薛秀丽外，还有王丹丹、杨洋、周乃元、浪花、如花。这一年的女生人数和比例应该都是破纪录的。

2009年春季学期，野外处按上一年的惯例补了一次和清华山野的联合野营，上一学年即张其星任社长的时候是在秋季搞的，目的是促进两边社团骨干的交流，互相取长补短。这一次安排在春季，主要的参与者就成了秋季学期入社的积极分子。我是山鹰这边派出的领队，队员首先是当时装备部的几个骨干，李赞、丹丹、杨洋、梁令。应该说他们四人在社里后面两三年的时间里都发挥了相当重要的作用。李赞、丹丹不必说了，分别是2010年登山队的攀登队长和队长，直到第三年，李赞仍活跃在社里，成为了社里的技术核心。而如今，李赞已经算是一名职业的运动员了。杨洋也是连续两年登山，这在登山队的女生里算极少数了。梁令很遗憾，没能登山也没能科考，但他的作用我觉得并不亚于一个登山队员对社里的贡献。梁令出野外的次数如果统计下来恐怕可以在社史上排上号的，尤其在最近这几年内。

其实每一次野外活动就是一次小规模的攀登，对于社里的攀登而言，真正重要的也并不是冰雪技术本身，而恰恰是这种在野外环境中的综合经验，因此野外经验的传承就尤为关键。除此之外，当年的部长会成员阿耶和菜菜也都参加了，再另有两春季入社的新队员。

清华那边的领队，外号叫棍，是传奇双胞胎之一黄菁菁的男朋友。2008—2009年冬天我们在小五台冻伤前的一个多月，清华一行人也在小五台遭遇了严重的冻伤，当时受伤最严重的就包括棍和菁菁，差点截了手指。清华那边还派出了他们的会长、装备部长王旭以及几名新队员，印象最深的叫曹富强，后来曹富强果然参加了山野当年的登山队，目标山峰是慕士塔格。王旭是那次的向导，他对野外路线的把握让我印象很深刻，而山野整体表现出的对队员综合素质的更高要求让我看到了山鹰野外活动的许多不足之处。

这些不足，主要是在队员野外经验的系统传承上做得不够，具体来说，向导过多依赖少数人，没有系统的路线资料的整理，社里一些传统路线已经传丢了，很难再找到向导。因此，那年我申请买了部GPS手持机，希望可以利用GPS做一些野外的探路和路线整理工作。后来2009年秋季学期，丹丹任野外处处长时在这方面做了很多努力，成果也很丰硕。但那年的箭扣野外搞得比较冒进，是有安全隐患的。其次，向导的传承方面，社里的野外几乎已经不强调了。也是从2009年秋季学期开始，野外职务里开始设置了副向导，副向导的职责就是跟随向导识路、学习路线判断和选择的经验。此外，2009年秋季开始，野外处针对野外技能做了很多针对性的讲座。其中一次讲座分量十足，三个主讲人分别是大牛、张振华、柳正，都是野外经验丰富的老社员。

说到这里，顺便提到技术委员会。大约是2007—2008年就开始提起技术委员会的事情，目的是调用已经退隐的老社员资源来帮助现役的技术骨干做技术的传承工作。2009年秋的时候，野外处处长丹丹和攀岩处处长贾培申、攀岩队队长邓志超已经开始主动地经常和老社员们沟通，很好地利用了老社员的资源，那段时间社里各方面技术传承进展很大。登山方面，张振华挑头申请了The North Face的攀登奖学金，因此2009—2010年冬社里组织了一次雪宝顶冬攀，贾培申、李赞、张伸正、丹丹在这次冬攀里都得到同程度的锻炼。但遗憾的是张伸正因为这次的攀登，开始变得过分自信，以至于当年的冬训既违反了社里的规定，违背了当时队里其他所有老队员的意见，执意带队冒进，使全队陷入进退两难的境地，造成了巨大的安全事故和极其恶劣的影响。总的来说，这一年在技术传承方面，有得有失，但方向是正确的。

【作者简介】贺鹏超，2007年进入北京大学地空学院地球物理系本科，博士毕业。曾任山鹰社社长、理事、山鹰基金理事，2009年登山队攀登队长。2016年博士毕业前与爱人王相宜（2010年登山队队员）创办青鹰梦工场公益机构，致力于为基层务工青年提供成长提升的平台。

没有登顶

张其星

掐指一算，距离我当队长已经过了十年了，对十年前的事有的渐渐淡忘了，有的反而清晰了。在山鹰的点点滴滴，也成了生命中很重要的回忆，如今，从一个老人的角度重新看待在山鹰的往事，曾经的快乐变得更加快乐，曾经的苦闷也变得快乐了。

大学四年的业余时间，我本都花在了山鹰社，入学第一个学期在学姐的感召下加入山鹰社，四年里，担当过大大小小各种角色，新社员、老社员、攀岩队员、副部长、部长、会场负责人、金山迎新领队、野外领队、野外向导、冬训队长、社长、登山队长、理事长、后勤队长，除了攀登队长没做过，其他基本都做了个遍。因兴趣加入、靠责任前行。

一路走来，才明白山鹰岁月静好，只因有人替你负重前行。每一次野外、每一次攀岩、每一次训练、每一次登山，都有无数老鹰在背后默默付出。越是了解得深，越是能感受到老人对山鹰的爱，也正是因为有爱，才让山鹰越来越好。在我看来，山鹰精神就是负重前行、甘之如饴。

2007—2008年我担任社长期间，算大事的有两件，一是修建了抱石墙；二是2002年之后重新攀登7 000米级雪山。抱石墙是1997年的攀岩队员们赞助修建的，得到了学校的批准和体教部、校团委的大力支持，还有其他老鹰的帮助。对山鹰来说，这也算是大兴土木的工程了，需要协调各方关系，学生社团不管做什么活动，首先需要得到校方的支持才能做成。

关于重回7 000米级雪山，社里讨论了很久，主要考虑是社里多年没有攀登7 000米以上的山峰，需要把技术断层接上，为以后传承一些技术和组织经验，最终确定了新疆考斯库拉克峰作为尝试目标。也因为社里多年没有攀登7 000米级的山峰，登协的审批也更加严格，校方流程更加繁琐，组织起来殊为不易，作为队长，其中的压力和辛苦不足为外人道。期间就我连脾气都变得暴躁了，感谢另外两个队长柳正和刘博还有队友们的包容与支持。考峰虽然最终没有登顶，留有遗憾，但作为一次完整的尝试，也算是成功的。山鹰登山以训练为目的，前提是保证队员的安全，在不能保证队员安全时要放弃其他一切。没有登顶的遗憾后来也由攀登队队长柳正偕夫人重登考峰为大家弥补了。

组织登山、科考都是系统工程，有许多的事要处理，遇到困难队长要多跟老社员沟通，吸取他们的经验，当年大牛、肖哥、海哥、大叔、小明等老人都给了我很多帮助，这也是一种传承吧，山鹰精神其实也就是经由老人与新人的互动中代代相传的。

山鹰作为纯粹的学生组织，简单的人际关系、体育运动所激发的热情、行走野外与大自然的亲近、攀登雪山对自我极限的挑战、参与集体活动获得的强烈归属感，等等，很容易让大家沉浸其中，这也正是山鹰的魅力所在。但组织山鹰的活动是比较耗神耗力的，身为学生要处理好学业与社团的关系，还是要以学业为重。

最后希望小鹰们都能在山鹰度过一段快乐的时光！祝山鹰30岁生日快乐！希望山鹰越来越好！

【作者简介】张其星，2005年进入北京大学物院，北大软微学院硕士，曾任山鹰社社长，现在东北证券固定收益总部工作。

向信念致敬

多少年狂妄的理想，却总被岁月踏碎

多少次失败的回忆，仍藏在我心底

风风雨雨的大地让我找回自己

看见未来的黎明永不放弃

在山鹰社追梦

纪明

我的登山故事

2003年秋，我初入北大校园，就与山鹰社结了缘。山鹰社有一股独特的魅力，能让我心甘情愿地放弃其他各具风采的社团而投身于此。先前对于山难的耳闻给我想象中的这个社团蒙上一种悲怆的色彩，然而只有身处其中才发现，这里充满年轻蓬勃的朝气、毫无修饰的快乐、纯洁无瑕的友情。大一一年，我尽情地享受着岩壁上的简单快乐、出野外的开怀惬意、训练场上的"痛苦折磨"、冬训的美好、技能大赛的成就，以及15周年的各种纪念活动，等等，这些经历如一丝丝彩色的绢帛，共同编织了我在山鹰初期的幸福回忆。

大一暑假（2004年），我参加了山鹰社的科考队，去了西藏那曲。那一年的科考带给我很多成长，也收获了珍贵的友情。那个夏天，是我第一次近触雪山。我们科考队到了启孜峰的本营，望见山峰气势恢宏、冰川雄壮美丽，那一刻，我心中便种下了向往雪山的小火苗，我还要在山鹰社继续追梦！跟我一起的伙伴，有肖忠民（肖肖）、王志辉（阿辉）和李艾桐，这一路我从未孤独。

那时，山鹰社15周年纪录片《没有顶峰》火爆出炉，影响了一代山鹰人。每每看这部片子，我的内心都会情不自禁地澎湃起来，激起对雪山的无尽向往。即使是今天，这种感觉仍然炽热于心。2002年的山难之后，山鹰社痛定思痛，深刻总结，重新定位登山，提出"登山训练"的新模式。2004年的启孜峰就是对登山训练的践行。

回校后，我怀着对登山的向往，更加积极地投入社团的活动中。我担任了一年的宣传部长，还在第二届户外技能大赛中夺了冠。大二的下学期，机会降临，社里第一次尝试在"五一"期间搞阿尔卑斯式攀登，目标是四川的半脊峰。当时本来是全部由老队员组队，另带上肖忠民作为培养对象。我好生羡慕，便死皮赖脸缠上了当时的社长刘波。我对他说："带上我吧，我想去登山。"说了好几次。很幸运，最后理事会讨论通过了我的请求。于是我的第一次登山之旅就在2005年"五一"开始了。记得当年"五一"连战访问北大，我却一点也没有因为错过而遗憾，那时心里只有半脊峰。

说实话，半脊峰是我的"克星"，从2005年到2007年我一共爬过3次半脊，每次都有不同程度的高原反应。但是第一次我无论如何都必须表现出生猛海鲜般的素质，虽说反应强烈，但还是努力让自己兴奋，我在帐篷里跟队友或说或唱，喋喋不休，以致得到"兴奋纪"的外号。2005年5月5日，我跟随刘波和吴起全爬上了半脊顶峰！那是我第一次站在雪山之巅，看远处的幺妹若隐若现于云雾之中，极美。我忍着缺氧的痛苦兴奋地高唱Beyond的《海阔天空》，用冰镐在雪地上歪歪扭扭写下队友的名字，至今想来，都是极浪漫之事，因为这是我的第一次。后来看到另一组徐勇、邱一洲他们登顶时拍的裸照，我又极其羡慕，裸照于是成了我后期在雪山上表达激情与创造浪漫的方式之一。

2005年夏天的桑丹康桑，我遗憾地没有登顶。那是一个晴好的夜晚，凌晨3点多我们从C2出发冲顶，走到距离顶峰几百米的时候，发现前面有一片亮冰区。冲顶有危险！最后决定刘波、吴起全、徐勇和一个向导结组冲顶，我、郭长城等人准备下撤。纵有千百个不甘，我和桑丹康桑的顶峰就这样错过了。正当时，太阳升起，朝霞在茫茫雪山上洒下一片火红，那真是最壮美的日出了！这次登山我收获的友情要远远大于登顶的一时快感。刘波、起全成了我的大哥；徐勇、肖肖、阿辉、海哥、魏宏都是我最亲密的战友（我们几个共同撑起了2006年博格达的整支队伍）。还记得我跟长城兄在河边一起洗碗时谈人生和爱情，忽然找到了臭味相投的心灵默契；还记得侦察冷琼山谷时我和起全一起去蹲坑，面对远山辽阔、近水清冷之美境，我突然对起全说："我认你做大哥吧！"虽然雷人了点，但也挺浪漫！登山后我和两位大哥一起去绍兴游玩，尽情尽兴，感情又深一层。现如今刘波在中国兵器这样的神秘单位里积累资历，吴起全在创业的征程上越走越远，他们一直都是我的好榜样。

2005年的主题依旧是"登山训练"。《没有顶峰》里有一段牟治平的话，是他对登山训练的理解：山鹰社的登山只是一个平台，能让更多的北大学子去经历登山、感受登山，并把登山中的各种精神用到生活中去。我深以为然。我想补充的是友情，登山队中建立的友情一辈子无法割舍，值得永远珍惜。当然这并不与登山本身互斥，而是相辅相成，相得益彰！

2006年攀登博格达是山鹰社那几年中的一个小高潮，从攀登角度讲，是我8次攀登经历中最爽的一次。我们几个热血青年早有志在登山训练的基础上创造一番成就。选山一开始基调就很高，几个备选山峰都有相当的难度：公格尔、念青主峰、博格达……博格达高度不高，但垂直高差大，攀登路线长，且路线上充满冰、雪、岩的综合挑战，技术难度高，其挑战性对于我们着实不小。越是困难，越有干劲，有条不紊的训练早就从我们这些老队员开始了。冬天的小五台历经严酷与惊险，开学后的岩壁训练充满折磨与痛苦，但我们始终坚强而自信。我还记得肖肖、魏宏、海哥和我经过一下午的东壁连爬、结组、下降之后，满身疲惫腾挪到面食部，各叫了一大碗刀削面，狼吞虎咽，怎一个爽字了得！肖肖（时任攀登队长）曾说：越训练，越准备，就越觉得有信心。的确如此。

在博格达，我们经过长达24天的艰苦攀登，全线架设的路线绳将近3千米，通过了多处难以逾越的危险路段，经历了多次擦肩而过的惊险，最终15人成功登顶。C1的帐篷在某个夜晚被飞石击穿，幸而当晚没有住人；C3建营时就在一个陡雪坡上，一阵阴风刮来，雪铲瞬间不见踪影；在通过某段近乎垂直的冰槽路段时，"从头顶上先落下来一大块冰，再落下一个包，最后落下来一个人……"（张振华述）大平措的冰爪坏了，硬是用一只冰爪从C2下撤回本营……这次攀登中也有好多温暖幸福的点滴：本营的伙食绝对是一级棒，菜品花样在那几年无出其右者；我们挖了一个巨大的厕所，大家都争抢第一次使用权，最后董婧董姑娘秒杀了所有男生；新疆向导艾山多才多艺，经常带我们在炊事帐敲锅打盆放声歌唱；C2的某个夜晚，我们5人在小小的帐篷里演了一出英雄救美的情景剧……还有还有绚烂的旗云、绽放的雪莲、（从C1看到的）城市的灯火、心中的歌……这是一次纯粹的攀登，成功背后饱含的艰辛付出、笑貌当中隐藏的惊心动魄，至今想来，依旧荡气回肠。

徐勇、肖忠民和我是那年登山队的"三驾马车"。徐勇是我们那一届社员（2003年秋）中的翘楚，面黑齿白，身材修长，很有个人魅力。肖肖踏实勤奋，坚忍不拔，积极上进，绝对的正能量大使。我们仨在山鹰社共同经历与成长，交集甚多，终成生死之交。徐勇毕业后几经波折，现在在跟吴起全一起创业，仍然在户外圈活跃着。肖肖毕业后从互联网创业元老转身卖保险，积极地在另一个领域挑战自我。

如果说山鹰社在新时代的登山训练中还留有什么本色，那绝对是独立攀登。虽然我们也请教练，但我们从不倚靠教练的力量完成攀登，在博格达，走在前面的一直都是我们自己的队员。这一点，是山鹰风骨中最坚硬的一部分。我相信，凭着独立攀登的个性，山鹰社能够不断地发展下去，飞得更高，走得更远。

博格达之后，我成为了山鹰社的社长。管理社团的这一年，是我成长最快、得到最大历练的一年。承担了更大的责任、付出了更多的爱，就能得到更大的成长！2007年山鹰社成功登顶西藏甲岗峰，我们进行了更多尝试，收获满满。

2017年是甲岗登山队的十周年纪念。因大家天南海北，我们没能组织聚会。某个夜晚，我因忆生情，灵感一现，在2007登山队的群里组织大家介绍介绍近况，得到积极响应。攀登队长刘明星、做过秘书长的赵碧若、连续参加多年登山的张晗（小黑）、黄倩倩、李响身在异国他乡；张其星、刘东东、林涌在金融圈；薛秀丽、傅航杰在互联网圈；大力在石油公司；柳正在地震局；刘刚在医院；王文涛在部队；刘博成为北大的体育老师。小伙伴们都在经营着自己的生活，大家过得都挺好，我很开心。

山鹰社的登山虽被限定在"训练"的框架之内，但并不局限于此。斗志昂扬的山鹰人在一丝不苟地实践登山训练的同时，也积极寻求新的突破、创新与亮点。诸如2004年、2005年的山峰侦察（冷琼山谷）、2005年开始的阿尔卑斯式训练（半脊峰）、2006年技术型攀登（博格达）、2007年首登未登峰与绿色攀登（甲岗峰）等，都是山鹰社成就感的源泉。当然，这一切都是在我们力所能及范围之内的。

大四之后，我保研继续留在北大。研一是在北大深圳研究生院读的。虽然身处他乡，我还习惯性地关注着山鹰社的各种信息。虽然没有了一体（第一体育馆）、五四操场的训练环境，但我坚持体能训练，我以技委兼老队员的身份继续参与了（同样的还有徐勇、李兰）2008年登山。卸下了"队长"的重任，我一下子轻松了许多，也更能纯粹地享受过程。彼时的登山舞台已经属于年轻人，我们只是在需要的时候给予适当的帮助。现在回首那年的登山，印象深刻的场景不再是攀登路线上的点点滴滴。喀什的夜晚23点依然是亮着的，我在那里第一次吃到了新鲜的无花果；还有江湖七公烤翅，是当年登山队员的心头挚爱，不仅因为口味好，更是因为陈颖陈老板请大家"吃到爽为止"；在本营晒太阳，在炊事帐给大家做饭成了登山中的一种享受，别有乐趣；我们徒步去慕士塔格的营地，在冰蘑菇的石头上摆各种pose拍照……尽管队伍最终没有登顶，我觉得遗憾但也很美好。

张其星和柳正是那年的队长和攀登队长，2007年攀登甲岗的时候他们俩还是新队员，甲岗后就承担了社里的重任，直到登考峰。柳正后来在北大待了很多年，多次参与之后的登山，成为了社里的"骨灰级"元老，他现在国家地震局工作。张其星毕业后读了金融硕士，现在上海某证券公司工作。

2008年考斯库拉克，重返7 000米！尽管攀登过程中有诸多遗憾，壮志未酬，但山鹰社在选择放弃时所表现出的理性与大局观却是沉淀下来的宝贵品质，这也是一种进步、一次成长、一份收获。

20周年社庆来临之际，社里的一批孩子试图总结山鹰社的精神内核。我有幸也被邀请参加了那次讨论。结果出人意料却又令人惊喜——"爱·成长·责任"。早在十多年前，老社员张天鸽在她的《金山夜杂记》里就有如此一段话：

> 尘事碌碌也许会改变我们的许多东西，但那个关于雪山的永久的梦想却永远留在心里，没有什么风沙能将它打磨褪色。这不仅是关于攀登，也是关于成长与爱，关于生命与自由，因为有了它，登山的朋友永远也不会离得太远。

当年抒怀的语句跟今天理性提炼出来的词语竟是如此契合，这是岁月给予我们的肯定。原来，我们山鹰人一直年轻，追逐梦想的人永远年轻。后来再细细品味这几个词，我竟感动得一塌糊涂——爱，成长，责任：既是我在山鹰付出的，也是我从山鹰得到的。

2009年登山，山鹰重返玉珠峰。我再次有幸以技委兼老队员的身份参与了。队长是薛秀丽，人称"秀"，外表如名字般温婉秀丽，内心坚强。2008年考峰回来之后，选社长成为难题，薛秀丽临危受命，勇扛大旗。恰逢山鹰社成立20周年之际，那一年各种活动应接不暇，身为社长，责任、压力必然不轻。最后的活动都很成功。登山前夕，薛秀丽找到我时，我虽搞科研找实习等种种现实问题缠身，但心里还是很兴奋很感激，这么多年，暑假登山已经成了一种"习惯"。

那年的登山很顺利，有惊无险，全员登顶。玉珠峰是山鹰社的起点，站在玉珠顶峰，感怀往事，触景生情。想当年那些前辈在装备简陋、物资匮乏的困难条件下，仍能凭借一腔热血为山鹰社开个好头，相比之下，我们这一代的登山是一件多么幸福的事情！

我们登顶之后紧接着就是山鹰社成立20周年登山大会，一批老家伙相聚玉珠，重温当年的激情岁月，纪念共同走过的无悔青春。每一位经历过的小伙伴都为这个社团添砖加瓦，书写了一页页故事，创造了一个个传奇。同时，每一个人也都从这个社团汲取了丰富的精神养料，收获了经历、友情、信念、品格，受益终生。20周年之后，又一代年轻人接过使命，续写传奇，薪火相传。

玉珠峰之后，我在山鹰社的登山故事圆满谢幕。头两年多在百度公司做产品经理，之后加入桃李面包股份有限公司。这些年从沈阳到青岛，到北京，到南京，现任南京桃李的总经理。进入社会，少了简单纯粹，多了些复杂世故。很多人只是知道我上过北大，却不清楚北大带给了我什么。藏在我内心深处的是一个浓浓的山鹰烙印，它像"火种"、能量源泉，时刻给我力量。

30周年来临之际，我很感谢有这样一个机会，重温我的山鹰岁月，我的登山故事。

我的社长故事

1. 更换秘书长风波

博格达回来之后，我成为了山鹰社社长，印海友是秘书长。印海友，人称海哥，憨厚老实，性格极好，身体素质一流。海哥和我是03级微电子系的同班同学，大二那年被我拉进山鹰社，自此一发不可收拾。我俩一起攀登过2005年的桑丹康桑、2006年的半脊峰、2006年的博格达，还和何金友去参加了清华山野组织的一次内部户外技能比赛，力挫众人。共同的经历不胜枚举。登博格达的时候，我们同在A组冲顶。那天海哥一马当先走在前面，充分体现了深不见底的体能，第一个到达了顶峰前的山脊上。后来我们A组另7人陆续到达，小憩一会儿，准备结组冲顶。海哥本来第一个准备好要出发了，我兴奋难抑，跟海哥开玩笑："海哥，给你俩士力架，让我走前面。"谁知海哥憨憨一笑，爽快答应。就这样，我成了队内第一个登顶的人。当时我跟海哥在顶峰合了影，心想有这样的好兄弟真是幸福极了。

原本，我和海哥搭档管理社团，立志大干一番，一切是那么值得期待。但没过多久，剧情反转，"砍竹子事件"给了我们致命一击。2006年攀登博格达之前的一个晚上，为了给登山队准备路线旗，印海友、刘明星、姜锐三个人砍了园内某某处的几根竹子，被保卫处的人抓住了，当时给了个小处分，三人都没太当个事。那时刘明星是研究生，姜锐要出国，印海友准备读研（那时还没有政策说受处分影响保研）。就在以为风平浪静的时候，出事了，学校规定受过处分的同学取消保研资格。海哥受到了直接打击。我们找团委，找院系老师，试图说明情况获得赦免，可是最后一切努力都是徒劳。海哥很绝望，绝望之后是坚强，他决定考研。我当时心情十分复杂，少了一个好伙伴、好搭档，又帮不上忙，痛苦极了。海哥从那以后与图书馆、自习室为伴，最终考研成功，结局虽好，可这其中的酸甜苦辣恐怕只有海哥自知。海哥现在华为公司，是技术大拿，家庭美满。

海哥退出，无奈之下我只能再找秘书长，最后是赵碧若担任这个职务。赵碧若，人称小若，考古系05级，北京女孩，细心体贴。以前都是把她当小妹妹看待，但她能临危受命，让我敬佩又感激。赵碧若那年主持制作了一版精美的山鹰社宣传手册，功不可没。2007年甲岗，小若圆了她的登山梦。现在小若身居美利坚，还对我以大哥相称。

2. 选山经过

博格达回来之后，一批老队员没法继续登山。确定能继续登山的只有我、刘明星、大力、张晗、刘刚、余彦敏（后因家庭原因退出）。登山队的硬实力削弱，直接影响了那年的选山。一方面我们要找到一座适合队伍实力的山峰，因为需要开展登山训练，要力所能及；另一方面我也想寻求新的亮点，不想爬那些社里爬过的山峰，这既有新鲜感的驱使，也担心历史循环导致"倒退"（不能为社里积累更多的东西）。

每年的选山都是件头疼的事，那年我体会更甚。我请教了许多前辈同行，也往中国登协跑了多趟。一次，登协的于良璞老师拿出一本厚厚的大书，那是登协早年拍摄的祖国西部大地上各座雪山的照片。于老师给我指了其中的一座山峰——甲岗峰，6 444米，位于西藏申扎县，是申扎杰岗日山脉的主峰。更重要的，这是一座未登峰！我当时就眼前一亮，踏破铁鞋，终有收获。

甲岗很顺利地得到了理事会的认可和通过，之后最大的问题就是准备资料。甲岗的资料信息少得可怜。后来，我在国家测绘局搞到一份甲岗峰（及附近区域）的地形图，那几乎就是我们能参考的全部了。再后来，刘炎林（大牛）在2007年初去了西藏，他特地去了一趟申扎县，近距离拍摄了很多甲岗峰的照片。我特别感谢大牛。那些照片也帮了大忙，我们做计划选营地都是依据那些照片。我记得当时我打印了其中一张照片，10寸的，贴在我宿舍的墙上，天天瞅着咋就越看越顺眼呢。我毕业后，这张照片给了资料部。

3. 甲岗故事

甲岗地处西藏腹地，是一座相对孤独的神山。这么多年来，申扎县的人们每天仰望祈福，我们即将前往触摸。沿途的景色很好，大家的兴致很高，一路欢歌笑语。犹记得当年的拙作：啊，××湖，你像高原少女的眼眸一样清澈明亮；那湖边嬉戏的天鹅，就是你的眼屎……博得大家哄堂一笑。

登山的前期很顺利，我们在C1附近进行了充分的技术训练，包括裂缝救援。尽管我们事前做了充分的准备，考虑到很多可能和预案，但还是遇到了难以想象的困难。其中1号营地往上的暗裂缝区是最大的阻碍，就算是最窄处也不能轻易通过，让大部队通过更不现实。当时我很纠结，为了保证安全而放弃？不甘！因为我们还没有尝试。但又不能拿生命去赌博……想了一个晚上，我想起以前在电影里看到过用梯子攀登，提出搭梯子过裂缝的方案。大力从申扎县城买了架由几根钢管焊成的梯子，跟我想象中的差得很远，但是还是得试试。刘明星带着A组上去的，他背着梯子的背影很酷。最后梯子派上了用场，队员们提心吊胆走过了危险路段。2007年7月20日下午，A组成功登顶，山鹰社实现了甲岗峰世界首登！

这次登山还有一个亮点——"绿色攀登"。虽然这个词以往频频被提起，没有什么新意，但在2007年，我们还是赋予了它独特的意义。甲岗是处女峰，我们希望这次攀登不留下任何"污染"甚至"痕迹"。所以我们不仅带走了所有生活垃圾，还带走了所有路线绳、路线旗和雪锥，还甲岗以纯净。

撤营前的那个晚上，大家围坐在炊事帐中，跳跃的炉火映照着张张亲切熟悉的面孔。我敞开心扉向我的队友们讲述我与山鹰的故事，两个多小时的倾诉先把自己感动了。2007年的登山是我这几年最骄傲的事情之一，不仅仅因为我当队长的骄傲和登顶未登峰的喜悦，也因为我终于可以给这支队伍和这个社团一个满意的交代。后期我们的队伍还对甲岗峰东侧的两条冰川进行了侦察，掌握了丰富全面的第一手资料。不知道甲岗将来能否成为其他学校登山队的目标，山鹰社迈出的第一步终究有着不可替代的意义。

【作者简介】纪明，2003年进入北京大学信息科学技术学院微电子学系，硕士毕业，曾担任山鹰社社长。曾就职于百度，现任江苏桃李面包有限公司总经理。

不要问我从哪里来

文海丽

在大学期间做得最好的事？

——加入山鹰。

在大学期间最后悔的事？

——大三才加入山鹰。

初识山鹰

第一次认识山鹰是在大三的时候。大一、大二的时候我主要跟留学生玩，甚至都不知道山鹰社的存在。大三的时候我的室友先加入了山鹰，我以为这是大家周末一起去山里郊游的社团，于是跟着室友加入。

我加入的时间比较晚，错过了三角地招新、迎新晚会、金山迎新。第一次参加的山鹰活动是大训练，那个晚上改变了我的命运。

我是个极其讨厌运动的人，而且体力也非常差，在山鹰应该很难找到像我这样体测拿3分（满分20分）的人。这样的我，参加了在山鹰的第一次训练，简直就是"被虐成狗了"。做完热身动作我就已经累得不行了，没想到还要继续跑步，再做力量训练。

但是，不知道为什么，这一次训练深深地吸引了我。也许是听到了老队员给

194

我加油的声音，也许是看到了大家拼起来的样子，也许是被拉着我的衣服帮我做仰卧起坐的老队员感动。

就这样，我爱上了山鹰社。

人生的巅峰

第一次听到香山长跑的时候我觉得这是一件疯狂的事。

之前我跑的最长距离是操场4圈（健美操的12分钟跑），我从来不敢想象自己跑10多公里的路。

不知道那一瞬间怎么了，我突然觉得可以尝试一下之前没有做过的事情，于是报了香山长跑。

到跑的那天早上我一直在犹豫，到底要不要去，后悔报了名，最终还是赶到了集合地点。当时我给自己定下一个目标，无论跑多慢，坚决不能停下来，也不能走路。记得我花了1个小时40分钟，每一步都特别难、特别痛苦，但最终还是坚持下来了，而且中间也没有走路。

回到家，我就直接躺在床上睡着了，腿疼了好几天。

香山长跑回来之后就申请了野外。

我的第一次野外是东灵山。但是不知道出野外要背这么大的包，要背那么多的东西。不记得自己为什么要报名，而且还被选上了。我记得特别清楚，第一次野外开会的那一天，领队做的第一件事情就是对表，当时觉得山鹰的老队员都好凶，开会和装包的整个过程我都不太敢跟别人说话。

出过东灵野外的人应该都知道那里的台阶，一下车就要开始爬很多，我每走一步都跟自己说再也不来山鹰，再也不来山鹰了。晚上睡觉的时候觉得特别冷，而且听着旁边人打呼噜的声音，我就更没法入睡。

但是那一次野外，我第一次躺在山上欣赏了夜空中的星星，第一次因为能吃到苹果感到无比开心，第一次吃了香菇酱，第一次在帐篷里煮泡面，第一次玩了脑残游戏。

野外回来之后我又去了阳台山拉练。我花了2个小时才爬上去，仍然每走一步都会后悔报名。

连着3周参加了山鹰活动之后我整个人已经颓废了，每天晚上会因为肌肉酸痛而惊醒。我感觉达到了自己人生的巅峰。

家

在不知不觉中我申请了冬训。当时也不知道自己能不能选上，对攀冰也不感兴趣，就是想跟山鹰的人待在一起才会报名。被选上之后进入了A1，是我在山鹰的第一个团队。冬训的训练比大部队训练要累，但是它又给我带来了无比的快乐。其实真正冬训的那几天是非常痛苦的（其实我参加的所有山鹰的活动都对我来说很痛苦），尤其是攀冰，我不仅没有兴趣，也没有力气爬，爬了一趟就已经累得快死了，晚上睡觉也非常痛苦。

很多人听到我的经历之后都会羡慕。从小在国外长大，能说很多国家的语言，了解很多文化。的确，我也觉得这是一个很好的经历，但是，这样的成长经历使我觉得我去哪里都是外人。

另外，说实话，我之前并不是很喜欢中国。最初为了适应这里的生活我付出了很大的代价，中国并不会让我感到舒服或者温暖。而冬训，给我带来了很强的归属感，这种感觉让我感到无比开心，好像在中国有了一个家。

冬训不仅给了我一个在中国的家，也教给了我许多东西。

记得有一次我们的队长朱爸爸在总结的时候说，我们冬季训练并不是为了让最快的人变得更快，而是让那个跟不上的人能跟上队伍。这句话，深深地刻在了我的心中。山鹰，就是一个这样的地方，大家一起努力，一起往前走。

挑战

磨线季到了。是否要报科考我犹豫了一段时间。第一是不能下定决心，第二是对过线没有信心。入社之后的一个学期我对攀岩并不感兴趣，加上我恐高，就更不喜欢攀岩。当时觉得自己可能磨不过科考线，因此，连试都不敢试。

我最终还是下定决心去攀岩，但是在第一个屋檐就卡住了。试了几遍之后受伤没有力气了，想下来，但当时给我打保护的朱爸爸不愿意把我放下来，他说摸着摸着就可以过。我也没有办法了，被逼着继续磨线。没想到，还真的过了第一个屋檐。

磨线是一个非常奇怪的过程。磨着磨着就能过。原本以为自己到不了，但总有一天会到达顶端。其实，跟爬山一样。

走出自己的世界

我是独生女，加上从小就经常换环境，习惯了一个人，做什么事情都倾向于自己一个人解决，不喜欢团队生活。但是成为科考队的一员，就必须要学会在团队里生活。来自各地的人都聚集在一起，要一起做事，一起训练，一起渡过难关。

队友磨合的过程并不容易，从队伍成立到科考结束，也有过矛盾，有过摩擦。刚开始经常不能理解某些队友的某些行为，但是科考结束后发现，是我定下来一个标准之后也将这个标准用在其他人身上。科考让我意识到了团队生活也是非常快乐的。

随着科考，我似乎走出了自己狭隘的世界，认识了更多的人，看到了更多的风景，向新的世界迈出了脚步。

重新认识中国

正如前面所说，中国对我来说是一个让我非常疲惫的地方。我只顾着适应，只顾着生存，从来没有主动去认识中国，没有在中国旅游。科考的整个过程对我来说就是重新认识中国的过程。我看到了之前所不知道的中国的面貌。

到达贡嘎子梅村的那一天，我看着那里的风景，觉得跟我之前所认识的中国太不一样了，就像世外桃源、宁静、神秘。我似乎第一次在中国感受到了无比的舒服。比较有意思的是，因为我们去的是四川，我听不懂四川话，就好像重新回到了刚来中国的那个时候。别人笑，我就跟着笑，但不知道为什么要笑。

部长会

进入部长会之后我真的觉得山鹰是一个非常理想的集体，大家都把社团放在第一位，而且大家都非常任劳任怨（其实在山鹰待久了就会有一个副作用，跟非山鹰的人一起做事的时候感到非常累）。

也许是因为有了责任，我更加爱上了山鹰。小鹰的时候忙着适应，但进了部长会之后就要考虑很多问题。我想，其他在部长会待过的人也都跟我差不多，在这里不仅仅是付出，更多的是学习。

离开

从入学以来就想着继续读硕士，但是由于各种原因，我决定先Gap（间隔）一年再继续自己的学业。也就是说，毕业了就要离开山鹰。

毕业临近的时候，我开始有点害怕。从小各处流浪，但我并没有适应离别。

我一贯的做法是不交朋友，因为这样，我就不需要跟别人道别。但是这次，我似乎已经过多地爱上山鹰了。就像辛辛苦苦建了一座城，但是现在又要用自己的手毁掉它。

山鹰的元旦晚会结束之后，我在回家的路上突然开始哭，觉得舍不得，不敢离开。这是我上大学期间唯一一次哭。

回家

Gap一年之后，我重新回到北大读硕士。当时脑海里的第一个想法就是，一定要回到山鹰，因为山鹰是我在中国的家。

其实刚开始也并没有想当秘书长，只是想继续在部长会干活儿，因为我觉得我在山鹰享受的东西太多，我有责任继续待在这里，另外，我在山鹰能学到的东西还有很多。

回到山鹰的时候真的有一种回家的感觉。虽然部长会的人我大部分都不认识，但是这并没有让我感到陌生，一切都还是那么亲切、那么熟悉。

山鹰人

我到底喜欢山鹰的什么？

冬训的冻苹果？野外的香菇酱？在岩壁垫子上晒太阳？五四操场的加油声？

我想，应该都是。我爱山鹰的一切。

有一次，有人问我："海丽，你到底算哪国人？韩国人？中国人？俄罗斯人？"

我当时回答："山鹰人。"

不要问我从哪里来，只需要知道我是山鹰人就可以。

我一定要做一辈子的山鹰。

【作者简介】文海丽，韩国籍，2012年就读于北京大学政管学院，本科，2017级硕士。2014年加入山鹰社，曾任山鹰社宣传部副部长、攀岩班班长、秘书长，参加了2015年冬训、科考。

山鹰给我的

鲁文宾

　　真的很感谢这么多朋友。舍不得，于是我不让自己去回忆过去。我应该有很多想说的，山鹰这儿太严格，那儿又效率低，如何如何或许会更好什么的；在公交车上想了半天，也不知从何说起。

　　最后决定说一说山鹰留给我的精神层面的东西，也是我对自己说的话："我和身边的人非常地不同，我没有必要和他们做同样的事。"因为山鹰是一个大不相同的群体，与世隔绝一般地做着一些自high的事情。以前看到同龄人有了什么好的东西，我就会很想去追求，想什么时候自己也能像这样就好了。但是，在山鹰的这几年里，我几乎不在乎身边同龄人，他们本质上来讲就是我的竞争者，我却不在乎他们有什么令人着迷的、很牛的或者很炫酷的东西，我会坦诚地接受自己与身边人的不同，并且坚守这样的不同。

　　身边常常会有慢慢溜达、把人人网刷干净或在图书馆看电影的人；也有一些学习很厉害的人，说出的话我都听不懂。学生被分成很多类，"大牛""学霸""学渣""Loser"什么的；但我与他们不同。我觉得必须写作业了，就静静地写作业；该玩玩了，就二话不说去岩壁。我长期在骑车的时候大声地唱歌，有时衣服堆一个月才洗，有的课很喜欢就会学得好，有的课必须翘掉。我相信，我的生活一定会精彩。

我很感谢山鹰一直教我要有责任心：有了责任心，总是把该做的事情放在心里，老是琢磨着，往往就能做好；没有责任心，即使是很简单的事情，也会做得很烂。扪心自问，我在山鹰犯的错误几乎都是因为自己不负责而造成的，真的很庆幸没有引起让我无法承受的灾难。说来惭愧，直到现在，超过一半的事情上我还觉得自己的责任心不够。对于这些，有时候我会自己狡辩一句"我是个浪子"啥的，有时候我觉得无能为力。要是没有山鹰，我无法想象我会是个什么样的人。我常常对自己说："做一件事就要做到底。"每个人都会有很多很多困难，世界上没有一件事情真的那么简单。相反，常常需要非常努力，需要拼老命。山鹰与外面的世界不同。比如登山，山鹰人需要承担非常非常多的东西，需要遵守许多条款，既要训练，又要传承，学会了还要教别人。普通的登山者，加上来回交通的时间，顶多两周就搞定一座山，花太多时间是浪费。而山鹰的登山队要准备几个月，常常会心力交瘁，想要放弃。但是，山鹰人必须对自己说："要做就把它做好，不能放弃。"现在不是"笨鸟先飞"就能飞得远的时代了，各行各业，总能看到有很多人已经先飞了好几年了。所以我相信"什么鸟都要坚持飞"，如果真想做好一件事情，只能多坚持。

　　常常听到这样的问题："我现在在干什么？"这个问题实际上很难回答的。在山鹰人看来，这却很简单。冰坡大循环下降的时候，一只手握制动端，另一只手解牛尾，心里就会突然这么问一句。答案很简单："不解牛尾没法下降。"于是，大部分时候，我很清楚我在干什么，我很清楚地知道，我的目的地就在前方。各种事情都能很快做个决定，不会犹豫不决，于是很快就搞定了。

　　最重要的应该放在最后，我真的很感谢这么多朋友，陪我走过那个年代，给了我充实的回忆。活一辈子，如果感觉自己的经历可以写成一本有意思的自传，那么就没有白活。细细想想，他们深刻地影响了我的性格，比如"有追求"和"摸良心"，比如互相关心，比如乐于听取别人的意见，真心地对待别人，比如要给别人快乐。正如夏炜所说："要是没有你们，我就死了。"这句话我很当真。要是我随波逐流，失去了"追求"，失去了"良心"，要是我不愿意去和别人交朋友，把自己一个人关在角落，那我真的就像已经死了。

　　我去了很多次白河，很多次小五台天仙瀑，吃了很多肉，唱了很多歌，情歌没人懂，下午或晚上常常在岩壁待着，冬天攀岩会把手指脚趾全部冻僵，打保护的时候脖子疼……实在太多了，往往一件事情很快就忘掉了大部分，最后只剩下一两个画面，时间再一长，竟渐渐成了黑白照片似的，从此就再也忘不掉了。

于是，偶尔翻一翻记忆中的往事，都是些陈年累月的老照片。比如某次野外某角度的夕阳，老金野攀受伤了流的血，小五台比腰还深的雪，登山时头晕得天旋地转，还有很多人的笑容，竟还有声音。

在奥斯汀小镇待久了，感觉远离了北京的那种都市气氛，心里渐渐变得宁静，于是会渐渐地想一想山鹰的未来，甚至北大的未来。

山鹰给我的，远远多于我对山鹰的付出。愿山鹰安好。

【作者简介】鲁文宾，2009年进入北京大学元培学院，美国德州大学奥斯汀分校天文学在读博士。曾任登山队后勤队长、攀岩队长、全国大学攀岩锦标赛队长。

向信念致敬

贾培申

Never send to know for whom the bell tolls, it tolls for thee.

——John Donne

读完报告书，翻看目录繁多的相册，和精心制作史无前例的长达40分钟的登山队视频，也无法完整再现初夏明媚的阳光下亮灿灿的岩壁，夜晚五四操场上滞闷的含着塑胶味的空气，夏日午夜凉风扬起的秀发，火车上60多小时的天昏地暗不知日夜，喀什晃眼的阳光与老城的逼仄幽静阴凉，稳健的"冰山之父"慕士塔格的湖光掠影，起起伏伏的沙土戈壁，巍然横亘在眼前的群山，本营的风沙与喧嚣，粗重的喘息，冰冷的河水，艰难机械的步伐，来不及沉淀冷却的忧虑与压力……我很想把它写成登山队员最翔实的记录，这是我的一种奢想——回到过去。

我从没有想过，自己踏足的那片土地曾历经怎样壮阔的历史背景。公元7世纪，阿拉比亚人的第一个王朝——伍麦叶王朝，以阿拉伯半岛为圆心，开始了向亚欧非的武力征服。在东线，沙漠的子孙们曾到达喀什葛尔。远征队的将领古太伯在这里建立一座伊斯兰教传教士墓地，而这片墓地几经改建，便是如今全新疆最大、最有名的清真寺——艾提尕尔。公元12世纪，蒙古铁骑也曾踏过这里，一直打到巴格达，终结了奄奄一息的阿拉伯帝国，自此四分五裂，如今倒更像阿拉比亚人远征前的布局。这片贫瘠、饱经战患的土地，又如此神秘。斯文·赫定、斯坦因等最伟大的探险家不止一次地深入这里进行考古学、人类学的考察，斯文·赫定甚至和"冰山之父"有过一场较量。这里是西域！记忆过滤掉了夏季的闷热，只留下喀什明媚晃眼的阳光，傍晚老城的点点灯光和徐徐清风，异域的口音、长相、符号式的文字，迥异的民俗服饰、伊斯兰风格的建筑，人流不断的大巴扎，艾提尕尔清真寺旁摆满食物的街道，夜晚喧闹拥挤的广场上凌乱摆放于桌上待售的牛，第一次知道肉可以这样吃……回到自己熟悉的世界，像是做了一场梦。每个人对于喀什生活的记忆都像梦，只是感受各异。

　　该怎样表达我对这荒野的热爱，如何描绘你的美？奶爸大概会回答：这世间有百媚千红，而我独爱你那一种。奶爸善于用戏谑的口吻表达深沉复杂的情绪。撤营下山时，筱爷说，觉得攀登雪山跟自己想象的不一样，虽然自己在来之前也对真实的雪山攀登是什么样子并没有概念，但仍有一种模模糊糊的期望与现实的落差感，好像这不是自己所追求的东西。我并没有因此而觉得失落，我只是不满足于"想象""东西"这些可以进一步具象化的词汇，尝试着追问。这个问题很难，你有时候会想得太大，从人类或者人类中的某一类群体的理想去思考，而忽略了作为个体的自己的生活的幸福；有时候又是反面，会觉得无法体现自己人生的价值。浮士德皓首穷经，虽然其境已高出世人太多，却越来越困惑。与梅菲斯特交易，爱情，悲剧；政治，悲剧；美的理想，悲剧；造福世人的事业，悲剧。绿原解读说："人类所能达到的最高成就，恰在于一种自强不息的创造性的生活本身，一种不断进步的道路或过程本身。一个人只要追求一个高尚的目标，并在追求过程中又把每个实际步骤当作目标加以追求，他就值得享受并一定能够获得最广义的报偿。"

　　我还是山鹰理事会的一员时，选山对于当时的理事会来说是件顶大的事。当时的议题是尽量寻找新的山峰，寻找那些能体现山鹰攀登意识、趋势的山峰。随着西藏登协针对学生登山队限定开放五座山峰的软政策出台，选择的空间更小。2010年原定山峰夏康坚没能通过审批，临时换山卡鲁雄，后来是素珠链、雀儿山，到2013年克孜色勒，攀登主题分别是：零垃圾、祁连山发现之旅、"爱比山高"、山峰侦查。乍一看，这都是什么乱七八糟？主题真的不是重点，重点是所做的尝试和努力。2012年选山时，有理事认为克孜色勒旁的6220峰可爬，但资料很少，于是理事会在那年寒假安排了一次6220峰的侦查活动。因为冬季环境恶劣，时间紧张，队员能力有限而未能进行有效的侦查，于是当年还是选择了较为成熟的雀儿山。2013年，克孜色勒借着6220峰的侦查活动很快占了上风。虽然克孜色勒峰的攀登并不圆满，但我一直觉得"一山＋侦查"的尝试是成功的，且幸运的是6220峰确实是能爬的。我不知道以后的登山队会去哪里，会不会选择6220峰，因为毕竟有很多现实的问题，比如新疆昂贵的攀登费用，甚至于登山队员比较少的情况下，为了吸引更多的人会考虑西藏，因为大多数人都有"西藏情结"，但6220峰始终在那里。

这是我能感受到的，除却在山鹰的攀登活动对于个人成长的影响外，感觉最能体现这个群体始终在消极的社会现实下积极探索的情形了。我常常觉得，与其说山鹰在展翅高飞，不如说其在空气稀薄地带正以自身强大的惯性不由自主地滑翔。它会飞向哪里？"人类所能达到的最高成就，恰在于一种自强不息的创造性的生活本身，一种不断进步的道路或过程本身。"我想山鹰的未来也最好如此阐释，山鹰所追求的东西也最好是一种自强不息的创造性的生活本身，一种不断进步的道路或过程本身。而我们每一个在这条道路上走着的人，也能以这样的姿态去打造属于自己的那一段道路所应有的色彩。在空气稀薄地带，只有不停扇动双翼才能不坠落，而不停扇动翅膀本身，就是它应有的生活。当时我对筱爷说，何不认真看看这里的风景呢？在我爬过的山里，这座山的山脚下的风景最美。而离开熟悉的生活来到这里，为什么不将自己的情怀沉浸其中呢？

攀登的过程是程式化的，即使有些波澜。作为攀登队长，我也不止一次在各种形式的媒介上详细真实地表达过自己的感受，此处不再赘述。不过我倒是很乐意谈谈我在攀登时的两个很严重的失误。

第二阶段的攀登原本一切顺利，A组甚至超额完成了修路计划，而B组运输的物资里却缺少第二天修路的路绳，有一名队员体力不支下撤，分包时遗失一个给A组运输的睡袋，A组又不得不派一个人下去。这件事终因两组组长不能相互理解而起了冲突。权衡调解后，我的安排是这样的：B组派大力和教练早出发给A组送绳，其余人按原计划行动；A组分两组，我和周景、教练结组冲顶，何世闯带着两个新队员沿路绳末端修路到C3。B组的安排没有太多好说，A组我是这么考虑的：结组冲顶的三个人实际上最主要的任务是探路，尽量对上面的路段心中有数；修路的三个人任务量很小，因为路绳末端已离C3很近。而根据前几天的经验，A组修路根本不需要6人全部在场。但很不幸，第二天遇到了非常恶劣的天气，冲顶组三个人遭遇裂缝区、大雾迷路，对下山以后心态有较大影响，疲劳和大雾中爬裂缝区时的恐惧十分影响斗志。同时那一天天气变坏时，我要求B、C组立即下撤的决定也值得商榷，或许原地等待会更好，事实证明大雾散去以后天气就恢复晴朗了。下撤导致A、B、C组都没能完成原定的计划，C组教练带着一名队员下本营时在碎石坡迷了路……柳正后来在报告书里说，如果不是心急冲顶，不遭遇那次危险，至少可以按照原计划修好C3，也避免了疲劳和因危险处境而加剧的心理压力，或许第三阶段面对雪桥时会更有信心。错在我那天晚上还不足够冷静，也怪老天太会捉弄人了。

第二个错误是在下山以后的讨论。我曾经犹豫要不要开会，我甚至还没想清楚自己想要达到什么样的效果，开完会以后我觉得一点收获也没有。当时最应该做的是鼓舞士气调整心态，尤其是A组，包括我自己。但是这个团队大概是训练总结的会开多了，各说各的并没有发现问题。我没能敏锐地察觉自己的问题，没能和柳正、大力他们好好交流，在第三阶段犹疑了。所谓一鼓作气，再而衰，三而竭。

以上两点是我觉得自己在这次攀登中没能做好的地方，如果能持重冷静，即使雪桥有其客观的难度和危险，我们也还是可以避免0%的登顶率。下山以后我和当时的社长张墨含聊起此事，觉得因为没有冲顶而影响了新队员的体验，或许有冲顶的话会有更多的队员继续登山。张墨含说几乎所有人都没觉得冲不冲顶会有多大影响，有此执念的只有我自己，而不可能再去的，即使冲了顶也不会再去。我才觉得，似乎影响体验一说只是我的执念。

题记这句诗原本有着更广阔的含义，大概可以指对人类的悲悯情怀。而我其实只是想表达我对这段回忆的珍视。记得2009年登山报告会前一晚，大家对登山队视频普遍不太满意，队长召集大家连夜修改，我上午有课，第二天中午才去，攀登队队长贺鹏超问我觉得视频怎么样，我以何必那么认真的"优雅"态度回答说"还好吧"。他大发雷霆，大意是：这是属于你自己的登山队，属于你自己努力生活的记忆，这么烂的视频，你放给别人看的时候，自己不会汗颜吗？我羞愧难当。作为这段记忆的创造者，我们任何一个人的"不认真"都将使这个团体的回忆黯淡，也会是这段回忆的所有参与者的损失。所以不要问丧钟为谁而鸣，它为你而鸣，为我而鸣。

但不管怎样，总希望你们在这里获得的比失去的、错过的更多，更有价值。

【作者简介】贾培申，2008年进入北京大学信息科学技术学院，曾任山鹰社攀岩处长、理事会理事。攀登过玉珠峰、雪宝顶、卡鲁雄、素珠链、克孜色勒峰。2016年硕士毕业，加入谷歌（中国）信息技术有限公司。

延绵不绝的攀岩回忆

王在

　　山鹰社的传承是件很可怕的事情。去年在首体攀岩的时候，我发现我新认识的师弟师妹们，已经和我们那一批人隔了好几个时代了。那天来爬的老社员有8个，至少是分了3拨来的，至少10年的年龄跨度，至少有2任攀岩队队长。

　　我认识的人，从96级的小笼包（师父），到我们99级的张锐、晁婕，到00级的赵东昕、李凯，再到后面的王智珣、白成太以及龚笔宏（Jiggle）、高龙成（Longcius）；后来2004年我去了香港，又碰到董婧和陈志宣；回北京的时候，认识了张思宇；2007年回大陆比赛认识了贺斐思和曾丹，2008年比赛认识了吴涛、李赞、王羽新；又见过邓志超；后来娃五岁多了，我重返岩壁，见识了社里的一干年轻攀者；2013年我考取了裁判员证书，认识了传说中的保安高手王保有，并再次见到了社里也是国家级的重量级老岩友赵凯、张清、赵雷、李兰。从个人角度说，这些珍贵的名字，涵盖了我大部分的山鹰社攀岩记忆。很开心地看到社里攀岩薪火相传，不仅成就了我们自己的攀岩故事，也成为民间一股活跃的攀岩力量；不仅有赵雷哥担着国家攀岩队主教练的大任，也有定线员保有、裁判员兰姐等在全国赛事中奔波，还有各种攀岩活动中积极的小参与者们，以及如胡冠菁、杨涯、李笑云、董婧等，早已爬到了大洋彼岸。

与攀岩队结缘

2000年春季，大一下半学期，我加入了山鹰社。那时参加了社里多次常规活动，但对攀岩队却知之甚少。攀岩队像是一个神秘运作的小团体。直到一个春日的傍晚，我和室友在岩壁下面转悠的时候，突然有一个西装革履的帅哥走到我的面前。

"你是王在吗？"

"是啊。"

"你想加入攀岩队吗？我是这届攀岩队的队长。"他的话里有一种不容置疑。

我觉得加入攀岩队也不错啊，于是说："可以啊。"

然后他让我在一条路线上一试身手，那是北大地大比赛的路线，我只上到两米左右就遇到了一个难点，努力尝试了几次，根本就不行。于是这个人就西装革履地上了墙，为我示范了一下那个动作。我真的没想到穿皮鞋也能如此轻松地完成攀岩动作。之后，他热情地鼓励了我一番，说只要好好训练就可以做到。

这样的一个傍晚，改写了我后面的人生。而这个攀岩队队长，就是张锐。由于身体素质优异，攀岩感觉极好，那时社里攀岩又青黄不接，张锐入社半年就担起了攀岩队队长的重任。那次他正好外出办事回来，所以穿着西装，又正好碰到我。后来知道，我是被我的高中同学、他的大学同学出卖的，说我素质不错，我就这么被张锐收编了。

那时的攀岩队还有几名队员，都是1999年秋天入社的，除了研究生女队员高炳荣，其他的都是我们99级的大一同学：晁婕、李天航、刘炎林、袁子刚等。我入队没多久，登山科考队就成立了，张锐和刘炎林去了登山队，晁婕和李天航去了科考队，再见已是2000年9月。秋季招新之后，张锐进一步招兵买马，使攀岩队壮大到十几近二十人。有些人是由于在社里的攀岩活动中表现出色；有些人攀岩水平并不突出但特别热爱攀岩；而有些人是由于攀岩队和社内的交流，在攀岩队内做短期的体验，比如王威加（Taiga）。

晁婕是长了一对可爱酒窝的短发北京女生，代表了那时社里女子最高水平，是攀岩队的副队长。我刚入队的时候，张锐基本不跟我直接对话，都是通过晁婕来传达旨意。他俩应该是在我没出现之前有过美好的岩壁时光，比如训练结束之后吃吃西瓜吹吹晚风什么的。晁婕在岩壁上花的功夫是我的几倍，她不高，但力量不错，动作非常协调。我曾经看她穿着解放鞋至少5趟小木片连爬，动作极为标准，也曾经给她保护带小屋檐的老南壁4趟连爬；这些都是我以后也没有做到过的。在很长一段时间里，我都觉得她的水平是远远高于我的。2001年晁婕去登山，后来进了理事会。她的思想是比较超前的，后来就经常和张锐就社里的问题发生各种争执，每天我就笼罩在他俩吵架的阴影之下，这时就只有后来当了社长的刘炎林最高兴，说有人为了山鹰社吵架是山鹰社最大的幸事。再后来，大概是2003年，不再被社里的琐事烦扰的晁婕去了阳朔，和鲁本、刘喜男等大神一起徜徉在山山水水之间，4双5.10的攀岩鞋是我回忆里一张经典的照片。

李天航是北京男生，除了攀岩，他还是摄影协会的骨干。印象最深的就是后来我去诸暨比赛回来后，李天航给我打了一次保护。那时我以为我找到了攀岩的感觉，有进步了，结果去爬以前爬不到的一条西壁路线，还是爬不到。李天航一直热情地鼓励我，终于我突破了13米的那个难点。所以我的进步其实是发生在比赛之后，在天航哥的手里。李天航和人说话的时候总是一副煞有介事的样子，最后一次碰见他是社里真的出事了，当时已经淡出社里的人们又重新共命运。

刘炎林，我们都叫他大牛，我的同班同学，广西人，很高大，看似很憨厚，后来当了社长，毕业后从事野生动物保护事业，还出了书，很有才。在炎林的生命里，应该是登山和野外占的比重比较大，攀岩对于他是很小的一部分。最后一次见到他是前两年的同学聚会上，他的胳膊已经变细了，而大腿却特别粗壮，足以证明他常年行走在山坡原野上。

新招来的人里，赵东昕是我们系的师妹，也是很长一段时间里我唯一一个真正当师妹看的人。东昕也是北京女生，很高，自带一种俺们生物系特有的理性。开始的时候，东昕总是比我的训练量少那么一点儿，凡事不用出头，好像并不强的样子，后来我2001年秋天退出队里之后，东昕就担起比赛的大任，出征武汉和湖州，代表了那个时期社里的女子最高水平。2001年我们暑假备战南京的时候，每天训练完，我骑着小自行车，带着东昕，吭哧吭哧地骑未名湖边的坡路，东昕说我是天使，天天使唤。可是我们家先生说，他第一次见东昕，她骑着个大自行车带着王智珣，见到我停下车说："在姐，下午运动会帮我跑个400米栏吧！"一副猛女的样子。再后来东昕去了我所在的实验室，在实验上还帮过我的大忙。东昕后来也是远离岩壁，再也没怎么回去过，每次聚会只剩一起拉拉引体，回味一下过往，一双攀岩鞋雪藏了不知多少年。可是一提起攀岩，即使理性的人也还是会无比激动，毕竟曾经付出过那么多。

男生那时有很多，留下来的，下一届的攀岩队长李凯，是数学系00级的才子，长得有点爱因斯坦的影子，是西安来的实在孩子，柔韧性特别好，腿能往外掰着坐下，所以在岩壁上折膝完全无压力。李凯特别喜欢也特别适合攀岩，后来张锐为了让他当攀岩队队长而一定要让他去登山的时候，其实他是比较郁闷的。后来李凯当了队长，也干起到处物色人才的事情。记得有一次李凯很兴奋地说，看到一个女生，身材特别好，但是已经大四了，不知道该不该招进队里。再后来，龚笔宏入了攀岩队，老凯就和她一起吊在岩壁上happy地定线了。

为了山鹰社的荣誉而战

说回2000年秋天。那时攀岩队人丁兴旺，我们有体能训练、岩壁攀爬，还组织看过电影《碟中碟2》，有过两次游泳活动，大家度过了一段活动丰富的时光。只要张锐不发火，队里的气氛是很欢乐的。

山鹰社的不少攀岩队长们都曾经被一种观念洗脑。由于建社的时候，全国攀岩还处于萌芽状态，我们的骨灰级社员们通过野外攀爬积累了一些攀岩经验，在全国大赛中获得了骄人的成绩。后来，国内攀岩开始发展，社里取得成绩渐渐变得困难，大家就决定修自己的人工岩壁，刻苦训练，以图重振雄风。1998年老岩壁建好之后，一届一届的攀岩队队长们就以这个目标为己任，几乎是把攀岩当作事业一样来做。

我的队长张锐就是这样。他曾经被他的队长王荣涛也就是小笼包彻彻底底地洗过脑，而小笼包又大约是被他的队长王辉洗过脑。然而我并不清楚这一切。我并不十分理解，为什么我刚爬了几天，张锐就充满幻想地对我说：你肯定能灭掉地大的谁谁谁！我并不知道那个谁谁谁是谁，也没有想过要灭掉谁，只是感觉到有一种压力莫名其妙地传递到了我的身上。另外，我也并不十分理解为什么他带训练要那么认真，经常发火。

张锐对纪律要求很严。我们的攀岩队不像自由快乐的学生社团，而像纪律严明的部队。如果有人迟到或者因故未到，他就会大发雷霆，以退出攀岩队相威胁。几次过后，我们的纪律就非常好了。记得有一次，我感冒很不舒服，那时还没有手机，于是特地顶着大风跑到四教底下的小黑板留言请假——那时队里的人经常一起占座上自习，如果有什么情况不能来训练，需要在黑板上留言说明情况。那次的留言刚好被一名老社员看见了，大约是尹瑞丰，他见到我时相当感慨，大赞张锐带队有方。

另外，张锐带训练强度很大。每一项训练内容都被他强悍的身体素质带到了一个很高的高度，从热身跑就开始拼，压韧带时一片吱哇乱叫，拉引体更不用说，男生们一个比一个生猛，张锐更像个引体机器人，有一次一口气拉了50多个，直到手皮脱落。还有一晚上n个计时400米跑的魔鬼训练，让我至今记忆犹新。那时我们的体能绝对碾压社里的平均水准。

训练量大还有一个影响。我是一个素质还可以但体质很不怎么样的人，这种高强度训练的结果就是我需要长时间的休息来恢复体力。于是排在训练第二天早上的课就基本不去上了。久而久之，除了专业课很多课就不怎么去上了。记得有机化学期末考试前，我找出课本，翻开一看，是一本新书。那时我和化学系的晁婕已经混得很熟了，她从向我传达张锐指令的攀岩队副队长变成了每天和我讨论感情问题的闺蜜。于是我就求她帮我辅导。记得那天晚上，我们就着楼道昏黄的灯光，抱着我的课本，她教我推了一夜的电子对，终于让我在天亮以前有信心走进考场。

而这样刻苦训练的目的之一就是参加比赛。我算是误打误撞进入比赛这个圈子的。2000年10月的一天，全国第八届攀岩锦标赛在怀柔登山基地举行，北大派出了一支四个人的队伍参加比赛，男子是张锐和刘炎林，女子是李丹和晁婕。李丹是刚毕业的队员，相当有实力。小笼包是领队，我则作为观战队员去学习。没想到比赛前他们发现清华有一个女队员没来，于是小笼包就建议我顶替她上场。那次比赛只有难度赛，是先锋攀登的形式，而我根本没有爬过先锋，连快挂都没有见过。他们不知从哪里借来两把快挂，一段绳子，给我讲解了一下先锋攀爬的形式，并教了两种挂快挂的手法。这个参赛的事情也有点突然，不过我们看了一下比赛的路线，起步的地方都很简单，我觉得挂上两把快挂应该是没问题的，就答应了。然后就到隔离区去排队，感觉还是比较刺激的。我出场的时候，观众群里爆发出一阵热烈的掌声，我正纳闷攀岩的观众怎么这么热情呢，抬头一看，原来是男子路线上的运动员登顶了，后来知道那个人是丁祥华。

结果那次比赛我挂了四把锁，爬了20个点，在一个需要力量的地方脱落了，名次是第17。也就是说，如果那次比赛设了复赛的话，我这个成绩是可以进复赛的。下来后发现大家都特别高兴，原来我的表现远远超出了他们的预期。李丹和晁婕的名次是第12和第14，张锐和刘炎林并列第26，都是可以进复赛的名次。但在他们的观念里，进决赛拿到前八名才是胜利。可那次比赛没有设复赛，所以大家都没有进决赛，有点遗憾。那次决赛中，我们的师兄赵雷在屋檐中表现出色，夺得了冠军，不过，那时他代表的已经不再是北大了。

这次比赛对于刚刚练习攀岩不久的我是一次激励。2001年4月，我又有了一个意外的比赛机会。那是浙江诸暨自然岩壁的全国攀岩精英赛，比赛原定张锐和晁婕去参加，结果他俩要期中考试，就派了我和刘炎林去。我听到"精英赛"三个字吓得半死，大牛却一副想去玩玩的样子。总之那次我硬着头皮和刘炎林去比赛了，预赛八个人里我倒数第二，决赛时重新规划路线，默念"记得上脚、调整呼吸"，顺利完攀，45米的岩壁，仅比第一名武汉地大真正的攀岩精英黄丽萍慢了13秒，真是走了狗屎运。刘炎林则企图走捷径直上，结果爬了比较难的路线，脱落了。"你看，这就是水平的差异：赵雷直上，拿奖了；我直上，脱落了。"大牛是这样谦虚地总结。

两次比赛的成绩，让有一个人转变了对我的看法。这个人就是小笼包。以前小笼包见我爬过一次，那时我动作僵硬，毫无章法。两次比赛之后，好像我爬得不是那么烂了，而且包子认为我心理素质比较好，适合比赛。于是2001年5月，当登山、科考队名单尘埃落定的时候，小笼包承诺回来带攀岩队，他、张锐、我、东昕，后来加了李楠（鬼子——因为打保护像鬼子进村儿而得名），备战7月底南京的第九届全国攀岩锦标赛。包子和张锐对于锦标赛都有一份遗憾；而我想好好练练，提高水平，并且我觉得包子非常会教，他会把路线高处的难点复制到下面来，动作分解到每一步，教得明明白白。所以北大直壁的法宝，上高脚、推重心之类大约都是从包子那里学会的。

东昕的想法和我比较接近，也是想借比赛提高水平。而鬼子是正好有空闲，想攀岩，愿意去比赛，又天生一副可爱、好奇的样子，就被包子招进了队里。包子带队后，我们的画风发生了很大的转变。首先威风凛凛的张锐直接被唤作了"锐锐"；其次，锐锐最擅长以各种不同的、让人匪夷所思的形容词附和包包的任何言论。记得有一次我爬直壁，包包、锐锐瞪着眼睛看了半天。包包给了一句评价："机械手机械脚。"锐锐大叫："唉，这个恰当！"我一口气儿没上来，直接脱落……总之这两个人在一起的时候，张锐是没有一点威严的，而包子又是很亲切的性格，厉害的时候你都会想他是不是装的，所以那个暑假我们有了很多欢笑。

当然也有泪水。最后我们在闷热的南京铩羽而归。确切地说是我们都止步复赛。我和东昕算是发挥了正常水平。那时我俩的体能应该说都不错，从集训前的刚刚能拉起引体，到后来轻飘十来个。有一次包子和赵雷在饭桌上吹牛，赵雷不信，还跑到一体去看我们拉引体。说来包子不仅岩壁动作教得好，引体训练更是有心得，后来还开发了线上引体教程。

我和东昕那次应该说都败在了攀爬能力和攀爬经验上。那时新的岩壁刚修好不久，我们爬屋檐的经验都太少，备战南京也主要是以体能和直壁的基本动作为主，攻克难点的能力非常弱。所以复赛中我屋檐下面一个本该反抠的大点用了正手去抓，结果脱落。包子是太紧张，复赛没有发挥好。其实那时他俩状态非常好，攀爬能力也有大幅度提高，预赛两人都登顶了。复赛的时候，张锐在大屋檐上爬得太投入，忘记挂锁，被吹了下来。我和东昕在下面看着，心都提到了嗓子眼儿。我很想提醒他挂锁，却又觉得他会挂的，尤其是当那把锁滑过他的肩膀的时候。但我们当时太年轻了，终究没有喊出来。这大概是我那次比赛最后悔的一件事。如果我们提醒他了，他应该真的能够杀入决赛，毕竟这样的机会很难再有，转眼大家就各自忙碌，各奔东西了。

再回岩壁

　　南京之后，我开始考GRE、考托福进实验室，很快和攀岩说了再见。直到2003年春节，龙潭湖公园的岩壁需要八名保护员，每天200块钱劳务费，我和东昕还有其他六名男生就报名了。那次我认识了刘岩。刘岩是校外的一名社员，很喜欢攀岩，素质好、进步快，后来的一个来月里，我们就经常去社里的岩壁爬。那时张锐和包子已经不在社里活动，没人管了，我感到很放松。我不仅把以前的直壁技术捡了起来，还渐渐积累了一些斜壁和屋檐的经验，没多久就登顶了南壁右。那次登顶让我非常开心，好像第一次体会到了攀岩的成就感和快乐。社里也渐渐出现了happy climbing的意识导向，很多人意识到，全国攀岩水平已经很高了，我们为了拿名次付出的精力是不值得的。于是一些人开始挑战自我，号称"做有意义的事"，设立自己的目标，比如登顶南壁。据说单丹（教练）后来就曾经掀起过这样的浪潮。2003年、2004年爬南壁的人很多，尤其南壁左，经常要排队。龚笔宏、高龙成、白成太、张伟华、单丹、方翔、胡冠菁等，都是那阵子岩壁上经常见的角色。

　　2004年我去香港读博、博后，混迹香港的攀岩圈，还代表港队回大陆参赛。2007、2008年是我攀岩比较规律的时期，香港便利的攀岩场所和与高手一起攀爬玩耍给我留下了很多美好的回忆。香港人对比赛的态度是非常投入和享受的，他们总是用"玩比赛"这个词，他们努力训练，争取好的成绩，但又能理性看待比赛结果。在这种环境的熏陶下，我跟着他们一起爬、一起"玩"，进步还挺明显。没想到在2008年我渐入佳境的时候，悄悄来了一个拖后腿的小家伙，于是我的最后一次全国锦标赛就在哈欠连天中结束了。

人生第三春

2012年我回了北京。2014年底，我娃五岁多的时候，我开始带他去首体攀岩。一个人带个小孩子去攀岩其实是非常累的，后来我把娃托付给罗琦教练，清华小分队的李丹宁和王玉经常和我搭伴来爬，我们就这样坚持下来，直到有一次张锐和小笼包终于都有时间来首体。看过那么多首体攀岩达人的攀爬，再看我的两位师父上墙，仍然有一种清新脱俗的良好感觉。不过，我们都老了。锐锐经常眼高手低。包子说了一句经典的话："上了年纪的人就像一块老电池，一开机，满格；爬一条线，剩60%；再爬一条，剩20%；再爬一条，没电了。"不过大家在一起还是很开心，锐锐说："师父，咱这是不是第三春了？"我和包子交头接耳了一下，第三春指的是什么呢？要是算攀岩的话，在社里的时候算第一春，后来2008年他和大超、保有等爬得比较多的时候算第二春，那么现在又开始爬算第三春，这样合理。于是我就在微信上建了一个"人生第三春"的约爬群，后来又有几个不小不老的家伙加入。

2015年我还算爬得比较多，参加了阿迪达斯北京站的比赛，五条预赛路线全部完成，算是当妈的选手里面成绩最好的。之后我和锐锐去了社里的"禁酒杯"攀岩比赛，我去了上半场，张锐去了下半场。参加比赛的社员非常多，年轻人黑压压地站了一大片。小朋友们是这样介绍我的："她的岩龄是——16年——和某些人的年龄差不多！"我感到心底的沧桑。

后来这个约爬群经常处于没有什么功能的状态，大家都到了忙得顾不上攀岩的人生阶段。加上锐锐青睐北大的岩壁，包子被孙斌带到了768，我们总共也没有一起爬过几次，我经常感到秋风落叶的凄凉。我自己也是越来越忙碌，攀岩的事也就荒废了。不过一年总有那么三两次，一起爬爬，一起跑跑步，还是觉得神清气爽，有为生活充电的感觉。所以我觉得，这个人生第三春大概是一个温度比较低的漫长春天。

【作者简介】王在，1999年进入北京大学生物技术系本科，2000年春加入山鹰社，2000—2001年攀岩队队员。2013年成为国家一级攀岩裁判。现在中日友好医院从事科研相关工作。

肆意的攀岩时光

白成太

2016年，我到深圳工作，住在梧桐山下。幸运的是，住处不远的地方有一处攀岩场地。自从本科毕业后，我就几乎不攀岩了，但是心中还是有那么一个想攀的愿望。刚在住处安顿下不久，我就去攀岩场地看了一番，想着以后周末有时间就过来爬，而到现在也没去。因为没有了相识的攀岩老友，人也懒得动了。

2003年的攀岩

2003年，我带过两届攀岩队。2003年上半年的攀岩队员有王智珣、龚笔宏、潘苗苗、邓杰、汤光珺、梁乐、胡冠菁、胡志浩、叶然冰、李娜、廖艺丹、陈旭东、陈光、闫鸿飞、单丹、王静娜、李建江、梁曼（王智珣、龚笔宏和我是2001年下半年同一届攀岩队的。这两位是友情出场，帮我一起带攀岩队训练。龚笔宏是当年的"女一号"，在北京各种攀岩比赛中几乎逢赛必拿奖）。2003年下半年的攀岩队员有任丽达、高龙成、卫炀、赵鲜梅、王培珊、李笑云、徐勇、李泓、胡志浩。

这一年也是攀岩队跟随整个社团转型的一年，一方面是因为一些同学过于热爱攀岩，在攀岩上花了过多的时间，耽误了学业，甚至到了休学的地步。大家都觉得这个样子是不应该的，攀岩活动乃至山鹰社的活动是大家课余活动的一部分，目的是丰富大家的课余生活，满足大家的业余兴趣，但不应该影响到学业。另一方面随着攀岩活动的普及，专业的攀岩选手越来越多，水平也越来越高，甚至有很多孩子从小就开始练习攀岩。以往山鹰社队员在攀岩比赛中随随便便就拿个前几名的日子一去不复返了，这种反差让人心有不甘，很想奋起一把，但又苦于无奈，不得不面对现实。

此时，大家都认识到要有一个清晰的定位，从而坦然面对现实，使活动控制在一个合理的范围内。这种反思、重新定位从2002年下半年就已经开始了。一个较为重要的改变就是在攀岩管理制度上，在2002年下半年增设了攀岩部部长职位。以前，攀岩的事情都由攀岩队队长一人负责，队长既要带领大家训练、为每一名攀岩队员制订训练计划，又要组织社里的攀岩事务，包括每周的攀岩值班、外出的攀岩安排、社内社外的攀岩比赛，占用的时间精力太多，使得前几届攀岩队队长在学业上遇到了很多困扰。现在分开为二，安排攀岩值班、组织攀岩活动等与攀岩相关的事务性工作由攀岩部部长负责，攀岩队队长则专心在与攀岩有关的技术性活动上，如训练攀岩队伍、进行攀岩技术认证等。

2002年下半年的攀岩部部长是邹枨。作为第一任攀岩部部长，邹枨理顺了很多攀岩管理上的事情，在日常的攀岩值班安排上改变了以前都是由部长负责值班的状况，改为攀岩队队员和社里的部长、积极的老社员们一起值班，既减轻了值班人员的负担，也保证了值班人员的数量，从而使攀岩活动更有保障，新加入的社员也能够得到更多的指导，更容易入门。更多的新社员看到了进步，更加乐意参与攀岩活动，而不是在缺少指导的情况下对攀岩的热情在入门之初就熄灭了。还有，社里每学期都组织社员攀岩比赛，喜欢攀岩的社员多了，参加比赛和观看比赛的人也就更多了。为了适应攀岩值班队伍的扩大，攀岩技术认证（主要是挂绳和保护技术）面向的对象范围也更广了。以前攀岩技术认证主要面向攀岩队队员、各部部长和登山队队员们，现在参加攀岩值班的所有社员都必须要通过攀岩技术认证，所有喜欢攀岩的社员在经过学习、训练后都可以参加攀岩技术认证。而且，攀岩技术认证也更加规范了，不但有实操认证，还有理论知识考核，只有两项都合格的社员才能通过技术认证。这一认证方式一直延续至今。

2003年也是一个多事之秋。苦于社里人员流动大，攀岩保护人员严重不足，上半年攀岩队招了很多人，加上我共19名队员。但是在"非典"的冲击下，在学校停课、封锁校园后七零八落，有的在外地出差，然后就回不来了，有的已经回家了……冲击最大的一件事就是社里组织的北京市攀岩邀请赛在最后时刻夭折了。这个事情，大家都付出了非常大的精力，而且组织得也很完备。参赛队伍都确定好了（有13支参赛队伍，包括北京的高校和攀岩俱乐部），比赛的赞助商也确定了（宗申力之星摩托），跟中国登山协会也确定了裁判和定线员，等等，甚至连比赛的秩序册都加班加点做好了，在定线员准备定线的前一天，学校下发了通知：停课、停止在学校举办一切活动。这场本应在2003年4月20日举办的北京市攀岩邀请赛成为了被埋藏的记忆。

尽管如此，2003年上半年还是做了一些事情。一个是配合学校组织的"社团文化节"，社里跟利峰公司合作，在三角地那儿搭了一个移动岩壁，让学校里的同学更近距离地接触、了解攀岩，形式还是挺新颖的。那时，人工岩壁大多是很高的固定在某个地方的，像这种小的移动岩壁还是刚刚出现。第二个是搞了岩壁面向全校同学的攀岩活动开放日。以前学校里非山鹰社的同学是没有机会接触攀岩的，只能在社里社员攀岩时在外面或者下面观摩。但是，很多同学还是想体验一下，为了让更多的同学了解山鹰社，也能有机会体验一下攀岩，我们让社员们带同学一起来体验、感受攀岩，也算是社团开放的一项活动吧。第三个是"非典"过后，在登山队和科考队选拔出来后，龚笔宏、邹枨和张伟华一起组织了攀岩培训班，面向那些未被选入登山队、科考队的社员。这一届攀岩培训班搞得风风火火，培训班的队员也都学到了很多，得到了很多快乐，有的有了前所未有的突破。这是社里第二次组织攀岩培训班。第一次攀岩培训班是在2002年登山队、科考队选拔出来后由晁建提议组织的，为的是在登山队、科考队选拔出来后其他社员不失去参与活动的兴趣。就实际效果来看，那几年的攀岩培训班还是很受大家欢迎的。

经历了2003年上半年的曲折之后，2003年下半年攀岩队渐渐步入了正轨，队员人数也比较正常了，有10人。人数太多确实难以都照顾到，很难提高每个人的攀岩水平。2003年下半年有了新的攀岩部部长——梁曼（2003年上半年因为邹枨实验室的事情比较多，由我兼任了半年，相当于攀岩的队长和部长分开设立半年后又合二为一了）。记得当时考虑攀岩部部长人选时，有人提出不用再设了，但是经过讨论，最后还是决定分开设。攀岩部的活动在梁曼的组织下井井有条地开展着，使我可以专心带攀岩队，轻松了很多。不像在2003年上半年时，事情多的时候基本无暇学习，攀岩成了主业，学习是业余了。梁曼还在2004年社庆15周年的时候作为主力编辑制作了社庆登山宣传片《没有顶峰》、科考宣传片《高原红》，印象中那是社里第一次制作宣传片。总体来说，2003年下半年有序了很多，轻松了很多，户外攀岩、跟兄弟攀岩团队切磋交流、社内攀岩赛、岩壁开放日、参加全国攀岩锦标赛……都有条不紊地进行着。

我的攀岩往事

刚入大学的时候，我从学校发的《初入燕园》中第一次知道攀岩。那时山鹰社还没有开始招新，我就一个人偷偷地跑到一体看了一下人工岩壁是什么样子。第一次见，看着很奇怪，但是很喜欢，就想大学期间要好好参加这项活动。记不清第一次在人工岩壁攀岩时候的感觉，印象最深的是在金山迎新时的攀岩。那时在户外岩壁，有一个很多人脱落的难点，我过得还算轻松。从岩壁上下来时，当时的攀岩队队长李凯专门问了我的名字和部门，后来我就被选入攀岩队了。我当时的体格条件并不咋样，整个人皮包骨头，体重90斤，一个标准的引体也拉不起来，一个举腿也做不了，从小到大体育没及格过，最后竟然还能进入攀岩队，现在想想都觉得太幸运了。

进入攀岩队后，我的攀岩水平也不突出。那时候，同一届的攀岩队队员中，攀岩水平提升迅猛的就数王智珣和龚笔宏了。一直到大一下学期，登山队、科考队成立前，我到日坛、到地大、到首体……总是可以见到初次见面但很热心的岩友。攀岩拉近了彼此的距离，大家互相切磋，很快乐。在怀柔国家攀岩基地、在白河……攀岩、露营两不误，白天攀岩，晚上听虫叫，别有一番滋味。还有就是大家聚在一起看那几个有限的攀岩视频，经常看的，一是关于当年的世界攀岩难度最高纪录保持者Chris Sharma的，另一个是玩无保护攀登和登山绳蹦极的高手Dan Osman的，他最后魂归于蹦极。

2002年登山队、科考队成立之后，我因为没能入选登山队，就一心练攀岩了。在这之后我的攀岩似乎突破了瓶颈，开始有了比较大的进步。可能是因为我体能的短板被补上了，当时在体能极限测试时我可以一次拉30来个引体；另一方面也是因为练得多了、练得集中了。第一次登顶左侧南壁也是在那个时候。很多事情说来也是巧。那时包包（包师爷，名叫王荣涛，又称"小笼包"，是我的队长的队长的队长，简直是攀岩"常青藤"，对攀岩一往情深，至今仍在攀岩，攀龄已有20年了）刚买了一部摄像机，在练习拍摄，正好将我第一次登顶南壁的过程全程录了下来。我保留了一份。虽然当时的像素并不高，不是很清晰，但每次看都有一种回到当年的感觉。在2003年上半年，包包还用这部摄像机拍了一部攀岩教学片，包包把控剧本和解说，我和龚笔宏做演示，张伟华制作字幕。因为动作大多采用局部特写，缓慢演示，初学者比较容易领会，据说在之后的好多年成了初学者乐于采用的攀岩教材。在当年攀岩远没有现在普及，攀岩资料也比较缺少的情况下，这是很难得的。

2002年暑假，登山队、科考队出发以后，李凯、龚笔宏和我就几乎天天在岩壁攀岩了，清华的朋友也经常过来，大家在一起练得不亦乐乎。那时感觉自己的攀岩水平每天都在进步，体能水平也渐入佳境，可以用无名指搬下水道井盖，可以用小拇指拉引体，也可以沿着一体靠未名湖一侧外墙的一道细沿，在脚不着地的情况下从这头儿平移到那头。但这一切在山难后就戛然而止了，岩壁的一切活动停止了，我的攀岩状态再也没有达到那时的水平。

2002年下半年，到北京语言大学交流学习的热爱攀岩的美国留学生Phil找到社里来，他经常来岩壁攀岩。其中一段时间，他、张锐和我还一起到凤凰岭结组野攀。当年，这种结组野攀还是很少的，主要是因为缺少野攀所需的机械塞等装备，也缺少具有设置野攀保护点经验的人。尤其是机械塞比较贵，而且初学攀岩的人也没有足够的水平去结组野攀。张锐说他在早些年曾接触过，但后来因缺少装备和一起爬的人就中断了。Phil带着他的装备和经验，带我们一起走入了这个攀岩世界。野攀不像面对已知的攀岩线路，可以预先思考谋划，而更多地需要随机应变、现场观察，寻找好的牢靠的支撑点，别有一番刺激。那时，我们三人在凤凰岭连爬了几天，每天一早从山下住的地方出发，天黑才从山上回来。记得当时张锐对我说："攀岩真是一项奇怪的运动，爬的时候吓得要死，一觉睡醒了还是想爬。"感觉说出了很多攀岩人的心声。

同样是在2002年，包包带着我参加了湖州极限运动会。这是一次邀请赛，也是我第一次外出参加大型比赛，参加比赛的除了国内的一些攀岩选手外，还有一些国外选手，但是规模并不大。因为我之前爬南壁下方的时候，右膝关节窝被攀岩绳划伤了，自己没处理好，化了脓，又去校医院清了脓，做了二次处理，基本没有进行什么赛前训练。好在临近比赛的时候，结痂基本褪去，不影响比赛。这次比赛，包包第10名，我第11名，实现了之前包包定的进前十二的目标，大家都很开心。第一次出去参赛，对于我来说，更多的是新鲜感，积累了一些参赛经验。

之后的大型比赛，我还参加了深圳的全国攀岩锦标赛，能进复赛但成绩一般。最后一次参赛是在2003年11月，跟在姐（王在）一起参加了在武汉举行的第一届全国大学生攀岩锦标赛。因为当年国内很多攀岩的高手也是各大高校的攀岩特长生，所以这次比赛还是具有相当实力和难度的。比赛前，大家都认为我进不了前八，最后竟然得了个难度赛第6名，也是参赛以来的最好成绩。但按照实力来看，我应该是第7名。因为第7名比赛时太紧张，没有按照规定在快挂上扣绳而被吹下来了。速度赛我基本没抱希望，因为当年解放军院校选手在速度上一骑绝尘，此外还有很多实力选手，我爆发力不行，所以就当成友谊赛了。不过在姐在速度赛上取得了不错的成绩。

这次比赛以后，我与攀岩就渐行渐远了。因为练习攀岩要占用很多时间，另外社里的各种攀岩活动也需要很多时间，尽管有攀岩部部长负责事务性的工作，减轻了好多压力，但是带训练、指导新队员攀岩、用六角扳手手工定线……加上学习，使人很难专心提高攀岩水平。回想起来，提高攀岩水平的最好状态还是在2002年暑假，跟李凯、龚笔宏一起在岩壁心无旁骛攀岩的时候。但这太奢侈，要有限的几个人加上专心才行，而且，攀岩对我来说也只是一个业余爱好，我不想让它成为我的职业，我还是希望能够多读点儿书，多花些时间在图书馆，所以就慢慢退出了。

在攀岩的路上我遇到了很多热心的帮助者。社里经常在岩壁出现的老队员自然不必说，还有已经不在社里但当时仍然活跃在攀岩圈的老队员，如赵雷、赵凯、张清，他们在社里有活动需要技术支持时都会积极帮忙；在外面攀岩遇到时，也会指导我们。还有当时体教的攀岩课老师何炜，在很多事情上帮助了社里，40多岁了还跟我们一起攀岩，很是鼓舞大家的攀岩热情。还有中国登山协会，作为大型攀岩比赛的组织者，在我们参加比赛时总是给予尽可能多的便利和支持，对于因"非典"未能办成的北京市攀岩邀请赛全力支持而且主动提供帮助。还有其他高校、俱乐部的岩友，大家互相到对方场地上交流切磋，坦诚相待，其乐融融。那段攀岩时光虽然只有短短几年，但却是我人生中一道深深的烙印。

【作者简介】白成太，2001年进入北京大学政府管理学院本科，曾任山鹰社攀岩队队长、理事会理事，现在深圳市罗湖区发展研究中心工作。

我的山鹰1998

张璞

那一年所走过的路，已经在记忆中尘封了将近20年，蓦然回首，灯火阑珊处那一张张笑脸和一幕幕场景好像又鲜活起来。

老刀和泪

现在的孩子们可能不知道有老刀这个烟，烟盒上有个大胡子的阿拉伯装束的大汉，霸气地将一把弯刀杵着地；不带过滤嘴，烟味比骆驼还冲。我之前从来不知道有这个烟，直到有天小K偷偷将我拉到一边，从怀里掏出来一包黄色的老刀烟（山鹰社对新队员是禁烟的），兴奋地说："终于找到适合我抽的烟了！"我一看就被那异国情调和不能再酷的霸气包装征服了，我衷心为我的兄弟能够找到适合自己的烟而高兴。不过开始登山训练就戒烟了。从那之后我们俩这辈子好像都没再碰过烟。小K对老刀也算是忠贞的。

和老刀有关系的另一段记忆好像发生在从小南门出去右手边的半截石墙边，场景里有小K、王辉和我。印象里小K手里好像拿着半包老刀，斜靠在墙上耷拉着头，王辉也靠在墙上侧身对着他。我面对着小K，虽然当时天比较黑，但可以看到他眼中的湿润，那时应该是刚得到诊断结果，他身体状况不适合去登8 000米级的卓奥友。我和王辉本来就因为各种原因不能去登卓奥友，能够理解他的遗憾，那种得而复失的感觉应该更残酷。不记得说什么话了，但当时他眼眶中的晶莹、耷拉着的头和表情却一直记得。后来诊断又没事了，小K成功地去了卓奥友，并且后来又去登了珠峰，那都是后话。

从岩壁顶上飘落

王辉一直都是那么帅，大学那会儿更是。但我脑海里他最不帅的那一幕是坐在一辆二八自行车后座。我是在校医院门口碰到他们的。之前好像是王瑾到我宿舍找我，说有人给王辉的保护没拉住，他从岩壁上摔下来了，送到医生那里只敢说是羽毛球挂树上，去摘的时候摔的。每天去他们宿舍看他，都有婷婷或者海燕给他擦红花油或者送鸡汤喂他喝，还有他们班的和其他女生去送东西。他的确也是够结实，没过3个月就没事人一样了。

王辉不是按照上面的方式从岩壁上下来的时候，的确是很帅的，我一直认为他有这方面的天赋，所以后来才带出来一支人才辈出的攀岩队，并且前几年还为社里捐建了抱石墙。

岩壁那块丰碑

社里的岩壁是1998年建起来的，是上任社长鲁纪章和张春柏的功劳。他们俩都是典型的北大理科生，外表沉闷木讷，而内心有一团火，我一直觉得山鹰社的核心团队如果有风格差异的话，早期曹老大他们给我的感觉是创业激情、诗意和理想主义，鲁纪章他们的感觉就是守业责任和坚毅，当然理想主义是贯穿始终的。修建岩壁的事情社长鲁纪章（当时好像还不大有人敢叫他"皮皮鲁"）和攀岩队长张春柏（"柏子"是我们当时就挂在嘴上的）配合得很好。鲁纪章负责前期的各种疏通、规划，和赞助方、校方、施工方的疏通和问题解决，柏子负责跟施工。当时看鲁纪章当然是高大、成熟，现在再看，一个大三学生，顶着化学系四大名捕的学业压力，立起来了一直到现在甚至今后几十年都能为山鹰社所用的未名湖边上的这座丰碑，就有点悲壮的感觉。

柏子在整个的岩壁建设中的角色比较简单——包工头，和施工工人们在工地帐篷窝子里同吃，同睡不记得了，但打成一片是肯定的。我们那批学生中只有他能夹着一包烟给工人们一个个塞过去点上，一点违和感也没有。

也有其他很多人为岩壁付出很多，比如带着我们先斩后奏在未名湖边上挖个大坑占了现在这块地的郝老师；和皮皮鲁一起跑前跑后忙岩壁的机器猫；亲手种下岩壁边上那几棵梧桐树的刘姑娘，等等。

离天最近的那一夜

1998年其实山鹰社登了两座山，一举将中国大学生乃至中国民间登山向上推了一大步的卓奥友就不用说了，还为了延续和培养人在夏季攀登了念青唐古拉中央峰。因为各种原因这座7 117米的山没有登顶，但我们尽了最大努力攀登到了7 000米左右的三号营地平台上，那一夜遭遇我有生以来没有见过的大雪。我们当天下午建起来三号营地帐篷，傍晚开始暴风雪，王辉、我、孙斌、吉多（西藏大学队员）四个人窝在一顶两人帐里，头痛欲裂。吉多是藏族人，反倒是状态最差的，他开始时把自己的脸杵进帐篷的一个角里不停哼哼，后来干脆没声音了，我和王辉轮番隔一会儿踢他一脚，确定还活着；孙斌则是躺一会儿就坐起来，骂一会儿再躺下；我和王辉作为老队员，努力展示自己最阳光的精神面貌给新队员。我俩先讨论下山之后回到家吃什么，我们分别把武汉和西安的所有小吃流着哈喇子列举和描述了一遍，后来我也绷不住把知道的所有脏话按照各种组合都骂了一遍，再之后就迷迷糊糊了。后半夜的某个时刻，我突然醒来，他们三个都东倒西歪地趴着。我感觉自己透不过气来，看看头顶，雪已经把帐篷埋到只剩下顶上20厘米了，再过个把小时四个人就全埋了！我爬出帐篷的那一刻，感觉那种黑暗就像要把人吸进去一样。那晚，是我们离天最近的一次，离老天爷也是。

毕业之后，除了和社里的人，我很少与其他人谈起在山鹰社的经历，对我来说这是一段非常私密的个人体验，总不肯轻易示人。我想起山鹰社公众号上的那段话："青春若有张不老的脸……大概，便是你在我身旁时，那灿烂的笑颜。"

我怀念那笑颜，你的，还有那时我的！

【作者简介】张璞，1995年进入北京大学政治系本科，1996年加入山鹰社，曾登顶玉珠峰、念青唐古拉中央峰。现在中泰证券从事投资银行工作。

山鹰人的『新世纪』

人们说人性总是向往自由的。我直觉，背负某种东西却仍坚定不移地前进，才是突破躯壳的自由，灵魂深处的自由。那是一种与地球引力做抗争，在垂直的世界中奋力攀登的坚持。那是一种克服胆怯与懒惰后的真我，为信念而一步步前进。在这样对自由的不懈追求中，人类不断拓展自身的可能性。

从山鹰到青鹰

王相宜

引子

隐约记得开始竞选登山队前，一位我从没见过、个子矮小精瘦的前辈（应该是肖肖）在南门小黑屋对我们讲话：你们知不知道山鹰社20周年的主题词？新社员有几个点头，有几个摇头。我就是摇头的之一。略显严厉的目光扫到了我，我顿时感到一阵心虚。

"连这个都不知道，怎么能进登山队。我今天说过，大家一定记住了。"他环视满屋稚嫩认真的脸庞，讲出那三个每人都耳熟能详的词：

爱。

成长。

责任。

NO.1 关于成长

大四寒假，时隔两年我又一次参加冬训，也是最后一次。冰雪覆盖的云蒙山仍如初见般静谧美好。冬训就是这样，彻骨寒冷袭来之时你一千次埋怨自己为什么要来这个鬼地方，而回到人声鼎沸的营地，秃噜一口热面条，就一口白菜肉臊子，立马幸福感爆棚。下次还来不？来！

第三天夜晚，照常总结，然后是篝火晚会。来探班的骨灰鹰们带了一麻袋地瓜土豆，热热闹闹喜气洋洋的氛围感染着每个人。然而有一刹那我突然出了戏。那种怅然若失的感觉，让我确切地意识到，这是最后一次，不会再有下次了。我的山鹰经历将就此止步。

回过头，从营地往上沿溪谷前行，就是平日凿冰砍柴的地方。月光照在积雪的石头上，像童话图景里覆盖了厚厚奶油的点心。翻过垭口，我想知道月光中的天仙瀑是否也在这个时刻苍寂无声，那些白日被冰爪冰锥砍凿的伤口正在汲取寒夜的能量自动生长，变得更加坚硬。自然造物是多么神奇，它总能让我们忘记那些小小哀叹欷歔，我的青春相对于亘古前抬升的燕山山脉，是多么微不足道的一瞬间。我几年之后再来，几十年之后再来，甚至一辈子不来，又有什么关系？山就在那里。

山就在那里。它封存着多少难以割舍的情感和画面。多少的遐想、苦恼、记忆，惑与惧，梦与爱。我想起第一次过登山线的经历，像一个山鹰版成功学神话——关于体弱多病不协调的小菜鸡如何付出艰巨努力，最终练成攀岩技能并登山的故事。我曾陶醉在挑战自我成功的狂喜里，飘飘然很久，仿佛真的从此摆脱弱鸡阶级，成了体力上的有产者——直到后来去小五台连穿，眼睁睁看身旁和我一样遭遇极其狼狈境况的炜烨一骨碌爬起来，打点精神跟领队一起冲顶，而我只能向她们远去的背影挥手喊"加油"，然后灰头土脸地下撤。我意识到自我体能和意志品质的修炼并没有什么成功学可言，它是一个如此漫长的考验过程，这条路远远远远没有尽头。登山，绝不存在侥幸，也不存在比较和竞争。人不断挑战与超越的只有自己，而不是别人。

小时候的我弱不禁风，而且很爱摔跟头，常常被小朋友嘲笑让我变得自卑。我的梦想却是像三毛一样做个勇敢的人，去流浪远方。如果没有遇到山鹰社，这个梦就永远不会发芽，我永远不会知道自己的极限原来可以到这么高这么远，并且还可以在不断的训练中达到更高更远。我认识到一个真理：人的能动性有如此可怕的力量，只要尝试合理的途径，没有什么潜力是发掘不了的。这是一个关于"人定胜天"的朴素乐观主义信念，它帮助我在面对往后大大小小的困境时一次次重燃信心。

我还想起无数次仰望山中静夜的满天繁星；想起云蒙的秋叶、海陀的风、冰雪的箭扣；想起站在巨大而破碎的卡若拉冰川末端前的惊叹，想起美丽平整的藏房和悠扬的打夯歌，最美的景色总是在历经艰难险阻身体痛苦到极限后出现，不知这两者到底谁成就了谁。

我也想起第一次出野外就崴脚总也走不快的焦急，想起早晨用冻僵的手拼命塞睡袋的崩溃，想起人生中最要命的那次经历：小五台冬训下山，在一块漫无边际、泥泞不堪的玉米田中急行军——收割后尖利的玉米茬像矛一样戳在泥土里，每走几步鞋子上的泥就越沾越厚，腿灌了铅似的沉，黑暗、警觉、饿、冻、累、高山靴磨得小腿骨一阵阵剧痛。当最终红军过草地的精神也没法再鼓舞我前行半步的时候，我看到不远处一闪一闪的头灯光，像海上传递信号的灯塔。咬牙一口气冲到跟前，一个大个子居高临下严肃地说，快走吧，我在这儿给你们指路。我就这样跌撞着迈步向下一个灯塔，是的，队伍太长，太累，前不见向导，后不见押后，只有着茫茫无际陷阱一般的玉米田，还有田里这些点亮了灯塔，指路的稻草人！

这些稻草人就是山鹰社的老社员。大个子王晁，当时已经入社一年，虽然和我们一样第一次参加冬训，但他在关键时刻展现出的是一个老社员的素质。平时，老社员们会像爱护小鸡一样无微不至地照料着新社员，在紧要关头，他们又总是第一个做出表率：不慌张，不抱怨，守好职责，服从安排。我记得不止一个老鹰给我干过系鞋带、调冰爪、整理背包这样的琐事，宠溺而不失威严，让人既羞愧又感动，含泪发誓以后要好好掌握技术传承带新人。

传承，榜样，无私。一代代社员间流传着关于苹果的经典故事，因为大多数人在山鹰都能亲身经历一回。有一次野外中途气温骤降，路线结冰，难度超出了预期，我从头包里摸出一个苹果，立刻收到了来自前方一个渴望的眼神。好吧。我看着他咔嚓一口咬掉近一半美味的苹果，那一刻冰冷的空气中都漫开了苹果的清香，心痛地拿回，再传给后面的人。那时候，头脑里真是充满激烈斗争的。可正是在斗争之后还愿意把自己所剩不多的东西分给别人才叫真正的分享，相反，平日里那些把自己不太想要的东西假意惺惺地分给别人的行为绝不能算分享，那只是施舍。与苹果的故事相同的还有面条的故事：帐篷里第一锅煮出来的面，一人吃一口，往往回到做饭的人那里还能剩一半。这时候总会有老社员发话：别让了，赶紧吃，谁先吃完谁好替他干活！然后大家才如狼似虎地吃起来。可能是我太敏感，但每每回忆起这些场景我都感动得几乎要掉泪。那种人与人抛开一切关系的枷锁所能彼此给予的最美好的帮助，让我相信人性的本质里，流淌着一种最质朴的"共产主义精神"。

这就是我在山鹰成长的经历。比体能的成长更重要的是人格的成长。学会无私的分享，学会在任何情况下恪尽职守，学会勇敢面对未知的挑战。

NO.2 关于责任

　　我永远记得第一次参加山鹰活动的那个周一中午，阴天，南壁下军绿的旧垫子叠在一起，参加的人在前面围成个半圆形。一个肤色苍白、戴眼镜的斯文男孩子站在中间，具体讲了什么内容已经记不太清，大意是在攀岩队训练中的疏忽，总之对外人来说并不很严重的一件事，他却在大家面前做正式的、深刻的、真诚的检讨。从小到大，我第一次目睹这样站在大庭广众之下的检讨！而且周围的气氛非常严肃紧张，不时有老社员在人群中提醒：不要说小话！站在中间的人讲完，例会的主持者紧接着宣读社里的处罚决定，警告大家引以为戒，而后散会。没有人说笑，所有人都神情沉重地默默散开。有一瞬，我简直怀疑自己穿越了时空。山鹰社的例会，在一切校园社团嘻嘻哈哈腐败有爱的例会之中鹤立鸡群，留给人的印象太深刻了，以至于我非要弄清楚，到底是什么让一个普通的社团的例会竟充满一种庄严与神圣感。

　　我带着疑问入社。像往届的鹰们一样，用自己的经历和理解写下答卷。

　　山鹰不允许迟到。不许迟到的铁律不仅仅是对所有人时间的尊重，也是为了保障大家的安全，在野外养成雷厉风行的作风，要知道雪山上出发一分钟的耽搁，或许就是生死之别。有意思的是很多人在山鹰能保持几年零迟到的纪录，一到其他团队或工作中往往坚持不下来，会松懈。究其原因，我想可能是山鹰的纪律对所有人都是如此要求，且组长、部长、社长带头严格要求自己，并无例外。这种公平性让大家乐于遵守。

　　山鹰要求纪律，要求个人服从集体。而这集体恰恰是为每个个人的成长尽心尽力，从而被大家认同。在山鹰出过野外都知道，吃的都是统一买好分配，严禁个人带零食。记得一开始我跟一位老社员坦坦去买后勤物资，骑着单车弯弯绕绕到西门外的早市，她会为花生米6块还是5块一斤跑好几个摊子，直到挑出最优选。登山处处节俭，严禁"腐败"，以至"晒大饼+老干妈"成了千年不变的午餐标配，我最初只觉得这是体现"不怕吃苦"的精神以及节省社团经费。后来才意识到，这也是社里帮助经济不宽裕的同学的一种方式。把每次野外个人负担的经费压到最低，"不要由于经济原因把想登山的人拒之门外"，老社员说。这就是山鹰节俭的秘密。

　　山鹰崇尚集体主义，民主与公平的原则尤为关键。每年申请冬训、科考、登山的社员很多，由部长会和理事会行使"选人"的权力，也就是从递交申请书的社员里筛选出进入冬训队、登山科考队的队员名单。记得一次选冬训队员，选到最后，还有一个名额，两个条件差不多的人卡在外面。这两人一个善于交往，以至于在座许多部长都和他很熟，虽然训练缺了几次，但是觉得这人总体能力比较强；另一个正相反，平时默默无闻，不过训练次数却达到了全勤。当时我们这些新任部长会的成员纷纷表态选第一个。轮到参加部长会的理事乃元发言，她就给我们好好上了一课——"不要凭外在的表现判断人，我们有硬性的标准。别小看训练全勤，一个新社员，能克服各种困难做到全勤，对山鹰精神一定也能更好地传承……你们这样选，说句难听的，就是任人唯亲……"一席话，说得很多人低下了头。什么是原则性，这番话让我时时警醒。

还有很多，很多……

从新社员到冬训队员、登山队员、科考队员，再到进入部长会、理事会；从小鹰成长到半老鹰，再到老老鹰、骨灰鹰。在山鹰每一步成长伴随着与之俱来的责任。要在训练和社团工作方方面面成为新小鹰们的榜样，要遇事做出判断，考虑周全，要传承社团的历史，决策社团的明天……这些责任落到还未成熟的学生肩头，是对个人无形的压力。那些为山鹰奉献颇多的人，忆及往事，多少都有不堪重负之感。回到开头的那次例会，攀岩队队长违反了纪律而在全体社员面前做检讨，这是为了集体必须担当的责任，还是个人不得不牺牲的自由？山鹰精神，本是追求自由的灵魂在雪山之上翱翔，可为了翱翔而付出的代价，那充满责任和义务的比旁人忙碌百倍的生活，又看起来多么的不自由！

如果追问：自由的定义是什么？

——"自由不是任性。不是你随时想做就去做任何事的自由。对于个体来说，自由是你清楚地知道自己的目标，并为之做出选择的自由。"

——"做出选择，就意味着履行责任。"

——"每一个个体的自由选择是集体存在的前提也是结果。"

只有从这个角度，我才能理解责任与自由这一对相悖又相伴的概念以及我的山鹰伙伴们既痛又爱、付出青春和心血在那片岩壁耕耘的故事。正是我们每个人的努力，营造出这样一个小小桃花源般的自由的集体。只有从这个角度我才能理解，山鹰的庄严和神圣来源于一代代社员们肩负起责任的使命感，向着更远的远方和更高的海拔出发。

在这里我重新定义了纪律、集体、平等、民主、公平、自由、责任……书面上冷冰冰的词语，化作一个个鲜活的山鹰故事，收藏在我的字典里。我知道，一支队伍只有以最高效的形式联结起来，才足以应对危险的雪山。可我没想到的是，这种人与人联结的形式本身，竟也充满了如此巨大的魅力。为了山，还是为了人？为了自由，还是为了责任？难怪这是山鹰永恒经典的一问。

No.3 爱

请原谅我的语言那么琐碎。其实对于山鹰，我一直在想，用怎样的思路可以把这个主题完整地表述出来，但它已经内化成我自身的一部分，人要客观地描述自己，真的很难。

在前面，我说过。那些自然界最壮丽的风景、那些生命中最美好的词汇，都与对山鹰的爱有关。

可是受过的伤害与失落，也和山鹰有关。

山鹰以前是一个开放的社团，访学的人、校工，都可以参与训练、攀岩、出野外。然而我在部长会的那一年，学校发来了禁令。

我记得当时有一场争论。很多人知道这会影响一个社团的开放性，甚至某种程度上违背了山鹰精神；当然也有人担心非学生会带来安全隐患。我说，我们有一千一万种办法去保证学生们的安全，我们可以建立合理的审查程序，但是为什么要从原则上这么一刀切？

因为——这虽然不是最好的，却是最省事的办法。

那一刻山鹰伤了我的心。那一刻，我觉得自己被所爱的人深深背叛了。为什么一个号称普惠的学府，要把诚心向学的人拒之门外？

我花了很长时间去消化这个事实。我知道一个社团，它所承受的东西之复杂超过我的想象。我知道山鹰其实不是一个未名湖畔的桃花源。它内嵌在一个更大的架构之中，它有一定的自主权，但依然不能拒绝那种浮躁渐渐成为主流的声音，它能做的只是提供一个诗与远方的可能。

有时候，撕裂事件的外表，看到内部的矛盾，你会受伤，你会惊讶，你会愤怒。但你终将明白，没有完美的存在，破碎，遍体鳞伤才是常态。

成长到这个地步，可以离开了。

山鹰给了我青春最美好的开始，却没有教给我结局。

结局需要自己去书写。

很多人好奇，你这么瘦弱，能登上6 000多米的雪山？登顶有什么感受？

是啊，那段时间，无论是体力、智力还是心力，我都达到了自己的巅峰。

"十年磨一剑，霜刃未曾试。今日把示君，谁为不平事？"

是的，我准备好了。

可是，还有什么是下一步值得追求的？

不是到达山顶了，任务就结束了。登顶是为了回来，你的成就、你的才华、你的能力、你的抱负、你的所见所闻所思所想，统统要回到和你血脉相连的平凡大地上，一切才有意义。

我们不活在云端之上的顶峰，我们终究活在脚下这片芸芸众生红尘滚滚的泥土里。

大学期间，除了山鹰，我也接触了其他社团活动。我支过教，参与过公益活动，听过诸多大大小小关于社会问题的讲座，留守儿童、流动少年、失能老人、贫困母亲，还有疮痍满目的乡土环境……很多现状不加渲染便足以引人泪下。我们所处的时代和世界是破碎的、矛盾的、割裂的、折叠的。你可以选择不关注，但不能回避事实。

公益事业的存在弥合现实的裂口，但是公益资源的投放往往承袭了市场原则，容易向那些"性价比高"的项目领域倾斜，境况越"惨"、捐助者的支持越能"直接见效"、越有社会影响力"爆点"，就有越多的资金争相投入。某种程度上说，这迎合了公众捐赠的心理，但是大量的资金耗散在一次性救助中，像无源之水迅速枯竭，并不能从根本上改善受助者的命运——"扶贫扶贫，越扶越贫"，原因在于忽略了动员受助群体本身的能力，默认让他们贫困的逻辑将一直存在下去。当然，也是因为为受助者赋能的周期一般很长且面临重重困难，"性价比"就不是很高了。"希望小学"的吊诡之处就在于，它建起了一座座偏远地区的乡村小学，却改变不了一线城市大学里来自偏远乡村学生的录取比例，那么可想而知这些小学里大多数孩子未来将去向何方。而只要有这个天花板，说得讽刺些，再多的希望小学也只能给凤毛麟角的几个孩子带来希望，带给其他孩子的就是眼睁睁看着外面的世界却遥不可及的绝望。

所以毕业后我和鹏超决定从事公益工作，我们的服务群体定位在城市流动务工青年（18—35岁）——初中或高中结业，在工厂流水线、建筑工地做工，或在服务行业做职员的年轻人，他们的父母往往是第一代进城的农民工，他们的子女就是下一代留守儿童或随迁流动儿童。青年是社会的中坚力量，他们虽然经济地位不高，却是最具有发展潜能的群体。我们希望动员和激发这个群体的能量，使他们成为社会美好的参与者和推动者，用双手改变自身现状，从而带动改变他们背后一个个贫困家庭、孩子和老人的现状。

其实，社会比学校更需要一个"山鹰社"。用曹峻大哥的话说，"工友和学生两个团体间不应有越来越深的鸿沟"。我们作为高等学府的毕业生，作为山鹰人，更想把山鹰社的模式复制到一个服务青年的公益组织当中，用它培养品格的方式培养出更多人，将它所传递的信念传递给更多人。

2017年2月，这个承载着我们山鹰理想的公益机构正式启动了，我和我的朋友们称呼它——"青鹰"。青，是青年，是萌芽，是富有希望的色彩；鹰，是力量、机智与勇敢的象征。寄望这些自幼历经世事坎坷磨炼的年轻人，能够在这里重拾自信，书写未来——存鹰之心，志在高远。此外，当然也有我的一点私心，我用"青鹰"向"山鹰"致敬。

青鹰主要在四个方面开展工作：青年学堂——孵化青工讲师，搭建技能共享平台；青年社交圈——孵化青工兴趣社团，搭建活动平台；青年义工站——孵化青工义工队，回应所在地社区需求并提升青年社会参与和城市融入；创新梦工场——孵化青工创客，培养有态度的社会创变者。

这些项目板块，是历经一年的探索慢慢梳理出的。尽管最初我们的目的是为青年赋能，但是如何赋能？需求怎样？还有很大不确定性。城市流动务工青年工作辛苦（尤其是体力工作者），闲暇时间少，但往往周末或月中好不容易有了空，在所生活的社区里也找不到方便且健康的休闲去处，对KTV、网吧等地他们既有排斥，又不得不怀揣一丝负罪感依赖于这些场所的刺激和麻痹，要不就在宿舍抱着手机混天黑。他们也都强烈地意识到提升技能、学习知识对自己的重要性，可是大部分人难以摆脱学生时代痛苦受挫的阴影，群体里那些自律向上的、掏出积蓄报各种自考班的人就更需要在一个集体的监督辅导下进步。另外，学来的知识需要多多应用，否则没等找到新工作就会忘掉。除了上述两点，流动青年对融入所在地社区表现出了超过预期的热情，他们愿意奉献仅有的休息时间参与公共活动，做志愿者或义工，从而获得日常工作中缺失的价值认同感。他们对社会创业（目的为解决社会问题，而非为获得利润而运营的商业项目）的概念和宗旨能很快理解并支持，且很多人在工作经历中其实积累了相当丰富的各行业经验与技术。

青鹰的四个工作板块就在回应以上四个方面的需求。在这里，我们尝试把山鹰的社团运营模式放进来。日常活动中，机构工作者将从"设计""决策"者，逐渐退到"组织""孵化"者的角色，未来会进一步退到外围支持的角色，让在我们的影响下成长起来的青年工人骨干担当主角。让这样的在地社团做到人员上自给自足，解决自身生存问题同时带动更多青年成长，社团本身在其他地方也能得到进一步推广和复制。让我们感到欣喜的是，我们探索的第一个成果——青鹰第一届义工骨干冬训营计划已经启动，经过筛选的工友骨干们利用夜晚下班的时间和周末开展体能拉练、课题学习、领导力建设等一系列紧张有序的培训。春节前，他们奔赴江西省内罗霄山脉第一高峰——南风面完成为期3天4夜的冬训任务：包括体能拉练、环保行动、乡村实业调研与走访、公益组织交流等一项项考验和挑战。每一个完整参与的营员都收获一份全面的能力提升计划，为其日后个人的发展打下基础，更为这个集体的未来增添力量。

在带着青鹰冬训营拉练时，那黑夜里一声声传递的"加油"，那寒风中拉紧的手和高昂又有点走调的歌声，那些因共同的心愿而凝聚起的年轻又决心满满的脸庞……一切的一切，就像回到很久很久以前。那是我记忆里永远不会忘怀的岁月。

仅此，回报那些年，山鹰给我的爱。

【作者简介】王相宜，2009进入北京大学中文系，后留学法国巴黎高等实践应用学院，曾任山鹰社交流处处长。注册了社会组织青鹰梦工场（深圳市坪山区青鹰青年社会工作服务中心），服务于进城务工青年群体。

登山、厕所及其他

吴昊

我是1989年山鹰社成立的当年就加入了的老队员，在校时主持创办了《足迹》（《山友》的前身）杂志，参加过攀岩，组织过登山，说起来算是国内较早玩户外的民间人士，但由于入社时已经大三，在校没得到登雪山的机会。

我是1999年开始搞环保厕所的，发明了免水可冲厕所技术，参与过2008北京奥运会和六十周年国庆阅兵式的厕所运维服务，最早鼓捣环保厕所的那批人。但由于当时行业不成熟、制造业大环境不好，也没有成为创业风口的猪。

我爬过几座8 000米以下的雪山，运气不错都登顶了；参与过几次环保厕所行业商家必争的招投标，都中标了。我的企业曾经是环保厕所行业产值规模第一名，有着自己的核心技术，但毕竟是过去的事情了，昔日产供销研发一体化的将近200人的公司变成了如今不到10个人的轻资产公司。正如曾经重装向往着挑战极限登山的我，变成了如今轻装的周末跑山爱好者。

所有这些经历都没什么值得对人言说的，但这恰恰是我弥足珍贵的人生体验，而且登山体验跟厕所创业体验似乎有着密不可分的关联。

1999年，我30岁。十年前的我偶然看到了三角地的帖子，加入了山鹰社。10年后的我，偶然接触了厕所行业，开始创业。

当时有人算了一笔账，如果全国人民都用上水冲厕所，仅这一项用水指标，长江黄河的总径流量都不够。况且水冲厕所将宝贵的水资源与人粪尿瞬间混合到一起，变成了污水，大部分直接流入了水系，造成了污染；少部分进入污水处理厂，导致了不菲的处理成本。水冲厕所不是可持续的，更不是未来。当时不用水的厕所市场上只能见到塑料袋打包厕所，这种厕所不用水，不依赖给排水管道，但塑料袋也是一种白色污染，而且作为耗材每人次成本也远高于水冲厕，排放物的处理较为麻烦和恶心。如果能有一种厕所，像打包厕所一样不需要水源，不依赖给排水管道，能够实现卫生冲洗，人均使用成本像水冲厕所一样便宜但不会像水冲厕所或打包厕所那样污染环境，能将人粪尿收集利用，那该多好。

当时的波音飞机厕所，是用蓝色的液体冲洗粪尿的。经查实，蓝色液体是水、尿、蓝色除臭剂和少量大便溶液的混合体，可以循环过滤使用。这种厕所需要定期更换循环水。

其实新鲜的小便是无菌的，如果能够收集新鲜小便，将其处理除臭作为冲洗液，对大便进行冲洗、粉碎、除臭，不就实现了厕所不用水还能卫生冲洗吗？这个想法是我技术创业的初衷。

我并不富裕，雇不起技术人员，从一个想法到打造出成品历时两年，机械、电子线路、单片机控制、汇编语言编程、线路板设计都是现学现用，好在北大物理系给了我扎实的理科基础和学习能力。当一台亲手组装的免水可冲厕所实现了预设的功能时，公司50万元的注册资金只剩下不到2万元，我知道这辈子恐怕要交代在这上面了。

加入山鹰社不久，我被查出患了病毒性心肌炎，十年后病愈的我已经变成了个胖子。在大兴县一隅创业非常孤单寂寞冷，我重新开始了长跑锻炼并控制饮食，周末偶然去阳台山拉练，体重才正常了一些。产品研发成功后，市场开发工作使得应酬变多了、锻炼机会少了，体重重新反弹。到2007年奥运前夕，我这个身高169cm的人体重竟到了168斤。那个时候公司年销售额达到了3 000多万元，在这个小小的移动厕所细分行业混到了行业第一。

一个声音总是在不停地告诉我，为了事业把身体胖成圆球不是我的追求，搞好身体也是工作的一部分，周末锻炼的时间应当像工作时间一样有保证，为奥运会工作不仅要有工作精神，也应当有体育精神。跑步太枯燥不容易坚持，我就每周末进山骑自行车。冬季开始练习滑雪，两个半月降了25斤体重。

2008年3月初，在万龙滑雪场滑单板飞跃雪包摔断了三根腰椎横突，本该卧床6到8周的我几乎一天没休息，带伤坚持到奥运会完毕。那可能是我人生最点背的一年，跟骨折相继到来的意外事件总共有十件之多，比如：销售部的负责人离开公司另起炉灶，带走业绩最好的几个销售员；上一任销售负责人投奔了央企，仿制专利产品，搅局奥运厕所采购；公司资金链吃紧；奥运会招投标的价格低到赔钱赚吆喝；某个甲方出事导致检察院调查公司；某个供应商出事导致税务稽查公司财务；天使投资的几个股东要求退出变现；离婚的前妻把不愿继续抚养的儿子推给了我，活泼的儿子已经变成了一个木讷的小孩……我竟然活着挺到了奥运结束，耗到所有倒霉事都翻篇。我得到的最佳奖励是游离的断骨全都自行愈合。

2009年，我很疲惫地迎来了创业10周年，也迎来了山鹰社成立20周年。对我来说这一年有两件大事，一个是60周年国庆阅兵式长安街厕所项目的竞争，另一个是山鹰社组织老队员7月底到8月初攀登青海玉珠峰。前者要在国庆节前不遗余力地争取项目、筹措资金、追赶工期、投入运营；后者要求积极训练，让身体进入状态，两件事只能照顾到一件。我的心让我不能放弃后者，我的责任告诉我不能放弃前者。根据奥运会的经验，即使赢得了阅兵式厕所项目也有可能是赔钱的。我遵从了内心的选择，做出志在必得的姿态，报了必须盈利的价格。竞争者低价中标了，我带着儿子来到了几千里外的青藏高原。

终于，和山鹰社的同学们一起拿起了单反，一起体验了高反，一起攀登了雪山。那一年，高原的白云蓝天、可可西里的无人区、神秘的藏羚羊、雄伟的冰川、巍峨的雪山我都看到了，攀登雪山的兴奋整整延迟了20年。我记得自己掌握不好行走的节奏，做不到缓慢地爬升，只能一口气追到队头，再喘着粗气休息到队尾。按李队长（李锐）的话说，我生生把有氧运动走成了无氧运动。

回到北京后得到通知，国庆阅兵式招标的厕所数量不够，要将奥运会的厕所用上去，中标的公司人财物力都处于高度紧张状态，时间也不允许再次招投标，只能让我们公司来提供技术服务保障，于是这一年的两个心愿都达成了。两年后，中标的两个公司因为成交价格低付款时间长相继破产，我们成为了细分行业存活最久的企业。

此后爬山一发不可收，青海玉珠峰后，我又登了四川半脊峰、新疆慕士塔格峰、西藏珠穆朗玛峰。当然，珠峰是应邀友情陪白爷（白福利），只登到预定的海拔7 028米的北坳。除了登山，我还跟孙斌学攀冰、攀岩，跟国家登协去岗什卡滑雪登山。山地越野跑的兴起也让我改变了对跑步的认知。对跑姿的精细要求让我出现状况的膝盖变得越来越好。这种轻装上阵的登山运动也成了我此后事业一路下滑无暇玩大活儿的过程中周末唯一有条件体验的奢侈享受。

2009年我的免水可冲技术获得国家知识产权局授予的中国专利优秀奖。2015年我们受国家旅游局委托修订了国标《旅游厕所质量等级的划分与评定》。2016年免水可冲厕所技术获国家旅游局和盖茨基金会举办的全国第一届厕所技术创新大赛优秀案例奖。同一年，我们卖掉了位于河北燕郊的生产基地，就此剥离了房体生产、水冲厕所、发泡厕所等非核心竞争力的业务，核心技术采取委托生产加工的模式，人员规模缩小到原来的5%，成为了一个轻资产的技术公司。

2017年初，我们开始专注于以西藏为核心的高寒高海拔无给排水条件的达标旅游厕所市场开发。同年9月受国标委派遣，我代表中国参与了由盖茨基金会推动由ISO组织的《无排水管道的可循环利用卫生设施系统》国际标准制定工作。

混登山将近30年，混厕所将近20年，一事无成，年龄近五十，两鬓已斑白。在这个hard模式的环境中，唯信誉还没有污点，唯心尚未敢老去。

结合这些年的登山跟创业经历，我曾经反复思考"可持续发展"这个词，终于在字缝里看出了门道。可持续发展经常成为对优秀企业的要求，尤其成为人们对上市企业的要求，但"可持续"跟"发展"其实是一对矛盾，寿命长久的生命往往是生长缓慢的，快速增长的存在往往是短命的。百年企业依然快速扩张几乎不可能，它们往往是小而美的存在。人们对可持续发展的企业设定了经济效益、社会效益、环境效益三个底线，却忽略了创业者健康效益这个对可持续而言最为重要的因素。

作为民营企业当家人，如果有生之年不能够圆制造业的中国梦，那我最策略的选择应当就是轻装上阵，做个厕所技术的匠人公司，让现金流正常；做个跑山运动爱好者，让心血管健康。

随着全球变暖、环境恶化、清洁淡水资源的日益枯竭，我希望企业能够存活到免水可冲技术越来越成熟、越来越便宜，从而进入千家万户的那一天——不仅能够让厕所内部保持干净无味卫生，还能够让厕所对外部环境友好；不仅能够缓解给排水管道不健全地区的厕所卫生问题，还能够解决发达地区的水资源困境、粪尿资源化利用问题。

最高明的武功是长寿，最好的运动模式是碎步快跑。绝大多数人认为人类是最强大的物种，但那些几亿年来几乎没有变异的微观生物何尝不是具有这个星球上最成功的生存智慧。

【作者简介】吴昊，1986年进入北京大学物理学系物理学专业，1989年加入山鹰社，曾任登山队安全总监，1990年创办山鹰社内部刊物《足迹》。北京蓝洁士科技发展有限公司董事长，北京市市容环境卫生协会公厕专业委员会主任，全国城镇环境卫生技术标准化委员会委员，住房及城乡建设部环境卫生标准化技术委员会委员，国际标准化组织可持续非下水道卫生系统项目委员会（ISO/PC 305）委员，中国城市环境卫生协会公厕建设管理专业委员会专家组组长，免水可冲洗厕所技术发明人，《旅游厕所质量等级的划分与评定》标准修订人，《免水冲卫生厕所》标准修订小组负责人，《旅游环保厕所指南》制定人。

从八千米到八米

周乃元

大学毕业5年，5个国家，两个学位，几份实习工作。读书，工作，又读书，走走停停，似乎并没有成长太多，还是在迷茫什么是自由。

从美国到日本又到欧洲，从法学院到投资公司，到国际组织，到公共政策，一直没变的竟然是攀岩。这几年，在美国最早的传统攀岩场之一Gunks扒着裂缝放过岩塞，在布达佩斯郊区小公园里爬过十来米的运动攀，在西班牙的阳光下抱过红得发光的砂岩。无论搬到哪里，我到陌生城市做的第一件事是去找岩馆。起初并不是说攀岩的动力真的很大，而是觉得在岩馆兴许可以交到像山鹰社友一般交心的朋友。慢慢地，没运动天赋如我，也爬到了5.13①。

如果用一个词概括在北大的四年，应该是"可能性"。

可能性，是隐藏在生命中的某种能量，在特定条件下能够迸发出超越想象的力量。《月亮与六便士》中查尔斯说："我必须画画，就像溺水的人必须挣扎。"然而能够找到一生之所求的人很少。许多人的大学生涯是一场追寻，在书海中、在与同窗的卧谈中、在歌声中寻觅某种生命的力量。我很幸运在这场追寻中遇见了山鹰社。在大一的秋天看到山鹰社招新传单的那一天之前，我从来没有想过自己有一天会登山。我从小运动神经很差，从来没有跑过1 000米以上，没有

---

① 攀岩难度体系中的一个难度等级。

去过海拔3 000米以上的地方，没有坐过硬座；胆小，平衡感差，走下坡永远是小心翼翼。然而读到招新传单上印着的天鸽前辈的那句"那个关于雪山的梦想永远留在心里，没有什么风沙能够将它打磨褪色，那不仅仅是关于攀登，更是关于成长与爱，生命与自由"时，有一股不知从哪里涌上来的坚信，告诉我在这里一定可以找到与众不同的东西。

于是几乎每天去未名湖畔的岩壁。一直陪伴我走过山鹰岁月的好友阿耶（王羽欣）这样描述大一的我："那种与山鹰一般的女生截然不同的气息，使我以为她也许会和大多数来山鹰寻找新鲜事物的大一新生一样，很快被辛苦压倒并离开这里。可她兴致还挺高，竟报名参加了攀岩队。想必当时所有的部长会成员都对她印象深刻。因为在选队员的时候大超说，周乃元同学攀岩比赛下来说了一句：哎呀，我的指甲油蹭掉了。"幸而我没有因此而落选，还在攀岩队里渐渐爱上了攀岩。我和阿耶在岩壁一起跨过年，大家晚上吃完火锅在结冰的未名湖上倒计时，又回到岩壁进行新年首攀，手冻得发紫，却笑得浑身颤抖。有个新年阿耶来西班牙，我们去Siurana爬了几天，在小镇教堂前与几百个来自世界各地的攀岩者倒计时，手还是冻得发紫，人还是笑得发颤。

在山鹰的登山，对大一的我来说其实是一个很被动的体验。队内所有的事情都是大家一起做，决策是老队员做，新队员执行。我对队友有一种近乎盲目的信任。那种程度的信任、团体感我只在山鹰社体会过。

大一暑假第一次登山去的是玉珠峰。攀登第一阶段，我们组在一号营地遭遇了一场暴风雪。我还在帐篷里整理物资，突然感到帐篷两个角已经翘起来了。我惊呼。"赶紧爬出来啊！"幸而队长薛秀丽一把拉住了这顶帐篷，我才得以从里面爬出来。回想起来其实非常后怕，因为当时旁边的一顶帐篷已被吹到另一条冰川上，不见踪影。我迅速穿好双套靴，我们拼命用身体压住剩余的帐篷防止被吹走，剩下的两个队员艰难地用路绳对帐篷进行固定。胆小的我竟没有一丝害怕，只因队友在身边。现在回想，如果现在自己和朋友去登山遇到这类情况，一定会吓得双眼发黑。

大二、大三在社里做赞助处处长，在部长会和理事会耍嘴皮子，偶尔去岩壁爬一爬，晒一晒太阳，不登山的日子过得自得其乐。春天的晚上，带着水果去看登山队训练，看着李赞、贾培申等带着新队员训练拼得龇牙咧嘴，心里其实也有一点落寞。李赞、贾培申与我同时入社，大一时一起攀登玉珠峰。李赞是法律硕士，自述为了山鹰社来到北大，体能和平衡感都很好，性格沉稳，很能忍耐，当时已显示对登山浓厚的兴趣与天赋。贾培申是信息科学学院本科生，大一时还有些稚嫩，但是有一股很能坚持的拗劲儿，很爱钻研技术，体力也很好。我虽与他们称兄道弟，常常混在一起，心里却一直清楚，自己身体条件与胆小的性格本来也不是很适合攀登，也没有那份坚持，不知道自己到底喜不喜欢这项运动、想不想继续投入时间。那段时间在山鹰社之外，我也在花精力做中外交流方面的活动，按常规来说，我应该慢慢从社团里消失，成为众多"山鹰女生"的一员，穿回飘飘长裙，偶尔翻翻当年的照片讲勇猛往事。

转折点出现在2011年春天，老鹰返校大会后贺鹏超抓住我问想不想当下一年社长。

一切理性都在说不要做：当社长意味着作为队长带领当年的登山队，我体力、技术都不够格；大四申请出国、实习等需要花费很大精力，没有时间在山鹰社带队、训练、管理部长会……然后我说出口的两个字是：好吧。

不知那两个字让我流了多少眼泪。2012年我带队登雀儿山，过程很是曲折，到了登顶阶段，队员多多少少身心疲惫。我偷偷和李赞说，赞赞，要不是我们想着全员登顶，我都不想到顶了，没有欲望了。后来还是硬着头皮登顶，在山顶上我哭了，夏炜烨暖暖地笑着抱着我，说乃圈委屈了。现在回想，队员们太包容了。其实说是委屈，不如说是为自己能力不足感到抱歉——攀登队队长唐文懿当时是第三次登山，后勤队队长庄方东不过是第二次登山，他们在自己职务压力也很大的情况下，弥补了我在攀登方面的经验不足。从山上下来，我的大拇指脚趾脱落，在本营被蚊子叮咬的包严重发炎，从脚背肿胀到膝下。在北京休整几天后我飞到美国，在法学院报到后第一件事是去校医院打消炎药。

在美国读书期间，我找到了几个当地岩友，在宾夕法尼亚州大森林里面开发新的抱石路线。我就蹭车蹭垫子，一起在森林里面刷苔藓，清理尘土，首登V2还是V3的路线。其实对登山的向往一直没有消失，激情没有被当社长那一年的繁忙消耗掉，只是纯粹的机缘巧合，我开始了攀爬不过数米的石头的日子。与喜马拉雅式攀登相反，抱石难度与高度的关联可以说是很小。有时候两三米的不起眼的石头，最难的动作却是起步，将身体从垫子上抬起来就需要练习两个小时。在山鹰的时候在海拔六千米气喘吁吁，顶峰看似还很远；抱石的时候半个指尖搭在小平台上气喘吁吁，离垫子只有半米。这个过程很让人谦逊——登高难，走远难，爬一个两米高的小石块都那么难。渐渐地喜欢上了抱石这项运动，当爬到自己极限难度时，所有动作呼吸都需要极其精准，右脚跟外侧放在这里，膝盖以这个角度压，右手中指要搭在这个小抠点最大的地方，绷紧腰腹，左脚尖放在这个小尖头，出左手，呼吸……大部分时候我们犯大大小小的错，掉了又试，试了又掉。然而等到有一刻，之前挣扎的一切都看似那么自然又一气呵成，那种感觉是无法替代的。

后来我在日本工作了一段时间，还是决定追随一直以来的想法，到布达佩斯和巴塞罗那读公共政策，希望以后做国际发展方面的工作。也有一些朋友问，你怎么能这么轻易地做出这些选择，放弃很好的工作去一个陌生的国家？我其实也不太明白，隐约觉得这是山鹰社带给我的影响，社里很多人要么活得很自由，要么在局限中追求着自由，从未放弃。

人们说人性总是向往自由的。有人说自由是无拘无束、随心所欲。有人从文字里探求，有人在爱情中解脱，有人在荒野中发现真我。我直觉，背负某种东西却仍坚定不移地前进，才是突破躯壳的自由，灵魂深处的自由。那是一种与地球引力做抗争，在垂直的世界中奋力攀登的坚持。那是一种克服胆怯与懒惰后的真我，为信念而一步步前进。在这样对自由的不懈追求中，人类不断拓展自身的可能性。从喜马拉雅到Magic Wood，从北大到加泰罗尼亚，从法学到公共政策。不知前方在哪里，但愿我能有勇气继续探索。

祝山鹰社越老越好。

【作者简介】周乃元，2008 年进入北京大学法学院，曾任山鹰社社长、登山队队长、赞助处处长，留学美国康奈尔大学法学院，现居西班牙。

回到原野

屠彬

2007年我从北大毕业后，到今日已逾十年。离开北大，确切地说，是离开山鹰后，我很少再去露营爬山，也几乎没有再跑过步。毕业后，我进入了公益领域。而近几年，我的工作更多在和"非专业"人士进行艺术实践和创作。山鹰的生活似乎早已被我放入一个稳重厚实的箱子，保存到记忆的深处，很少再开启。山鹰留在我生活里的痕迹，除了十几本社刊《山友》、几年间的登山科考报告书、几件不同时期的T恤、几个微信群之外，似乎已难觅踪影。

前几天有一个新结识的朋友忽然问我，你原来在北大戏剧社吗？我笑答，并没有，在山鹰社。她似乎有点意外，又没有那么意外。这个一闪即逝的片段仿佛是我生命中的一个隐喻，在重要时刻我所做的一些选择似乎脱离常规，然而如果一路往上回溯到源头，却又显得顺理成章。

2008年，毕业后一年。我去了一家公益机构做农村项目工作（说起来NGO这个词也是我在筹备科考时第一次听说的），在张家口的崇礼县驻点两年。说来有点讽刺，后来我才知道，因为是北大毕业，所以面试后大家意见很不一致，多数人并不觉得我能做满一年。不过，我从未想过中途离开，就像在一体灯光昏暗的操场上跑圈时，最累的时候也会咬牙撑下去。

在第一年年末的工作反思里，我用了大概四分之一的篇幅写自己第一年的工作经历与山鹰社的关系：

在山鹰社的状态常常是一种"非常态"，正如从业NGO的状态常常是一种"非常态"。自己乐在其中，然而外界甚至自己最信任和亲近的人都倾向于敬而远之，认为那是一种不食人间烟火的生活。

可是，不应该是这样子的。每次出野外都要回到学校（及其所代表的"尘世"），每次去到田野也总要离开。终究这是一种职业，一种专业，这就注定了它是理想和现实之间的某种妥协和平衡。社区工作本身是这样（机构和社区之间的妥协），我们自身的生活状态也是这样——我要做自己乐于做的事情，但底线是可以不为生计发愁。否则，可持续性，至少广泛意义上的可持续性就无从谈起。这仍旧是一种职业，只不过赋予了些许理想色彩。于是现实不至于沦为车水马龙中面无表情的苍白，理想也不至于只在谈论乌托邦的时候被轻描淡写地带过。

每次我到村里的途中，不管是包车、乘坐县乡间的班车，还是搭乘村民的摩托，或是在雪中步行、在细雨中绕过一段山路，都会时不时短暂地愣神，恍然回到了当初去野营拉练的状态。不同的是，彼时是十几个兴高采烈的伙伴一路欢歌笑语；此地只有我，只有温平和赵师傅（而且多数时候我喜欢听他们两个闲扯），偶尔有一两个村民。大多数时候，我在路上的状态更沉默，喜欢一个人胡思乱想。

彼时没有田，只是野。此地才是真正的田野。

"野"是没有人迹的、理想化的世外桃源；而一旦加上了"田"的含义，就有世间尘俗的色彩，就从理想来到了现实。很多人总喜欢把"田野"这个词赋予过多的浪漫色彩和理想主义情怀，我想也许是"田野"被误解了。只是田野从不辩白，那些在田野中度过一生的人也从不辩白，他们只是静静地看着一群又一群人来来去去，沉默而宽容。

也许，大多数时候，是我们太性急了，不够宽容，不够理解，不够时间去体会田野真正的意义。

2012年，毕业后5年。秋天，我在升职前辞了不错的工作，决定离婚。爸妈几年前就已移居北京，但我没有搬去和他们同住，而是在北新桥的石雀胡同租了一个房东自建屋的房间——现在怕是已经被清理了。房间不大，却也有独立的楼上楼下。楼下半间小小的几平米，帘子隔开，既能做饭，也可洗澡。楼上有大概15平，兼作卧室和书房。从宜家买了35块钱的白色小方桌和一个大书桌，从家里搬了日用的衣服被褥锅碗瓢盆等一应生活用品。其实，这个房子结构还挺时髦，就是冬天风大的时候冷。墙板很薄，我搬进去的时候又是1月初。

那时候，6号线大概刚通不久。6号线和5号线的换乘站东四站，上下楼曲曲折折地有好几段。搬来扛去几天，我偶然会想，原来在山鹰社练出来的好体力还没丢。也终于有时间见老朋友。我跑了几次吴起全和徐勇在回龙观的户外用品店库房，买走一个小鹰的30升包、一个睡袋（盖在被子上，能睡得暖和点儿），起全七七八八送了我一些晾衣绳、防水袋之类的小东西，好像我不只是搬家，还要搬到野外去住。他俩请我吃了一两次饭。这些大大小小的东西落到我视线里时让我莫名地安心。

之后又搬过几次家，这些东西一直用到现在。

2013年，有个朋友找我在业余时间一起做一个剧团。两年后，我们结婚了。剧团对我来说也慢慢从业余变成半业余——一个自由职业者的业余和工作时间本来就很难定义。我们用一种叫做一人一故事的剧场形式排练，做即兴演出，听普通人的故事，演普通人的故事。

我们想保持剧团野生的样子，不想把它变成一个组织或者机构，也没太想要规模化，只是想一群人，一起做下去，讲故事，听故事，演故事。

这种感觉很熟悉。当初，大概也是一群人，简单地想去爬山，一起去爬山。

2017年，毕业后10年。我转到自由职业的工作和生活方式也有5年了。忽然觉得，这也像是在城市的高楼间野营。

剧团的伙伴们纷纷开始自己不同的尝试，开发不同的艺术活动，和普通人一起去探索的艺术活动：音乐、舞动、绘画、各种形式的戏剧……我们想给这些形态各异的活动起个名字，有一天，一个词忽然跳到脑子里——

原野。

原野上，有各种各样的植物和动物。没有人规定它们要怎么发芽，怎么开花，怎么跑，怎么爬，怎么飞。原野是自由而宽阔的，又充满了危险和挑战，这些自由、宽阔、危险、挑战，让人不由自主地想要去探险。

我终于回到了原野。

也许，我从未离开过。

【作者简介】屠彬，2003年进入北京大学外国语学院英国语言文学系本科，同时就读心理学双学位；美国斯坦福大学教育学硕士。曾任山鹰社资料部部长、秘书长、科考队队长。曾担任国际行动援助社区发展项目协调员、聚贤社（Leaders' Quest）中国项目协调员&项目经理，现从事自由职业（艺术治疗/社会艺术）。

见山见己见众生

雪线之上，攀登是一种信仰。登山探险，虽然会给我们带来身体的苦痛、精神的煎熬、生存的危机，甚至付出生命的代价，但也让我们感受到路途中无限的风光、失而复得的幸福、珍贵持久的友谊、脱离平淡的愉悦以及追求梦想的感动。

通过登山，见自己，见天地，见众生。

攀登的诱惑

李赞

又看了一次*The Limbless Climber*，禁不住往自己身上联想，好像看到了自己，虽然我没有片中的主角伤得严重，心路历程也不相同。影片主角是一个登山者，年轻时由于年少轻狂，在攀登一座雪山时被暴风雪困在山上，导致自己截肢、同伴冻死。2015年后，在没有手脚的情况下他仍然选择去攀登马特洪峰———一座对正常人都非常有挑战的技术型山峰。为什么登山有如此的吸引力？其意义又何在？这些问题其实我也在问自己，受伤之后，为什么还要去攀格拉丹东、去爬半脊？

登山最初吸引我的地方现在也说不清，或许像爱情一样，每个人注定有一个最爱的人，每个人也都有一件最喜欢做的事情，而我最喜欢的或许就是登山。

第一次登山是2009年去爬玉珠峰，整个过程中有一些很特别、日常生活中很难体验的东西，比如第一次到西部高原的兴奋、罕见的高山风景、好玩的队友、历尽艰辛登顶后的满足、完成挑战的喜悦等。

2010年作为攀登队队长，我跟山鹰社登山队一起攀登了西藏的卡鲁雄，山峰难度不大，虽然领攀了很多路段，登顶时遇到了静电雷击这种罕见天气，但我却没有找到专注的感觉。当然也有其他的收获，作为队长，需要负责所有与攀登相关的事情，比如制订攀登计划、联系向导、安排物资与日程、侦查、选择路线，这样一个职务使我站在更高的角度看待登山，了解了登山的更多方面，也对社团登山有了更深的理解和认识。当然为了做好攀登队队长，我需要学习更多知识、拥有更强的体能和更好的技术，这样的准备强化无疑对后面的登山是有帮助的。

卡鲁雄以后，我虽然仍跟社团有很深的联系，但在社团的登山或其他活动中主要扮演辅助角色，渐渐开始了自己主动组织或参与的攀登。2011年1月我跟赵兴政一起攀登了四川的尖子山，虽然那种专注的快感很淡，但是初尝朝思暮想的阿尔卑斯式攀登令我非常兴奋。简单、纯粹、公平、优雅，这些代表阿式攀登的词汇已经读过成千上万次，这次切身的实践赋予了它们具体含义，它们不再是模糊的概念，虽然我的理解还很肤浅。

毕业以后，我没有抵挡住攀登的诱惑，辞去干了半年的工作，2011年10月到11月期间，跟一些优秀攀登者在山里待了一段时间，我的攀登虽然不太顺利，但提高了攀登的素养和对山的理解，见识了一些大路线的开辟，对远征探险这个词有了大致的概念。跟这些高手沟通交流之后，路线这个词的含义更加丰满，不再仅仅跟山脊等模糊的地理特征相关，它多了一些定语，比如安全、可行、优美。再次面对一些山时，我也开始学着在错综复杂的地理特征中描绘心仪的路线。

2012年10月，我终于有机会在一片未开发的山区自由地描绘心仪的路线，主要目标是白马雪山的主峰。结果是登顶了三个小的山头，没有完成主要目标。2011年12月看到白马雪山时，觉得几乎可以随意在上面描绘心中所想的路线，但是真正去到它的跟前，走进它，才感觉到它的狰狞与不善。在山脚下待了半个月，作为适应完成了三个小山头后再次面对它时，我心中少了一些紧张与不安，但是由于时间原因只能离开。虽然没有完成预定目标，但是这次经历教会了我心态与心理适应的重要性。

3年多的经历，技术、体能、经验与心态的储备几乎为自由追求念念不忘的专注的快感奠定好基础，但是2013年的事故将一切归零甚至减到负值。刚开始躺在床上时，虽然感到疼痛和不便，但我依然固执、天真地认为能够恢复到以前的状态，所以积极恢复，坚持锻炼可以锻炼的部位，期望自己下地走路不会耽误太多。但是当真的下地走路，发现努力几乎无用，再次攀登的希望遥遥无期，真的心灰意冷，极度失落。这种负面的情绪也严重影响甚至伤害了一直陪伴照顾我的女朋友，最终我们分手。后来通过一段时间的调节以及几位好友和同事的开导与帮助，我的心态慢慢回升了一些。

2014年1月在上海做康复取得了极大的进展，仿佛给我打了一针强心剂，我又重新燃起了信心。当然这一次我没有像躺在病床上时那么急功近利、浮躁，不切实际地希望马上见到结果，而是相信付出总有收获，即使来得会晚一些。2014年2—5月，我的身体逐渐好转起来，开始一样样捡起以前的运动，顶绳攀岩、结组、先锋攀岩、慢跑、走扁带，甚至还开始了以前还没来得及进行的传统攀岩。每捡起一项运动，仿佛习得了一个新技能，那种兴奋与喜悦甚至比受伤之前更甚。当然，疼痛与不便虽然减弱但依然存在，走路步态依然有点不正常，长距离走路依然脚疼，先锋攀岩依然不能脱落，但我确实能够进行这些运动并且能够看到进步，看到付出终有收获。"不幸中的万幸""起码你还活着"，一年多后我才真正领悟病床上好友劝慰的话。

5月时身体的恢复程度让我对再次登山有了一些信心，就申请了7月跟山鹰社一起攀登格拉丹东。几个月后再次进行一些运动的经历让我认识到脚伤还会持续一段时间，7月时不能完全康复，要想登山只能调整行动思路——慢慢了解自己的身体可以持续运动的极限，并在心理上学会适应运动中出现的一些疼痛和不便。

7月，在队友的支持与帮助下我相对顺利地登顶了格拉丹东。登顶时虽然只身一人，但我知道这是许多人支持与帮助的结果；虽然登顶只走了5个小时的路，但我知道这是上千小时训练后的结果；登顶时虽然心里异常平静，但我知道这是跌宕起伏后的结果。登顶格拉丹东与其说是以前的技术、体能、经验、心理储备的结果，不如说是自我认识、自我调节、心理与身体相互适应的成功。从躺下到登山的18个月间，我对身体的认识不断加深，心理调节逐步成熟合理，心理同身体的博弈逐渐平衡，最终能够抓住机会登顶。

受伤之前，我努力加深对山的认识，追求与山对话的专注感；受伤之后，我不停发掘对自己的认识，探索身体的可能性。都是探索认识，一个对外，一个对内。登山依然是我最喜爱的运动，我依然追求那种专注感，但受伤之后我渐渐明白，那种专注感不仅可以从与高山的对话中获得，也可以从与自己身体的对话中获得。再去攀登半脊，虽然没有登顶，但我进一步了解了自己的身体，加深了对自己的认识，在探索身体可能性这一点上是一次进步。

登山不是特别的，它跟其他运动或工作一样，都是探索外界、探索自身的途径。而探索获得的喜悦与快感可能是人类孜孜以求的存在意义之一。其他运动或工作中同样可以发现类似登山所带来的探索的喜悦，发现人生的意义。

【作者简介】李赞，2008年进入北京大学法学院，同年加入山鹰社，曾任攀登队队长。现任巅峰户外运动学校教练。

更多的梦想

孙斌

我是一名职业登山向导，因为山鹰社开始接触登山，也因为山鹰社在大学毕业时选择成为一名登山向导，一直到现在。相信这样的选择并不多见，因而我想从登山向导这个特殊的角色和角度来谈谈山鹰社这个传奇。

我的山鹰时代

北大山鹰社马上30岁了，过去的30年，山鹰社在中国民间登山发展中起到了极为特殊的作用，其历程折射出的是中国户外运动发展的缩影，就如前辈曹峻在纪录片《巅峰记忆》中所说："山鹰社在中国民间登山的推广当中起了两个作用：一个是在心理上拉近了登山与普通大众的距离，第二个是山鹰社通过登山积累的资料、登山报告给后来的登山者提供参考。"从某种意义上可以说，这是属于山鹰的时代。

"这是一个最好的时代，这是一个最坏的时代。"在过去的30年中，登山这项特殊的运动以可见的速度进入普通人的生活，影响了很多人。在这个阶段里，什么都是新的，任何一次攀登或者一次创新都有可能成为纪录而载入中国登山历史，很多开创性的工作因为所处的阶段而具有先驱性的意义。然而，也正因为是初级阶段，我们无法站在巨人的肩膀上，攀登教育机会的稀少，路线和资讯资源缺失，保障体系不完备，与西方的登山者比较，中国早期的这些登山爱好者们面临的环境也更为恶劣，势必要经历更多的磨难和挑战。

存鹰之心于高远
取鹰之志而凌云
习鹰之性以涉险
融鹰之神在山巅

这是北大山鹰社的社训，从1997年开始，这段文字几乎充满了我所有的北大生活。

1996年我从浙西北的山里考上北大化学系，想成为一名化学家。然而也许是性格使然，也许是我们大学教育的问题，经历一年的痛苦寻觅之后，我依然没有找到将来的方向。上帝为你关上一扇门的同时也许正为你打开一扇窗，现在我仍然记得1997年秋季学期开学时在三角地看到的山鹰社招新图片展，其中一张阿尼玛卿的冰川照片把我镇住了，照片中裂缝密布，而在裂缝与裂缝之间站着一个登山者（应该是古拉），与背后巨大而布满裂缝的冰川相比，人类渺小到如同沧海一粟，这样的对比似乎隐隐地在诉说着一些由来已久的东西。潜意识中一个声音告诉我，这里也许有我苦苦追寻的东西。于是，在接下来的日子里面，训练、攀岩、攀冰、登山占去了我几乎所有的时间，而学习也成为"业余的"。

1997年的时候，山鹰社还没有大岩壁，只在五四体育场内有一块10米宽3米高的木板平移墙，当然当时即使放眼全国，人工岩壁也寥寥可数，在北京只有七大古都有一块不大的室内岩场，已开辟的自然岩场也极为稀少，只在309、金山有少数几条路线。这块小小的平移墙和郊区那三四条路线成了我们的乐园：没有教练，老队员成了我们的老师，虽然他们也只有一两年的攀登经验；没有书籍资料，我们自己利用前人的经验，总结安全规范和技术讲义；没有装备，我们将为数不多的两三条绳子和十数个铁锁当成了宝贝，而攀岩鞋更是稀罕物，大家人手一双解放鞋或者网球鞋，却也练就了细腻的脚法；没有科学的训练方法，我们自己摸索，虽然常常因为训练过量或者方法不得当而受伤，每个人的手指无一例外地因为腱鞘炎而关节肿胀变形，但在当时的全国攀岩锦标赛上北大攀岩队有一席之地，扮演着重要的角色。1998年初，在宝洁公司的支持下，山鹰社有了自己的18米高岩壁，屋檐只有一米宽，斜面也只有100度，即便如此，这样的岩壁在当时已经被无数人羡慕。6年以后的2004年，北大岩壁改造，有了巨大的斜面、6米宽的屋檐，但这时，这样的岩壁却早已不是稀罕物了，这就是中国速度。现在的北大岩壁体型巨大，设施先进，可以承接国际水准的攀岩比赛，在岩壁北边还有一座抱石墙，是1997年攀岩队队长王辉发起以1997年攀岩队的名义联合捐建的。

1998年夏季，我成为北大登山队的一员，攀登西藏念青唐古拉中央峰（7 117米），这是我的第一座山峰。当时组队没有现在这么复杂，管理比较简单，不需要父母签字，不需要登山答辩会，不需要从西藏登山学校请教练。虽然前期进行了艰苦的体能训练和一定的技术训练，可是以现在的眼光来看，当时针对高海拔攀登的准备是远远不够的：攀登策略、风险管理、各种地形的应对技术、雪崩的判断等都存在一些问题。登山队最终登达6 900米处无奈下撤，过程中我遭遇了高山反应引发的肠梗阻、迷路、雪崩、雪盲，其痛苦至今历历在目。最终，登山队平安归来，现在想来这也是幸运之神的眷顾吧。也许很多人会质疑，北大登山队以这样的情况去挑战高海拔雪山，未免有无知无畏之嫌，但是也要看到，即使是以北大登山队这样的情况，在当时的中国登山队伍中，已经是做得非常出色的了，而我们也必须经历这样的过程，毕竟，无论谁都无法超越自己的阶段，而且正是基于这些先驱者的尝试，才构建了登山运动在国内快速发展的基础。

如今，我经常会回到山鹰社给现在的登山队员做培训，每次提起我们的念青唐古拉，我都会提及这些不足之处，虽然学生社团组织结构无法完美解决技术传承的问题，但是，我希望通过我们一群人的努力可以改善这种情况，让学生社团登山朝着安全合理的方向发展。

第一次登山给我带来全新的体验，而攀登也成了我大学生活的全部内容。返校之后，我成了攀岩队队长，带着北大攀岩队训练，并在1999年夏的全国攀岩锦标赛拿到了不错的成绩；2000年初，又在全国攀冰锦标赛中获得冠军。1999年9月，我代表国内大学生参加了中日大学生联合攀登雪宝顶活动，认识了中国登山协会的李致新主席、王勇峰队长和李舒平老师。而接下来的一年，我要毕业了，冥冥中自有天意，没有很多的犹豫，中国登山协会成了我唯一的选择。

山鹰社给了我很多，攀登的基础、和谐的氛围，而且也因为山鹰社，我选择成为了一名职业登山向导：2000—2006年在中国登山协会做教练和向导；2006—2008年，在北京奥组委负责火炬接力珠峰传递；2008年到现在，成立巅峰探游和巅峰户外运动学校，教人登山和带人登山一直是我生活的主题。

可以说山鹰社改变了我的一生。

为什么登山？

在1998年出版的《八千米生命高度》后记"生死大限与集体孤独"中写道："回顾10年，我们不得不想起那个经常遇到的尴尬——人们反反复复地问：'你们为什么要去攀登雪山？'我们常常无言以对。北大学生为什么要去登山，质问的前提是人们认为登山是一项四肢发达、头脑简单的人的运动，北大学生去登山，仿佛是去挖煤，或者当清洁工，或者说像是亡命徒，浪费青春、才华和钱财；这个质问可能还有另一层意思，即这些学生不务正业，有违北大精神。但我们还是把它看作一个纯私人性的问题，并努力地尝试着去回答，然而，这样更使人难以回答。"

关于这个问题，很流行的答案无疑来自乔治·马洛里的名言："因为山在那里！"因为空泛所以酷炫。20年的攀登生涯，从山鹰社开始接触，到工作后带领形形色色的人去登山，关于这个问题我想我有了自己的答案。

关于人们参与登山的驱动力，我无数次问过自己为什么会对这项运动如此乐此不疲，也和很多人讨论过，总结来说我认为这是由人的自然属性和社会属性决定的：

1.人的自然属性

几乎所有人都有这样的体会：早上起床，打开窗户，发现阳光明媚，心情也会随之快乐起来；反之，如果阴雨连绵，则心情就会趋向抑郁。细想来这真是一个非常神奇的现象，我以为，在古早以前我们还是猴子阶段时，一旦天气好，我们就不会挨饿受冻，反之则会痛苦不堪，经过无数年，这样的情绪就写入了我们的潜意识中。虽然我们生活在文明社会很多年，但是正因为我们来自大自然，当我们去到蓝天白云青山绿水的自然界时，我们依然会很容易放松心情，由衷地感到快乐。由此可见，人的自然属性决定了登山的吸引力。

2.人的社会属性

当然，人类已经脱离了动物的属性，形成了独一无二的人类文明，于是人就有了更为重要的社会属性。套用马斯洛的需求层次理论，人类的需求分为五个层次：生理需求、安全需求、社交需求、尊重需求、自我需求，深入分析登山的特点可以发现，这项运动可以在极大程度上满足人类这五个大层次的不同需求。我的总结如下：

·幸福需求

比起城市生活，登山环境非常艰苦，最基本的饮食、睡眠都很难保障，而且人们会强烈地感受到风险的存在而处于焦虑紧张的状态中。很多人都有这样的体会，在户外一段时间后回到原来的生活，会突然发现，原来很普通的一些事情，比如痛快地洗一次澡、吃一顿好饭、走在很平的路上、躺在舒服的床上，甚至安静地待在家里，这些平常看似非常普通的基本生理需求和安全需求的满足都会带来异常强烈的幸福感。这种强烈的幸福感是令人向往的，因此我以为，虽然登山阻碍了人们生理需求和安全需求的满足，但是这只是阶段性的损失，当登山结束这些需求重新获得满足时，体验会异常强烈。人们热爱登山，并不是热爱登山过程中的艰辛，而是向往艰辛之后返回日常生活的简单的幸福。

· 社交需求

美好的友谊和爱情是弥足珍贵的，但是构建这样美好的关系却是非常困难的。很多时候，我们喜欢一个人并不是因为他（她）是好人或者坏人，而是因为两人的行为方式非常契合。但是在日常生活中，每个人都尝试着修饰自己的行为，使自己表现得友善、优雅、彬彬有礼，这种修饰使很多人无法真正地感受到契合的状态，这也是当今社会存在社交恐惧的原因。在登山中，由于环境艰苦而且存在各种风险和危机，人们会更多地关注自己的感受而没有余力去修饰自己的行为，这样人们的行为方式将展现得比较真实而且直接，在这种情况下建立起来的契合的关系，无论是友谊还是爱情，都要真实、稳固而且珍贵得多。

我关系最好的那些朋友都是通过登山认识的，我认为，正是因为登山艰苦而具有风险的特点，为人们建立真挚稳固的人际关系提供了强力的催化剂和验伪剂。

· 被尊重的需求

我带过很多人去登山，发现一个有趣的现象：登山者通常很乐意跟周围的人分享其惊心动魄的经历。登山目的地一般偏远、陌生而充满挑战，从事这样的运动，需要非常大的投入度，这必然也会给参与者带上明显的标签，比如能够承受痛苦、风险，具备坚毅的品质，这让其在人群中尤为不同从而获得他人的尊重，这也是很多人参与登山的原因。

· 自我实现需求

登山环境充满挑战和风险，如何让自己在实现目标的同时能够全身而退，需要很好地管理运动中的风险，选择合适的方案，约束自身的行为，激发自身的潜能，这体现了参与者高超的创造力和解决问题的能力。在一次次的攀登中人们会发现自己的进步，比如做成了以前难以想象的事情，从而建立起强大的信心和自我的认可，这种体验也是非常美妙的。这种自我实现也是登山能带来的最为重要的收获。

登山探险，虽然会给我们带来身体的苦痛、精神的煎熬、生存的危机，甚至付出生命的代价，但也让我们感受到路途中无限的风光、失而复得的幸福感、珍贵持久的友谊、脱离平淡的愉悦，以及追求梦想的感动，这也正是攀登吸引如此众多人们孜孜以求的魅力所在。

更多的梦想

20年前，如果有人问我，你的攀登梦想是什么？这也许是一个非常难以回答或者是一个异常简单的问题，答案也许是完成309医院后面岩壁上那条最难的路线，也许是去西藏攀登某座山峰，而那座山峰在我心中一定是只有概念而没有具体的形象的。那时候，我还在北大山鹰社，刚刚开始攀岩、登山一年多，我们能看到的外面的世界极其有限，一个Yuji（平山裕示，攀岩顶尖高手）的比赛视频就让我们大开眼界，而那一段Dan Osman（无保护攀登、蹦绳的先驱）无保护4分钟完成一条巨长的路线的视频，虽然画质模糊，依然让我们疯狂。除此之外，我们对外面的世界一无所知，我们不知道，在波澜壮阔的20世纪，从阿尔卑斯最困难的三大北壁的攻克，到喜马拉雅喀喇昆仑14座8 000米的壮举；从南美巴塔哥尼亚高原壮观的Cero Torre新路线的开辟，到巴基斯坦雄伟的Trango Tower上留下人类的印记……人们正在世界最偏远、最困难的山区进行着各种开创历史的攀登。看得有多远，梦想才能有多远，正因为我们所了解的攀登世界是那样的狭窄，于是就没有载体去承载宏大的梦想，不是吗？

中国变化真的很快，短短的20年间，民间开始有人尝试8 000米，张梁已经成为完成14座8 000米的民间第一人；我们有了自己全球知名的攀岩胜地，并出现了一批自己的5.14①的攀岩好手；我们对困难路线的探索也让其中的一些攀登甚至进入了世界攀登界最高奖金冰镐奖的评选……当然，外面的世界依然精彩，人们已经不满足于仅仅完成某一条路线，于是就有了优胜美地酋长岩The Norse路线上的赛跑，从原来的几天时间才能完成，增速到现在的不可思议的2个多小时；有了艾格峰北壁的瑞士机器，2小时40多分钟就完成了如此漫长的路线（可惜，他2017年在珠峰地区遇难）；就有了前两年Alex Honnold 无保护攀登Half Dome的创举，更

---

① 攀岩难度体系中的一个难度等级。

厉害的是，人家在18个小时之内无保护加Aid①完成了优胜美地最大的三条路线，而其中任何一条路线可能都要花去我们几天时间，随后他又在遥远的南极完成了一系列漂亮的攀登。虽然，这些壮举离我们依然非常遥远，但是至少我们看到了，相信也对每一个热爱攀登的人们的内心产生影响。

在过去的20年，我也有了巨大的改变：我成了一名高山向导，完成了7大洲最高峰攀登，去过了南北极，更近距离地接触到外面的世界；我成为了The North Face国际运动员，可以和那些以前只在视频里见到的顶级运动员一起交流互动；我在世界登山胜地法国Chamonix的训练和自己很多年的摸索学习也让我有基础去设立更为有趣的目标。于是，我有了新的梦想：

·作为登山向导，我已经完成7+2（七大洲最高峰和南北极点最后一维度的徒步）两次，我希望在未来的两三年中再完成两次7+2。（7+2）×4？也很有趣吧，更有趣的是可以带领那么多的中国人实现自己的梦想，这是非常难得的体验。

·作为一个攀登者，我希望能够去到那些最有里程碑意义的目的地去完成一些不错的路线，毕竟在那些地方至今为止几乎没有中国人的印记，我希望通过自己的攀登能够把这些地方拉到普通中国人的眼前，使大家能更容易地了解甚至触摸到它们，比如欧洲三大北壁，比如南美巴塔哥尼亚Cerro Torre峰和Fiz Roy峰，比如巴基斯坦Trango tower。

我始终坚信：一样东西如果杀不死你，将会让你变得更强大，而坚持是通向成功的唯一途径。

【作者简介】孙斌，1996年进入北京大学化学系，1997年加入山鹰社，曾任山鹰社攀岩队队长，2008年奥运会火炬接力珠峰传递项目负责人，高山向导，登山教练，巅峰探游和巅峰户外活动学校创始人。

---

① 辅助器械。

拔剑起舞
——我与雪山的往事

吕艳

　　每每外出爬个小山，多走几步都嫌累的时候，就会被先生嘲笑。曾经是一名登山队队员这件事，如果不是别人提醒，我自己都已经快忘了。可见，雪山于我，已经非常遥远。

一

　　我1995年入学，第一年在昌平分校活动，那时候连山鹰社的名字都没有听过。第二年回到燕园，9月的一天，路过三角地，被一幅雪山的照片吸引，一时冲动报名入了社。

　　之后发现，美丽而极具魅惑性的雪山其实非常遥远，眼前是无休止的训练、无穷尽的拉练，要想办法融入这个"魔性"集体，参加和组织各种五花八门的活动，只问耕耘不问收获地付出。每个人还要加入不同的部门（这个社团的组织机构完善到惊人程度），我被肖主编吸（hu）引（you）进了新设立的编辑部，于是，写稿约稿办社刊，编辑录入学排版，天天向众人催逼稿件，成功地成为社里"最不受欢迎的人"。自己选的路，含泪咬牙也要坚持下去啊。

　　现在想想，一群20岁左右的年轻人，除了完成各自院系的学业功课，其他时光都在一起消磨，一起做事，玩得很嗨，是难得而宝贵的人生经验。1997年暑假去登青海玉珠峰，天时地利人和，竟然全员登顶。这是我第一次亲近雪山，下山后，我在西宁度过了20岁生日。回来后没多久入选了西藏卓奥友登山队，继续魔鬼般的训练。1998年3月出发去登卓奥友，5月1日回到北京。记得当时学校派了大巴车去机场接我们，回校后有一系列风光的庆祝活动，甚至因此有机会去人民大会堂参加百年校庆大会。

从诗一般的远方回来，还是要面对学业的苟且。我申请了延长一年学制，一边补修学分，一边听各种各样的讲座，旁听艺术系、中文系感兴趣的课程，充分享受了一把作为北大学生可以享受到的丰富的学习资源。

记不清是因为怎样的因缘，卓奥友活动之后，社里几个登过山和想登没机会登的女生开始思考女子登山的角色和意义，有了创建女子登山队的想法。我也算前期创始人之一，不过因为准备考研并未参加组建后的训练和1999年暑假的雪宝顶活动。谁知，就在那次攀登过程中发生滑坠，一个如花的生命永远离开了我们。

很长时间我都难以面对这件事情，面对她的家人，包括面对自己。之后的多年，我们几个女生轮流作为联系人，联系她的父母和兄长，有时候寄点东西或者汇点钱。

10年后，2009年6月，我和几位当年的队友一起来到雪宝顶，在山脚下进行了祭奠，垒了玛尼堆，放置了一块纪念牌。好像也是在同一年，我独自从北京坐火车到武汉，租了个车，向西南经荆州等地开到湖南澧县，去看望她的父母。她妈妈见到我非常高兴，做饭给我吃，带我逛那个不大的县城，给我讲她女儿的种种。之后这些年，每年跟阿姨通电话聊一聊，问问近况，就万科基金的事沟通一下。其他的也没有再做过什么。

也就是在1999年之后，虽然继续读研在学校又待了几年，但没有再参加山鹰社的活动，只是2001年心血来潮和几个队友私下又去了一趟玉珠峰北坡，在大本营附近的冰舌进行冰雪技术训练。

2002年暑假希峰事件发生时，我在学校，忘了因为什么原因当时怎么会在学校待着没回家。只记得消息传来，整个人都傻掉了。五个弟兄当中的小林是我们前一年一起去玉珠峰的训练指导，朝夕相处，关系非常好，其他几位虽然不熟，但也都认识，是非常阳光帅气的男孩子。

他们的家属赶来北京，被安排住在勺园，我们一些老队员被分成五个组，分别陪同、协助家属处理善后。我这一组负责陪伴小林家属——他的叔叔和哥哥。

叔叔和哥哥人都特别好，极度悲痛下是包容体谅的心。小林哥哥后来没过两年考到北大读研究生，算是完成了弟弟没能完成的从北大毕业的家族心愿。之后一些年，我们还经常有联系，我去福建出差顺便去厦门看过哥哥，也去福清看过小林父母，那是温和宽厚的一家人。

二

毕业后因各种原因，我又几次亲近过雪山。

2005年，公益活动"地球第三极珠峰环保大行动"招募环保志愿者，看到消息后我抱着试一试的心情报名，经过几轮选拔最后入选。5月底6月初，我和其他几名志愿者以及媒体记者一起去雪域圣地珠峰脚下进行环保活动，其实就是"捡垃圾"。

我们从拉萨布达拉宫脚下的烟头捡起，沿途经日喀则，一路捡到珠峰大本营。整个珠峰活动由西藏登山队协助支持，其中有吉吉。在海拔5 200米的大本营适应了两天，体力好、适应性好的队员还要继续向上到6 500米的前进大本营ABC。就在这时，传来吉吉的丈夫在巴基斯坦遭遇山坡滚石遇难的消息，吉吉和部分藏队队员下撤，大本营笼罩在悲痛的阴雨迷雾中。

怀着沉痛的心情，一行人按原计划于次日继续向上攀登。我虽然入选了ABC小分队，不过在5 800米的过渡营地出现了严重的高原反应，不得不提前下撤。最终无缘珠峰前进大本营。那一次，是我离世界最高峰最近的一次，也是第一次不以登山为目的亲近雪山。

说不上这样的环保活动有多大的实际意义，更多的是象征意义，藏地本是最纯净的一片土地，近年来由于工业文明的侵入，生活垃圾日益增多，而垃圾收集和处理的能力和容量远远跟不上人们的消耗，以至于垃圾遍地。我们拿着袋子弯腰捡拾垃圾的动作或多或少对当地的藏民有一些影响，很多小孩子先是远远地看着这群奇怪的人，很快就跟在我们后面一起捡起来。这样的活动持续了几年，珠峰大本营、纳木错以及其他一些热点景区，正是在那几年纷纷设置了垃圾桶和回收站，建立了垃圾处理体系。

回来后，我在朋友的协助下写了一本书《拂去珠穆朗玛的尘埃》，由民族出版社出版。写书的初衷是希望记录下整个活动，为环保事业尽绵薄之力。

大概是因为有过几次在雪域高原登山和活动的经历，2008年我作为奥运火炬手，被安排在西藏山南地区进行火炬传递。遗憾的是，因为一些原因山南的火炬传递被取消，我也就没能去成。五年后，我才踏上这片西藏文明的发祥地，拜访了山南地区的桑耶寺和青朴山修行圣地。

珠峰那次活动之后我以为自己不会再有机会去登山了。没想到，2009年、2011年分别又去登了玉珠峰和哈巴雪山。

2009年是山鹰社成立20周年，以曹哥为首的老队员们策划组织了"回到玉珠峰"攀登活动，邀请已毕业的老队员参加，和在校生攀登同一座雪山。1989年山鹰社成立，攀登的第一座雪山就是玉珠峰。我对登山本身兴趣不大，何况玉珠峰是我登顶过的雪山，但就是觉得跟这群人一起玩儿很有意思。

7月中旬，在李锐夫妇的精心安排和组织下，一群老队员和家属从西宁集合出发，16个人包四辆越野车，在青海腹地旅行了一周，去玛多看阿尼玛卿雪山，游三江源、扎陵湖、鄂陵湖，经玉树、曲麻莱，穿过可可西里保护区东部边缘，到达西大滩玉珠峰大本营。自此兵分两路，一路经格尔木回西宁，各自回家；另一路留在玉珠峰进行一周左右的攀登。

我家领导那次也去了，一周后他回京，我登山。跟1997年一样，还是走的二号冰川，天公作美，因缘和合，我们这一批次的队员都登顶了。特别感谢曹哥、李锐、孙斌等组织策划的老队员，让我们有机会毕业多年后还能一起登山、一起玩耍。

2011年五一，孙斌的公司组织攀登云南的哈巴雪山，海拔不高，5 396米，难度也不大。我家领导想去体验一下登山，于是我们一起报了名，一起训练。最后，他克服了高山反应，经过艰苦的攀登，我们携手登上顶峰。然而，由于体力不济，攀登时间过长，缺乏护具保护又受了伤，我的两个膝盖在下撤途中疼得要命，肿得像馒头一样，每走一步都针扎一样疼，全靠孙教练搀着，一步一步挪回大本营。

回到北京，膝盖还疼了一个月，医生说是髌骨磨损，建议尽量少爬山，少下楼梯。自此以后，我再没有去登过山，估计以后也不会去了。

三

山鹰社是个神奇的社团，活跃在这个群体的人，身上有一种共同的气质，哪怕没有一起参加过活动，也亲如兄弟姐妹。走到全国甚至世界各地，只要报上大名，对上暗号（包括但不限于登山大拿们的各种糗事），就能一下亲切起来。我曾经在2014年到美国旅行，旧金山、圣地亚哥、纽约，一路都有山鹰社朋友们照应，有的原本并不熟，有的甚至都没见过，不要紧，坐下来一样相谈甚欢，拿你当家人。

究其原因，大概是因为都亲近过雪山高原，在山鹰社高强度的训练中摸爬滚打过，在山鹰文化中浸淫过。至于什么是山鹰文化，肖主编有过非常精彩的阐述，"是以曾在雪山、草原和戈壁磨砺的登山队员为核心，与此精神相契行为相合的山鹰社成员共同拥有和体现的某种精神；是在荒凉、辽阔和苍茫中以默契和集体享有某种深远的孤独，及在生死边缘相互救助共同体验雪峰的崇高和恐怖必然伴生的某种气质"。这句读起来很拗口的话，只有经历过的人读得懂（当然，可能需要多读几遍）。

我近年来的生活，除了还在上班这一点以外，其他方面基本上是老年人的生活。平时唯一的运动是练习传统太极拳，然后就是喝喝茶、写写毛笔字、弹弹古琴。如果说原来那种攀登生活是"动"的生活，那么现在的生活则是一种"静"的生活。原来喜欢热闹，喜欢一群人一起玩耍，现在更多的是和自己待在一起，享受安静的时光。也许是年龄的增长，也许是心境的变化。

但是我无比感恩与雪山相伴的日子，感恩曾经一起攀登的伙伴。有过那样拔剑挥洒的激昂青春，才有今天收剑入鞘的岁月静好。

以前经常被人问为什么要去登山，每个人的登山动机并不相同。对我来说，并不是为了攀登本身带来的乐趣，当然更与功利性的目的无关，更多的是和一群志趣相投的人，一起体验极限状态下的生命。套用一句话，通过登山，见自己，见天地，见众生。

曾经有人问过我：攀登过程中，你会想什么？

我回想了一下，告诉他，什么都不想。

大脑缺氧，浑身乏力，腿重得抬不起来，每一步都要小心翼翼、战战兢兢，一不小心就会从雪坡或冰坡上滑坠，哪里还能想什么？脚踏实地地走好每一步，能仰望星空的时刻并不多。稀薄空气中，每一次呼吸，让你真切地感受到生命的存在。当下，就是一切，没有过去，不见未来。

还有人问：登顶之后是什么心情？是狂喜吗？

我回想了很久，好像也没有，喜悦要说有，也是淡淡的。

那时大脑一片空白，身体是极度疲惫后的轻松，内心澄净如头顶湛蓝的天空。

【作者简介】吕艳，北京大学法学院1995级本科，2000级硕士研究生，曾在山鹰社社刊编辑部工作，北大百年校庆攀登卓奥友峰。目前就职于上市证券公司。

山鹰，如影随形

史传发

2016年夏天的一个早上，我在深圳湾跑步，迎面碰上曹峻。我们合影，简短聊了几句之后，各自朝相反方向跑去。回家后看见曹峻将合影发了朋友圈，大意是说他跑步偶遇山鹰社老社员，也就是我。读到文字的那一刹那，我觉得很惊讶，我是老社员了吗？我心目中的老社员是老板、曹峻、春子那一辈啊，我怎么就成了老社员呢！转念一想，2016年，距我离开学校已经整整18年了。18年，意味着那年入社的新成员可能就在我离校的1998年出生，我可不就是老社员嘛！

可是，真的，虽然18年了，其间极少回校参加山鹰社的活动，但总觉得我仍是那个朝气蓬勃的集体的一员。我在山鹰社的那些日日夜夜，参加过的那些活动，登山、科考的日子，都如此鲜活地留在记忆里。虽然我远在南方，并未从事跟登山相关的工作，但这么多年来，它就是那么真切地影响着我。

毕业后，我离开北京到了合肥，做电视台新闻记者。有一次去监狱采访参观，正好叶峰来到合肥，他表示有兴趣同去，我就捎上了他。参观的过程虽然新奇，但并不美好，它让我思考更多的关于人的问题。加上后来几次特殊经历，我逐渐思考是不是应该留在合肥，是不是应该从事新闻记者这份工作。

一次偶然的机会，我来到深圳。虽然前路未知，但我觉得应该一试。最初两年并不顺利。转行并非易事，老乡和同学并不比任何一家企业更有人情味，当我孑然一身地在一座人去楼空的城市过年，仍能品读李敖尖刻的批评文章会心一笑时，差不多就迎来了曙光。

转机是封云飞为我创造的。他是1996阿尼玛卿科考队成员。2002年初他高升华侨城集团战略发展部副总监。在他的介绍下，我也进入了华侨城集团，在其下属企业从事房地产工作。我就工作和前途上的迷茫咨询他，他给我指点了迷津。我还记得他在深南大道华侨城段的林荫辅道上跟我有一番谈话。我选择了市场工作作为此后的方向，一直在这个行业工作到今天，并且庆幸自己走对了路。

2003年下半年的时候，我工作生活都很稳定，结了婚，还没想要小孩，觉得生活应该再有一些挑战。想来想去，继续在职读书深造应是正道。哲学肯定是不读的了，考个市场营销类的函授咱瞧不上，考个经济专业的研究生又觉得差得太远。想不起在什么场合听到张勤在读中欧工商管理学院的MBA，而且去剑桥划船了，觉得很牛。于是从各种渠道了解MBA到底是怎么回事、各个学校的MBA又有什么不同。我不记得是给张勤打电话还是QQ联系的，他详细给我讲了MBA与EMBA的不同、MBA的课程设置等。经过一年多的努力，我终于考上了清华大学经管学院在职MBA。清华的严谨名不虚传，我本想着轻松蒙混过关，结果运筹学、微观经济学等课程，两次补考才勉强放行，于2007年9月获得硕士文凭。

现在回想起来，我是幸运的。在步入职场的前几年，重要的转折和进步都得到了山鹰社社友的帮助或积极的影响，打开了自己从未企及的领域。我们就是这样一个群体，毕业后走向四面八方，却又如此紧密地联系在一起，如影随形，在自己的生活、工作方面彼此支持和帮助。

2013年春节后南方季节交替的一段日子我时常生病。我突然警醒，前路长且阻，务必要锻炼好身体。那年4月起，我开始了不间断地跑步。从1998年毕业到那时候，只有极短时间我曾和封云飞一起，不规律地跑步锻炼，丢掉运动的习惯已经15年了，能否坚持下来，我当时心里没底。我从一次3公里、一周两次起步，逐渐恢复运动。恢复的进程一开始很慢，但也许是在山鹰社的训练经历让我有良好的方法，我没有像很多人那样在起初阶段受伤，也没有因为疲累而倦怠放弃。每次起跑，我心里都在默念，控制节奏，放松呼吸。那个声音似乎是五四操场上当年训练队队长李靖的叮嘱。那时，在朋友圈里看到白福利发的跑完全程马拉松的图片，以及各种越野跑、UTMB的照片，羡艳不已，更是勾起了我一路跑下去的愿望。从2013年开始，我基本上保持着一周两次的习惯，跑过半马，也跑完了几个全马。习惯养成，无论出差、旅行到哪里，我都带上跑鞋，在酒店周边找寻一条合适的道路，沿着街道、河流、公园、乡野奔跑。道路两侧的美景、用脚步丈量一座城市的真切、每次达成目标后的畅快淋漓，只有真正的跑者才能领会。于我而言，跑步是一个人的孤独的运动，形单影只让心灵更加宁静，是动与静完美结合的运动。小时候因为营养不良，我的身体一直屡弱，是山鹰社三年的强化训练，是这些年的坚持，才使得我在大都市的工作生活压力下，仍保持了健康的体魄。

除了跑步，雪山的梦想也未曾熄灭。婚后，太太明确反对我再去登山，可我仍然留存着那份念想。2010年，她终于被我说服，同意我参加由孙斌组织的青海岗什卡的攀登。岗什卡海拔只有5 254米，我想以山鹰社留下来的身体底子坚持一下就能登顶。没想到在4 000米的大本营，我高反严重，而且两天都未能缓解，狼狈不堪。最后灰头土脸地离开了岗什卡。

2016年春节期间，1996阿尼玛卿登山队队长朱建红谋划20周年重返活动，得到当年的登山队队员和科考队队员的热烈回应，雪山的梦想再次走近。鉴于鹰二代尚在茁壮成长的幼苗阶段，大家一致商定本次重返以观光还乡为主题，沿着当年的足迹，追忆峥嵘岁月，同时培养雏鹰队伍。重返团由8个家庭22人组成，于7月17日从西宁出发，19日与科考队在下大武会合，20日到达阿尼玛卿东北侧冰川。20载时光流逝，随着记忆的磨灭和山川的变化，大家对哪里是当年大本营位置争论不已。主峰的位置关系、大本营前的那条小溪、心形石的样子，反复拿来一一参照，直到离开也未有定论。因公临阵取消行程的朱建红队长人在拉萨，心随大家，在微信群里跟大伙反复研究我们到达的位置和当年大本营的位置关系。他通过20年前后两张中午时分人像照片的比对，指出影子投射方向不同，因此，重返团到达的是一个假的大本营位置！他的重大发现让所有人都震惊了。我们立刻找到了方向，很快研究清楚了2016年的具体位置。

2016年阿尼玛卿重返团在山鹰社历史上是独特的。20年前，登山队和科考队在大本营会合；20年后，重返团又与年轻的科考队会合。我们是第一支重返队伍，因为心中的雪山一直在召唤；我们率领了第一支雏鹰队伍，因为要将山鹰精神传递下去。20年了，因为工作和生活，我们奔忙于全国各处、世界各地，在繁华都市穿梭，在高楼大厦奋战，可是雪山啊，一直念兹在兹，朋友啊，一直如影随形。

【作者简介】史传发，1994年进入北京大学哲学系，清华大学深圳研究生院读MBA，现居深圳。毕业后在安徽合肥做过电视记者，追随过IT热潮。2002年入职华侨城集团公司，从事房地产行业至今。

没有顶峰

曹峻

几天前，我去参加王石先生在扬州举办的赛艇活动，来自剑桥大学和华东本地的几所大学同场竞技。赛后的交流活动上，我给大家分享了我发自肺腑的感受，就是上大学期间无论如何都要加入一个体育类的社团，它一方面能让你有一副好身体，更为重要的是你能够收获一段接受磨炼的经历和一帮终生难忘的队友。

我加入山鹰社纯属偶然，来自洞庭湖平原的我对于登山运动毫无认识，当时能够看到登山协会成立招新的海报，完全是因为招募现场就在我宿舍隔壁，否则我可能就和这样一个伟大的社团擦肩而过了。面试我的是李欣和刘劲松，记得当时现场做了原地纵跳和劈叉，以证明自己的爆发力和韧带都不错，然后就被通知说3天后去一体参加体能测试。成为会员的标志是拿到一张像图书馆的借书卡一样的卡片，上面印有小篆字体的北大登山协会印章，我的编号是79，跟我高中时的班号相同。

刚成立时的登山协会与其他学生社团并没有什么不同，跟现在的创业机构也很相似，条件艰苦但大家热情高涨，那种义无反顾的决心和信心可以把任何困难都踩在脚下。登山协会成立那年，我们组织了很多次野外拉练和攀岩训练，当年10月在地矿部组织的攀岩邀请赛上，我们获得双人结组的亚军；次年在首都高校攀岩赛中获得男子第一、二、四名和女子前三名；紧接着又在全国攀岩锦标赛上获得团体总分亚军，这些成绩让中国登山协会和北大体教部对我们刮目相看。然而，当时以李欣为代表的领导团队志向远大，他们并不满足于现有的成绩，而是积极筹划社团未来的目标和定位。首先是把名字从"北大登山协会"改成了"北大山鹰社"，并撰写了传颂至今的山鹰之歌：存鹰之心于高远，取鹰之志而凌云，习鹰之性以涉险，融鹰之神在山巅；同时，也将山鹰社下一步的目标从运动竞技转向登山探险和科学考察。

就在山鹰社易名的当年，我被推选为社长，其实那年我才是大二的下学期，对于社团的组织管理和运作完全是懵懵懂懂。而就在这段时间，我明白了学生社团能够延续发展的关键在于传承，师兄师姐们在背后默默地支持，同学队友之间背靠背的信任和帮助，是个人和组织成长的关键。而成长起来后，则需要你义不容辞地承担起相应的责任，不遗余力地帮助这个组织和后来的人继续成长。我们逐步摸索形成了一套制度雏形，包括理事会决策和协调资源，日常运营中社长、部长的角色分工，办公室轮流值班和日志记录，赞助物资的管理与延续，等等。这期间88级和89级的许多同学起到了重要作用，比如88级的白福利、拉加才仁、朱小健、何丹华、王鹏，89级的李锐、徐纲等。

在山鹰社成立的前10年里，国内的民间登山运动还处于萌芽状态，北大山鹰社在雪山攀登方面基本上是孤军奋战和自行摸索。那时还没有商业攀登机构出现，所有的攀登活动都需要登山队自己计划和组织，攀登路线的选择、物资的运输、营地的建设都要自主完成。而更大的难点其实是出发前的准备，包括从学校和中国登山协会获得同意攀登的批复，同时还要从社会上获得赞助。要完成这些有相当难度，首先它是一项系统工程，需要很强的项目管理思维和强大的沟通能力；其次，需要团队协同作战，各成员都要以团体的目标为重。最为典型的案例当属1993年为筹集攀登费用而进行的7万包营多方便面销售，以及1998年北大百年校庆卓奥友攀登时提出"一人登顶，全家光荣"的口号。在这段时间里人数众多的90级无疑是绝对主力，他们中不少人留在学校继续读研，为山鹰社的传承奠定了扎实的基础。其代表人物有唐元新、陈庆春、吴海军、叶峰、谢忠，以及中文系成建制加入山鹰社的张天鸽、颜庆胜、冯永锋和严玫等人。

山鹰社在第二个10年里经历了巨大的挫折和挑战，1999年和2002年的两次山难几乎让山鹰社陷于灭顶之灾。然而北大毕竟是北大，没有哪个学校的领导会像北大这样，为学生团体的延续和发展如此用心。校领导牵头成立工作小组，妥善处理了善后工作；与此同时又让校内相关部门与校外的登山管理机构和专家建立风险管控机制，以提高登山活动的安全性。也就是在这段时间，刚从美国回来的唐元新推动北大体育教研室开设了户外拓展课程，在普及户外技能的同时，也以户外运动来提高青年学生的综合素质。2009年山鹰社成立20周年的庆祝仪式上，山鹰社老社员捐资成立了山鹰基金，用于应急救助和技能培训，这成为老社员反哺和回报山鹰社的一种机制，除了提升山鹰社的技术操作水平外，还培养了一批有良好基础的攀岩选手，并为登山行业输送了一批优秀的人才，这其中有加入中国登山协会的赵雷、孙斌、方翔，也有仍在从事登山培训的曾山（Jon Otto）、留校的刘博等人。

当然，山鹰社留给这个行业的远不止一批从业人员，从20世纪50年代开始，北大的青年学生便和登山运动结下了不解之缘。从最早的国家任务和登山科考，到20世纪八九十年代对这项运动技能的摸索探讨，再到近10年来越来越明显的教育之补充功能，山鹰社已经成为北大校园文化的一个重要组成部分。不经意之间，我们竟然会听到这样的故事：某个地区的高考状元因为要加入山鹰社而执着地将北大作为自己的奋斗目标。北大广东校友会的徐枢会长要求成立山鹰广州分会；北大深圳校友将户外运动的俱乐部命名为"菜鹰会"。曾经担任过山鹰社社长的陈科屹是投资界颇有名气的人物，他和夫人成立了一个公益基金会，支持民间草根公益组织的成长。而这两年中我看到的另一个项目，对我的触动更大。曾担任过山鹰社社长的贺鹏超，和他有着在山鹰社共同经历的女友王相宜，毕业后双双来到深圳，创办了青鹰梦工场，为在深圳的青年务工人员提供职业技能提升和社区融入的公益服务，短短的一年多时间里，已经为青年务工人员提供了数千人次的服务。我问他俩为什么要做这件事，他们回答：想用山鹰社的模式去为处于社会底层的务工人员带去帮助，并形成一种滚动发展的模式。当我去到他们在社区服务中心的一处简单朴素但又很温馨的活动室，看到那里的志愿者和参加活动的青工朋友们脸上自信而开心的笑容，我知道他们的选择是对的。

山鹰社聚集的就是这样一群具有理想主义色彩的年轻人，并非所有人都能把这些年轻时的梦想一直延续下去，但正是因为有留在心里的那个关于雪山的梦想，我们才对生活充满了期待，对未来充满了信心，每每我们在一起相聚时，那个梦想就会越来越清晰。在我看来，北大学子的攀登精神，与北大在国家和民族复兴中的使命感是不谋而合的。在科学探索和社会发展的道路上，没有最高的顶峰，唯有更高的目标，唯有不停攀登，才是北大精神的体现。

后记

一年前，储哥找到我说：山鹰社马上就快30周年了，应该要好好回顾一下，让山鹰社的成员们都写点东西，我们编一套书吧，作为山鹰社30周年的献礼。我马上就点头同意。然而，事情却并没有想象中的那么简单，尽管山鹰社有着众多的社员，每个人也都有丰富的人生经历和故事，但要把他们都联系起来，并把文字和图片收集起来，就犹如修复一个打碎的瓶子，需要极强的毅力和耐心。

慢慢地，一部分老社员参与到项目中来了，有原来《八千米生命高度》的编者肖自强（肖阿姨），也有已经毕业的乔菁（乔阿姨），从事书籍出版的颜庆胜（小D）；还有山鹰社现在的社员们帮着查阅和整理资料。有一天储哥兴奋地告诉我说，在社里的资料室找到了1991年山鹰社的值班日志，里面有我们很多人当年的亲笔记录，还有最早从中国登山协会那里获得的老装备，以及伍绍祖、侯仁之的亲笔题词，等等，这些物品把我带回当年的场景中，引起我无限的回忆和遐想。

一转眼大半年过去了，来自五湖四海不同年代的社员们的文章逐步被集中起来，在编辑们的整理下，形成了不同的专题。从这些文章中可以看到一只山鹰从呱呱坠地，到蹒跚学步，再到初翔蓝天，又经历各种磨炼，最终展翅高飞的完整历程。在这本书即将付印时，北大山鹰社的队伍正好在进行珠峰攀登，为母校120周年校庆献礼，我们有幸得到了好多前辈和师兄们的祝福，从字里行间我们再一次感受到山鹰社的传承精神。

山鹰社20周年庆时，老社员们发起成立山鹰基金，总结了三个主题词：成长、责任和爱。又一个10年过去了，这依然是我们的主题，并将延续下去。

【作者简介】曹峻，1988年进入北京大学城环系经济地理专业，1989年加入北大登山队，1990年担任山鹰社第二任社长；曾攀登玉珠峰、慕士塔格峰、念青唐古拉山中央峰；1998年担任北大百年校庆卓奥友峰登山队队长，2017年率北大登山队登顶卓奥友峰。中国登山协会委员、深圳登山协会常务副会长、深圳公益救援联合会会长，现就职于华大基因集团，担任华大运动首席执行官。

打上"山鹰"标签的生活

任明远

坐办公室工作已久，多年不走户外，平时也疏于锻炼，胳膊腿都有些僵硬。某日团建打棒球，对抗赛结束后一群聚在一起气喘吁吁的人群中，一位同事念叨完手臂疼之后看向我："你应该没什么事吧，毕竟之前总爬山。"

我自然也累得发慌，但听到这句话却不由自主直起了腰。有些恍惚，原来"爬山"这个特征，在我身上的有效时间远比我想象得坚固、持久，十多年了，不曾消散。少年时代的印记是最有能量的，略微摇动，就能带起清晰的记忆，将人卷入其中。

我的印记，是"山鹰"。

刚离开北大校园的那一年，常不适应。有时午睡醒来，以为自己刚结束在一体挥汗如雨的体能训练，"加油"声在夜色中隐去，眨眼天光微亮，转为现实，过去与现在交错在一起。想念那时候的伙伴们，一起在高原上放歌，一起在山顶躺平，一起缩在帐篷里聊天，但校园远去，生活陷入都市日常，这些记忆纷纷变作梦境。

对山鹰的想念更多的是对于心无旁骛追逐感觉的想念，对于伙伴间毫无杂质、绝对信任的想念。那时我们目标一致，心地单纯，共同经历过疲倦与苦难，这种精神的纽带是日后任何场景都很难带来的。在荒郊野岭中，放心把后背交给同伴，在雪山与寒冷的世界里，相信一个团队能够一起走向顶峰，这是丰富的经历，也是难得的精神财富，它让我们在日后纷扰生活中，在迷茫时，也能够坚信，信任终究会换来信任，而坚韧和求索的内心也终究不会辜负我们自己。

离开北大，离开山鹰，一个人所要面对的世界生动又复杂，不同的时间点、不同的境遇中，有时要以不同的角色出现，有时要牺牲，有时要放弃，有时则需要勇气和担当，勇往直前。这时，年少时代雪与山教给我的就更为凸显出来。那是勇气，一个人最为可贵的精神之一。

偶尔有新朋友知道我曾经在山鹰度过很久的时光，都会感叹那些日子的与众不同，但正是这些独特、稀有的日子——知道远方有那么多的不同，知道生与死的边界，知道汗水如何流淌，知道热情和疯狂如何归于平静，才让人变成一个真正"正常""普通"的人，有了自己的根基。与北大人终为北大人一样，山鹰人终为山鹰人，靠的是对世界和自己的尊重，不放弃，砥砺前行，志在高远。

我常常怀念那段时光，但并不想回去。它已经改变了我的血液，今后要做的，不是怀旧，而是把那段时光带来的，一直延续下去，让"山鹰"这个标签在日常、平凡、恒久的生活中也成为一个小小的光源，带来温暖和持久的力量。

在我心里，这是真正打上"山鹰"标签的生活。

【作者简介】任明远，2003年进入北京大学中文系，曾任山鹰社编辑部部长，暑期科考队副队长。毕业后先后在创新工场、阿里巴巴任职。

人生如山岳

世之奇伟、瑰怪、非常之观，常在于险远，而人之所罕至焉，故非有志者不能至也。唯登山风光无限，唯竞者披荆前进。

ALL IN 并不必然代表着成功，正如登山一样，无论你如何胸有成竹，你总还是要面对各种不确定性。但是在面对高山之时，一个人除了 ALL IN，也再无其他的选择。

无心于贵而愈贵，无心于足而愈足
——记王诗宬老师

叶峰

初识王诗宬老师（以下尊称王老师）是1993年夏天的事。在登山前的训练中被告知，有一位北大数学系的教授要参加我们这年的登山活动。

站在我们面前的是一位朴实、瘦高的中年人（和我们这帮孩子相比），说起话来语速很快，几乎每几句话都会夹杂着一个"anyway"。显然，说话的人乐于表达，但又丝毫没有将自己的意见强加于人的意愿。这样的态度完全不像一位传道授业解惑的名校教授，而只是位正在参与讨论问题的平辈同僚。

正是这种态度使我们从一开始就忘了王老师与我们身份的不同（老师与学生）。自然而然地，王老师就融入队员当中，成为登山队的普通一员。在后来的登山过程中，王老师和我同属登山行动B组，同吃同喝同行动，协作了月余之久，最终如愿以偿地成功登顶海拔7 546米的慕士塔格峰，为中国业余登山界创造了（当时）新的高度纪录。

王老师就是这种"能把自己有限的精力，放在自己真正感兴趣的事情上，而无意他顾的人"。在登山问题上，他不介意接受比他年龄小很多的学生们的指挥，丝毫没觉得面子上有什么过不去；也从不对具体的登山行动指手画脚，以体现他老师的权威。因为他明白，他加入登山队为的是什么——是攀登，是登顶！仅此而已。

后来，和王老师熟悉了，更多地了解了他和他的人生经历，就更加明白王老师这种专注的性情真的是与生俱来的，在他早年的经历中就多有体现。

刚上初二时，王老师就赶上了上山下乡，来到苏北农村种田捕鱼。两年后，同组的知青全都陆续想尽办法离开了插队的农村，只留下王老师孑然一人。面对此情此景，如果说王老师没有一点焦虑和烦恼那肯定是假的。但专注的性情很快就帮助王老师将这一烦恼抛诸脑后，他依然故我自得其乐地继续钻研着，起初只是用来打发闲暇时光后则不可自拔的《高等数学》。

这一待就是10年。值得庆幸的是，正是这种"两耳不闻窗外事，一心只读圣贤书"式的安贫乐道的专注，使苏北少了个回城青年，而北大多了位知名学者。

1977年，机遇偶然但又是必然地降临在毫无准备的王老师身上。

"我想是非常偶然的，我1977年到北京来玩儿，当时就坐车，去颐和园，332路坐到这儿了，然后看见'北京大学'四个字，我就随便跳下车。跳下车以后，当时我脑子里正在想一个简单的数学问题，然后就碰到一个老师问他，他说你去问姜伯驹[①]。"（王老师的原话）

姜老师在回答了王老师的问题之后，对他以钻研数学为乐的行为很感兴趣。毕竟，在那个知识无用论盛行的年代里，业余爱好是高等数学的年轻人少之又少；加上姜老师正好有在当年招收研究生的计划，于是就鼓励王老师尝试踏上数学之路："他（姜老师）说，那你来试试学数学吧……那个时候你一个知青嘛，得到一个北京大学老师的鼓励，觉得那就来吧，就试了一试，后来第二年就来了。"

王老师说得简单，实际情况是：王老师回家后报考了姜老师的研究生，但考试结果却并不理想。自觉辜负了姜老师一番好意的王老师遂写信向姜老师道歉："我没考好，辜负了您的期望。"姜老师在回信里道："的确，你的考试成绩不是很好。但，这已经是所有报考学生中最好的成绩了。"于是，初二都没上完的王老师被北大录取为数学系研究生！

"三年不鸣，一鸣惊人；三年不飞，一飞冲天。"王老师10年默默无闻的专注得到了回报，并由此开启了他日后成为知名数学家、教授、院士的耀眼人生。

初露头角的王老师依然淡泊名利，无欲无求。

记得那年登山归来，业余登山界7 500米的突破吸引了众多记者来采访。当

---

① 姜伯驹，北大数学系著名教授，1980年当选为中国科学院数学物理学部委员，1995—1998年为北大数学科学学院首任院长。

时社会舆论正在热论"搞原子弹的不如卖茶叶蛋的"。故此，记者在采访登山之余，也会问王老师一些与教师待遇相关的问题。

一同参加采访的我亲耳听到王老师的回答："这个问题我没有发言权，anyway，我对我的收入很满意，建议你去采访其他老师……"

记者走后，我仗着与王老师相熟便好奇地问他一个月到底挣多少钱。王老师愣了一会儿，出人意料地回答道："我真不知道。学校会把工资发到一个存折里，我需要钱的时候就去取。至于一个月他们到底给我多少钱，anyway，我真不知道。"

"根本不清楚自己的收入，却还依然如此满意！"可见王老师真的是无心于此。

说真心话，王老师的确不是那种精力充沛，同时可以一心七用的伶俐人。他自己估计也明白这点，便安于本分，只求做好自己分内的事情，而很少去与人争什么涨工资、当教授和评院士之类的个人待遇方面的问题。

"无心于贵而愈贵；无心于足而愈足。"事情往往就是这样，王老师越是潜心学术，无心争取名誉，中科院院士、北大数学系教授等各种亮眼的头衔反而不期而至；越是不争各种待遇，国家自然科学奖二等奖、陈省身数学奖等奖项反而蜂拥而来。

老子有言："以其不争，故天下莫能与之争。"诚哉此言！

成名成家后的王老师并没有太大的改变，学术上不断进取的同时，生活上依然知足常乐。从王老师在陈省身数学奖的颁奖典礼上的言行中，便很能体会他对众人趋之若鹜的名誉、物质丝毫不在意的态度。

按不成文的规定，作为获奖者王老师需要在颁奖典礼上发表主要是感谢各方的获奖感言。但王老师是真没把获奖当回事，他上台接受了奖项就走。台下不熟悉王老师的人面面相觑；但熟悉王老师性情的同行则不约而同地发出一片"这才是真的王诗成"的会意哄笑。

主持人忙把王老师又请了回来。在主持人的要求下，没准备的王老师只好即兴说道：

"在燕北园家中做数学，累了便走到阳台上。东望望，是和北大登山队里青年人每周必跑的圆明园；西望望，是和家人常去的香山。能在这种亲切的环境里做自己喜欢的工作，居然还能得到陈省身数学奖，真是让人高兴……"

从这并非程式性的获奖感言里，多少能看出王老师知足常乐的心态，那就是

"生活中重要的是数学、跑步和登山。如果在此之外还能得奖，那的确是件（锦上添花的）高兴事"。王老师曾有首诗，其中两句表达的正是他发言中所说的这种对美好生活的满足（顺带说一句，多年的默默积累，王老师除了在数学方面有所成就之外，在古诗文方面也有相当的造诣。他能出口成诗，完全对得起他的大名——王诗宬）：

　　　　雪杖已击西天云[①]，
　　　　汗体常抚名园柳[②]。

　　王老师的的确确是这样想并真真正正这样做的。
　　最后，录一首王老师为纪念1993年慕士塔格峰登顶填的词，既是表达对他"自足其性，不假外求"性情的钦佩，也祝他百尺竿头更进一步，早日取得学术上的更大成功！

　　　　已于绝顶观鸦[③]，
　　　　踌躇满志还家。
　　　　忽思希夏邦马[④]，
　　　　夕阳西下，
　　　　何日更返天涯！

---

① 指已于西域登山。
② 指常在圆明园跑步流汗。
③ 红嘴山鸦是飞得最高的鸟类之一，常能在山顶见到它的身影。故此，"已于绝顶观鸦"一句，意喻已然登顶成功。
④ 希夏邦马峰，海拔8 012米，是当时北大登山队冲击8 000米的希望所在。在此意喻更新更远大的目标。

从北大山鹰到珠峰之巅，见山见己见众生
——访曹峻

陈湘君

北大山鹰社，中国民间登山的先声与缩影。而曹峻，这位山鹰社最早飞出来的登山家，可谓理解山鹰社乃至民间登山运动的关键人物。他在同学少年时就攀向了雪山之巅，27年见证中国登山的风起云涌，并投身其中，播撒着民间登山规范化的火种。

他是稳如泰山的曹老大，被山友们亲切地称为"中国民间登山教父"，追逐的却不是一个个荣耀的山顶，而是照亮更多人安全走向户外的前路。仿佛一只一生向山翱翔的鹰，掠过群山，传承着一代代登山人的道与术。

因为山鹰与生俱来的使命，因为对登山真正的热爱。

20岁的玉珠峰

1990年8月，海拔5 200米，青海玉珠峰大本营迎来一批异常年轻的来客。11个大学生坐着手扶拖拉机，混迹在小米加步枪的神秘淘金人中，用了整整20多天，连拉带拽才把近一吨的补给装备连同自己，从北京送到了梦想的雪山面前，灰头土脸，却也神采奕奕。

他们是一群天子骄子，来自最高学府北京大学。却也有着书生之勇，怀揣着三面旗帜——北大山鹰社的旗帜、国旗、1990年亚运会会旗，天真地想把年轻人

最热烈的献礼插上雪山之巅。

那是北大山鹰社暨中国首个高校登山社团的首次攀登。才大二的曹峻就置身于这意义非凡的队伍中。学校不同意，他们就偷偷怀揣赞助的7 500元巨款，11个人7张半票，硬座五十几个小时，几番中转，总算抵达当时还算"野山"的玉珠峰，高反又猛烈袭来。

一群学生又饿又冷，上吐下泻。没有像样装备，一身牛仔衣裤，外加厚厚棉服。冰镐是向中国登山队借的，高山靴仅有4双，轮换穿着上山。就这样，燃烧着最年轻的热情，见招拆招。一周之后，曹峻和同学们终于让鲜红旗帜和自己年轻的心，一起飘扬在了海拔6 178米的玉珠峰顶。

雪山、红旗、北大青年，这激动人心的场景，成为北大人对祖国亚运的献礼，迅速传遍全国。那一年，曹峻刚刚20岁。

结缘山鹰

时间退回一年前，成长在湖南洞庭湖边的曹峻在进入北大地理系前压根还没见过什么山，更别提接触户外运动。

相比英美日上百年的登山史，"难道中国大学生就没有一点探险精神？北大学子就不能挑起这个重担？"1989年春，冰川学家崔之久的两句追问之后，北大山鹰社应运而生。

曹峻赶上了时代。最初只是觉得登山这事挺酷，怀着朦胧向往的他幸运地成了第一批"山鹰"。个性稳重更让他迅速被委以重任，第二年就成了山鹰社社长。

万事开头难。那时户外运动一片空白，哪有像样训练设备？平日里，曹峻和同学们就绞尽脑汁，尽可能利用一切场地，甚至把零碎砖头固定在墙上练习攀爬。一到周末，大家就带着干粮，穿着解放鞋去国家登山队"蹭"。

曹峻至今记得，同学们中午就地啃着馒头、咸菜，当时的中登协主席史占春看见了，连忙喊食堂做了一大锅鸡蛋汤，要给学生们补补。一碗暖暖的鸡蛋汤，虽清汤寡水，却带着老一辈的朴实关怀，是他永远难忘的那个年代的味道。

同学情，登山义

玉珠峰初飞的"雏鹰"们尝到雪山壮美后，放眼辽阔西部。以一年一座雪山的速度，迅速成长。仅仅三年，就从不具备攀登能力，到可以独立"飞翔"。

1992年，他们把羽翼伸向了西藏纳木错湖畔的念青唐古拉山。

海拔7 117米的念青唐古拉山迎接这批北大学子的，除了困难，更有惊险。下撤途中，雪崩突如其来，4名同学被狠狠摔晕。在大本营听到消息的曹峻顿时惊呆，连忙摊了鸡蛋饼上山探望队友。

狂风大作，怕蛋饼凉了，细心的他把吃的都揣在衣服里。走了4小时，总算见到头裹队旗，黑得只有眼睛还发亮的队友，他掏出怀里尚有余温的鸡蛋饼，头部重创的同学却也从怀里掏出一个东西，"快，这是这次登顶的反转片，只有这一卷，我怕一会儿我万一迷糊了……"

生死悬于一线，队友最惦记的却是登顶照片。这犹如党员临终交党费的场景就此深深印在曹峻心里，那是山鹰们才懂的信念与信任。

8 000米的百年献礼

充满理想擎起民间攀登大旗的山鹰社，在1998年北大百年校庆迎来第一个巅峰时刻。飞了9年的山鹰们穿过念青唐古拉流雪、慕士塔格峰雪坡、格拉丹东冰坡、宁金抗沙谜样冰塔林……把目光瞄准了8 201米高的卓奥友峰。这一次，他们想用一座震撼的8 000米为母校献礼。

又一次意义非凡的攀登，老成持重的曹峻再次被委以队长重任。这同时也是国内业余登山组织第一次攀登8 000米，困难可想而知。修路、运输、建营，所有事都要同学们自己做。才修到C2营地，超乎想象的狂风竟把所有物资连帐篷全都吹走，连个架子也没剩下。这个意外让曹峻大吃一惊，也第一次认识到8 000米雪山不同以往的挑战。

一人登顶，全家光荣

好在同学们越挫越勇，登顶那天，第一组3人组成的突击队直奔峰顶，后边的人踩着前面人的脚印，每颗年轻的心都狂跳不已。三个营地的同学通过步话机不断发出鼓励。作为队长密切观战的曹峻更忍不住高喊："加油，整个卓奥友现在都是我们的人！"

顶峰越来越近。下午1点，对讲机传来激动人心的吼声："我们登顶了！"霎时间，各个营地欢呼起来，悬着一颗心的曹峻只觉得那一刻整个卓奥友峰都在为之颤动。

兴奋之后，艰难抉择来了。是让第二组突击队继续冲顶，还是就此下撤？望着满天浓云，天气随时转坏，作为队长的曹峻想了又想，不得不劝说后续队员做出牺牲。毕竟这是带着母校荣誉的攀登，安全归来才是头等大事。

那是国内大学生第一次有机会登上8 000米，这时下撤，谁能甘心？"一人登顶，全家光荣！"曹峻不知怎么冒出的这句口号成了最好的劝说。让他感动的是，临近顶峰的二组突击队说撤就撤，无怨无悔配合。在圣洁的雪山面前，山鹰没有私心，集体荣誉高于一切。这背靠背的扶持与奉献，也是曹峻最骄傲的。

幺妹峰上儿子的笑

在山鹰社抵达8 000米巅峰时，几乎空白的中国民间登山也终于开始萌芽。1999年随着网络普及，天南地北梦想登山的人终于有机会走到一起。那时网络可获得的登山资料，相当部分出自山鹰社的整理。曹峻也由此结识了一个个慕名而来的民间同好，一起开始了更自由的攀登之路。

已毕业的他似乎走出了山鹰社，但山鹰的纯粹却是烙在骨子里的。

博格达、姜桑拉姆、雪宝顶等一座座技术型山峰留下曹峻和山友们行云流水的攀爬轨迹，2004年的幺妹峰更是让人难忘。这座被冠以"蜀山之后"的山峰，陡峭如刀尖，是技术攀登的圣殿。

这是中国登山史上一次里程碑式的攀登。首登阵容堪称华丽，当时最优秀的民间登山者马一桦、康华、曾山等都在其中，而曹峻依旧是责任最重的队长。修路修到一半，惊觉路绳不够，连忙呼人从北京人肉快递。修到C2营地，帐篷一角甚至悬空，睡觉时都得腰上挂上安全绳，生怕一个翻身就坠落山崖。

就这样绷着神经，总算把营扎在了最后300米。眼看着再等一个好天气周期登顶在望。妻子一个电话打乱了曹峻的心。出发时，他儿子出生才两个月。卫星电话里，妻子说"我们的儿子会笑了"。只是随意一句话，却让离家两月的曹峻一下子崩溃了。

巍峨雪山，重叠着婴儿的笑脸。这是第一次，泰山崩于前都难改色的曹峻在山巅溃不成军。就这样，他做了个所有人都无法理解的选择，就此下撤，火速回家。最难路段已翻过了，想要的攀登体验都感受到了，登顶的结果，在曹峻心里已不如儿子的笑。

那时那刻，他如此渴望回家看会笑的儿子一眼，强烈得眼前唾手可得的登山界桂冠都黯然失色。

山鹰折翼

1999年开始蓬勃的登山热把更多人带向雪山，风险也陡增。2000年5月玉珠峰5人遇难的惨烈震惊登山界。对于闻讯赶去救援的曹峻来说，这是他人生第一座雪山，留下无数回忆与欢乐。痛惜的同时，他不禁对业余登山的组织管理产生疑问。

更大的震动来自2002年8月西藏希夏邦马西峰，突如其来的雪崩瞬间吞噬了山鹰社5位队友。"A组全完了……"已至深圳万科工作的曹峻，在电话里听见校友的噩耗，良久回不过神来。

自由翱翔的山鹰，5名北大在读学生，上一刻，还和曾经的他一样在雪山上激昂青春，下一刻却永远长眠。那是山鹰社最惨重一次事故，也成了许多人永远无法挥去的痛，包括曹峻。只是除了悲痛，对登山安全的理性思索，从那时起在他心里就再没停过。

投身深登协

2003年，是人类首登珠峰50周年，中国民间攀登又到重要拐点。CCTV对以王石为代表的中国业余登山队登珠峰的直播掀开了民间攀登全新一页。

回到深圳，敏锐察觉户外登山将风起云涌的王石发起成立了深圳登山协会。被任命为深登协秘书长的曹峻，人生也进入崭新一页。

一面是大量涌入的登山爱好者，一面是近乎空白的安全规范。山难之痛，使命驱使，让曹峻觉得建立培训体系，帮助更多户外登山者树立正确观念、掌握技术，才是最迫切所需。

然而兼职做事，终究力难从心。为能全心投入，2006年春，一贯理性的曹峻再次做了一个许多人无法理解的决定。辞去万科管理工作，专职深登协工作。

仅仅原先三分之一的薪水，除财务，他是第一个也是唯一的专职人员。不顾现实利益的选择，寄托的是对户外登山浓浓的爱以及山鹰社传承给他的理想情怀。

摸着石头过河

现实是更高的高山，曹峻没有辜负自己的选择。在他手中，深圳登协迅速成长为国内户外最规范、最成体系并最有成效的机构。深圳山地救援队、户外及登山培训体系……一个个具有全国影响力的品牌项目，一批批培养出的优秀专业户外人，也让山地运动成了深圳的一张城市名片。

回忆深登协最初的开拓，是比早期山鹰社更难的飞翔。作为一个准公益组织，除了毫无经验可循，资金也是头等大事。收支拮据，热情却很高涨。专职户外的他放手去做的第一件事就是户外教练成长计划。缺乏理论，就去香港借鉴，然后和同事互教互学，自己通宵写教案、讲课。

他和热情参与者打趣说，我们就好像第一批老母鸡，只有培训出一批具备系统知识的户外教练，鸡生蛋、蛋生鸡，不断传承扩散，才会有越来越规范安全的户外。足足忙活一年，第一批户外教练拿到毕业证书那一刻，曹峻觉得那比登山还有成就感。

山鹰新梦想

2016年5月4日青年节，北大百年纪念讲堂，掌声雷动中，山鹰社正式宣布2018年将攀登珠峰纪念北大120周年的计划。那一天曹峻特地回到北京。作为山鹰社元老，他和12位嘉宾一起手持冰镐为这个激动人心的计划助力。这些冰镐或曾追随他们登上过珠峰，或即将追随北大登山队向珠峰进发。

这是山鹰们在2002年重大山难后首次重回8 000米，也是北大学生首次攀登世界最高峰。曹峻止不住地兴奋，无论毕业多久，山鹰社对于他和许多人都是一个终身大集体。攀登的精神，传承的使命，始终流淌在血液里，从不曾淡去。

珠峰之巅的泪

而曹峻自己与珠峰的结缘在2013年。对于曹峻，早已无须用一座珠峰来证明自己，但那次攀登却因为半年前的意外受伤而险些错过。

2012年7月，才接受万科总裁郁亮同攀珠峰的邀请，曹峻却在新疆登山滑雪时不慎扭伤了右膝，前叉韧带断裂，如果不做手术，今后将无法登山……

为此，曹峻果断选择了韧带重建手术。足足卧床一个月，好不容易再站起来，右腿足足细了一半，脚掌没法着地承重，右膝不能打弯，像被打回婴孩重新学走路的状态。而这时，离登珠峰只有6个月了。

越是能力被打回原形，越激起了他站上世界之巅的渴望。最简单的抬腿压腿，每天重复上百次，到一步步正常行走，再到慢跑、游泳、徒步，本该卧床的他，训练量大得医生都吃惊。

就这样，伤病初愈的曹峻不可思议地踏上了珠峰之路。终于站在峰顶那刻，他不禁吼了一嗓子，然后泪流满面。他把伤痛说得云淡风轻，但从病床到攀上世界之巅，这过程的痛苦只有天知道。

小鹰成长

珠峰下来后，郁亮发起成立了高山救援基金会，曹峻和当年的攀登队队员一起立起一面"纪念长眠于珠峰的攀登者"的石碑，上面写着四个大字"以山为家"。只因在通往珠峰之巅的路上，沿途遇难者的遗体狠狠冲击了他的心。

雪线之上，攀登是一种信仰。对于"以山为家"的登山人来说，对未知领域的探索虽有风险，但不会后悔。而他能做的，是从技术层面上去帮助更多登山人积累提升，更稳健地走向心中的山。

而现在，曹峻正走在攀登他人生新"珠峰"的路上。山鹰青少年成长计划成了他的又一工作重心。他把这些孩子们亲切地称为"小鹰"。山鹰社的年少时光给予他的不仅是登山技能，更是一生的坚毅品质。对于孩子，户外无疑会是最好的教育。

带领着少年们野外徒步集训，看着年幼的孩子们穿过激流险滩，那勇敢无畏的模样让他不禁想起曾经他和山鹰社队友勇攀雪峰的峥嵘岁月，恰同学少年……

时间已不觉过去了27年，他也从昔日雏鹰成长为一只"老鹰"，正衔着火种，带领更多小鹰们飞向新的山巅。

最纯真的好奇
——访冯倩丽

王小鲁

冯倩丽，2010年进入北京大学外国语学院梵语巴利语专业本科，建筑与景观设计学硕士，留学美国康奈尔大学景观学院，曾任山鹰社宣传处处长、攀岩班班长、科考徒步队队长等。

客观地说，我在初中和高中阶段一直非常普通，在所谓"逆袭"的过程中有六个因素至关重要。

第一个因素是"信心的力量"。上初中的时候我对理科并不是特别开窍，所以课余报了一个补习班。当时物理老师在清华大学读在职研究生，很有个性，我们都非常喜欢他。出于对他的崇拜，虽然经常出错，我还是抢着回答问题。后来我爸妈在一次交流中向他提起我，他笑着说：太认识了！这句话对一个初中小迷妹可谓灵魂刺激，让我觉得自己也能学好理科。

另一个信心来源是我爸爸的奖励。他承诺我，每前进一名就奖励十块钱。这方法比较搞笑，但的确诱惑很大。于是初中期间，我从年级排名三百多名逐渐前进到一百多名，最好的时候考到第三名。由此看来，对一个孩子来说，鼓励和信心能起到很关键的作用。

成绩提高后我意识到，鼓励是很重要，但不是学习最为本质的动力。我不能一直依靠别人的夸奖和鼓励去学习。这就带来了第二个因素："关注知识本身"。关注知识本身而不是成绩，是一种面对自己和世界的真诚态度。我越来越不关心成绩和排名，而是喜欢去深究所学的内容本身，比如学物理和数学的时候，如果能搞清楚一个现象背后的原理甚至用它来理解生活中的问题，那种快乐是无与伦比的。

坦率地说，刚刚得知考上北大的时候，我并不是特别高兴。因为录取的专业是提前批小语种，但我更想学第一志愿的工程专业，哪怕那所学校和北大相差很多。与此形成鲜明对比的是我的高中学妹，她在高考中发挥失常，与北大失之交臂，虽然学习的是喜欢的专业，但她因为没能考上理想的学校，一直到大三都非常失落，一直在这件事上纠结。我并不是很理解这种失落，因为我觉得获取想学的知识，接近感兴趣的领域，才是进入一所学校的目的所在。

自从有了这种真诚的态度，我开始不喜欢按部就班地完成老师的作业。我想老实地面对自己，面对每一个知识漏洞和盲区，写作业对此帮助非常有限。我会在每天晚自习的时候，把要做的笔记、要看的资料和要做的练习册，从上到下按自己设置的优先级摆成一座"书山"。每个晚自习我从上往下完成这座"书山"，如果到了休息时间还没有写完的话，就不再继续了。通过认真自省，决定学习的优先级，这是我自己摸索出来的方法，也是为自己定制的"个性化"方案。高中三年下来，我掌握知识靠的是对知识本身的热情，而不是对成绩的追求。

第三个因素是"随时随地"和"珍惜时光"。我非常喜欢利用等车、排队、等人这样的零碎时间见缝插针地背单词、看书，备考托福、GRE时每天仅用零碎时间就可以背500个单词。这个假期在设计公司实习，每天上下班要在地铁里三个小时，可以阅读大约10万字的书。去年一年读了八十多本书，今年年初到现在读了五十多本，每天通过读不同的书来换脑子。

我还想说一说坚持读书这件事。读书不应该是出于功利的目的，只有读进去，获得快乐，才能久久坚持。同时读书也不可一蹴而就，没有人是一开始就可以读大部头的。只有长期阅读，提高自己的专注能力和思维能力，使理解能力跟得上目光在纸面上的转移，才能真正提高阅读效率和质量。

第四个因素是"积累"和"求变"，我是一个非常喜欢积累的人，会通过定期给朋友画手绘明信片来强迫自己练习绘画。同时我一直坚持阅读、写作，坚持玩一些数字和逻辑类游戏来锻炼思维。

我的另一个长期坚持的爱好是观察植物。看到不认识的花会随手拍下来，过一段时间集中查询资料，归入一个我称为"植物友人账"的清单。我还把拍得不错的植物照片传到一个相册里，给它起名叫"万物的签名"。在整理的过程中，我把《中国植物志》、中国植物图像库网站和自己的照片库从头到尾浏览了很多遍，整理的植物近千种，虽然比起真正的植物学家和博物学家来说并不多，但是对我的成长非常有用。

第五个因素是口头和书面的表达。我觉得只有写作和口述才是验证一个人是否真正理解一件事情的试金石，没有输出的学习是不完整的。只有经历过决定一个题目、查阅相关资料、在脑海中组织、设法给别人讲清楚这样的一个过程，才能真正理解一件事情。在遣词造句的过程中，也会更了解自己知识体系中的漏洞，再去查缺补漏。我管这个过程叫"当小老师"。我当小老师讲过植物，做过英语家教，给别人讲课的时候，其实受教最深的是自己。我很害怕给别人讲的内容是错误的，尤其在面对小朋友时，必须要用最简单、直接、准确的表达。为了给别人上课而不停地给自己补课，这个过程是非常好的学习。

第六个因素是"坚持自我"。当你的孩子和别人不太一样的时候，可能自己很迷茫，但他与众不同的地方可能在以后会让他大放异彩。我在高中的时候开始写诗，这在高中生里是非常奇怪的爱好，当时身边根本没人能理解这件事。在北京大学自主招生考试初审的时候，我是个"三无"高中生，没有竞赛成绩、没有特长、没有华丽的奖项，我的高中甚至都没有推荐学生去参加考试的资格。我于是自荐，提交的申请材料唯有那几年写的打印成厚厚一本的八十多首现代诗，就这样通过了初审。那时候我就觉得，北大是特别神奇的学校，非常包容多元化，换成清华可能就不会给我这样一个机会。

虽然最后并没有通过自主招生考试拿到加分，靠高考裸分考上北大，但我一直很感谢北大给我这个机会。本科进入北大后，我发现写诗的人很多，我并不是异类，而且这个爱好后来带给我远超所料的收获。所以，不要害怕和别人不一样。

探索不同学科、事物之间的联系

我本科学的梵语、巴利语专业是两门古印度语言。梵语是贵族在祭祀中使用的高级语言，而巴利语是平民使用的俗语。这两种语言比英语难很多，和汉语也非常不一样。

我一直认为自己没有语言天分。同专业学生大多是文科生，很熟悉文科背诵的方法，以理科生身份考入北大的我本来觉得只要理解就可以了，不需要记忆，后来发现这样是行不通的。当时的我没有想到，现在我对语言又开始感兴趣，而学两门古老语言的经历是莫大的帮助，让我对其他外语都不害怕了。在自学西班牙语的过程中，我可以触类旁通地理解语法概念、构建学习方法，这是我在一个学科内部发现的联系。

第二个发现联系的方式是广泛、系统地读书。我在高中时很喜欢漫无目的地看书，觉得有意思就读，大部分是文学类，也有一些非虚构类书籍。最近我有一个让自己都惊讶至极的发现——高中时期漫无目的阅读的书里面，有很多都影射了我现在乃至未来的发展：

我当时读了金克木和季羡林的书，他们是我本科专业梵语巴利语这门学科的祖师爷；我读了《回到土地》，这是我后来的研究生导师关于景观设计学的书；我读了孔庆东的《47楼207》，在北大上学期间就旁听了他人山人海的金庸文学研究课；我还读过田松的《堂吉诃德的长矛》，一本讨论科学史的书，明天我要去见自己新书的编辑，她会带我见这本书的作者。以前漫无目的的阅读，居然和后来的人生息息相关。可见不为任何功利目的，只为了兴趣、审美快感和智力挑战，这样的阅读可能会给人生带来意想不到的惊喜。

我怎样从小语种转到景观学专业的？在大三的时候，我觉得景观这个学科非常有意思，就开始听讲座，读相关专业书，选一些跟生态学、地理学、设计学等学科相关的课程，在接触过程中发现自己对这个学科确实很感兴趣，就想通过保研的方式进入景观学院学习。于是我找到了学院的办公室，办公室里只有一个老师，她告诉我："我们学院不招收文科生，所以你上不了。"简直是一盆冷水当头浇下。

很碰巧，我大一和大二的暑假都在《人民日报海外版》实习，有一次版面责编请我们吃饭，无意中提到他认识景观学院的院长李迪华，我赶忙要到了李老师的联系方式。虽然对打这个电话心生怯意，但还是鼓起勇气拨出，没想到这个电话是人生中巨大的转折点。李老师是非常和蔼可亲的人，我们在电话里聊了一个多小时。他说，学院并无不招收文科生的规定，但是如果想转到设计专业来，需要付出很多努力，一定要有心理准备。他还详细跟我解释了需要做什么准备，并推荐我去听他为本科生开设的课程《城市生态学》。在这门课上，我开始对植物产生兴趣。

没过多久，我在食堂看到两个学生穿着景观学院的文化衫，鼓起勇气上前搭讪，学姐们特别热心，向我介绍了学院的情况，并提出带我去学院转转。我们又遇见了上次告诉我学院不招收文科生的老师，我问她们这是哪位老师，学姐说是学院的财务老师。

太惊险了，财务老师随口说的一句话，差点让我和想学的专业擦肩而过，还好我没有放弃。

后来我顺利保研进入景观学院，同学们都知道我是那个学梵语的学生。那时候周遭总有人说我应该做适合自己背景的事情，也总有人觉得我学两年肯定不足以成为一个设计师。但我是个不服气的人。保研成功的时候，李老师给三个保研的学生布置了一项作业：每天画三幅画，不拘内容也不用担心画得好不好，看到感兴趣的事情就画下来。等他检查作业的时候发现，三个保研的学生里只有我坚持下来，而画画后来也成为我很重要的一项兴趣。

两年后我硕士毕业，被选为北京市和北京大学优秀毕业生，并作为毕业生代表在毕业典礼上发言。我想，你们不是天天问我梵语和景观有什么关系吗，现在就用梵语来告诉你们。于是我用梵语写了一首诗《可能性在边界蔓生》，并翻译成了中文和英文。

可能性在边界蔓生

我不是这所花园中最美的花
但是我的存在证明了这里的多样性
当我来到门前，门内的人没有拒我千里
他告诉我前路艰难，也邀我共同前行

在我看来，世间的学问间
没有高墙一样的壁垒和云泥之别
而是充满了联系
更多的可能性在边界蔓生

我爱大自然丰富真实
也爱诗歌飘逸灵动

科学探索缜密而自由
人类社会则复杂而深刻

在这所花园里，以勇气和自由为养分生长
我是诗人、手艺人和永不停歇的行动家
真诚，朴素，执着地感知和思考一切
再用创造力为世界增添一丝美和智慧的火花

对我来说各个学科之间没有绝对的界限，而是充满了联系，都是我认识世界的手段，只要善于思考、执着追求，便能找到联系，增进对世界的认识。虽然从高中到本科到研究生阶段好像一直在文理之间跳来跳去，但对知识的好奇是一以贯之的。

我还想讲讲在植物的爱好上面，我是怎么发现更多联系的。刚才已经说过，我会把认识的植物整理成清单和相册，这个习惯引起了另外的故事。今年暑假我回到北京以后，给几个妈妈、宝宝讲解北大的植物。因为是有偿劳动，不好好准备一下实在是过意不去，正好也想趁机把杂七杂八的植物知识整理一下，所以就用业余时间写了一篇讲义性质的文章，讲解植物的命名、分类、形态、进化、和其他学科的关系等内容，有七个章节，总共两万多字。我把文章发到一个媒体平台上，被北大的博物学老师刘华杰看到了，他通过我的朋友联系上我，当天就帮我联系了两家出版社，一个是请我翻译一本博物史，一个要出版我自己写的一些文章。就这样，我成了一个译者兼作者。

这很神奇，我对植物的爱好一开始也没有功利的目的，甚至父母都觉得我浪费了太多时间，但这个爱好最终却生根发芽，散叶开花，给我的人生带来了更多的经历。

对世界最纯真的好奇

兴趣对我来说到底意味着什么？

我热爱大自然，也很喜欢艺术和诗歌，它们对我来说就是日常生活和逆境中的精神力量。因为中途转到设计专业的缘故，很多基础课我都没有学过，所以在康奈尔大学攻读硕士的第一年很辛苦，每天的睡眠只有五六个小时，还经常熬夜。量化一下的话，也许比高三还要辛苦两三倍吧。数不清多少次熬夜画图写作业，从教室走回家的时候天都亮了，但我心情却很好，因为以前从来没有像这样看过这么多晚霞、星空、日出和清晨的瀑布。我从大自然中可以汲取足够的养料，心情不好的时候看看花和树，顿时就充满了力量。在日记里我写道："一只耳朵听着音乐，一只耳朵听着鸟叫，路灯还没熄灭，晨雾已经散去，有什么比得上伊萨卡的清早啊。"

暑假回国期间我回了一趟老家，在火车上我看着窗外掠过的草木，突然明白了多识草木之名的意义。重新观察长大的地方，因为那些草木，童年记忆全都有了注脚，有了联系，充满了感情和回忆。现在我除了喜欢植物，还想学观鸟、观虫，以后有机会也想看看星空和宇宙，只要这世界上植物还在生长，鸟儿还在飞，太阳还在升起落下，我就不会对生活丧失勇气和动力，这就是自然、艺术和诗歌对我的意义。

我很热爱运动，曾经是北大山鹰社攀岩队和登山队的队员。刚加入山鹰社时我的体能非常差，大家都能想象几年前国内高中生普遍的体能水平：跑八百米都累得要死。但是攀岩是一项对体能要求非常高的运动，当我在操场上跑圈、挂在岩壁上从一分钟坚持到一个小时的时候，我突然理解了坚持的意义。

山鹰岩壁下

在团队活动中，我还学会了怎样负起责任，建立起很强的时间观念。登山这样具有危险性的活动不允许迟到，要学习技术，而且每个人都要承担一部分职责。我从一开始的小职务做到了大型活动的领队、负责人，学会了统筹时间、妥善安排大家的工作，当别人靠不住时还要自己上阵及时补救，这些都对个人能力要求很高，我受益良多。

2011年，我和队友一起登顶了甘肃祁连山脉主峰素珠链，5 547米，虽然不是很高，但也有一定技术难度。大三的时候，我和老师、同学一起徒步穿越了库布齐沙漠。一座雪山，一片沙漠，都是让我骄傲至今的经历。北京周边叫得出名字的山，我基本上都爬过，海陀山、东灵山、百花山……都去过很多次。

我还非常喜欢旅行，自己会规划有主题的旅行，比如全程坐最慢的火车从北京到云南，坐汽车去西双版纳看植物，再坐火车回到山西，在旅途中观察中国地理在南北东西的推移中发生了什么样的变化。这些感受直观而鲜活，是仅看地理书不能获得的，是一场有趣的"地理之旅"。

运动和旅行带来的，除了丰富的体验，还有非常好的体能。我很能吃苦，两三天的硬座火车、连续一周的徒步，对我来说都不是很辛苦，所以连续几天的工作、学习，对我来说也不成问题。我想，如果去养育一个孩子，第一优先级应该是给他一个强健的体魄，让他永远不会因为身体孱弱而败下阵来。

在户外活动或旅行的过程中，我会独立解决很多问题。我坐火车穿越美国，从东海岸玩到西海岸，中途住在芝加哥。有一天半夜被锁在门外，身上什么都没有，连鞋子也没有穿，最后想办法在附近找工具自己把锁撬开。如果是几年前没有独立旅行过的我，遇到这样的问题可能真的不知道怎么办。

做这么多事情，最核心的驱动力可能是某种理想主义。我是一个闲不住的人，每次做事都觉得，这回做的事情一定要和上回不一样，要新学一点东西。我不愿意浪费自己的时间和才华，不愿意让人生虚度，总是想为这个世界创造点什么。这种理想主义的精神能支撑我走得更远。

我在康奈尔大学植物园面试一个实习岗位时，有一位植物学家问我：你是不是从来都不睡觉啊？还有一个校友曾经问我：你有没有测过智商？这位植物学家想知道为什么我选了这么多课还有时间玩和画画，虽然她最后没有给我这份工作，但写了一封很长的邮件来鼓励我。校友在听我讲述旅行、植物、诗歌和语言的故事后，向我提供了一笔可观的资助，让我能够继续自由自在地旅行。我的高中数学老师曾经说：生前何必久睡，死后自会长眠。当时我很惊诧，后来却很受用。我有一种想把生命活尽的冲动，每个人只有百年左右的人生，为什么不拓宽生命的经历，探索生命的深度呢？

我可以骄傲地宣布：我的拖延症已经痊愈了，因为身体里打满了鸡血。在读书、写作、运动、旅行、学习，还有做翻译、看植物……这些有意思的事情之外，看电视、刷剧这样的寻常娱乐已经让我觉得索然无味了。我正处于厚积薄发和创造的年龄，在精神力量的驱动之下，我可以走得更远。

登顶世界六大高峰，重新认识"成功"
——记王辉

杨畅

王辉，1996年进入北京大学东语系，中欧国际工商学院EMBA，曾任山鹰社攀岩队队长、登山队队长。参与创立北大青鸟计算机教育公司，后自主创业艾儿思教育集团，经营美国幼稚园产品。

身为艾儿思国际教育集团董事长，在工作之余王辉还有一个特别专业的爱好——登山。他在最近几年里登上了世界上六个大洲海拔最高的山峰，同时徒步走完了南极最后一纬度。2017年7月，他甚至带着20多名中欧校友登上了非洲最高峰乞力马扎罗山顶。

大学时，他是北大山鹰社的队员。毕业后曾阔别登山十多年，后来重返登山和重返校园，改变了他的人生状态。

有谁不怕风险呢——年少时一腔热血，现在写完遗嘱才出发

在北大山鹰社时期，我攀登了四座雪山。

我本来就喜欢户外运动，加入山鹰社后更是初生牛犊一腔热血，每周越野、攀岩、登山，暑期老队员会组织攀登中国西部的雪山，跋山涉水、攀高走低。

可能在很多人看来，阅尽人间山色是一件浪漫美好的事。但只有登山者才知道，途中危机四伏，天人交战，哪有闲暇去观赏风景？几次登山遇险，至今历历在目，想来仍一阵后怕——

1997年，我第一次登青海玉珠峰就遇到了相当危险的滑坠，赶紧拿冰镐往雪里插试图制动，但怎么都不行，后来才意识到拿反了，而且还把结组的两个队员也拉下来了，幸好最后一位老队员一把制动住挡住了大家。回头一看身后几米的地方，就是一个巨大的冰裂缝。

1998年登念青唐古拉山，我们在接近6 900米的C3营地遭遇了四天三夜的暴风雪，帐篷逐渐被埋了，我们蜷缩在一两平米的空间里。有个队员已经神志不清，我们怕他"过去"了，每过五分钟就踹他一脚。那时还是新队员的孙斌，躺一会儿就要坐起来发个脾气。我和另一个老队员张璞内心深处虽然也怀着"走到尽头"的担忧，仍故作镇静地聊天以分散注意力。到第四天暴风雪小了一点，我们赶紧向大本营下撤。一天后，C3营地发生大规模雪崩。再多待一天，可能我们就没了。

尽管危险，但少年心中不甘平凡的心气，仍被"会当凌绝顶"的豪情吸引。

1999年，山鹰社发生一起事故，一位女队员因体力不支滑坠遇难。因为曾经有过类似的滑坠经历，对我触动很大。2000年毕业后，我选择创业，也组建了家庭，出于责任牵绊，很长一段时间没有再登山。

回归登山已是13年后了。一位山鹰社时期的伙伴毕业后一直做专业的7+2登山探险公司（"7+2"是指7大洲最高峰+徒步完成南北两极最后一纬度）。2013年，他邀请我和一些中国企业家攀登欧洲最高峰厄尔布鲁士山。想到这座山的攀登难度是可控的，我也一直保持运动，便答应了。2014年，几位老队友又相约攀登非洲最高峰乞力马扎罗。

"7+2"完成了两座，倒让我萌发了继续挑战的想法。只是不再是当初的热血青年，如今有了事业和家庭，再重新出发踏上极限征程，要做一系列心理建设。在攀登南美洲最高峰阿空加瓜峰前，我还慎重地写了份遗嘱。

谁没有脆弱时刻——我独自登顶，却发现自己的脆弱

2016年6月，我参与一家美国高山向导公司组织的队伍，攀登七大洲最高峰里技术难度最高的北美麦金利峰，它地形复杂，累计攀登高差达4 000米。所有队员还要与向导均分背负公共物资。有的线路冰裂缝多，我们只能选择凌晨冰冻时通过。

四五天后走到了C4营地，天气突然恶劣起来，向导就让大家先歇下，没想到一等就是12天。眼看队员身体越来越虚弱，向导最终决定全队下撤。可来一次不容易，我自信体力还可以，就去说服向导和我留下来继续等好天气。

大家开始下撤了，一边拆帐篷一边聊着下去要吃牛排还是吃火锅，我在大雪中和他们告别，忽然有一种强烈的欲望说：我跟你们一块下去吧！但终究没讲出口。目送他们下山后，漫天大雪里，只剩我和向导的帐篷了，孤独感漫天袭来。

从C4营地到C5再到顶峰的2 000米，也经历了一些风险。但回头来看，告别时的心理冲击是最大的，因为我发现了自己脆弱的一面，冲顶的过程，是去面对和克服它的过程。

什么支撑我们走到最后——走到最后的，并不一定是体力最好的人

在南美洲阿空加瓜峰最后冲顶时，要连续攀升18个小时。一位队友已经60岁了，好几次想放弃，但还是咬牙走下来。还有一位女队员高山反应严重，但为了储备能量就强迫自己吃，吃完会吐，吐完继续吃，一路就是这样上去的。我们还遇到了国外70多岁的老者、从阿富汗回国的英国残疾军人，甚至还有扛着大电子琴去登山的钢琴家。

可见登山不是纯靠体力的运动，人的意志、品德、耐力才是能否登顶的决定因素。这对我的企业经营管理也有很大影响，用人时会更倾向选择坚韧的人，在企业文化中也鼓励大家相信坚持的力量。

登山时人们会习惯性追问："顶峰还有多远？"后来我都会告诉大家："登山关键在于走得远，而不在于走得有多快，保持节奏慢慢来。"这也是我做企业的理念：一步一个脚印，一定能走得更远、更稳。

登山者不是为了山——徒步南极，逼着自己打量内心

2016年徒步南极最后一纬度，在茫茫雪原每天一走就是10个小时，每小时2.5公里左右。南极点周围几百公里是完全平的雪原，没有参照物，人在这种情况下极度容易迷失和陷入恐惧，而且指南针指到的南是磁南极，并不是我们要去的地理南极，只好用GPS导航。极昼的雪原像海洋一样没有边际，像洪荒一样没有尽头，感觉自己好像跌入了一个四面都是镜子的格子，逼着你去审视自己——我是谁，我从哪里来，我将到哪里去？一生中重要的时刻、重要的决定，都历历在目……

回过头看更确信，在做出了重返校园和重返登山的重要决定后，我有了很大的变化。大学毕业后2000—2013年这段时间，我的人生进入了非常舒适的区域，比现在胖20多斤，自我要求和思考也少很多。但这几年登山让我更自律了，体型也回来了，内省也更多了。

在中欧的学习也让我受益很多，大家来自各行各业，不仅在事业上成功，兴趣爱好也很广泛，各方面对我都有很多启发。中欧教育我们"有比成功更高的追求"，登山也让我更好地理解了这句话。因为在极限环境中会反复拷问自己，还有哪些需要修正的？什么是比成功更重要的东西？

以前我是一个比较严苛的人，对工作盯得很紧，和家人也没那么亲密。因为要登山，主动或被动地都要去设置更好的机制，给予公司伙伴更多空间。而因为经历了那些生死瞬间以及极限下对自我的思考与反省，我变得更愿意袒露自己的内心和爱。

这些经历让我知道：成功不代表所有，也给不了你所有，还有许多成功所不能及的领域会带给你成功所不能有的感悟。在我看来，这就是比成功更重要的东西。

除了ALL IN，你别无选择
——记李锐

周传刚

李锐，1989年进入北京大学物理系，曾担任山鹰社社长。目前从事风险投资工作。

1998年，恰逢北京大学百年华诞。为了给母校庆生，北大山鹰社策划组织了一次别具意义的登山活动——攀登海拔超过8 000米的卓奥友峰。与以往的登山主要由在校生参加不同，这次登山召回了不少山鹰社的元老级队员。在筹委会公布的大名单上，早在山鹰社建立初期就参与登山的曹峻、拉加才仁、储怀杰以及李锐等人赫然在列。

李锐是山鹰社1991—1993年期间的社长，也是当时登山主力之一。不过，能够顺利参加1998年的校庆登山，已经工作四年的李锐的确费了一些"周折"。

1995年毕业刚一年时，李锐就曾经请假参加山鹰社的登山活动，结果摔断了一条腿。为了恢复身体，他休养了七八个月，也耽误了七八个月的工作。等到1998年再准备登山时，李锐觉得自己很难开口向领导请假。但他实在是太想参加这次活动了。情急之下，他想到了一个"绝妙"的办法——在登山出发前，李锐拉着女朋友跑到婚姻登记处登记结了婚，然后跟领导汇报说，自己结婚了，要请婚假……

婚假顺利批下来第二天，李锐和"新婚妻子"道了别，和另外16名队员一起踏上了去西藏的征途……

初次出征

李锐是湖南人，北大物理系89级的学生。当时进入北大第一年要先在河北石家庄军训一年，因此，直到1990年时，李锐才回到北大校园。

按照李锐自己的话说，他之所以会在1990年加入山鹰社，完全是因为自己当时太闲了。他是奥赛保送进的北大，大一物理系的课程对他而言实在有点太容易，他因此有好几门课可以免修。整天在学校里晃悠的李锐想着要找点有意思的事儿干，也正是在这时，他和山鹰社相遇了。

青年时期的李锐长得胖乎乎的，一张娃娃脸非常惹人喜欢。他并非那种特别擅长体育运动的男生，但他的确非常喜欢户外运动，对他而言，大自然充满了力量和吸引力，而山鹰社恰好能满足他在这方面的全部期望。李锐很快就"一竿子扎了进去"。从1990年到毕业，他在校园的生活有一多半与山鹰社有关系。而毕业以后的最初几年，因为在离北大很近的方正工作，他的业余时间也基本泡在了山鹰社里。

入社之后李锐很快成了山鹰社的积极分子。他几乎每周末都会参与山鹰社组织的活动，要么去郊区远足，要么参加攀岩。除了去郊外训练，山鹰社在校内也会组织有规律的训练，其中的重要项目之一就是在校内跑步。当时李锐每天大概要跑5—10圈，然后做一些针对性的训练。当然，这些活动虽然每天都有，但是否参加则全凭社团成员自愿。

当时山鹰社的队员选拔并不需要严格的成绩证明，但是对队员的耐力仍有一定的要求。李锐虽然不属于体育拔尖的那一类，但是他的耐力表现非常抢眼。当时北大每年冬天会有1 800米的长跑，李锐能跑进前几十名。全情的投入和身体能力逐步得到大家认可，李锐因此逐渐成为了山鹰社的核心成员。

但作为一个成立仅两年的普通社团，山鹰社仍然缺乏足够的登山知识及经验。社团成员不乏激情和勇气，但对于登山，大多数人仍几乎一无所知。李锐同样如此，在第一次户外攀登时，他就差点被冻掉了耳朵。

1991年春节冬训，李锐和其他20多人一起攀登五台山的北台顶。此次登山训练分为两队，体力较好的李锐属于八名先遣队员中的一员，负责为后续队伍开路。

北台高3 058米，是五台山诸峰中的最高峰，也是华北地区的最高点。山顶非常寒冷，其冬季温度经常在零下二三十度，上面积雪非常深。

毫无防冻经验的李锐对这种环境的伤害性并无认知，在向上攀登的过程中他甚至一度摘下棉帽子。然而就是这短短的几分钟，他的一只耳朵被冻伤了。开始时李锐还觉得有点疼，但很快他的耳朵就失去知觉，变成了一块冰疙瘩，后来还不停地流脓。

除了缺乏经验，当时山鹰社的登山装备也非常差。李锐登五台山时穿的是一双没有牌子的劣质人造革旅游鞋，上山时还算完好，第二天下山时鞋底却掉了。无奈之下，李锐只能靠一双厚袜子和护腿来裹住脚走下北台。

最严重的事故发生在下山之后。当时李锐和两个同伴在山下找了一家面馆吃饭，就是这一碗面，让他和其中一名同学感染了甲肝。回北大之后，他们就被隔离治疗，一直到4月才从医院里出来。

按照常理，快5月才出院的李锐是无法参加1991年夏天的慕士塔格山攀登的。但由于出院后积极恢复锻炼，又加上之前表现优异，山鹰社最终还是给了他7月攀登的机会。

与山鹰社1990年首次攀登的玉珠峰相比，慕士塔格山是一座名副其实的大山。这座山峰海拔超过7 500米，其攀登难度也要高出玉珠峰不少——从海拔5 000米的大本营出发，需要建设很多的高山营地，才有可能实现登顶。

此次登山险象环生。在山顶，李锐和同班同学徐纲两人与其他队员完全失去了联系，在山上独自待了7天。在到达6 000米高度以后，李锐更是出现了严重的高反。

因难度过大，山鹰社此次未能成功登顶，而登山的种种惊险也暴露出这只雏鹰的不足。现在想起这件事来李锐还会感到后怕。他一再说，考虑到两个人当时的经验和水平，在如此高的山上待这么长时间实际上是极其危险的，1991年时的整个登山队并不具备完备的登山能力。

但在那个时候，这些年轻人对这种危险性却没有足够的认识，他们只是靠勇气和毅力坚持了下来。

走向成熟

山鹰社早期还是有一点"草莽"。当然，这也并非山鹰社的特例，当时整个中国的登山水平都处在这样的一种原始状态，缺乏有经验的登山者，也缺少足够的登山资料。李锐回忆说，当时登山的主要资料来源是中国登协的一些登山记录以及日本人的登山报告，而为了弄清一座山的信息，山鹰社社员们经常要到图书馆一点一点查找。

在那个年代，从离开校园到完成登山，一次活动所花费的时间大概要一个月左右，费用则在一两万元之间。每人平均一两千的费用现在看起来微不足道，但对于当时的在校学生而言绝对是个不小的数字——1994年李锐毕业第一年的月薪也只有400元。

正因如此，山鹰社登山的资金几乎全部来自赞助。

当年拉赞助的概念并不普及，为了得到一笔赞助，李锐和同伴们会跑到东三环的写字楼挨门挨户地敲门，有时候被保安发现了，他们还会被从大楼里"请"出去。

最早的几次登山的赞助都来自可口可乐。但1993年山鹰社却没有拉到资金，而是得到了7万包方便面。为了把面换成钱，山鹰社的队员成了方便面推销员，骑着三轮车，在北京各大高校零售分销。

当时正要入夏，是方便面消费的淡季，但幸亏大学生都是"方便面动物"，加上山鹰队员十分卖力，到最后这7万包面成功换回了4万多元。

山鹰社的队员们至今仍然对卖面这段插曲津津乐道。因为它不仅为1993年的登山筹集到了费用，也让山鹰社的队员学到了登山以外的本领，不少男社员都学会了骑三轮车，社团更是和学校周边的商店老板们打成了一片——直到两年之后，北大32楼下面小卖部的一位阿姨仍然记得李锐这个卖面的"小胖子"。

李锐和山鹰社一起登过五座高山，这五次攀登中，给他留下印象最深的要算1992年攀登念青唐古拉山的中央峰。

这一年李锐是登山队队长，暑期开始之后，他和其他9个伙伴按计划踏上了征途。本来觉得自己计划周密，但让李锐没有想到的是，从启程开始，他们就遇到了各种困难。

队伍先在成都集合，之后打算从成都坐飞机进藏。但到了成都后他们却发现，已经买不到进藏的机票——他们此前并没有考虑过订票这件事。一个星期之后，在一位同学家长的协助下他们才坐上了去拉萨的飞机。

到拉萨后，一位登山主力队员肺水肿，一落地就被拉到了医院。这使得登山队伍的实力再次受到了冲击，也多少影响了队员的信心。

念青唐古拉中央峰是一座非常险峻的山峰，加上此时正值雨季，山上条件非常复杂，雪也极深。登山之初，上一任队长曹峻的护目镜掉入悬崖，眼睛受到强光伤害，被迫退回了大本营。这使得整个登山队的实力再次受到打击，原本具有冲顶实力的两组队员只能凑成一组。

中央峰海拔7 117米，其中自6 000米往上一段最为艰险。尽管由李锐等四名队员组成的突击队最后成功实现了登顶，但为了实现这一目标，他们在海拔6 800米以上待了足足三天——第一天登顶失败；第二天成功登顶，却因为天气原因无法下撤；直到第三天天气转晴，他们才开始下山，而此时他们的食物已几乎全部耗尽，人更是精疲力竭。

在下山时出现了此次登山最为惊险的一幕。就在几乎到达C1营地、为胜利欢呼之时，他们脚下的一块厚雪突然滑落，他们跟着雪滑下悬崖数十米。万幸的是，雪崩是发生在下方，因此他们只是被落雪带着甩了出去，却没有被雪埋葬。尽管受到了严重的冲击，所有的装备散落，但他们最终逃过了一劫，第二天，几个队员带着斑驳的伤痕和满脸血迹顺利回到了营地。

李锐说自己是当年山鹰社里负伤最多的一个，1995年的时候，他甚至还摔断过腿。然而在他看来，1992年的这次登山是所有经历之中最为惊险的一次，其中的很多细节他至今难忘。这一年李锐正好20岁，连生日也是在这座山上过的，那时候他们会在山上一起唱歌，一起看星星，一起讨论未来将如何如何。

等到1993年再次攀登海拔7 546米的慕士塔格山时，李锐已经成为了山鹰社登山队的绝对主力。此时，担任过两届山鹰社社长的他已经卸任，但却是社中最富经验的成员，因此担任了登山队的攀登队长。

过去两年的经验和教训，让这次登山成为山鹰社初期最为成功的一次攀登。在周密的规划和充分的组织之下，最后一共有10名队员顺利登顶，后来这10名队员因此获得了"国家一级登山运动员称号"，而曾被困山上7天的李锐和徐纲都圆了登顶慕士塔格的梦。

登山的意义

登山是一件艰苦卓绝之事，在这一过程之中，人除了要克服天气和地形的困难外，也要面对疾病和饥饿等。李锐说，在山里的时候几天吃不到东西是一件非常正常的事情。因此在营地里时，大家讨论最多的是下山之后吃什么。每次登山归来，想想那些惊险的细节，所有人都会感到后怕。

但即便如此，下山后不出一个月，大家就又会重新想念登山的体验，想要再次找回雪峰之上的那种感觉。李锐曾开玩笑说，对于登山爱好者而言，登山也可以算是一种"精神鸦片"。

对于登山，每个人都会有自己的理解，而李锐认为，登山的最大魅力在于这是一件完全能够让人ALL IN（全情投入）的事情。人真正能ALL IN一件事情是非常难的，能有机会ALL IN去做一件事的经历弥足珍贵。在学生时期的登山就是一种ALL IN。

ALL IN并不必然代表着成功，正如登山一样，无论你如何胸有成竹，你总还是要面对各种不确定性。但是在面对高山之时，一个人除了ALL IN，也再无其他的选择。

登山本身非常有趣，但李锐说，比登山更为重要的是，山鹰社让他在人生最美好的时刻遇到了一生的朋友。人生一辈子，无话不谈的朋友最多十几个，而你会发现，这其中曾经一起登山的兄弟竟然占据了一半。一起登山的都是生死之交，你救过很多人的命，也有很多人救过你的命。1995年李锐在冰川上摔断了腿，是9个人花了近10个小时轮换着把他抬下去的。

20多年前的山鹰社里一直流传着两句话，一句是"无兄弟不登山"，一句是"心中有数才出发"。李锐后来也多次参与登山活动，大多是和山鹰社的老朋友一起进行的，"我几乎没有参与过无山鹰社朋友的登山"。

李锐说，山鹰社聚集的不仅仅是一群热爱登山的人，从某种程度上来说，它所聚焦的也是一群有着相同秉性和生活追求的人。这些人绝顶聪明，有着敏锐的感觉，他们热爱生活，各有志趣，然而却也多多少少缺乏对所谓世俗成功的欲望。

1996年，李锐和其他几位山鹰社成员合伙出资，在北大的小东门开了一间叫LOGIN的网吧。这家网吧是全中国最早的一家网吧，后来遍及北大南门以及海淀的飞宇网吧，也是在这家网吧的影响下开起来的。然而，即便是看到了未来的趋势，生意做得也不错，但这些热爱登山的人却没有将它当成一种挣钱的手段，没过多久，大家登山的登山，忙别的的就都忙别的去了。

他们那一拨人还办了中国第一个户外网站，开了中国第一家户外拓展学校，这些都说明他们那代人目光敏锐，然而确实也缺少了些许商业雄心和对成功的渴望。"我们这些人还是有些散淡，这多少也反映出我们为什么没有在商业上取得巨大的成功。"回想起过往，李锐有着如此的感悟。

心中有数才出发

离开北大方正之后，李锐开始投入互联网领域。从最早的互联网邮件公司263，到后来的雅虎和阿里巴巴，李锐先后做过多家大公司的高管。之后他又参与创业，如今他的身份是著名风险投资机构顺为资本的合伙人。

在李锐看来，这种工作变化多多少少也与当年的登山经历有关系。如果说登山是在经历一场场的极限挑战，那追求不那么按部就班的生活，则似乎成了李锐的一场又一场人生历险。李锐的同学，多数人都是走着读书就业或者出国，去华尔街或硅谷的常规道路，但他却从传统产业跳到了互联网行业，又从互联网从业者转型为风险投资人。

登山和风险投资毫无关联，但是对于学物理出身的李锐来说，这两者之间存在诸多相似之处。

登山很"变态"。一个人如果从纯理性角度出发，就不会做出登山的决定，因为登山这件事本身太不具有确定性了。但是反过来，如果一个人决定要去登山，那么在这一过程中所采取的每一步都必须超级理性。

风险投资也是如此。如果我们抱着纯理性的态度，怎么会有风险投资这种失败率90%的行业呢？然而，和有人愿意去登山一样，这个世界的确有很多人热衷于风险投资。和登山一样，在风投行业中，你一旦做出了投资的决定，那么接下来所有的决策也都必须是理性的。登山和风险投资都是高度不确定的事，每个人都要尽量做到"心中有数再出发"。

登山是一项高风险运动，它要求人的精力高度集中，全面投入，而这反过来让它成了很多高压力工作者的减压方法。传统的华尔街投行人士会在买入股票之后登山纾解心头的负重，李锐也会在面临职业变动时想起登山或者其他的极限运动。2007年，李锐决定离开阿里巴巴，当时的老板曾经极力挽留，优厚的条件一度让李锐举棋不定。但在深山度过了十几天之后，李锐还是下定决心去寻找下一个属于自己的世界了。

因为工作和家庭等原因，李锐这几年登山少了。虽然他说不会再为自己设定登山的目标，但显然他心里仍然装着一个登山的梦。现在，他还是经常参加体育运动，比如滑雪和越野跑。

他也常常和孩子分享在山鹰社的登山往事，而他的孩子们也十分喜欢听他"偶尔吹吹牛"。李锐鼓励孩子参与运动，走向户外，而且自认在这方面做得很成功。对于以后孩子是否也会从事登山这种运动，李锐既不反对，也不强迫。

虽然工作很忙，但作为山鹰社的元老级社员，他仍关心着山鹰社的发展，时常为社团的发展出谋划策。对李锐而言，他人生中最美好的一段时光是在山鹰社度过的，他也希望未来会有更多人能够和当年的自己一样，通过山鹰社去看见不一样的世界和不一样的人生。

险峰在前，选好路线慢慢走
——记陈科屹

周传刚

陈科屹，1996年进入北京大学化学系（后转入经济学院），同年加入山鹰社，曾任社长。毕业后主要做风险投资，创立险峰长青。

1996年9月，陈科屹刚走进北大校园时，他还不知道自己日后会和登山、和山鹰社结缘，实际上，那时候的他甚至连攀岩是什么都不知道，更不用说带领大家去登山了。故事就是从那时开始的。

"就你这个小身板，跑两个星期就受不了了"

陈科屹刚到北京时，一位同乡师兄去火车站接他。在回学校的路上，这位师兄给他介绍北大的情况，并且告诉他，北大最好玩的地方就是社团，而在所有的社团中有两个最为知名，其中一个是团校，另一个就是山鹰社。

那位师兄建议陈科屹报名参加团校，因为团校的活动非常丰富，很锻炼人。"至于山鹰社嘛，"这位师兄看着瘦弱的陈科屹说，"你还是算了，就你这个小身板，跑两个星期就受不了了。"

中学时的陈科屹算是典型的好学生，会把所有的时间都花在学习上。进入北大之后，懵懂的他自己也没打算做什么改变，实际上，他这时候还完全不知道大学生活和高中生活到底有什么区别。在入学的第一天，他就给自己制定了一个每周学习时间表，白天上课，晚上则到图书馆或教室上自习。

但这种生活只持续了一周。一周过后的某次中午饭后，陈科屹和同学一起经过32号楼，抬头看见有一群人在这栋楼的裂缝处攀爬。早在1990年时，山鹰社的队员就发现这个裂缝可以用作攀岩训练，于是开发出了这块"宝地"。

这是陈科屹第一次知道攀岩，他感到陌生又好奇，于是也走到近前围观。看着别人像飞鹰一样迅捷地上下，陈科屹也忍不住想要攀一次试试，他向旁边组织攀岩的队长柏子提出了请求。

连陈科屹自己也没想到的是，他人生中的第一次攀岩竟然十分顺利——除了觉得有点手酸，他几乎没怎么费力就攀到了顶部。等到他从上面一跃而下，柏子就上来邀请他加入山鹰社。起初陈科屹并不自信，毕竟一来北大时同乡的师兄就对他提出过"忠告"。但柏子认定他平衡性、协调性好，而且体重又轻，特别适合攀岩，因此不断鼓励陈科屹加入。最后，陈科屹还是动心了。

从答应进入攀岩队开始，陈科屹就彻底结束了他所制定的学习大计，新的真正的大学生活开始了。

"那时候几个队员都是大一新生，没有什么课业负担，因此泡在一起的时间非常多……张璞、王辉、王瑾，我们几个经常是训练在一起、吃饭在一起，晚上甚至还会一起去熬通宵打游戏。" 回忆过往时，陈科屹说，攀岩队里发生过很多有意思的事，但令他最难忘的还是当时队员之间密切而纯粹的伙伴关系。

比疲惫更让人恐惧的是恐惧

在1997年夏天攀登玉珠峰之前，陈科屹从来没有攀登过一座高山。实际上，瘦弱的陈科屹一直也不擅长体育。按照他自己的说法，虽然在高中时他也打球踢球，但要说到成绩，也就是长跑还可以。不过，陈科屹是四川人，打小没少走山路，而最重要的是，长跑成绩不错的他耐力出众。

1997年山鹰社准备攀登玉珠峰时，陈科屹还没有上大二。当时队伍刚刚经过青黄不接的年头，并不缺乏有经验的老队员，但即便如此，稚嫩的陈科屹仍因为超强的体力表现，得以进入登山队的大名单。

早在1990年时，山鹰社就曾经成功登顶玉珠峰。不过，当年的雏鹰攀登的是玉珠峰的南坡，而这一次，队员们想要征服的是条件更为复杂的北坡。南坡相对平缓，对技术要求相对较低，可谓登山的入门级，而北坡的难度却要高出几个等级：明暗裂缝遍布，雪坡坡度也大，还有极其险峻的刀型山脊。

对于初次登山的陈科屹而言，这次艰难攀登中的两个画面让他至今记忆犹新。

由于汽车抛锚，登山的行程被耽搁了一两天，等到他们到达营地时，山上下起极大的雪。夜晚入睡时，雪越下越厚，队员们担心夜里的积雪会将他们的帐篷压塌，把他们"活埋"在里面，于是大家决定找人值守，其他人休息。

负责值守的正是陈科屹。这天晚上，他一夜没有入睡，不时跑出来清理帐篷上的积雪。前半夜的时候，还有其他队员和他聊一会儿天，等到后半夜万籁俱寂时，站在帐篷外群峰之间的陈科屹突然有了一种与辽远空旷合而为一的感觉，他至今难以形容这种感觉到底是什么，但是他知道，正是因为登山，他才得以有机会体味这种特别。无限风光在险峰，也许只有真正攀登过的人才了解这句话的真正含义。

攀登的过程非常艰苦，陈科屹这一组从1号营地到2号营地的路程走得尤为艰难。一方面是因为当时积雪太深。"积雪没过了我的大腿，当时我是第一次见到这么深的雪。"陈科屹说。另外一方面则是因为这一条路线陡峭。"另一队人从山那边看我们，觉得我们都是垂直的。"

陈科屹一队四人，每个人都背着20公斤的帐篷，而又因为雪太深，他们只能轮流开路，按每次50步的频率缓慢向前移动。"每一轮开路过程中，第一个负责踩雪的人是最累的，等他把雪踩实，踏出一条小路来时，往往已经精疲力竭，只能趴在地上大口喘气。而后面跟上来的必须循着前面的脚印走，但因为雪太深了，即使踩着脚印也仍不免会下陷，因此50步跋涉之后，同样也会累倒在地。"

但比疲惫更恐惧的是恐惧本身。山上到处都是雪，行进中根本没有任何参照物，在极度疲惫的状态下，不免会产生一种永远走不到尽头的错觉。"我们在雪里走了两个多小时，只是看到身后有一串脚印，但却不知道自己到底动了没有。"陈科屹说，直到现在，他仍然会对这种感觉感到后怕。好在整个队伍足够坚强。在经过了近一天的艰难行走后，他们终于到达预定的建营地点，之后他们又顺利登顶。

20多年后，陈科屹对于后来的登顶过程已几乎没有印象，反倒记得之前雪地行走的许多细节。他说，那么深的雪，对于老队员而言也许不算什么，但是对于第一次登山的他来说，种种初次体验都让他无比震撼。他说自己第一次登山就被累到了极致，甚至到了近乎崩溃的状态。

但从另一个角度看，第一次登山的艰难也加速了他的成熟。在北大山鹰社，登过一座山的队员就已经是老队员了。

1998年：错过的山与救过的人

1998年是北京大学成立一百周年，为了庆祝这一重要的历史年份，山鹰社在1996年年底就开始筹划攀登8 000米以上的卓奥友峰，向母校献礼。1997年11月时，经过充分的讨论，参加这次特殊攀登的17名队员最终确定，其中就包括只攀登过一座山但却表现出极佳体力和意志的陈科屹。

能够入选校庆攀登，陈科屹颇感兴奋和骄傲，也对这个机会倍加珍惜。为了备战，他将更多的精力投入了日常训练。

然而天有不测风云。一次校医院检查中，医生发现陈科屹心率太慢，因此认为他有心肌炎，并要求他卧床接受治疗。之后转北医三院的进一步诊断证明这是一次误诊，对于长期参加有氧运动的陈科屹而言，心率较慢其实是一种正常现象。不过这次误诊却打乱了陈科屹的训练节奏——原本每天投入大运动量训练的他，一下子被困在床上不动，本来没有问题的人也变得"有问题"了。

这件事影响了陈科屹的状态，登山队最后决定让他在登山中更多地承担运输等支持性工作。20年之后，陈科屹仍为这件意外而深感遗憾。

除了卓奥友峰这次校庆攀登，登山队照例要在暑假进行常规登山活动。1998年，他们选定的是念青唐古拉，而陈科屹成了攀登队队长。但是因为天气恶劣等因素，这一次攀登未能如愿登顶而且遭遇了不少险情，例如主力队伍下撤时发生了大雪崩。

陈科屹则目睹了另外一场险情。一位新队员因为体力透支，为了省力，在下山时采取了顺着雪往下滑的方式。事实证明，这种方法极度危险——在下滑过程中，他身后的整片雪也都跟着向下流动，最后几乎将他全部掩埋。亲历这一幕的陈科屹当时毫不顾及危险，提起雪铲就冲了过去，将这位队员及时救了出来。"还好没有发生雪崩，而且前面是一片谷地，雪没有往下滑。"陈科屹说。

这次登山回来后，陈科屹接替张璞成为新一任山鹰社社长。而此时的山鹰社早已名满天下，达到了自1989年创立以来的巅峰。

"一顿饭"服众的登山队队长

克孜色勒峰又称公格尔四峰，海拔6 525米，位于新疆阿克陶境内，和著名的慕士塔格峰隔湖相望。1999年8月，陈科屹带着山鹰社的队员成功登顶了这座高山，续写了山鹰社的辉煌。

1998年登山归来后，陈科屹就成为了新的山鹰社社长。他的前任张璞曾说，其实越往后，山鹰社的社长越不好当。这时候的山鹰社已经因为各种新闻报道而名气大增，队员们再也不用像初期那样卖方便面找赞助了，然而这种名气也意味着更多的精神传承和责任承担。陈科屹这时候接任社长，一方面当然是因为他在历次登山中表现出色，另外也是因为他的组织和领导能力突出——在担任山鹰社社长之前，陈科屹就曾长期担任另一个社团爱乐社的社长，并且带领社团获得了北大十大社团称号。

成功登顶克孜色勒峰自然是一个好消息。实际上，因为各项准备都比较充分，这次登山的过程相当顺利。唯一让陈科屹觉得难忘的不过是攀登过程中一段走刃脊经历。

"所谓刃脊就是和刀刃一样窄的山脊。当时山顶的宽度只有20厘米，两边都是悬崖，而你必须走过去，否则就无法冲顶。" 陈科屹之前从来没有走过这样的地形，但他还是按照经典教科书的方法，用绳子把自己和后面另一位队员连接在一起。他对这位队员千叮咛万嘱咐：如果咱们其中有一个人掉向一边，那就赶紧往另外一边跳，只有这样两个人才不会一起掉下去。好在此时的陈科屹已经有丰富的开路经验，两个人最终顺利通过这一段。

这一年9月，陈科屹和另外几位山鹰社成员还参加了中日青年联合攀登雪宝顶的活动，并担任中方的登山队队长。雪宝顶海拔5 588米，也是一座高山，但是山势平缓，攀登过程本身并不困难，倒是这过程中发生的两件事让人难忘。

初入队时，某些中方队员对于陈科屹这位队长颇不以为然。在他们眼里，这个只有100斤出头的小个子实在不够健壮魁梧，完全不符合他们心目中的队长形象。不仅如此，某些没有登山队的高校甚至派出了几名练健美的运动员来登山——他们错误地以为身体越壮越适合登山。

不过陈科屹还是"一天就把他们搞定了"。搞定的方法倒也简单，那就是比吃饭。早餐一顿，陈科屹吃下的东西比那几位健美运动员还要多出三分之一，这让队中所有人都惊呆了。

登顶下山时，中日青年队遇到另外一组登山队员，其中的一个女孩因为高原反应已经神志不清，情况十分危险。这时候，陈科屹又挺身而出，配合中国登山队的王勇峰展开了一段高山营救。

"从山顶到雪线以下，我一根绳50米，来回倒，王勇峰则在上面扶着她，等我绳子打好，就把她放下来。"等到下山之后，这位女队员连声感谢，称王勇峰和陈科屹是她的救命恩人。

登山就是要慢慢走

从救助队员到救助陌生人，从雪夜看帐篷到绑着绳子走山脊，陈科屹说，登山让他发掘到了自己的潜能，也让他有了很多刻骨铭心的认识。"登山需要强大的信任，也需要主动承担。某些时候，我们必须义不容辞。"

队友张璞说陈科屹是一个理性但又充满激情的人，有坚定的目标，而且会把很多事情想得清楚，做得有条理。

陈科屹自己也认可这种评价，不过他半开玩笑半认真地说，早期时能够心无旁骛地登山，主要还是因为登山太累了，别的事儿根本没空想。后来随着登山经验的增加，的确开始有了感觉，知道了很多事情应该怎么处理。

在每次登山出发之前，陈科屹都会仔细地考虑各种情况，并且尽量做好各项准备工作。陈科屹说，自己做过登山队队长、后勤队队长以及社长，这些经历都让他越往后越有经验，越能更全面考虑。

"登山不是一个突发性的事件，而是一个需慢慢处理的过程。登山是选好路线慢慢走，它本身并没有爆发性的冲击和挑战。"如今的他总结道。

对于陈科屹而言，在北大的登山仍是迄今为止无法超越的人生经历，这其中的原因很简单：登山教给人的东西实在是太多太多了。

"登山让人暴露在极端的、与众不同的环境之中，让你在强度极大的情况下面对生死等根本性的选择。这种对人的训练，是在任何其他地方都找不到的。"

正是因为登山的意义如此之大，陈科屹后来把自己创立的风险投资机构起名为险峰长青（英文名K2VC）。在中文中，险峰自然是山，而将险峰反过来念，恰好就是风险。英文名中的K2则源于那座叫做K2的山峰。K2海拔8 611米，比珠穆朗玛峰略低，但是其攀登难度却远远超过后者，被视为全世界最难攀登的山峰。陈科屹说，K2是他作为登山者的终极梦想，他希望有一天能走近它。

在创投圈，险峰长青一直以低调严谨著称，而作为这家公司的掌门人，陈科屹专注于投资事务，很少接受外部采访。如今的陈科屹仿佛是一个在创投界登山的人，在充满不确定性的新世界里稳健前行，而那些年轻而优秀的企业家们则是他在这个历险中新的攀登伙伴。自然界的K2是陈科屹的梦中之峰，而他也在投资生涯中的一次次挑战后，向自己心中的那座圣山慢慢靠近。

越过山丘，一群可爱的人在等候
——记岳斌

田以丹、齐志明

岳斌，1998年进入北京大学计算机系读本科，2002级硕士，曾任山鹰社社长。高榕资本创始合伙人。在创办高榕资本之前，曾任职于IDG资本和华兴资本。投资的项目包括小米、华米（NYSE：HMI）、中融金（002668.SZ）、Nuro、依图、Testin、石头科技等。

山缘——追寻内心的热情

对岳斌来说，加入山鹰社像是一件命中注定的事情、一种久别重逢的相遇、一种与生俱来的缘分。

1994年8月，11名北京大学山鹰社登山队队员站在唐古拉山脉的最高峰——海拔6 621米的格拉丹东峰之巅，展开北大校旗和山鹰社社旗，队员们以昂扬的姿态和舞动的旗帜向世人宣告，炎黄子孙首次登顶长江源头。那一刻，北大山鹰社运动健儿们的蓬勃之气、自信之光，从长江源头蔓延开来。

这份蓬勃之气也击中了千里之外的湖北黄冈中学的一名中学生。当年10月，在中学90周年校庆典礼上，初三学生岳斌看到了这样一张照片：他的中学学长吴海军登顶格拉丹东峰后，拿出黄冈中学校旗，合影留念，笑得是那么灿烂。当时，岳斌就被深深地击中了。"我要去北大山鹰社！"一颗坚毅的种子在他心里发了芽，就等破土而出的那一天。

其实，这颗萌芽也不是凭空而来。岳斌对山是痴迷的，黄冈地处大别山，暑假时他就爱跟同学一起去山里看看。随时可以背起行囊出发，用脚步丈量祖国的壮阔山河，看别人没有看过的风景，这是岳斌内心真正喜欢的东西。

缘分不期而遇，1997年，长成大男孩的岳斌已经在全国物理竞赛中取得第五名的成绩，获得保送大学的资格。阴错阳差地，他先填写了保送清华大学的协议。但缘分这种东西，该来的终究会来。1998年，岳斌在物理竞赛国家集训队集训期间，山鹰社登山队为庆祝北京大学建校100周年，登上了世界第六高峰——海拔8 201米的卓奥友峰，以这种豪气干云的方式献礼母校。

消息传到岳斌耳中，与当年内心的夙愿冲撞回响，岳斌按捺不住激动的心情，决定要去北大加入山鹰社。多年来，每当亲朋好友提起这档"弃清从北"的往事，岳斌常挂在嘴上的一句回应就是："我去北大就是为了山鹰社！"

山行——那些属于一群人的独家记忆

1998年到2002年，岳斌在北大读本科时期，是他与山鹰社交集最多的一段时间。刚入学不久，在校园社团招新中，岳斌顺理成章地加入山鹰社。

入社只是第一步，登雪山才是真正的星辰大海。经过一年多的科学培训，1999年暑假，岳斌终于如愿以偿，作为当年唯一的大一新生，加入了新疆克兹色勒峰登山队。2000年暑期，他再次作为团队成员攀登西藏境内的桑丹康桑峰，登上了雪山之巅。

从桑丹康桑峰返回学校后，大家共同努力，重修了岩壁，举办了一场全国性的攀岩比赛。2002年，岳斌随队攀登西藏境内的希夏邦马西峰时，五名队友不幸遭遇雪崩遇难。这成了岳斌在社里最伤痛的记忆。2003年，岳斌又随队攀登了玉珠峰。

在山鹰社，岳斌有幸结识了一辈子的至爱。2000年桑丹康桑登山结束后，队员张静成了岳斌的女朋友。两人互相鼓励、共同进步，在研究生毕业后结婚，现在已经有了两个小孩。

山魂——看遍职场万千风景

2005年夏天，离别的歌声响起，又一届学子要告别"一塔湖图"，走入洪流滚滚的社会了。岳斌从计算机专业硕士毕业，并没有成为一名专注于编程的工程师，而是在山鹰社老社员陈科屹的引荐下，进入了投资行业。

在风险投资中，要练就洞察行情的火眼金睛，既需要日积月累的积淀，也需要灵光一闪的超常思维。2010年岳斌对小米的成功预判就充分证明了这一点。

2010年8月，雷军团队还在静悄悄地布局，小米在miui.com发布了Android定制版操作系统MIUI。岳斌在MIUI当时唯一支持的Nexus One手机上刷了这个操作系统并开始持续关注其动态。他发现MIUI每周更新一次，系统不断完善，一个低调的论坛却同时定制了自己的浏览器、应用商店、网盘等核心应用，能够提供近似iPhone的体验。岳斌断定，"MIUI定是一个庞然大物啊"。在当年做出这个判断是非常了不起的，要知道同期华为手机、中兴手机等行业翘楚还不理解不认同小米模式，岳斌算是最先看到了手机行业变革的机会。

谋定而后动，在旁人都不知情的情况下，岳斌打定主意，小米科技非投不可。他开始研究小米模式，并带着自己写好的PPT找到了雷军，和他讨论小米的未来。在没有任何内部资料的情况下，岳斌成了第一个看清小米的"行外人"。2010年，当岳斌决定投资小米时，小米科技只有40多名员工，如今，小米已经成长为千亿美元级的顶级互联网科技公司了。

2013年下半年，岳斌和张震、高翔创立了高榕投资，并定下目标：10年募到10亿美元，做中国最好的机构投资人之一，结果他们用1/3不到的时间就超额60%完成了。2015年，岳斌又投资了华米科技，负责开发和销售小米手环等可穿戴设备，华米于2018年2月在纽交所成功上市。岳斌还投资了一大批移动互联网、人工智能、机器人、无人驾驶等领域的科技公司。

工作之忙，可想而知，但他再忙也会抽出空来与山鹰社的好友们跑步、登山、喝酒。大家还有时间和朋友相聚真的很难得。人生忽如寄，寿无金石固。四十不惑，兜了一大圈之后，越过山丘，发现有一群人在等候：还是熟悉的那人、那山、那情、那谊。

创业之后，岳斌的心境也更加沉稳。以前他曾和山鹰社的伙伴们笑谈，人生是可以大把挥霍的，现在却越发觉得有压力，有很多有意思的事情要去做。这个世界变化太快，要在自己的道路上走得更远一些，要通过自己的努力推动技术和应用的发展，给社会带来一些效益。

愿岳斌这群"山人"能在道路上行稳致远，发现更多奇伟、瑰怪，发掘更多山背后的万千气象。

所爱平山海
——访张子衿

王清、沈博妍、陈琬睿

　　张子衿，2013年进入北京大学外国语学院英语语言文学专业本科，现留学美国，攻读发展心理学。曾任山鹰社训练队队长、户外论坛负责人、登山队后勤队长。

　　2017年9月，张子衿结束了为期一年的Gap，重回北大开始大四生活。

　　这一年里，她航海跨越了半个地球，给乡村学校上过课，也参访过世界不同角落的教育机构。她想寻找一个答案——"我到底可以信仰人性中的什么？"

感恩

　　张子衿出生在北京石景山区的一个单位大院里，进门出门遇见的叔叔阿姨爷爷奶奶全都认识，小孩子们从小吃着百家饭长大，平日里互相串门玩耍，有时候天晚了就直接住下。从幼儿园到小学，一起放学回家的同学还是同一拨。

　　如果回家时赶巧没带钥匙，大可以转身直接敲对面邻居的门，吃上一顿热乎乎的晚饭，再和小伙伴玩上几把游戏，等着家长来接。至于这个闯入家门的孩子学习好不好，以后能不能考上重点中学，会不会带坏自家小孩，大人们从不介意。在他们眼里，孩子就是孩子，彼此之间没有分别。

看见小区保安穿得破烂，妈妈还会特地从家里找出穿不了的新衣服，悄悄地送给他；在路边遇到了乞丐，妈妈会让她去附近买几个馒头、一碗粥送过去，表达自己的关心；收到了零食、礼物，奶奶和妈妈会教育她不能浪费，因为世界上有很多人连得到它们的机会都没有。"永远都可以做一个善良的人"，家人从小这么教育她。

石景山是北京近郊的一个小小区域，单位大院里的人和事，对小张子衿而言就是全部。她愿意相信，外面的世界和这里一样，安全、可信、善良。

大院之外，中学时她通过一个同学第一次了解到自闭症儿童这个群体。这些孩子需要远多于常人的陪伴、特殊的干预和特别的耐心，而这也挤占了家长大部分的工作时间。部分家庭已经为治疗生活拮据，却成效甚微。

张子衿想像妈妈帮助保安一样，为这群人做些什么。她和另外九个同学组织了一个名为"海洋星空"的公益基金会。他们动员同学花了一个月时间收集旧报纸、装修废料和易拉罐，通过卖废品筹钱；还出版了文学社的诗集，在学校周边义卖，筹到的钱都捐给自闭症机构。此外，他们还联系自闭症家庭，实现一一对接；也会在周末组织出游，给那些孩子更多接触同龄人的机会。

项目持续了两年，一起出游的人一次次增加，卖废品的人手越来越多。但随着张子衿迈入高二，身边的同学有的开始准备出国，有的忙于备战高考，这个依靠纯人力投入的项目还是走到了终点。

援助自闭症儿童项目的无疾而终让张子衿发现，停留在表面的帮助会随着一个个公益机构的来去而消逝。究竟什么才能真正帮助一个人？带着疑问，张子衿迈向了自己的下一个阶段。

负责

2013年，张子衿考入北京大学外国语学院。大一时她加入了山鹰社，在这里，她得到了想要的答案。

大一下学期，张子衿和朋友们一起参加了暑假登山队的选拔，并最终成为了格拉丹东峰登山队中的一员。

2014年7月20日是B组冲顶的日子，这也是张子衿第一次冲顶。因为没有经验，她没法准确预估自己的体力和登顶的难度，只能吭哧吭哧往上爬。格拉丹东峰海拔6 621米，太阳升起时，脚下的雪地开始慢慢变软，每一步落脚都下陷得更深。她突然意识到自己的体能正在被快速地消耗，而日光下的风冷得彻骨。

行进到6 420米时，随队教练突然发现队伍里的张子衿正在浑身发抖，肢端冰冷但身体微热。几番询问后，他怀疑这是失温的症状，继续走下去对身体的损耗会更大。

这时她面前有两条路：继续往上爬，虽然能保证安全登顶，但接下来1 500米的返程可能要依靠队友的扶持；就地放弃，那么半年的准备、两个月的高强度训练、十几天的攀登，将全都在最后200米灰飞烟灭。"队伍一定会保证你安全下来的，这是所有人的责任。"教练的宽慰让她陷入了两难。

对于登山者而言，时间给人机会也夺走机会，该撤的时候，拖得越久，风险越大。想到这些，张子衿选择了立即下撤。

登山是为了山，还是为了人？张子衿说，她会毫不犹豫地选择后者。"我们彼此有承诺要坦诚对待对方，包括坦诚对待自己的缺点，同时为别人的安危负责。"

第二年，她担任后勤队队长，作为带队人之一和队伍一起向阿玛尼卿山脉的主峰玛卿岗日发起冲击。除了各项生活物资的准备，张子衿还要细心地照顾新老队员的情绪。低温、缺氧、头疼、体力不支，艰苦的处境一点点消磨着人们的耐心，矛盾与争吵随之而来。张子衿主动做饭，借着做饭的机会和队员聊天，争取在所有人之间做一个调和。

张子衿在阿尼玛卿

冲顶前，为了保险，队长们只选择了少部分人参与冲顶，张子衿被安排带着不能冲顶的人在山下做接应。这时队伍里传来一声轻轻的疑问："那子衿怎么办？"说话的是一位平时看起来冷冷的、不善表达的老队员，张子衿有些意外他竟会下意识地希望她有登顶的机会。

登顶之后，张子衿和前一年的老队员夏凡一起带着两名新队员下撤。下撤路上，因为体力不支，她几乎是"走一步跪一步"。而最让她感动的是，夏凡在一路上担负起了照顾其余三人的责任，让人感到前所未有的安心——她好像一下子发现，这个在不久以前还像弟弟一样的人，"已经是一个非常有担当的人了"。

不同环境下成长的人会展现出完全不同的特质。"人性是复杂的。"人性这个词很大很虚，但张子衿开始明白，想要真正回馈这个社会，她该从人性出发。

行走

怎样帮助一个人？张子衿决定从教育开始。大三结束之后，她申请了一年的间隔年。她根据自己的兴趣点，检索了全北京关注弱势群体的公益机构，"PEER 毅恒挚友"就是其中之一。在Gap的前半年里，她以秘书长助理和志愿者的身份跟着团队到各个乡村学校里进行调研。

2016年暑假，张子衿和志愿者们来到了湖南省城步县苗族自治区第一中学。在这里，大部分学生来自农村，闯进城市、跳出"农门"成了大部分人学习的动力。但离心力也随之产生，他们开始怀疑自己的家乡，不愿意认同自己出生、长大的地方。

张子衿一边陪着学生们读书，一边带着他们参观社区、了解家乡，她想让学生们接纳属于自己血液中的东西，并为改变家乡做一些力所能及的事情。

在后半年，张子衿申请了"海上学府"，和来自世界各地的800多个同学一起，从美国出发，航海跨过太平洋、印度洋和大西洋，前后访问10个国家，最后到达欧洲。

对张子衿来说，"海上学府"是一个交通工具，先探访和中国国情类似的一系列发展中国家，了解他们的教育发展情况；在旅程结束之后，再访问在教育创新方面出色的北欧。张子衿对一路上的20多个国家、40多个机构都做了详细的记录，包括一份考察笔记、一份个人日记，还有上万字的沿途寄给家人和朋友的邮件。

一路上，张子衿反复问自己一个同样的问题——"可以信仰人性中的什么？"

在越南时，张子衿一行人带着有限的物资来到当地的一家孤儿院探访。她没想到，这样的善举却"带来了社区之间的矛盾"——附近另一家孤儿院的人竟然指着他们的鼻子骂了起来。在物资短缺的现实约束下，再多的补给也显得杯水车薪。

在印度也遇到了同样的顾虑。密集的贫民窟里住着大量饥饿的居民，而小额捐款换来的为数不多的营养餐显然不能满足人们的需求。"会不会打起来？"张子衿不止一次设想过最坏的结果。但不久以后，这样的顾虑被打消了。当为八口之家领饭的妈妈主动提出只要四口人的饭时，她开始发现自己一直寻找的善——"在贫困之中依然能够和他人分享的意识。"

在同行的好友Chan眼里，张子衿就是一台"行走的正能量发射机"。每每联系好当地机构并做好全部准备工作之后，她就会在船上的布告栏招募感兴趣的同行者，带动身边的人一起去关注、了解当地的教育状况和相关的公益资源。

航行快结束的时候，Chan的电脑不小心进水，想到自己的照片、期末论文都没了着落，她坐在地上哭了起来。Chan记得，子衿一直陪着自己，不停地宽慰。除此之外，英语不好很崩溃，找张子衿；想拉人聊天谈心，找张子衿；靠岸后正迷茫该去哪里玩，她已经把攻略做好了……

"一路上有任何问题或需要同伴一起办事的时候，我都会先想到她。"Chan说，张子衿是一个有魔力的人。

过去的4年时间里，两次登山、多次前往乡村学校调研、背包访问北欧各国、航海跨越半个地球，张子衿所经历的困难远比想象中多。文化冲击、交流障碍、群居和独处、身体不适，每一程有每一程的烦恼。

但这对她来说都"轻如鸿毛"。她不喜欢如温水煮青蛙一般待在舒适区里，"对我来说有一点困难的，但是是积极的、好的事情，我就会去做，遇到什么都在所不辞"。

【作者简介】王清，北京大学哲学系2016级本科生。沈博妍，北京大学基础医学院2016级本科生。陈琬睿，北京大学历史系2015级本科生。

重返八千米

杜中华、赵瑞佳

2009年9月，北京大学广告系校友李兰登顶8 012米的希夏邦马峰。对她而言，这次成功的意义不在于高度的数值，她是为了脚下的山谷而来。

与她同行的还有原中国国家登山队队员孙斌，他毕业于北京大学化学系，在校期间曾担任山鹰社攀岩队队长。毕业后，他就职于中国登山协会，曾参与北京奥运会的珠峰圣火传递工作。这次登希峰，是山鹰社几个"老人"论证很久的结果：这个事情到了该回顾的时候了。

"这个事情"发生在2002年。山鹰社折翅希夏邦马，五名队员不幸罹难。那时，李兰是他们的技术指导和队记。

对于攀登者来说，纪念的最好方式就是重新攀登这座山峰

2009年9月，李兰和五名登山队员到达希夏邦马峰营地。

"7年前我们到这儿的时候，差不多也是这个时候，阳光非常好，天气也非常好，也是蓝天。我们也是这样，搭好营地后闲坐在草地上聊天儿，有藏族的小孩过来，我们跟着他学数数字。7年前也是这样。"

希夏邦马在藏语中是"气候严寒、天气恶劣多变"之意，希夏邦马山被藏族人民的神话和歌谣称颂为吉祥的神山。这是唯一一座完全在中国境内的8 000米以

上的山峰，也是喜马拉雅山脉现代冰川作用的中心之一。山上有长达几千米、形态各异的冰塔区，也布满了纵横交错的冰雪裂缝。7年前，李兰5位队友的生命被一场雪崩夺走，而那些裂缝，也变成了幸存者的伤痕。

在海拔5 200米的过渡营地适应了两天，李兰一行人沿着西岸向河谷深处走去。外面的世界千变万化，这里却依然是低矮贴地的高原植被，旷野的风吹过薄薄的一层绿色。"河水比现在大、比现在宽、比现在深。"她指着一片河滩，当年他们沿着对岸走，到了这里必须过河，几个人脱了鞋、挽起裤脚，手挽着手过了河，双脚被冻得失去知觉。

上山路上，她看到了当年营地旁边那一汪湖水，见到了7年前赶到事发地点的第一批救援队员之一平措。30多位藏族向导和辅助人员为登山队准备了敞亮整洁的营地，为他们进行高山病治疗等相关知识的培训。对技术问题，李兰抠得很细，她在学习成为一个高山向导，她认为当年的悲剧并不是天灾，也不全是意外，而是队员们缺乏知识和经验的后果。阳光下，希峰的山脊格外清晰、漂亮。当时为什么不走这条山脊呢？她的问题没有人回答。

"对于攀登者来说，纪念的最好方式就是重新攀登这座山峰。"离开大本营，李兰踏上了一条充满回忆的路。闭上眼，她极力在脑海中捕捉上一次面对这庞大山体时最初的感觉。7年前的她和7年后的她仿佛实现了某种重合，冰川还是那样剔透晶莹，岁月的痕迹、攀登的痕迹、成长的痕迹，都从登山的人身上掠过。

每一次进8 000米山峰之前，登山者都会举行祭山仪式，表达对高山的敬意，也祈求平安登顶、平安下撤。仪式上，青烟袅袅，梵音喃喃，模糊中她好像看到当年的队友一个一个地向她走来。那一瞬间她感到委屈，但作为生者，她又想问他们会不会原谅自己。当年一起进山的有15个人，而有的人再也不能自己走出来了。她坐在驮包上望着山谷的方向，忍不住哭了。

29日凌晨6点18分，六名队员登顶成功，李兰是他们中第一个登顶的人。希夏邦马顶峰银白的天际线和朝阳一起闪烁着，"我来自喜马拉雅，拥抱着布达拉……"七年前的那首队歌在山巅响起，8 000米不再只是一个海拔高度。李兰仍然坚信登山是她生命全部的意义，但她终于可以放下那久久挥之不去的梦魇了。

这块冰川流下来，那块冰川流下来，一点都不美，很脏

2002年7月13日，北京大学山鹰社登山队一行15人出征希夏邦马，已经毕业两年的李兰作为经验丰富的老社员受邀加入了这支队伍。8月7日，5名队员在冲顶途

中翻过一面海拔6 700米的大雪坡，在两块大石之间的喇叭口遭遇雪崩。

这并不是李兰第一次目睹队友遇难。

1996年她考入北大，两年后加入山鹰社。1999年初，她成为山鹰社第一支女子登山队的成员。在征战海拔5 588米的四川名山雪宝顶时，眼见登顶在即，一名队友体力透支，失去平衡后滑坠几百米的悬崖。这是山鹰社成立以来的第一次山难。

2002年的山难中，李兰是B组队员，也是第一批前往雪崩点寻找A组队员的人。雪崩的痕迹像半个足球场那么大，半米高的块状堆积物长长的、像一条舌头一样流下来，积雪中有两个黑点，那是队友的遗体。

"我当时看到希夏邦马，这块冰川流下来，那块冰川流下来，一点都不美，很脏。心里想，登山这件事，特别没意义，完全没意义。就是，很荒谬的一件事。"

在幸存队员的回忆中，待援的7天仿佛7年，时间的概念只有在每天下午的冰雹和晚上的噩梦来临时才会在头脑中再次出现。得到救援之后，坐在车上，他们心里更多的是麻木："看着背后远去的雪山、草原、牦牛群，心里开始问自己一个问题：回去后，生活会改变吗？"

事故后，李兰曾多次回到西藏，但未再触碰过她认知中西藏的内心——希夏邦马峰。她不断地攀登，却始终无法远离那次事故的影响。而这些年间，山难也从未得到面向社会反思和追忆的机会，成为山鹰社、北大乃至中国民间登山运动的一个隐痛。

山难带来了持续数月的总结会和悼念会，也在接下来的数年里，杜绝了山鹰社冒险登山的全部可能。在1999年，成立10周年之际，山鹰社曾经自豪地成为中国首家拥有独立出版物《八千米生命高度》的社团，而在山难之后，"山鹰折翅"的言论却甚嚣尘上。7年后，孙斌决定投资一部纪录片，以李兰重登希峰为主线，讲述她个人的"救赎与回归"。而这部《巅峰记忆》也是北大2002年山难后第一次面向社会的回顾行为。

后来，山鹰社的核心主题更易为"登山训练"。告别了此前"一山更比一山高"的懵懂心态，缺少气候地形资料的山、天气恶劣多变的山、有不可避免的雪崩地带的山……山鹰社明确规定不予考虑。参照希峰的标准，伴生了诸多不成文的规矩：不登7 000米以上的山，不登雅鲁藏布江以南的山，都包括在其中。中国登山协会也规定，学生登山队必须聘请向导。

希峰山难发生后的第二年暑假，山鹰回到了1990年第一次登山时的出发地——6 178米高的青海玉珠峰，聘请了3位西藏向导，中国登山协会又派来了两名向导。李兰是这次登山的技术顾问，2002希峰登山队长、1999级生物系校友刘炎林再次担任登山队队长。

站在峰顶，被大风裹挟的刘炎林双腿一软跪在雪地里："'弟兄们，我把今年的队伍带上来了。'在5月的登山申请书里，我写上了这一句。而今，我可以极痛快地哭，极痛快地对自己说这句话。"

从无知的向往到知道代价的坚持之间，山高水长

北大登山人的故事，从1950年代开始书写。中国冰川之父、地理系1955级研究生崔之久在1957年参加了全国总工会组织的贡嘎山登山队。那时他们还不知道，贡嘎山的攀登难度甚至远高于珠峰。

雪崩、暴风雪、裂缝、滑坠、迷路、冻伤、雪盲、高山病……登山队接连遭受打击和不幸，17名登山队员中相继有4位牺牲，其中包括新中国第一位登山烈士、北大物理系气象专业1952级校友丁行友。死里逃生的崔之久一边登山一边进行地貌考察，并于次年发表我国第一篇研究现代冰川的专题论文《贡嘎山现代冰川的初步研究》。

1958年，北大生物系1954级校友王凤桐登上了7 134米的苏联列宁峰和6 800米的友谊峰。这一年，国家首次筹备在中国境内攀登珠穆朗玛峰，北大的应召入选者占科教界学员的一大半，王凤桐也是其中一员。1960年，他接下了攀登珠峰过程中侦察8 700米的"第二台阶"的任务。在突击登顶的过程中，他和队友不得不挖雪洞过夜。一夜之后，他三级冻伤，鼻子、脚趾以及多节手指成为对珠峰的"献礼"。

之后的四十余年间，崔之久和第一代北大登山人十余次踏上青藏高原，足迹遍布祖国高山雪原和世界著名高山，就这样开拓了一个时代。1989年，山鹰社（当时为"北京大学登山爱好者协会"）正式成立，从北极归来的崔之久举办讲座，用"两次雪的洗礼，一生冰川为伴"回忆自己的故事。谈起雪山攀登，他慷慨激昂："难道中国大学生就没有一点冒险精神？北大学子就不能挑起这个重任？"

次年，登山队首次攀登雪山，11名队员从南坡成功登顶6 178米的东昆仑玉珠峰，成功地开辟了北大新时期登山史，这也是中国民间首次以社团形式攀登雪山。此后，山鹰社实现了中国人在念青唐古拉中央峰、格拉丹东峰和玉珠峰北坡的首次登顶，并在1998年登顶世界第六高峰——卓奥友峰，填补了国内业余登山组织登顶8 000米高峰的空白。

回看2002年以前的档案记录，《八千米生命高度》是北大登山人热情与成就

的缩影，但其中，运气占到了很大成分。

2002年之后，山鹰社把雪山攀登的定位从追求更高更难转移到雪山训练，希望为北大学生提供一个接触专业户外知识、登山设备和雪山的平台。在登山之前，他们会举办登山答辩会，邀请登协的顾问、团委的老师和老社员从各方面帮忙考量一座山的攀登难度、评估登山队的攀登能力，通过山的难度控制、队员的严格选拔和全面的登山准备保证安全。同时，山鹰社每周有一次一整天的技术训练，持续一个月，从基本的修路、先锋开始练，也包括了救援。

《巅峰记忆》上映之后，刘炎林的妻子写了这样一句话："从无知的向往到知道代价的坚持之间，山高水长。"

现在的山鹰社，每年依然会举办暑期登山、科考活动以及户外技能大赛，平时也会组织社员开展体能训练、攀岩、野营等各种形式的户外活动，但对"高度"，他们早已不再像那个热血沸腾的1990年代一样执着。

2018年，山鹰社以攀登珠峰纪念北京大学120周年校庆，这也是2002年之后北大山鹰社首次重返8 000米。珠峰队的队员从2015年暑假的卓木拉日康训练开始，到2017年春天的珠峰北坳登山，经历了长达两年的选拔、更长时间的集训。集训中，他们每周一次阳台山拉练，负重上下山三趟，相当于每周负重爬山3 000米。同时，山鹰社也与专业康复中心合作，确保队员不会有太大的身体损伤。

山鹰社一次次挑战远非登山记录所能描绘的生命高度，也经历过重伤之后难以摆脱的虚无；他们纳新和改革，也反复回到起点，寻找最初他们想要的"原始"和"自由"。脚印和烟，棉被和雪，无数次的质问和重复，都在那些与世隔绝的夜晚和清晨里更加清晰。"行者"在绵延的黑白灰三色中所想象的幸福，也在模糊的天际线中慢慢浮现。

"登山本身其实很枯燥很乏味，但是它的乐趣在于你回到山下之后。首先是物质生活的幸福感，可以有热水，可以走在很平的路上、躺在很平的床上；还有精神上的愉悦，登山的人都知道，登山最大的快乐在下山之后，重新回到过去的生活里。"孙斌在登顶希夏邦马那天说道，"登山是离生命的本源非常近的一种活动。"

【作者简介】杜中华，北京大学法学院2016级本科生。赵瑞佳，北京大学光华管理学院2015级本科生。

编后记

　　大概在2016年年底，我寻思着2018年是北京大学120周年校庆，2019年又是北京大学山鹰社成立30周年的大日子，我们似乎应该为此做点什么，这个想法得到了曹峻、白福利、李锐、王荣涛、赵万荣等很多人的支持。2017年春节刚过，我与肖自强商量并广泛征求各年级同学的意见，最后决定做"存鹰之心丛书"，预计到2019年4月1日北大山鹰社30周年时，共出6本书。我拉上朱小健、乔菁、郭佳明，大张旗鼓地做了起来。众筹中，曹峻、陈鹏、颜庆胜、李锐、陈科屹、蔺志坚、王辉、岳斌、周涛、张勤、徐珉、谢如祥等同学预支了启动资金，熟谙出版业的老队员一句"先做起来，我最后兜底"解除了我们对后期的顾虑。一时间，科考群、攀登队长群、登山群等积极响应，在山鹰社近30年历程中，身后27座山峰、27次科考，走过广袤的西部山川、河流、戈壁、荒漠、僻静的山村，有无数的故事讲给你听。

　　今年1月3日，薛秀丽把写好的文章与催上来的稿子发给了我，她说，终于放下了压在身上近一年的包袱。想想也是，很多同学正经历着创业的艰难、事业的瓶颈和家庭俗务琐事，等等。大家在坚定、果敢、勇于担当的同时，也有多思、敏感的一面，必然也有脆弱、彷徨的时候。我们成长中遇到的问题不比同龄人少，由于优秀和追求卓越，可能遇到的问题更棘手。我们几位特别想跟大家说，我们可以适当地放慢脚步，关心自己的身体，关心自己的心理健康，用更多的时间陪伴家人；我们可以头抵着墙痛哭，有些困难在成长中注定是要遇到的，当记住这句——"无兄弟，不登山"。

感谢在催稿时各位对我们的包容和支持，也感谢《时维鹰扬》编者为我们提供了一些必要的素材，感谢叶峰、白福利在后期投入精力参与审校。收上来的100多篇文章，最后只选择了52篇，而计划中的6本书，可能到2019年社庆时只能出版4本。在组稿和制作过程中，我们更感受到了大家的付出和艰辛。而立之年的北大山鹰社，用青春和赤诚，不畏艰险，积极探索，在"兼容并包""独立之人格，自由之思想"精神的薪火传承中成为了优秀的传递者。

这本书付梓之际，北大山鹰社的队员正攀登世界海拔最高峰——珠穆朗玛峰。季羡林先生曾为北大山鹰社写道："地到天边天作界，山登绝顶我为峰。"我想，攀登不止，生命不息，每个山鹰人脚下的路也都是向高向远向前的征途。

储怀杰
2018年4月

图书在版编目（ＣＩＰ）数据

高处有世界 ： 北大山鹰30年 / 北京大学山鹰社编

. 一南京 ： 江苏凤凰文艺出版社，2018.5

ISBN 978-7-5594-1997-2

Ⅰ．①高… Ⅱ．①北… Ⅲ．①散文集—中国—当代

Ⅳ．①I267

中国版本图书馆CIP数据核字(2018)第075690号

书　　　　名	高处有世界：北大山鹰30年
编　　　者	北京大学山鹰社
选 题 策 划	胡杨文化
责 任 编 辑	姚　丽
特 约 编 辑	孙明新
责 任 监 制	刘　巍　江伟明
封 面 设 计	80零·小贾
出 版 发 行	江苏凤凰文艺出版社
出版社地址	南京市中央路165号，邮编：210009
出版社网址	http://www.jswenyi.com
印　　　刷	环球东方（北京）印务有限公司
开　　　本	710毫米×1000毫米　1/16
字　　　数	380千字
印　　　张	22
版　　　次	2018年5月第1版，2018年7月第2次印刷
标 准 书 号	ISBN 978-7-5594-1997-2
定　　　价	59.80元

影视版权抢订热线　　010-57194853

江苏凤凰文艺版图书凡印刷、装订错误可随时向承印厂调换